한국 고전시가의 작품 발굴과 문중 교육

한국 고전시가의 작품 발굴과 문중 교육

구사회 지음

보고사
BOGOSA

책머리에

코로나 바이러스가 세계를 휩쓸고 있는 이 시간, 나는 집안에 머물며 바깥나들이를 삼가고 있다. 까마귀 날자 배가 떨어진다는 속담처럼 코로나 바이러스가 처음 퍼질 무렵에 나는 중국 우한에 있었다. 나는 선문대학교 국어국문학과 BK21플러스 사업팀과 국제학술대회를 마치고 황학루와 동정호를 돌아다니며 유람하고 있었다. 당시 우리들은 코로나 바이러스가 순식간에 세계를 휩쓸지는 미처 상상하지도 못했다.

코로나 바이러스가 창궐하면서 우리의 삶과 일상도 많이 바뀌었다. 내가 속해 있던 대학 사회도 마찬가지였다. 나는 일 년 내내 학생들을 만나지 못하고 줌으로 온라인 강의를 하면서 낯선 환경에 적응해야 했다. 한 해를 그렇게 보내다가 마침 몇 년 전부터 대학 당국에 신청해 놓은 명예퇴직을 하였다. 그리고 나는 대학을 나왔다. 대학을 퇴직하자마자 벨기에 겐트로 출국하여 몇 달을 보내고 돌아왔다. 그곳에서 나는 지난날의 대학 생활을 되돌아보며 앞날을 모색하는 시간을 가졌다.

이 책은 그런 과정에서 나왔다. 나는 지난 십여 년간 발표했던 고전시가 관련 논문들을 정리하여 출간함으로써 교수 생활을 마무리하고 싶었다. 그동안 발품을 팔며 이곳저곳 돌아다니면서 찾아냈던 새로운 고전시가 자료 중에서 논문으로 발표했던 시조와 가사 관련 논문을 추려보았다. 이 과정에서 그동안 학계에서 알지 못했던 새로운 시가 작품을 발굴해내기도 하였고, 정본으로 여겨지던 시가 작품의 문맥에서 보이지 않던 창작 동인을 찾아내기도 하였다. 그 중에 어떤 시조는 지역을 중심으로 창작되어 유포되기도 하였고, 어떤 가사는 특정 문중에서 자손 교육을 위해 창작된 것이 밝혀지기도 하였다.

여기 수록된 논문들의 텍스트는 내가 이곳저곳을 돌아다니면서 찾아낸 작품이다. 일부는 소장자가 제공한 자료도 있다. 고교 은사님이셨던 우석대 김해정 교수님, 선문대의 박재연과 김영 교수님께서 많은 도움을 주셨다. 그리고 KBS '진품명품' 프로그램에 출품된 작품도 있다. 작고한 광주의 고서 소장가 이현조 박사의 도움도 있었다. 이분들에게 감사를 드린다.

2021년 가을에 온양 남산에서

구사회

차례

2부

가사 작품의 발굴과 탐색

제1부

시조 작품의 발굴과 탐색

- ❖ 조선후기 이창중의 『연연정창수록』과 새로운 국문시가 작품들
- ❖ 『전가비보』와 송정 이복길의 새로운 연시조 〈오련가〉에 대하여
- ❖ 권선서의 한시와 새로운 시조 작품 3수
- ❖ 『시조책』(김해정 소장본)과 새로운 시조 작품에 대하여
- ❖ 새로운 자료 『시조집』과 새로운 시조 작품 15수에 대하여

조선후기 이창중의 『연연정창수록』과 새로운 국문시가 작품들

1. 머리말

18세기에는 문인들이 친목을 도모하면서 시를 짓는 다양한 형태의 시사(詩社)가 나타났다. 그렇다고 시사가 18세기에 갑자기 나타난 것은 아니다. 그것은 이전부터 있었는데, 아집(雅集)이나 아회(雅會), 시회(詩會)로도 일컬어졌다. 오늘날 시동인 활동이 그것을 계승한다고 보겠다. 그런데 18세기 시사가 주목되는 것은 이전과 다르게, 신분이나 당파, 또는 지역이나 인맥을 뛰어넘어 다양한 교류가 이뤄졌다는 점이다.[1]

시사는 처음에 서울을 중심으로 이뤄지다가 근기 지역으로 확대되었다. 그것은 이들 지역이 조선의 중심 공간이었고 명망가들이 이곳 지역에 살면서 새로운 문화를 이끌고 있었기 때문이다. 그렇다고 지방에 시사가 없었던 것은 아니다. 오늘날 자료가 제대로 남지 않아서 그

---

1 이에 관해서는 다음 논문을 참조하기 바란다. (심경호, 「조선후기 시사와 동호인 집단의 문학 활동」, 『민족문화연구』 31, 1998, 99~236쪽; 안대회, 「18세기 詩社의 현황과 전개양상」, 『고전문학연구』 44, 2013, 421~450쪽.)

렇지, 지방에서도 가까운 문인들끼리 시사 활동의 모습이 포착되고 있기 때문이다.

이번에 논의하려는 '연연정시사(然然亭詩社)'와 관련 시가 작품은 서울이 아닌, 영남 지역에서 나온 것이다. 그것은 18세기 이창중(李昌仲, ?~?)이라는 선비가 경상도 선산의 화산(花山)에다 거처를 마련하고 '연연정'이라는 정자를 중심으로 운영한 것이다. 여기 시사에 참여했던 인물은 문무 양반 또는 중인들로 구성되었다. 이들 대부분은 오늘날 알려진 바가 없는 인사들이다. 이들이 시사 활동을 하면서 남긴 작품은 근래에 필자가 찾아낸 『연연정창수록(然然亭唱酬錄)』에 수록되어 있다. 그것에는 연연정에서 참여했던 문인들의 한시와 중심인물이었던 이창중의 국문시가 작품이 수록되어 있다. 이 자료는 앞뒤 일부가 훼손되어 전모를 확인할 수 없는 아쉬움도 없지 않다. 그나마 다행이라면 그것에는 아직 학계에 보고되지 않았던 연시조 〈천지일가곡〉 9절과 가사 〈병대사〉 1편이 수록되어 있다는 사실이다.

이 논문은 18세기 이창중이 창작한 연시조 〈천지일가곡〉과 가사 〈병대사〉를 새로이 발굴하여 학계에 소개하는데 목적이 있다. 아울러 '연연정시사'의 주도자로 보이는 이창중과 그것의 구성원에 대해서 가능한 범위에서 살펴보고자 한다. 그 과정에서 이창중보다 훨씬 앞서 그곳 지역에서 활동했던 두곡(杜谷) 고응척(高應陟, 1531~1605)과 그가 맺고 있는 문학사적 관계도 조망할 것이다.

2. 『연연정창수록』과 이창중의 한시 작품들

2.1. 연연정시사와 『연연정창수록』의 작자 문제

연연정시사를 주도했던 이창중은 주로 조선후기 숙종 재위기에 활동했던 문인이다. 그는 경상도 선산에 살고 있다가 60세에 가까운 늦은 나이에 같은 경내의 화산으로 이주하였다.[2] 그는 화산의 병풍처럼 생긴 산 아래에 초옥과 정자를 마련하고, 정자를 '연연정'이라고 하였다. 정자를 '연연정'이라고 한 것은 자신보다 백오십 년 앞서 화산에 들어와서 학문과 수양을 병행하던 두곡 고응척의 삶을 흠모해서이다. '연연정'이라는 이름도 고응척의 시조 작품인 〈연연곡〉에서 비롯된 것이다.

고응척은 16세기에 영남에서 태어나 활동했던 사대부 문인이다. 그는 16세기 영남가단을 형성하는 데 중요한 역할을 담당했던 인물이다.[3] 그는 시조 28수와 가사 작품인 〈도산가〉를 남겼다.[4] 고응척은 대부분 사림처럼 유학을 익혔고 심성을 수양하며 도의심을 길렀다. 그런데 한 세기가 훨씬 더 지나서 선산에 살던 이창중이라는 선비가 고응척이 머물렀던 화산으로 이주하였다. 이창중은 그곳에다 거처를 마련하고 살면서 '병암거사(屛巖居士)' 내지 '연연옹(然然翁)'을 자처하였다. 이때 교유하던 벗이나 따르던 후학들이 그를 자주 찾아오면서 자연스럽게 연연정을 중심으로 교류가 이뤄졌다. 여러 문인이 그곳에 모여서 시문을 주고받았다. 그것이 '연연정시사'였고, 그때 지은 시문을 모은

---

2 화산은 조선시대에 선산도호부에 속해 있다가 1914년 이후로 칠곡군으로 편입되어 오늘에 이른다.

3 심재완, 『시조의 문헌적 연구』, 세종문화사, 1972, 88쪽.

4 김동욱, 『한국가요의 연구(속)』, 이우출판사, 1980, 265~279쪽.

것이 『연연정창수록』이다.

『연연정창수록』은 연연정에서 주고받은 시문을 모아서 편집한 서책의 표제이다. 이것은 주로 이창중의 시문에 대해 다른 문인들이 화답하는 형식으로 되어 있다. 여기 연연정시사에 참여했던 인물은 30명이 넘는다. 이들은 주로 영남 내륙인 선산과 인근 지역을 중심으로 활동했던 지방 문인들로 보인다. 『연연정창수록』에 수록된 문인 명단은 다음과 같다.

> 李貞根, 柳東潤, 李奎章, 柳玉天, 洪聖運, 洪瀷, 都大伯, 趙相弼, 趙相瓘, 趙相勛, 金秉叔, 都命麟, 金一之, 洪季來, 朴宋彬, 洪宇傅, 朴濟仁, 李錫培, 金右宣, 李光玉, 申士興, 李極, 朴浩, 朴天佑, 金鎔, 金必矩, 鄭堯夫, 朴龍翰, 呂弘八, 金湛, 申有相, 僧體習.

이들을 살펴보면 인적 구성이 다양하다. 이석배(李錫培, 1685~?)처럼 진사 출신도 있고 박천우(朴天佑, 1652~?)나 조상필(趙相弼, 1690~?)처럼 무과 출신도 있었다. 신유상(申有相, ?~?)처럼 의관도 보이고, 체습(體習, ?~?) 같은 승려도 시사에 참여하고 있었다.

『연연정창수록』의 내용을 살펴보면, 이창중의 한시 작품을 먼저 싣고 다른 사람이 그것에 차운하는 형태이다. 서책 중간에는 이창중의 한시 〈천지일가음(天地一家吟)〉에 그의 연시조 〈천지일가곡〉 9절과 가사 작품인 〈병대사〉를 수록해 놓았다. 서책의 뒷부분에는 이창중에 대한 다른 문인들의 글을 수록하였다. 이런저런 내용을 살펴보면, 『연연정창수록』은 연연옹 이창중이 편집한 것으로 판단된다.

『연연정창수록』은 서책 형태이고 가로세로 18×28㎝의 크기이다. 지질이 한지이고 분량은 62면으로 되어 있다. 첫 면이 이정근의 〈차연연옹연연시(次然然翁然然詩)〉부터 시작한다. 앞에 이창중의 〈연연시〉가 있었을 것으로 짐작되는데, 현재는 뜯겨져서 없다. 그리고 유동윤, 이규장, 유옥천, 홍성운, 홍익 등이 이창중의 〈연연시〉에 차운하고 있다. 다음으로 이창중의 〈산수가(山水歌)〉·〈강상음(江上吟)〉이 있고, 〈강상음〉을 김겸숙이 차운하고 있다. 이어서 이창중의 〈중리초당(中里草堂)〉·〈유가야산(遊伽倻山)〉이 나오고 이규장과 도명린이 그것에 차운하고 있다. 때로는 이창중이 다른 시인의 작품을 차운하고 그 뒤에 원문을 적기도 하였다.

그렇다면 『연연정창수록』의 편집자이자 국문시가를 창작한 이창중이란 인물이 누구인지 궁금하지 않을 수 없다. 『연연정창수록』에서 이창중에 대한 구체적 이력을 밝히고 있지 않다. 이창중이란 이름도 필자가 『연연정창수록』을 통해 유추해낸 이름이다. 먼저 연연정시사의 중심인물이자 서책의 편집자가 이 씨(李氏)라는 것은 조상훈이 〈연연시서(然然詩序)〉를 차서(次序)한 부분에서 실마리를 찾았다. 그것에서 〈연연시〉가 정자의 주인인 이공(李公)이 두곡 고응척 선생의 〈연연곡〉에 화답하여 지은 것이라고 밝히고 있었기 때문이다.[5] 홍우부는 '〈병대팔경〉을 읊어 창중 형에게 삼가 드린다(詠屛臺八景謹呈昌仲老兄)〉'라는 시를 남겼다. 여기에서 '창중'이라는 이름을 알 수 있었다. 〈제병대 병서(題屛臺 並書)〉를 지은 이석배도 병대 아래에 초옥을 지은 사람이 바로 '이창중(李昌仲)'이라고 밝히고 있다. 그렇지만 '창중'이 본명인지, 자호인지 분명하지 않다.

---

5 "間嘗竊玩屛臺記, 有然然詩, 所以和然然曲也. 作此曲者誰, 杜谷高先生也. 爲此詩者誰, 臺主李公是也." (李昌仲, 『然然亭唱酬錄』, 〈次然然詩序〉(趙相勛 作〉)

이창중이란 인물은 누구일까? 이극은 서책의 〈제병대 병서〉에서 그를 '병암거사(屛巖居士) 이공(李公)'이나 '이진사(李進士)'로 일컫고 있다. 그렇다면 이창중은 양반 출신으로 진사과에 합격했던 인물로 추측된다. 그런데 『사마방목』에는 이창중이란 이름이 나오지 않는다. 그런 점에서 '창중'은 본명이 아니고 자호(字號)이었을 가능성이 있다.[6]

2.2. 이창중의 한시와 고응척 시조와의 관계

『연연정창수록』에는 15제 17수의 이창중 한시 작품이 수록되어 있다. 앞부분은 떨어져 나갔다고 앞서 언급하였다. 그래서 이창중의 〈연연시〉를 차운한 이정근의 〈차연연옹연연시〉가 맨 앞에 있고 이어서 10여 명의 차운시가 뒤따른다. 이들 차운시는 모두 '연(然)'자를 운으로 사용하고 있다. 그래서 〈연연시〉는 이창중이 '然'을 운으로 사용하여 7언율시로 지었을 것으로 짐작된다. 그런데 이창중의 〈연연시〉는 두곡 고응척의 시조 〈연연곡〉의 내용을 본받아 지은 것으로 판단된다.[7] 참고로 고응척은 총 28수의 시조 작품을 창작했는데,[8] 그 중에서 〈호호가〉 3수를 뺀 나머지 작품들은 모두 유교 경전의 내용을 노래하거나

---

6 필자가 이창중에 대해 밝혀낸 것은 여기까지이다. 그의 생애나 저작과 같은 구체적인 면모는 과제로 남겨둔다.

7 그것은 이창중의 〈연연시〉에 차운한 李貞根, 柳東潤, 李奎章, 柳玉天, 洪聖運, 洪瀷, 都大伯, 趙相瓘, 趙相弼, 趙相勛 등의 한시 내용도 모두 고응척이 지은 〈연연곡〉 시조의 내용을 부연하거나 구체화하고 있기 때문이다.

8 조규익은 이를 세 부류로 분류하여 『대학』의 이치에 관한 것들, 경전 외의 깨달음에 관한 것들, 자신의 은일이나 강호생활에 관한 것으로 구분하였다. (조규익, 「조선조 도의가맥의 일단(一) – 주세붕~고응척까지」, 『동방학』 3, 한서대 동양고전연구소, 1997, 29쪽).

경전을 통해 깨달은 바를 노래한 작품이다.[9] 이 중에서 제19, 20수에 해당하는 〈연연곡〉은 〈천지일가곡〉 등의 작품과 함께 『대학』의 시조화에 머물지 않고 『주역』이나 『중용』의 핵심 사상인 천지만물의 섭리를 읊고 있는 작품이다.[10]

그리 그러홀샤 잇디ᄒᆞ야 그런게고
그리 아니코ᄂᆞᆫ 그리티 모홀런가
그런줄 아지못ᄒᆞ니 그런주리 셜웨라
(此言始迷)

그리 그러모도 그리 그러텃다
그리티 아니면 이제도록 그러ᄒᆞ랴
진실로 그러ᄒᆞ텃짜 그린주리 깃게라
(此言終悟)
大槪言天地萬物, 吉凶消長之所以然也.[11]

이들 작품은 두곡 고응척이 지은 전체 시조 28수에서 제19, 20수에 해당하는 〈연연곡〉이다. 첫째 시조는 처음 미혹한 상태에서 천지 만물의 연연한 까닭을 몰라서 슬퍼한다는 내용이다. 둘째 시조는 마침내 천지 만물의 그러한 이치를 깨닫고 기뻐한다는 내용이다. 고응척은 이들 시조를 통해서 천지 만물이 그렇고 그렇게 스스로 흘러가는 연연한

---

9 송재연, 「작시원리를 통해 본 고응척도학시조의 문학적 특성」, 『어문학』 116, 한국어문학회, 2016, 136쪽.

10 강전섭, 「고두곡의 두곡가에 대하여」, 『시조학논총』 2, 한국시조학회, 1986, 30쪽.

11 高應陟, 〈天地一家曲〉, 『杜谷集』(下).

이치를 담아내고자 하였던 것으로 보인다.

그런데 이창중은 고응척의 〈연연곡〉을 읽고서 그것을 자신의 관점에서 한시 〈연연시〉로 재현하고자 하였다. 여기 고응척이 〈연연곡〉에서 보여주고자 하였던 세계는 시대를 뛰어넘어 같은 지역에서 이창중을 비롯한 연연정시사의 이정근, 유동윤, 이규장 등과 같은 문인들에 의해 계승되고 있었다. 그리고 고응척이 〈연연곡〉을 통해 밝히고자 했던 천지 만물의 연연한 이치는 이창중의 〈연연시〉 말고 다른 한시에서도 그대로 드러난다.

〈산수의 노래(山水歌)〉

청산이 높으니 물은 졸졸 흘러가고	靑山高兮水潺潺
물이 졸졸 흐르니 소리도 절로 그러하네.	潺潺流兮聲自然
귀가 그것을 얻어들으면 눈이 그것을 의지하나니	耳得之兮目寓之
만물이 스스로 그러하니 나도 저절로 그러하다네.	物自然兮我自然[12]

고응척의 시조 작품인 〈연연곡〉에서는 그렇고 그렇게 되어가는 만물의 내재적 이치를 추상적으로 형상화하였다고 앞서 언급하였다. 그런데 이창중은 〈산수가〉에서 '然'자를 운으로 사용하여 천지 만물이 순리대로 흘러가는 이치를 산수라는 구체적인 자연물에서 찾고 있다. 산이 있으면 물은 아래로 흘러간다. 물이 졸졸 흐르면 소리가 절로 난다. 그러면 사람들은 귀로 듣고 눈길이 저절로 그곳으로 향하기 마련

12 李昌仲, 〈山水歌 – 步山水間, 愛玩山水之自然, 我心亦自然, 仍以吟自然韻〉, 『然然亭唱酬錄』.

이다. 그것은 천지 만물의 자연스러운 이치이고 그 자신도 저절로 그것을 따르기 마련이라는 것이다. 이것은 『연연정창수록』의 〈모현음(慕賢吟)〉에서도 '연연한 이치'가 언급되고 있다.[13] 그런 점에서 고응척과 이창중은 시대를 가로질러서 그렇고 그렇게 이어지는 천지 만물의 연연한 이치를 공유하고 있는 셈이다. 정리하자면 고응척이 앞서 천지 만물의 이치를 개념화하였다면, 이창중은 산수라는 구체적인 경물을 통해 그것을 형상화하여 계승한다고 볼 수 있다.

고응척이 남긴 시조 28수에 〈천지일가곡〉이 있다. 그런데 『연연정창수록』에도 이창중이 지은 〈천지일가음〉이라는 한시가 보인다. 내용을 살펴보면 이창중의 한시인 〈천지일가음〉은 고응척의 시조 작품인 〈천지일가곡〉을 모티프로 하여 다시 창작한 것으로 여겨진다. 고응척의 시조 〈천지일가곡〉을 이창중이 다시 한시로 재창작했다고 보면 된다. 이들 두 작품은 제목도 거의 같고 내용도 거의 같다. 차이가 있다면 시조와 한시라는 문예 양식의 차이가 있을 뿐이다.[14]

〈天地一家曲〉
티미러 도라보니 分明히 上帝로쇠 (乾父)
ᄂᆞ리미러 술펴보니 진실로 慈母로다(坤母)
中間萬物이 긔아니 同生이랴 ᄒᆞᆫ지븨 ᄒᆞᆫ세간되여 同樂ᄒᆞᆯ돌 엇디료[15]

13 李昌仲, 〈慕賢吟, 並小序〉, 『然然亭唱酬錄』. "日待賢人之來而不見其人, 望之日久而亦不見其人. 林泉之深而然歟, 山路之黑而然歟, 了不見其人. 其人在何處, 竟不得聞也. 寧不如獨樂. 於是詠而歌然然之聲, 舞而蹈然然之容. 或耕田而鋤禾, 或山樵而水漁, 自食其力以終餘日, 不亦樂乎. 待月高亭上, 迎風戶半開, 夜淸花影動, 疑是賢人來."

14 이창중은 이외에도 연시조 〈천지일가곡〉 9수를 지었다. 연시조 〈천지일가곡〉 9수는 항목을 따로 하 다음 장에서 다시 논의하기로 한다.

〈천지일가음(天地一家吟)〉

하늘은 나의 아버지, 땅은 나의 어머니,	乾吾父也坤吾母
만물 가운데 형과 아우가 있다.	萬物中間兄與弟
형제는 한 몸일지니 기의 두터움이 한 가지,	一體而兮同氣厚
아우는 공경하고 형은 반드시 그 아우를 사랑해야.	弟恭兄必愛其弟[16]

고응척의 시조 〈천지일가곡〉에서는 하늘을 우러러 아버지로 삼고(乾父), 땅을 굽어보며 자애로운 어머니로 보았다(坤母). 그와 같은 천지 부모의 존재 사이에 만물이 태어나고 즐거움도 함께 한다. 여기 고응척의 시조에서는 천지 사이의 만물이 무엇을 의미하는지 분명치 않고 다분히 추상적이다. 그런데 이창중이 지은 한시 〈천지일가음〉을 보면 그것이 무엇을 의미하는지 구체적으로 드러난다. 이창중은 하늘이 아버지이고 땅이 어머니라고 말한다. 그리고 그 가운데 형과 아우가 있으니 형제끼리 공경하고 사랑하자는 내용으로 요약된다. 다시 말해서 고응척의 시조에서 추상적으로 언급된 동생동락의 의미는 이창중의 〈천지일가음〉에서 다름 아닌, 형제간의 우애로 구체화 되는 것을 확인할 수 있다. 이것은 다음 장에서 논의할 그의 연시조 〈천지일가곡〉 9절에서 다시금 확인된다.

이외에도 『연연정창수록』을 살펴보면 이창중은 한시 〈연연시〉나 〈천지일가음〉 이외에도 고응척의 시조를 모티프로 삼아 지은 것들이 보인다. 이를 보면 이창중이 평소에 얼마나 고응척을 흠모하고 본받으

15 高應陟, 〈天地一家曲〉, 『杜谷集』(下).
16 李昌仲, 〈天地一家吟〉, 『然然亭唱酬錄』.

려 노력했는지 짐작이 간다. 아울러 『연연정창수록』에 있는 이창중의 한시를 보면, 그의 사상이나 문학세계가 고응척과 긴밀하게 접맥되어 있었다는 것을 확인할 수 있다.

3. 이창중의 새로운 국문시가 작품들

18세기 초기에 시사를 이끌며 『연연정창수록』을 남긴 이창중의 전모를 현재로서는 구체적으로 확인할 길이 없다고 하였다. 그렇지만 『연연정창수록』에 수록된 이창중의 연시조 〈천지일가곡〉 9절과 가사작품인 〈병대사〉 1편은 지금까지 학계에 알려지지 않았던 새로운 시가 작품이다. 이 장에서는 이들 작품의 원문 제공과 함께 내용을 검토하고자 한다. 게다가 이들은 조선후기의 영남가단과 깊은 관련을 맺고 있다는 점에서 문학사적 가치가 높다고 여겨진다.

3.1. 연시조 : 〈천지일가곡(天地一家曲)〉 9수

3.1.1. 작품 원문

〈天地一家曲〉 (九節)
張夫子 西銘에 붉키신 말숨 乾稱父 坤稱母ㅣ니
中間萬物이 긔 아니 同生인가
眞實로 同胞兄弟라 共樂天命ᄒᆞ쟈스라
(右第一節 明化生萬物)

우리 兄弟들아 ᄒᆞᆫ 집안 同生으로
얼굴이 각ː이나 氣脈은 연ᄒᆞ연니

眞實로 一體而合이라 네라 내라 ᄒᆞ오라
(右第二節 明氣以成形)

天地父母心은 厚薄업시 慈愛ᄒᆞ샤
우리 賦命ᄒᆞᆯ 제 愛敬을 고로 탄ᄂᆡ
眞實로 秉彝同得이라 順天孝悌 ᄒᆞ쟈스라[17]
(右第三節 明理亦賦焉)

明命이 어듭기ᄂᆞᆫ 物欲에 病들엇ᄂᆡ
이 病을 못 고치면 蟲豸[18]들 멀노소랴[19]
眞實로 命在天이라 셩케 살기 엇더ᄒᆞ료
(右第四節 明遏欲存理)

하ᄂᆞᆯ흔 家長이라 ᄶᅡ흐로 治産 맛겨
우리 兄弟을 飽食暖衣 살오신다
眞實로 父母財物이라 네 것 내 것시라 ᄒᆞᆯ라
(右第五節 明見得思義)

이 집안 眷屬들아 좀을 ᄒᆞ마 ᄭᅵ거스라
長醉不醒ᄒᆞ고 劬勞至恩 갑흘스랴
眞實로 承顔反哺ᄒᆞ나 뭇 가마괴 비운ᄂᆞᆫ다[20]
(右第六節 明如舜而已)

---

17 -쟈스라: 어떤 행동을 함께 하자는 뜻을 나타내는 청유형 종결 어미.
18 虫豸(충치): 작은 벌레의 총칭. 하잘 것 없는 사람.
19 멀노소랴: 눈을 멀게 하게꾸나.
20 비운ᄂᆞᆫ다: 'ᄇᆡ운ᄂᆞᆫ다'의 오자. 배우지 않겠는가?

이바 兄弟들하 幽暗中에 愼節ᄒᆞ소
細微事ㅣ들 忌憚 업고 昭ᄒᆞ天道 엇지ᄒᆞ료
眞實로 上帝臨汝ㅣ시니 畏威自省 느촐소냐[21]
(右第七節 明善惡之幾)

義理無窮 알쟈시면 眞實 物我有間 모ᄅᆞ리니
存心愛物 절노 소사 堯舜之人 되오리라
眞實로 率性脩道ᄒᆞ면 各得其樂ᄒᆞ오리라
(右第八節 明復其本然)

너르고 노픈 집의 日用事物 ᄀᆞ잣ᄂᆞᆫ듸
무ᄉᆞ 일 ᄯᅩ 낫바셔[22] 是非得失 삼견ᄂᆞᆫ고
眞實로 克己復禮ᄒᆞ야 不改其樂ᄒᆞ쟈ᄉᆞ라
(右第九節 明安貧樂道)

○ 此九節朝夕詠之, 則足以蕩滌其邪穢, 消融其查[23]滓矣.

3.1.2. 작품 해설 및 분석

연시조 〈천지일가곡〉 9절은 작자 이창중이 경상도 군위의 화산에 거처하면서 지은 것이다. 창작 시기는 그의 나이 육순이었던 1700년 전후의 숙종 연간으로 여겨진다. 이유는 가사 작품인 〈병대사〉에서 자신의 나이가 60세라고 말하고 있기 때문이다. 이곳 화산은 명종 2년

21 느초-: 늦추다.
22 낫ㅂ-: 부족하다. 모자라다.
23 '渣'의 오자.

(1547)에 두곡 고응척이 와서 수년간 머물렀던 곳이기도 하다.

작자 이창중은 〈천지일가곡〉 9수의 끝에다 각각의 소주제를 밝히고 있다. 제1절의 천지 만물의 생성에서부터 제9절의 시비와 이해득실을 벗어나 '안빈낙도(安貧樂道)'를 즐기자는 내용으로 끝을 맺고 있다. 다른 절에서는 욕망을 경계하자거나 '선악지기(善惡之幾)'를 형상화하기도 한다. 언뜻 보면 〈천지일가곡〉은 작품마다 서로 다른 주제를 형상화하고 있는 것처럼 보이기도 한다. 그러나 이들의 작품 내용을 살펴보면 일관된 흐름을 찾을 수 있다. 시조 내용이 모두 '형제' 문제로 귀결되고 있기 때문이다.[24] 여기 〈천지일가곡〉에서 말하는 '형제'는 다음 내용 분석을 통해 알겠지만 단순한 생물학적 형제를 말하는 것이 아니다. 오히려 천지 만물의 생성에서 비롯된 도학적 차원의 존재에 가깝다.

먼저 제1절에서는 천지 만물의 형성과 관련하여 북송 시대의 유학자 장재(張載, 1020~1077)의 주장을 원용하여 인간에 대한 '형제' 개념을 제시하고 있다. 일찍이 장재는 하늘을 아버지로, 땅을 어머니로, 그 사이의 만물을 한 가족으로 파악하였다.[25] 이를 근거로 작중 화자는 말한다. 그런 천지 사이에서 태어난 인간은 나와 더불어 같은 어머니의 뱃속에서 태어난 '형제'로써 다 함께 천명을 누려야 하는 존재라는 것이다.

제2절에서는 제1절의 논의를 바탕으로 '형제' 관계를 설명하고 있다. 천지 만물의 생성 과정에서 생겨난 인간은 형제로써 얼굴이 서로

---

24 이것은 안빈낙도를 읊고 있는 제9절도 마찬가지이다.

25 張載, 『西銘圖』. "乾稱父坤稱母. 予玆藐焉, 乃混然中處. 故天地之塞, 吾其體, 天地之師, 吾其性. 民吾同胞, 物吾與也."

다르다. 하지만 인간은 본디 우주라는 한집안에서 태어난 형제와 같은 존재이고 같은 기맥으로 이어져 있다고 보았다. 한 마디로 나와 너는 한 몸이 합쳐진 '형제' 관계라는 것이다.

제3절에서 천지 부모의 마음은 한결같이 자애롭다고 전제한다. 하늘로부터 부여받은 천명도 인간끼리 서로 사랑하고 공경해야 한다는 것이다. 게다가 우리 인간은 누구나 천부적으로 아름다운 심성을 갖고 태어났다. 그러므로 인간은 부모님께 효도하고 형제로써 서로 우애해야 한다는 것이다.

제4절에서 '형제' 사이인 인간은 '알인욕존천리(遏人慾存天理)'의 가르침을 명심해야 한다고 일깨우고 있다. '알인욕존천리'란 인간이 사사로운 욕심을 멈추고 하늘의 이치를 붙들어야 한다는 뜻이다.[26] 이는 인간이 물욕을 경계해야만 천리(天理)를 보전할 수 있다는 것을 일깨우려는 것이다. 인간은 외계에 집착하는 물욕을 제거해야만 지니고 태어난 본래의 '선'을 회복할 수 있다. 그런데 대부분 인간은 하늘로부터 부여받은 '명명(明命)'이 어두워서 사물의 욕심인 '명물(命物)'이 병들면서 결국 하잘 것이 없는 존재로 타락할 수밖에 없게 된다. 그렇게 되면 결국 선인들이 제시했던 인간이라는 '형제' 관계도 존립할 수 없게 된다.

제5절은 '형제' 관계인 인간은 사사로운 개인의 이득을 내세우지 말고 서로 우애해야 한다는 내용이다. 일찍이 공자는 재물에 대해서 개인적인 이로움보다 의로움을 앞세워야 한다는 관점을 자장의 입을 빌

---

26 『孟子』, 「梁惠王章句下」. "故孟子因時君之問, 而剖析于几微之際, 皆所以遏人欲而存天理. 其法似疏而實密, 其事似易而實難. 學者以身体之, 則有以識其非曲學阿世之言, 而知所以克己夏礼之端矣."

려 밝힌 바 있다.[27] 이를 전제로 화자는 사람이 인의를 바탕으로 이익을 추구해야 한다고 보았다. 여기 제5절에서는 유학적 이념에 근거하여 인간이 재물을 놓고 생길 수 있는 다툼과 갈등을 미리 경계하고자 한 것으로 보인다.

제6절은 고대의 성군이었던 순(舜) 임금의 지극한 효를 본받아야 한다면서 까마귀보다 못한 세태를 꾸짖는 내용이다. 『서전』·「요전」에 의하면 순임금의 아버지 고수(瞽叟)는 상처를 하고 후처를 얻어 상(象)을 낳았다. 그런데 이들 세 사람이 순(舜)을 죽이려 온갖 악행을 저질렀음에도 순은 지극한 효성으로 부모를 감화시켜 요임금으로부터 천하를 이어받았다. 화자는 그와 같은 고사를 원용하여 어버이의 은혜를 일깨우고 있다.

제7절에서는 『대학』 전문 6장 '선악지기(善惡之幾)'의 내용을 기술한 것이다.[28] 유학에서는 세상에 숨겨진 것보다 잘 드러나는 것은 없고, 은미한 것보다 잘 나타나는 것은 없다고 보았다.[29] 그래서 하찮은 일이라도 거리낌 없이 저지르지 말고 어두워 남이 보지 않아도 스스로 삼가야 한다는 것이다. 한 마디로 하늘이 인간을 항상 지켜보고 있으니 언제나 두려워하며 자신을 살피라는 내용이다.

제8절은 인간 본래의 착한 심성을 회복하자는 내용이다. 안회가 의리의 무궁함을 알고 남과 나 사이에 간격이 있지 않았다는 고사를 원용하고 있다.[30] 우리가 그것을 모범으로 삼아 따르다 보면 저절로 요순처

27 「子張」 篇, 『論語』. "子張曰, 士,見危致命, 見得思義, 祭思敬, 喪思哀, 其可已矣."
28 『大學長句』. "君子, 必愼其獨也."
29 『中庸』. "君子, 戒愼乎其所不睹, 恐懼乎其所不聞. 莫見乎隱, 莫顯乎微, 故君子, 愼其獨也."

럼 성인이 될 수 있다는 것이다. 마지막으로 '타고난 본래의 심성을 따라 도를 닦자'라는 언급을[31] 확인하면서 모두가 그것을 즐기자고 권유한다.

제9절에서 화자는 고대광실에 왜 좋지 않은 일이 생기고 얼마나 많은 재물을 가졌기에 시비와 득실의 다툼이 발생하느냐고 나무란다. 그래서 오로지 자신의 욕망을 극복하고 예를 회복하는 '극기복례'를 즐기자고 역설한다. 그것은 단순한 욕망을 억제하자는 것이 아니다. 그래야만 성인이 제시한 '인'을 구현할 수 있기 때문이다. 이를 위한 대안으로 작자는 청빈하면서도 분수를 지키면서 성인의 도를 실천하겠다는 '안빈낙도(安貧樂道)'의 삶을 제시하고 있다.

안빈낙도는 가난하게 살면서도 편안한 마음으로, 하늘의 도리를 지키려는 삶의 철학을 말한다. 『논어』·「옹야편」이나[32] 『맹자』·「이루장구하(離婁章句下)」에[33] 연원을 두고 있다. 맹자는 '인은 사람이 편히 살 만한 곳이고, 의는 사람이 가는 바른 길이다'라고 말했다.[34] 이것은 물질보다 정신이 중요하고, 정신적 안정은 편안한 쉼터의 확보로부터 시작된다는 뜻이다. 여기에 즐거움이 추가된 것이 안락(安樂)이다. 그런데 이러한 삶의 태도는 후대 유자들의 생활 방식이나 가치관의 형성에 지대한 영향을 끼쳤다.

---

30 「太伯」, 『論語』. "顔子之心, 惟知義理之無窮, 不見物我之有間, 故能如此."

31 「長句」, 『中庸』. "天命之謂性, 率性之謂道, 修道之謂教."

32 「雍也」, 『論語』. "子曰, 賢哉 回也. 一簞食 一瓢飮, 在陋巷, 人不堪其憂, 回也. 不改其樂, 賢哉, 回也."

33 「離婁章句下」, 『孟子』. "子曰, 賢哉, 回也. 一簞食, 一瓢飮, 在陋巷. 人不堪其憂, 回也不改其樂. 賢哉, 回也."

34 「離婁章句上」, 『孟子』. "仁, 人之安宅也. 義, 人之正路也."

이처럼 〈천지일가곡〉은 성리학적 이념을 근거로 인간이 취해야 할 바람직한 삶의 자세를 형상화한 연시조 작품이다. 여기에서 전제된 '형제'는 넓게는 보편적인 존재로서의 인간 자체이고, 좁게는 현실에서 부모를 섬기는 실제적인 자식이자 같은 핏줄을 타고난 형제이기도 하다. 〈천지일가곡〉의 1~3절에서 인간을 천지 만물의 존재로 파악하고 서로 형제 관계에 놓여 있다고 한 것은 바로 그런 이유에서이다. 그래서 인간은 현실적으로 자식으로서 부모님께 효도하고 형제끼리 우애하는 당위성을 갖게 된다. 그렇지만 인간 현실은 그렇지 못하다. 그래서 작자는 형제 관계인 인간들이 본래의 바람직한 질서를 회복하기 위해서 보다 근본적인 태도의 전환이 필요하다고 보았다. 그것은 도학적 이념에 근거하여 욕망을 억제하고 본디 타고난 천성을 보전하고 형제의 우애를 위해 사리사욕을 삼가야 한다고 보고 있다. 한 마디로 〈천지일가곡〉에서는 우리 인간이 한 몸의 형제로서 욕망을 버리고 하늘로부터 부여받은 본연지성을 회복하자는 교훈적인 내용으로 점철되어 있다.

작자의 그러한 견해는 모두 성리학에 근본을 두고 있는 도학적 견해이다. 작자인 이창중은 대학이나 중용과 같은 유학 경전에서 추출된 도학적 견해로 인간을 둘러싼 갈등과 대립의 해답을 찾고 있었다. 이러한 관점은 이창중의 독자적인 견해라고 말하기 어렵다. 게다가 〈천지일가곡〉이라는 시조는 이창중이 처음 시도한 것이 아니고 앞서 고응척이 시도하였다. 천지가 한 집안이라는 것도 이미 중국 성리학에서 제시되었던 이념이자 조선조 성리학에서 다뤄진 핵심 사안이기도 하였다. 하지만 이창중은 고응척의 그와 같은 관점에 머물지 않고 있다. 그는 우리 인간들이 갈등과 대립을 일으키는 사사로운 욕망을 버리고 천성을 회복하여 인간애를 회복하자는 차원으로 확산시키고 있었다.

그리고 두곡 고응척은 이현보(李賢輔)와 이황(李滉), 주세붕(周世鵬)으로부터 시작되는 영남시조의 중심적 가풍과 별도로, 선산지역에서 박영(朴英, 1471~1540), 박운(朴雲, 1493~1562)을 잇고 있었다.[35] 이들 선산지역의 사림들은 유교 경전 『대학』을 중시하면서 지식 연마와 심성 수양을 강조하는 세계관을 형성하고 있었는데, 이들은 이러한 세계관을 반영한 시조 작품을 창작하였다. 그래서인지, 이들 고응척(1531~1605)의 시조 작품은 28수에서 25수는 대학장구(大學章句)를 시조화한 것이고, 나머지 〈호호가(浩浩歌)〉 3수는 마자재가(馬子才歌)를 번역한 것이다.[36] 이창중은 그러한 두곡 고응척의 삶과 정신, 그리고 시가문학을 본받았고, 더 나아가 선산지역에서 이어진 학문 세계를 잇고 있었다고 말할 수 있다.

3.2. 가사 : 〈병대사(屛臺辭)〉

3.2.1. 작품 원문

〈屛臺辭〉
"詠吟, 無文代以諺, 江山風月, 聊自樂"
어화 내 일이야 싱각ᄒᆞ니 ᄀᆞ이업다
이때ᄭᆞ지 무엇ᄒᆞ고 白髮이 되엿ᄂᆞᆫ고
窮廬[37]에 혼자 안자 悲歎만 ᄒᆞ쟈 ᄒᆞ니
ᄂᆞᆷ의 탓 아니로ᄃᆡ 憤慨을[38] 니길소냐[39]

---

35 송재연, 「고응척의 시가문학 연구」, 서울대학교 박사학위논문, 2014, 193~203쪽.
36 박규홍, 「두곡시조고」, 『시조문학연구』 2, 영남시조문학연구회, 1983, 89~105쪽. 윤영옥, 『시조의 이해』, 영남대학교출판부, 1986, 87~92쪽.
37 窮廬(궁려): 가난한 집.

하ᄂᆞᆯ긔 타난 性을 무어세 쓰단 말고
早喪父母ᄒᆞ니 孝悌을 ᄒᆞ다 ᄒᆞ랴
窮困年老ᄒᆞ니 忠節을 셰다[40] ᄒᆞ랴
才德이 업서시니 事業이 이실소냐
世上에 쓸ᄃᆡ업서 巖穴애 깁피 드니
쇽졀업ᄉᆞᆫ 愚夫ㅣ로다
虛靈ᄒᆞᆫ 이 知覺은 ᄂᆞᆷ과 ᄀᆞ치 어덧거ᄂᆞᆯ
엇지 擴養치[41] 못ᄒᆞ아 明德이 昏昧ᄒᆞᄃᆡ
慾浪[42]이 蕩覆ᄒᆞ니[43] 處ᄂᆞ에 風波ㅣ러라
七情이 正發ᄒᆞᆫ돌 베플 쳬 이실소냐
聾瞽로[44] 自處ᄒᆞ고 戰ᄂᆞ兢ᄂᆞ 지나더니
그리졀리[45] 오ᄂᆞᆫ 날이 나히 븘셔 六十일쇠
而況七十古來稀나더니 남은 날이 긔 얼맬라[46]
ᄎᆞ하리 후리치고 놀니라 山水間의
대막대 초신으로[47] 東西南北 내돌라[리]고
名區롤 차자가니 勝地도 함[하]도할샤
화기롤 훨젹 펴고 쳘녕ᄂᆞᄂᆞ 노닐 저긔
鳶飛魚躍地[48] 두 ᄉᆞ이예 나고[도] ᄯᅩᄒᆞᆫ 그러ᄒᆞ니

38 憤慨(분개): 몹시 분하게 여김.

39 이길소냐.

40 세다: 1. '세우다'의 옛말. 2. 받들어 세우다. 받들게 하다. '셰다'(15세기~18세기)〉 '세다'(19세기~현재).

41 擴養(확양): 넓히고 기르다.

42 慾浪(욕랑): 욕망의 물결.

43 蕩覆(탕복): 망하여 뒤집힘.

44 聾瞽(농고): 귀머거리와 소경. 곧 무지함을 가리킴.

45 그리졀리: 그럭저럭. 그렇게 저렇게 하는 사이에 어느덧.

46 -ㄹ라: -ㄹ까.

47 초신: 삼실과 밀을 먹인 창호지로 삼은 미투리. 또는 '짚신'의 방언.

江湖여 널너더니 滄海 ᄯᅩ 좁은 덧다
우읍다 사ᄅᆞᆷ들하 이런 맛갈 모ᄅᆞᆯ진ᄃᆞᆯ
患得患失[49] 져덧 ᄒᆞ며[50] 吮癰舐痔[51] 그덧 ᄒᆞᆯ샤[52]
古今事迹 손 곱피며 吉凶榮辱 헤여 보소
文章才智 英雄豪傑 令終ᄒᆞ리[53] 드믄드믄
표동이[54]을 못ᄉᆞᆯ필ᄃᆞᆯ[55] 밋기 조차 ᄃᆞᆺ틀것가
우리ᄂᆞᆫ 졀롤 보고 이러키을 즐기노라
ᄯᅥᆯ치고 ᄂᆞᆲ더나셔 華山 아래 드러가니
屛風덤[56] 노픈 臺예 구어보니[57] 淸潭이오
四方을 들너보니[58] 八景이 ᄯᅩ ᄀᆞ잣ᄂᆡ
이 ᄯᅡ히 絶勝이라 草廬 數間 지어두고
漁父辭 읇프면셔 고기 낫가 먹노라니
渭水漁翁[59] 부러ᄒᆞ며 松江鱸魚[60] 이예 더ᄒᆞᆯ가

---

48 鳶飛魚躍(연비어약) ; 솔개가 날고 물고기가 뜀. 만물이 각자의 법칙에 따라 제 살 곳을 얻어 잘 살아간다는 것을 비유함. 자연의 오묘한 도를 말함.

49 患得患失(환득환실): 얻기 전에 얻으려고 안달하고 얻고서 잃을까 걱정함. 이해득실에 지나치게 얽매이고 따진다는 의미.

50 그럭저럭 하다.

51 吮癰舐痔(연옹지치): 종기의 고름을 빨고 치질 밑을 핥는다는 뜻. 남에게 지나치게 아첨하는 것을 말함.

52 그동안 그만그만 하다.

53 令終ᄒᆞ-: 고종명(考終命)하다. 제명대로 살다가 편안히 죽다.

54 표동이: 표동이(漂動-). 물 위에 떠서 움직이는 것. 낚시찌.

55 -ㄹᄃᆞᆯ: -ㄴ들. -ㄴ 다고 할지라도.

56 屛風덤: 병풍바위. '덤'은 '바위'의 경남 방언.

57 구어보-: 굽어보다.

58 들너보-: 둘러보다.

59 渭水漁翁(위수어옹): 중국 주(周)나라 때 위수(渭水)에서 낚싯대를 드리우고 때를 기다렸던 강태공(姜太公)을 말함.

60 松江鱸魚(송강로어): 오(吳)나라 송강에서 난 농어. 이 농어회가 맛이 좋기로 유명

擊壤歌 느리혀며[61] 田園을 민노라니[62]
沮溺의[63] 朝暮耕과[64] 滋味야 다롤소냐
紫芝曲[65] 긴 소리로 深谷애 樵採홀시
이 뫼히 商山인가[66] 四皓을 ᄯᅩ라 읍닉[67]
濯纓歌 罷흔 후의 洗心潭 沐浴ᄒᆞ고
月色 닙고 두로 거러 淸風 씌고 도라올 제
風乎舞雩詠而歸[68]와 依俙然[69] 髣髴흔 덧
安宅을 修理ᄒᆞ고 淸福을[70] 누리면셔
北窓의 발을 걸고 曲肱枕 누어시니
몸애는 辱이 업고 ᄆᆞ음은 閑暇ᄒᆞ다
내 사리[71] 淡泊ᄒᆞ니 어늬 벗 ᄎᆞ자올고
柴扉은 寂ᄌᆞ흔딕 白鷗만 사괴다가
瓦甌[72]蓬底[73] 獨斟ᄒᆞ야[74] 一杯復一杯오

했다고 함.

61 노래하며.

62 (김을) 매다.

63 저익(沮溺): 장저(長沮)와 걸닉(桀溺). 둘 다 춘추전국시대 초(楚) 나라의 은자.

64 朝暮耕(조모경): 아침저녁으로 밭을 일구며.

65 紫芝曲(자지곡): 진나라 말기에 난리를 피해 남전산(藍田山)에 들어가 은거하던 상산(商山)의 사호(四皓)가 불렀다는 노래.

66 商山(상산): 지금 중국 섬서성 상현. 이곳의 심산유곡에서 네 사람의 은사가 세상을 피해 숨어있다고 함.

67 따라서 읊다.

68 風乎舞雩詠而歸(풍호무우 영이귀): '舞雩에서 바람쐬고 읊으며 돌아오다.' (『논어』·「선진」편)

69 依俙然(의희연): 희미한 상태.

70 청복(淸福): 청한(淸閑)한 복. 벼슬을 하지 않고 먹을 것을 걱정하지 않으며 사는 복.

71 사리: 살림. 살이. 생활. 생애(生涯). '살[活]-+-이(명사 파생접미사).

72 瓦甌(와구): 질그릇 사발.

73 蓬底(봉저): 마른 쑥으로 지붕을 덮고 있는 작은 배의 밑바닥.

巖上松下 ᄌᆞ오다가[75] 半醉半醒 니러나며
手之舞之[76] 呈之蹈之[77] 然ᄒᆞ 曲을 노래ᄒᆞ니
舞蹈容兮[78] 舒遲[79]ᄒᆞ고 餘音和兮[80] 嫋ᄒᆞ[81]로다
萬事ㅣ 無心ᄒᆞ니 므슴 思慮 ᄒᆞᆯ고
取無禁兮[82] 이 山水와 用不竭兮 져 風月에
順吾性兮[83] 消日ᄒᆞ니 樂天命兮[84] 無窮이라
唐虞世界[85] 보옵ᄂᆞᆫ 덧 五絃琴調[86] 듯ᄌᆞᆸᄂᆞᆫ 덧
日月光華 만나거다 朝復朝兮 샹힉[87] 노새
泉石膏肓[88] 이 내 病을 부듸 고쳐 므슴ᄒᆞ료
三公不換此江山이[89] 眞實노 올톳더라

---

74 獨斟(독짐): 홀로 술을 따르다. 여기에서는 작은 배의 밑바닥에서 혼자 술을 마신다는 것으로 隱者의 삶을 뜻함.

75 (낮잠을) 자다가.

76 『孟子』·「離婁」上의 '不知手之舞之, 足之蹈之'(자기도 모르게 손이 춤추고 발이 뛰는 것)에서 나온 말. 참된 즐거움.

77 呈之蹈之(정지도지): 받들어서 발을 구르니.

78 舞蹈容兮(무도용혜): 춤을 추는 모습이.

79 舒遲(서지): 여유가 있고 풍아한 모양

80 余音和兮(여음화혜): 남아있는 울림이 화평하니

81 嫋嫋(뇨뇨): 간드러지다.

82 取無禁兮(취무금혜): 가져도 금하지 않은 것이.

83 順吾性兮(순오성혜): 나의 본성을 따르며.

84 樂天命兮(낙천명혜): 천명을 즐기는 것이.

85 唐虞世界(당우세계): 요순시대. '당우(唐虞)'는 요(堯)와 순(舜)의 두 성군을 뜻함.

86 五絃琴調(오현금조): 오현금의 곡조. 옛날 순(舜) 임금이 오현금(五絃琴)을 만들어 치국부민(治國富民)을 기원하는 내용의 〈남풍가(南風歌)〉를 지어 불렀다는 고사를 원용(援用)하여 비유한 것.

87 샹힉: 늘. 항상.

88 泉石膏肓(천석고황): 고질병이 되다시피 산수풍경을 좋아하는 것.

89 '三公不換此江山'는 송나라 시인 대복고(戴复古, 1167~?)의 〈釣台〉란 시에 나오는 어구. 후한 광무제가 세 번이나 찾아가 '諫議大夫'라는 벼슬을 주겠다는 제의를 거절

麤糲粥[90]弊縕袍[91]도 니우나 못 니우나
屛臺예 主人으로 風月만 迎接거든
뉘 날을 詆毁ᄒᆞ며[92] 내 눌을 歎羨홀고[93]
내 ᄆᆞ옴 절로 즐겨 날 가는 줄 모ᄅᆞ소라[94]
두어라 千載下 ᄇᆞ린 一介書生 이러그러[95] 남은 날을 노닐니라

3.2.2. 작품 해설 및 분석

〈병대사〉는 이칭중이 지은 조선 후기의 사대부 가사이다. 창작 시기는 1700년대 초기로 그의 나이 60세 정도에 군위의 화산에 살면서 지은 것이다. 그것은 〈병대사〉에 나오는 '그리졀리 오는 날이 나히 볋셔 六十일쇠'라는 구절에서 단서를 찾을 수 있다. 표기는 국한문 혼용체의 세로쓰기로 되어 있다. 작품 길이는 2음보 1구를 단위로 120구 내외의 중형가사로써[96] 18세기 전후의 표기법을 따르고 있다. 예를 들어 작품에서 '받들어 세우다'라는 뜻의 '셰다'는 19세기 이전인 15~18세기의 표기법이다. '니긜소냐'는 '이길소냐'라는 뜻으로 두음법칙이 적용되지 않고 있다. 단모음화 이전의 복모음 표기도 보인다. '살[活]'

하고 부춘산 엄릉뢰에서 낚시하며 은거했던 子陵 嚴光(기원전 37~43)의 고사.

90 麤糲粥(추려죽): 거친 쌀로 만든 죽.

91 縕袍(온포): 헤어진 솜옷.

92 詆毁(저훼):비방하고 헐뜯음.

93 歎羨(탄선): 부러워함.

94 –소라: 1인칭 주어와 함께 쓰이는 감탄형 종결 어미.

95 이러그러: 이러구러. 이럭저럭 시간이 흐르는 모양.

96 홍재휴는 가사 길이가 60구 이하는 단형가사, 300구 이하는 중형가사, 그 이상의 구수율을 가진 것을 장형가사로 보았다. (홍재휴, 「가사」, 『국문학신강』, 국문학신강 편찬위원회 편, 새문사, 1985, 173쪽.)

에 파생접미사 '-이'가 붙어 오늘날 '살림'이나 '살이'를 뜻하는 '사리' 도 근대 이전의 어휘이다. '늘, 항상'이란 뜻의 '샹히'도 마찬가지이다. 이것들은 오늘날 찾을 수 없는 근대 이전의 어휘들이다. 그리고 '덤'처럼 '바위'를 뜻하는 영남 방언이 나타나기도 한다.

〈병대사〉의 작품 구성은 '서사'-'본사'-'결사'로 이어지고,[97] 내용상으로 '기'·'승'·'전' '결'의 4단 구성을 취하고 있다. 먼저 〈병대사〉의 '서사' 부분을 살펴보자. 첫 구인 '어화 내 일이야 싱각ᄒᆞ니 ᄀᆞ이업다. 이때ᄭᆞ지 무엇ᄒᆞ고 白髮이 되엿ᄂᆞᆫ고'에서 제19구인 '쇽졀업슨 愚夫ㅣ로다'까지가 그것에 해당한다. 여기에서 화자는 늙음을 한탄하며 자신의 가난한 삶으로 비탄에 젖고 있다. 화자는 지난날 천성을 보존하며 진정한 삶을 영위하고자 하였지만 여의치 않았다고 고백한다. 그것은 화자 자신이 분노를 이기지 못하고 세상사에 쓸모없는 존재가 되었기 때문이다. 그가 쓸모없는 존재가 된 것은 도학에서 말하는 욕망에 얽매여서인지, 아니면 정치적 풍파로 말미암은 것인지 확실하지 않다. 그것은 이어지는 본사 부문에서 늙어서라도 세속을 벗어나 산수를 편력하며 은자의 삶을 추구하겠다는 것을 진술하기 위함이다.

'본사'는 내용에 따라 크게 두 부문으로 구분된다. 하나는 '본사1'로서 화자가 자신의 삶을 반성하고 세속을 벗어나 산수를 찾아 떠나는 부문이다. 제20구의 '虛靈ᄒᆞᆫ 이 知覺은'에서 제77구인 '이러키을 즐기노라'까지가 그것에 해당한다. 다른 하나는 '본사2'로 화자가 군위 화산의 병풍바위에 이르러 마침내 이상적인 승지를 발견하고 산수에 의

97 이를 강호가사의 구성 양식과 관련지은 정재호의 논의가 있었다. (정재호, 『한국가사문학론』, 집문당, 1984, 259~260쪽.)

지하며 살아가는 부문이다. 제78구인 '떨치고 넓더나셔 華山 아래 드러가니'에서 제143구인 '날 가는 줄 모ᄅᆞ소라'까지가 그것에 해당한다.

'본사1'에서의 화자는 자신이 허령한 지각을 지니고 태어나서 그것을 확양시키지 못하고 욕망에 휩쓸려 지내다가 어느덧 환갑이 지났다고 고백한다. 그러다가 늙은 나이에 현실을 벗어나 산수를 찾아 길을 떠난다는 내용이다. '본사2'에서 화자는 은자로서 굴원의 어부사를 읊거나 강태공처럼 낚시하며 세월을 보낸다. 때로는 요순시절의 격양가를 부르며 태평성대를 노래하기도 한다. 그러면서 자신은 춘추전국 시대의 난세를 피해 살던 은사가 다름 아니라고 생각한다. 아울러 그는 연못에 몸을 씻거나 바람을 쐬면서 행복에 겨워하며 청복(淸福)을 누린다고 여긴다. 여기 '본사2'는 많은 전고와 용사가 동원되며 역대 은자들의 삶을 불러낸다. 그리고 그것을 화자 자신과 일체화한다. 이러한 삶은 작자로 여겨지는 화자 자신이 꿈꾸어 오던 세계였다.

'결사'는 마지막 구절인 '두어라 千載下 ᄇᆞ린 一介書生 이러그러 남은 날을 노닐니라'가 그것에 해당한다. 여기에서 화자의 내적 갈등은 완전히 해소되고 자연과 동화되어 유유자적하며 살겠다는 다짐과 함께 의지를 피력하는 부문이다.

이처럼 〈병대사〉는 농어촌 생활상이나 일상적인 취흥을 담고 있는 가사 작품과는 거리가 있다. 그런 점에서 〈병대사〉는 세속의 복잡한 현실을 벗어나서 자연으로 돌아가 산수에 의지하며 살아가는 삶을 그린 전형적인 강호가사의 일종이다.[98] 〈병대사〉의 작중 화자는 사대부 선비

98 정재호는 강호가사의 개념을 '특성', '구성', '강호생활의 의미'로 규정하였다. 강호가사란 막연히 농어촌에 묻혀 있는 사람들의 생활을 노래한 것이 아니라 선비로써 장차

로서 벼슬길을 마다하고 강호에서 인격을 함양하며 안빈낙도의 삶을 분수로 여긴다. 이 점은 〈도산가〉에서 화자가 타의에 의해 현실 참여의 좌절로 말미암아 은거를 지향하는 삶을 담고 있는 것과 차이가 있다.

앞서 언급한 바, 이창중은 자신의 연시조 〈천지일가곡〉에서 '형제'로 대변되는 인간 사회의 다툼과 갈등을 치유하기 위해 욕망을 줄이고 '극기복례'하여 타고난 천성을 회복하자면서 제시한 것이 '안빈낙도'였다. 반면에 가사 〈병대사〉는 작자 자신이 연시조 〈천지일가곡〉 제9절에서 제시했던 '안빈낙도'에 대한 구체적 실천 내용을 보여주는 시가 작품이었다. 〈병대사〉에서는 화자가 세속을 벗어나 산수에 동화되어 청복을 누리면서 은자처럼 유유자적하는 삶의 구체적 모습을 형상화하고 있었기 때문이다. 이창중의 연시조 〈천지일가곡〉과 가사 〈병대사〉는 둘 다 공통적으로 작자 자신이 꿈꾸던 안빈낙도의 삶을 형상화하였다고 말할 수 있다. 이것은 고응척이 유교 경전을 읽고 자득한 깨달음을 주로 '부(賦)'와 '시조'라는 양식으로 표출하였는데,[99] 이창중은 그것을 '가사'와 '시조' 양식으로 담았다는 차별성이 있다.

벼슬길에 나아갈 수 있는 사람들의 재야생활을 노래한 가사를 뜻한다. 강호가사는 구성상 비슷한 양식을 가지고 있어 '序詞·展開一, 二·結詞'로 나눌 수 있다. '序詞'는 그들이 강호에 머무르게 된 취지를 노래하였고, 展開(一)에서는 그들의 환경을, (二)에서는 생활을 노래하였음을 밝혀 대체로 아름다운 강산에서 초가삼간에 정자를 곁들여 지어놓고 소요음영과 석조 및 취흥으로 즐김을 노래한다. '結詞'에서는 강호에 묻혀 안빈낙도를 즐기겠다는 것과, 성은에 감사하는 것의 두 개의 형식으로 되어 있다. 마지막으로 그들 강호가사의 주인공은 벼슬길에 나가야 할 선비들이지만 뜻과 같지 않아 강홍 머물러 자연을 사랑하는 사람으로 은둔의 꿈과 현실에 대한 동경의 갈등 속에 헤메는 두 얼굴의 선비이다. (정재호, 앞의 저서, 1984, 259~260쪽.)

99 송재연, 앞의 논문, 2016, 133쪽.

4. 맺음말 - 문학사적 의의와 함께

이 논문은 18세기 초기에 이창중이라는 선비가 이끈 '연연정시사'의 자료집인 『연연정창수록』의 관련 내용을 고찰한 것이다. 이창중은 17세기 후기에 경상도 선산에서 태어나서 주로 숙종 연간에 활동했던 지방 문인이다. 그는 1700년을 전후로 16세기 중기에 두곡 고응척(1531~1605)이 머물렀던 화산으로 이주하였다. 이창중은 그곳에 초옥과 정자를 마련하고 시사를 운영하였다. 여기 시사에 참여했던 인물은 문무 양반 또는 중인들로 구성되었다. 이들 대부분은 오늘날 거의 알려진 바가 없는 인사들이다.

『연연정창수록』에는 시사에 참여했던 문인들의 한시 작품과 중심인물이었던 이창중이 지은 연시조 〈천지일가곡〉 9수과 가사 〈병대사〉 1편이 수록되어 있었다. 이들 작품은 지금까지 학계에 알려지지 않았던 새로운 국문시가이다. 일단 이창중의 연시조 〈천지일가곡〉은 고응척의 그것을 전범으로 삼은 것이다. 하지만 이창중은 고응척처럼 추상적인 범주에 머물지 않고 그것을 보다 구체화하여 천지를 일가로 하는 '형제'로 규정하고 그것을 인간애의 차원에서 적용을 모색하였다. 더 나아가서 이창중은 그와 같은 인간의 본연지성을 회복하기 위한 방책으로써 세속적인 욕망이나 이해를 벗어나 산수에 귀의하여 '안빈낙도'를 찾는다는 특징이 있었다.

반면에 가사 〈병대사〉는 이창중이 〈천지일가곡〉에서 제시했던 '안빈낙도'에 대한 구체적 실천 내용을 보여주는 작품이라 하겠다. 그것은 농어촌의 생활상이나 일상 취흥을 읊고 있는 것이 아니다. 〈병대사〉는 복잡한 세속을 벗어나 산수에 의지하여 자연과 함께 살아가는 은자적 삶을 형상화하고 있다는 점에서 강호가사의 전형을 보여주는 작품이다. 그런데 이창중의 〈병대사〉는 자신이 흠모했던 고응척이 남긴 가사 작품인 〈도산가〉와 좋은 대비를 이룬다. 고응척의 〈도산가〉는 그가 타의에 의해 현실 참여의 좌절로 말미암아 은거를 지향하는 삶을 담고 있다. 반면에 이창중의 〈병대사〉는 천성을 보존하며 자신의 진정한 삶을 영위하고자 늙어서라도 세속을 벗어나 자연에 의지하며 살아간다는 내용이다.

한편, 문학사적으로 이창중의 한시나 국문시가는 그 자신보다 150여 년이나 앞서 활동했던 두곡 고응척(1531~1605)의 사상과 시의식이 깊이 투영되어 있었다. 그는 고응척의 삶과 정신, 그리고 시가문학을 본받고 있었기 때문이다. 더 나아가 그는 조선중기 이래로 선산지역에서 이뤄진 박영(朴英, 1471~1540), 박운(朴雲, 1493~1562)에서 고응척으로 이어지는 학문 세계를 계승하고 있었다는 것을 확인할 수 있다.

然然亭唱酬錄 并堂傳

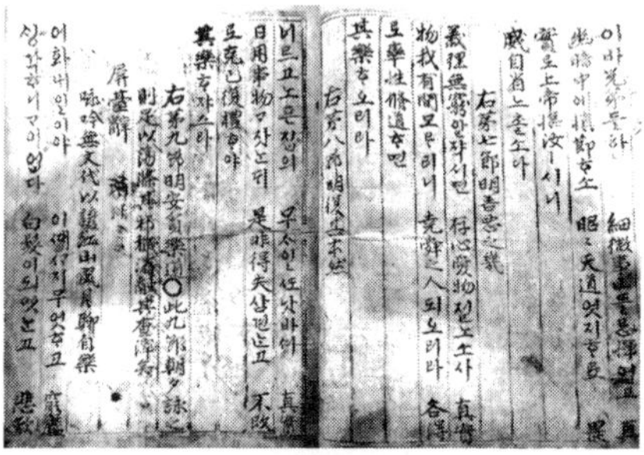

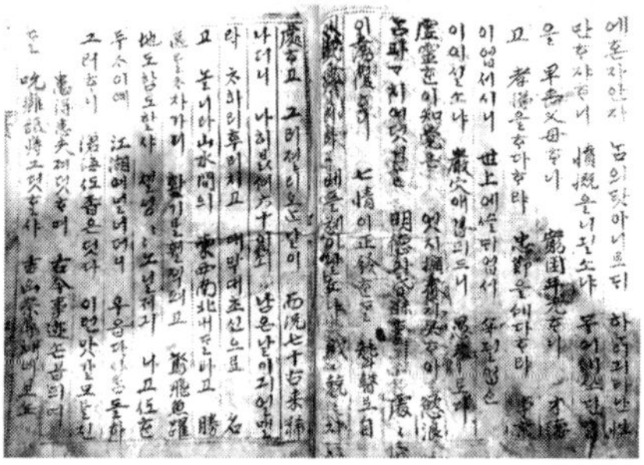

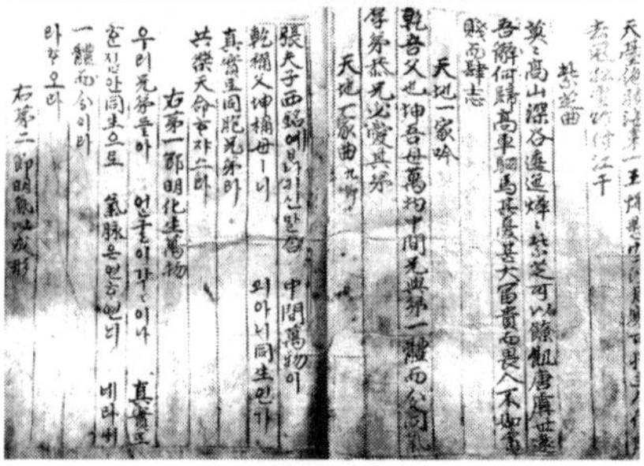

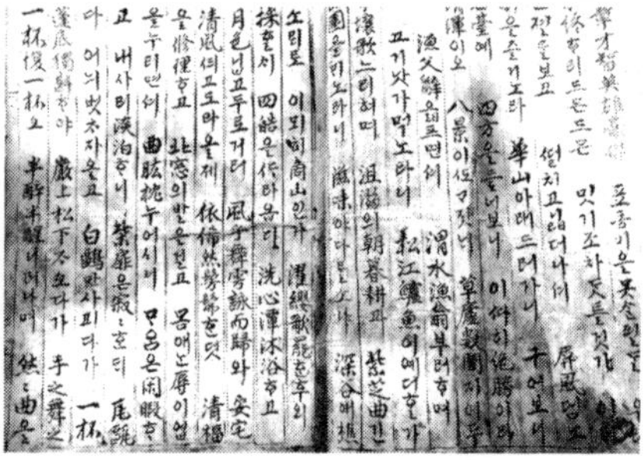

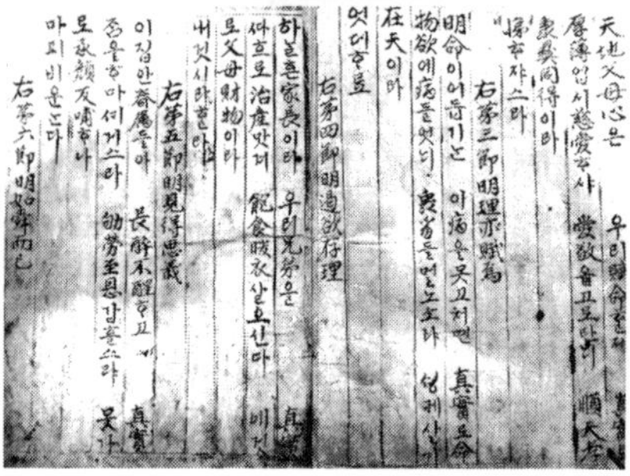

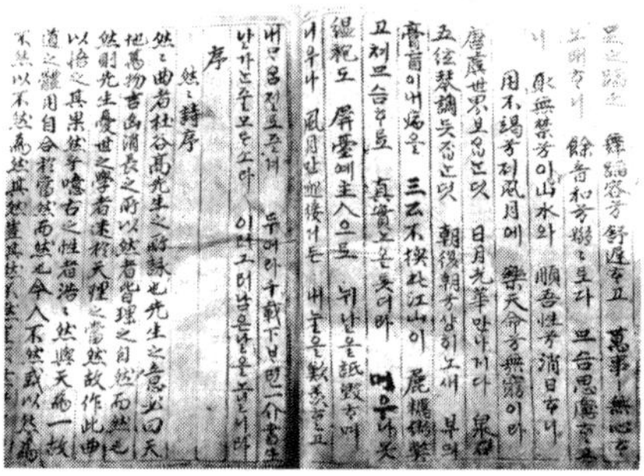

『전가비보』와 송정 이복길의 새로운 연시조 <오련가>에 대하여

1. 머리말

17세기 전기에 송정(松亭) 이복길(李復吉, 1579~1640)이 지은 연시조 〈오련가(五連歌)〉 2편을 공개한다. 〈오련가〉 2편은 각각 5수의 시조로 모두 10수로 이루어져 있다. 이 자료는 선문대 박재연 교수가 근래에 입수한 『전가비보(傳家祕寶)』라는 서책에 실려 있다. 여기에는 송정 이복길의 편지 30여 건과 연시조 작품인 〈오련가〉 2편, 그리고 한시 작품이 수록되어 있다.

송정 이복길은 지금까지 학계에 알려지지 않았던 문인이다. 그렇지만 이복길이 조선중기 명종과 선조 연간에 활동했던 청련(青蓮) 이후백(李後白, 1520~1578)의 친손자라면 대략 짐작할 수 있을 것이다. 이후백은 일찍이 연시조 〈소상팔경(瀟湘八景)〉 8수를 남긴 것으로 알려져 있는데, 이번에는 손자인 이복길의 연시조 2편이 나왔다.

주지하다시피, 시조는 고려 말엽에 발생하여 16세기에 접어들어 본격적으로 발전하였다. 이 시기에 들어 연시조도 본격적으로 창작되었다. 일찍이 세종 때의 맹사성(孟思誠, 1360~1438)이 지은 〈강호사시가〉

가 있긴 하나, 연시조가 본격적으로 지어진 것은 16세기에 들어서이다. 이별의 〈장육당육가〉, 이현보(1467~1555)의 〈어부가오장(漁父歌五章)〉, 주세붕(1495~1554)의 〈오륜가〉, 이황(1501~1570)의 〈도산십이곡(陶山十二曲)〉, 이이(1536~1584)의 〈고산구곡가(高山九曲歌)〉 등이 이 시기에 지어졌다. 이후백의 〈소상팔경〉도 이 시기의 작품이다.

17세기는 정묘호란(1627년)과 병자호란(1636년)이 일어났고 정치적으로 붕당이 격화된 시기였다. 하지만 성리학의 심화와 함께 문운이 융성하면서 박인로(朴仁老, 1561~1642)·신흠(申欽, 1566~1628)·김상헌(金尙憲, 1570~1652)·홍봉한(洪鳳漢, 1586~1637)·윤선도(尹善道, 1587~1671)와 같은 많은 시조 작가가 배출되었다. 송정 이복길의 〈오련가〉도 이 시기에 나왔는데, 구체적으로 1630년대 전후로 지어졌던 것으로 보인다.

이 논문에서는 이복길의 연시조 작품 2편이 수록되어 있는 『전가비보』의 편찬 경위와 서지를 밝히고, 그것을 통해서 부족하나마 이복길의 문학적 편린을 살펴보고자 한다. 이어서 연시조 〈오련가〉 2편의 작품 전문을 밝히고 그것의 내용을 살펴보도록 한다.

이 논문은 새로운 연시조 작품인 〈오련가〉를 발굴하여 판독하고 작자 규명을 위해 작성된 논문임을 미리 밝혀둔다. 본격적인 작품 분석은 다음 기회로 미룬다.

2. 『전가비보』와 송정 이복길의 문학적 편린

2.1. 서지와 편찬 경위

자료집은 서책 형태인데 책명이 없다. 다만, 송정의 막내아들 이호인(李好仁, 1629~1675)이 지은 〈전가비보발(傳家祕寶跋)〉를 통해서 책명을 『전가비보(傳家祕寶)』로 추측할 수 있을 뿐이다. 서책의 크기는 가로세로 21.5×32.0㎝이고, 전체 30장이다. 『전가비보』는 효종 2년(1651) 6월 상순에 이호인이 선친이신 송정 이복길의 편지와 시문 몇 편, 그리고 돌아가신 친모 해미백씨의 한글 편지 몇 점을 오려붙여서 편집한 것이다. 편찬 경위는 둘째아들 이영인(傳家祕寶, 1611~1688)과 넷째아들 이호인이 쓴 발문에 잘 나타나 있다.

〈전가비보 발(傳家祕寶跋)〉

이 서첩은 선인(先人)께서 손수 쓰신 것이다. 내가 4세 되던 해에 모친을 잃고, 12세 때 또 다시 부친을 잃었으며, 13세 때에는 백씨(伯氏)까지 잃었다. 그래서 둘째와 셋째 형 사이에 기탁하며 고독하게 나날을 보내고 애통해마지 않는 삶을 산 것이 수십 년이 되었다.

하루는 상자 안에 소장되어 있는 문서들을 보다가 우연히 선인께서 손수 쓰신 시와 서한 5, 60여장을 발견했는데 좀이 먹어서 애초에 어떤 어버이의 유필임을 몰랐다. 그래서 바로 둘째 형에게 보여주자, 둘째 형이 받아보고 울며 말씀하시기를, "이것은 선인의 필적인데 어디서 찾은 것이냐?"라고 하고는 한숨을 쉬고 애석해한 뒤 내게 말씀하시기를, "오묘함을 다해서 1책을 만들어 자손들에게 보물로 전해 주어야겠다."라고 하셨다. 나 또한 애석하게 여겨 그 속에서 30여 장을 추려내 한 첩으로 만들고 거기에다 모친의 언문(諺文) 글씨를 덧붙여 자손에게 전하려 한다. 내가 만약 이 보물을 완성해서 상자 속에 잘 보관해 두지 않는다면 자손들이 어떻게 이것을 알 수 있겠는가. 그래서 감격의 눈물을 흘리며 이 첩을 작성해서 자손들에게 알려, 상자 안에 잘 보관해서 후세에 전하도록 하려 한다.

아, 슬프다! 이 필첩을 보물로 삼고 싶지 않다고 해도 그것이 가능하겠는가? 만일 이 보물을 더럽혀서 세상에 전하게 하지 않는다면 사람이 아니고 사람이 아니리라.

신묘년(1651) 유금월(流金月, 6월) 상순에 불초 고자 호인(好仁)이 피눈물을 흘리며 절을 하고 삼가 쓰다.

지난해엔 어버이를 잃었고	去年喪嚴親
올해는 백씨조차 여의었다.	今年喪伯氏
다만 삼형제만 남아	只有三兄弟
통곡의 눈물이 그치지 않았다.	慟哭淚不止
애달픈 관두산(館頭山)에	哀哀館頭山
백탑(百塔)만 마주한다.	百塔相對
쓸쓸한 백양(白楊) 나무 아래	蕭蕭白楊下
서글픈 바람이 불어온다.[1]	慘憺悲風至

이는 송정 이복길의 넷째이자 막내아들이었던 이호인이 쓴 『전가비보』의 발문이다. 효종 2년(1651) 6월에 해남에서 함께 살고 있던 둘째

1 『傳家秘寶』, 〈傳家秘寶跋〉. "此帖, 乃先人手筆也. 余年甫四歲哀慈親, 十二又孤嚴親, 十三又失伯氏. 托寄於仲季兩氏之間, 寧丁度歲, 哀痛不已者, 數十有年矣. 一日忽考見篋裏所藏之物, 偶得先人手筆詩與翰五六十餘丈, 而又爲虫蠹所喫. 余初不知某親之遺筆, 卽持以示仲季氏, 則仲季氏, 受而見之, 泣而問之曰, 此先人筆跡也. 安所得之. 吁而慨惜之, 語余曰, 足盡其妙而以成一冊, 以傳子孫之寶. 余亦愛惜之, 若干抄出卅餘丈, 裝成一帖. 又附先慈諺筆, 以傳子孫. 余若不成此寶, 而藏置于篋笥中, 則子孫何能得知之. 玆以感涕之餘, 作成此帖, 以令知子孫, 而堅藏于篋笥中, 以傳于後世矣. 嗚呼噫哉. 此筆雖舍寶玩, 而安可得也. 且若汚此寶, 而不傳於世, 則非其人非其人矣. 時辛卯流金上澣, 不肖孤好仁, 血泣拜手敬書."

형님인 이영인 댁에서 편집되었다. 참고로 관두산은 해남군 화산면에 있다. 발문에는 그가 둘째 형인 이영인과 함께 부모님의 글씨와 편지를 모아 『전가비보』를 편집하게 된 경위를 언급하고 있다. 이들은 부모님의 서첩을 만들어 후손들에게 전하겠다는 것이다. 그는 언문 글씨가 모친이신 백씨부인이 쓴 것이라고 말하고 있다. 그런데, 필자가 살펴보니 그것은 여섯 편의 편지에서 마지막 세 편을 말한 것이다. 앞의 세 편은 아버지 이복길이 쓴 것이었다.

『전가비보』에 수록되어 있는 한문 간찰은 모두 27건으로 송정 이복길이 자식들이나 지인들에게 보낸 것이다. 서한은 송정이 인조 26년(1628)에 류생원(柳生員)에 보낸 것과 인조 8년(1630)에 이충원(李忠原) 댁으로 보낸 것을 제외하곤 대부분 자식들에게 보낸 것이다. 둘째아들인 이영인(李榮仁)에게 보낸 편지가 10여 통으로 가장 많고, 다음으로 셋째아들인 이우인(李友仁, 1615~1654)과 첫째 아들인 이극인(李克仁, 1602~1641)에게 보낸 편지이다. 이 중에는 영인과 우인 형제에게, 또는 극인과 영인 형제에게 보낸 것들도 있고, 자식 모두에게 보낸 것도 있다. 편지는 집안의 대소사로부터 소소한 개인의 일상에 이르는 여러 가지를 전하면서 당부하는 내용이다.

『전가비보』의 수록 차례를 보면 한문 서간문 27건이 먼저 나오고 이어서 연시조인 〈오련가(五連歌)〉 제1편 5수, 그리고 오언절구 3수와 7언절구 1수가 있다. 다음으로 〈오련가〉 제2편 5수가 있고,[2] 7언과 5언 절구로 된 한시 작품 〈상사곡(相思曲)〉 9수와 〈병중작(病中作)〉 1수가 있다. 이들 작품은 모두 송정 이복길이 지은 것이다. 여기에 수록된

2 〈오련가〉 제1편, 제2편은 필자가 편의상 붙인 이름이다.

한시들은 당시풍의 작품인데, 대부분 상사(相思)의 내용이다. 표기상으로 연시조인 〈오련가〉 제1편 5수 다음에 있는 오언절구 3수와 7언절구 1수는 한자 원문에다 우리말 독음과 토를 달았다. 반면에 연시조 〈오련가〉 제2편 5수 다음에 기록한 〈상사곡〉 9수와 〈병중작〉에는 원문을 한자가 아닌, 국문으로 적었고 그 아래에 우리말 풀이를 해놓았다.

시조와 한시 작품이 끝난 다음에 이호인은 부친이 적어 놓은 조부모와 모친의 忌日을 오려붙여서 편집해 놓았다. 여기에 이호인은 "此先人書, 贈好仁, 以令知先忌, 余時年未十歲矣."라고 적어 놓았다. 이것은 이복길이 막내아들인 이호인을 위해 '조부 李善慶, 조모 최씨부인, 모친 백씨 부인'의 忌日을 적어준 것인데, 아들 호인이 분실하지 않고 보관하고 있다가 수록한 것이다. 이어서 송정이 며느리와 해미백씨에게 보낸 편지가 3건, 아내가 남편인 이복길, 아들 영인에게 보낸 편지가 3건, 모두 6건의 한글 편지가 있다. 서첩의 마지막에는 송정의 둘째 아들인 이영인과 넷째 아들인 이호인이 쓴 발문이 있다.

이상의 서지 내용을 통해서 『전가비보』는 송정 이복길의 글씨와 해미백씨의 편지 유품을 아들인 이영인과 이호인이 모아서 만들었다는 것을 알 수 있다. 편집 의도는 이들 두 아들이 아버지 송정 이복길과 어머니 해미백씨의 글씨 유품을 보존하고 부모님의 은혜를 잊지 않으려는 효심에서 비롯된 것이었다. 그런데 이들은 『전가비보』를 문학 작품보다는 부모님의 글씨를 보존하려는 서첩으로 생각하고 있었다는 점이다. 〈오련가〉라는 연시조 작품은 미처 생각하고 있지 못하였던 듯하다.

2.2. 송정 이복길과 그의 문학적 편린

다음으로 『전가비보』의 주인공인 송정(松亭) 이복길(李復吉, 1579~1640)에 대해 살펴보도록 한다.

그의 본관은 연안이고 양원공(楊原公) 이숙감(李淑瑊, 1429~?)의 후손이다. 그는 별좌(別坐)라는 벼슬을 받았으나 나아가지 않고 일생을 초야에 묻혀 살았다. 시문과 시조로 높았던 청련 이후백이 그의 친할아버지이다. 역사적으로 이후백은 청백리로 이름이 높았고 사후에 여러 서원에 배향된 인물이었는데, 연시조 〈소상팔경〉을 비롯하여 여러 시조 작품을 남긴 것으로 알려져 있다. 반면에 손자였던 송정 이복길은 지금까지 거의 알려지지 않았던 인물이다.

이복길은 조선중기 선인간(宣仁間)에 활동했던 문인으로 어려서는 임진왜란을, 늙어서는 병자호란을 겪었다. 아버지 이선경(李善慶, 1546~1592)은 임진왜란을 당해서 한양에서 왜군에게 죽음을 당했다. 연안이씨 이후백 후손들은 이를 전후로 전쟁에 참여하거나 호남으로 이주를 하였다. 둘째아들인 이유길(李有吉, 1576~1619)은 의병을 일으켜 충무공 이순신 휘하에 들어가서 명량해전에 참전하였다가 이후에 강홍립(姜弘立, 1560~1627)의 부장이 되어 후금과 싸우다가 전사하였다. 셋째아들 이복길은 1597년에 정유재란이 일어나자 가족을 이끌고 전남 강진으로 내려갔다. 그는 인조 5년(1627)에 정묘호란이 일어나자 스승인 사계(沙溪) 김장생(金長生, 1548~1631)의 의병부대에서 有司로 참여하였다. 넷째아들 이익길(李益吉, 1582~?)도 영암으로 내려가서 정착하였다. 이선경의 장손인 이수인(李壽仁, 1601~1661)은 병자호란으로 인조가 삼배구고(三拜九叩)를 당하자 강진으로 낙향하였다.

이들 연안이씨 양원공파 후손들이 강진과 인연을 맺게 된 것은 청련 이후백으로부터 시작되었다. 이후백은 경남 함양에서 세거하다가 외조모의 친가가 있는 전남 강진에서 소년기를 보낸 적이 있었다. 이후백의 아들 이선경과 그의 자식들은 주로 서울에서 성장하였다. 그러다가 임진왜란으로 이선경이 일본군에게 죽음을 당하고 정유재란이 일어나자 이복길은 강진군 안정동으로 내려가 자리를 잡았다. 나중에는 둘째아들 이영인이 살던 해남군 삼산면 송정리에 가서 살다가 삶을 마감하였다.

이복길은 처가 쪽의 인맥과도 가까웠던 것으로 보인다. 그의 부인은 송호(松湖) 백진남(白振南, 1564~1618)의 따님이었고, 백진남은 삼당파 시인의 한 사람이었던 옥봉(玉峯) 백광훈(白光勳, 1537~1582)의 아들이었다. 이복길이 백진남의 따님과 혼사가 맺어진 것도 선대의 숙연이 있었기 때문이다. 옥봉 백광훈이 청련 이후백에게 수학하였고, 이들 집안은 서울과 호남을 오가면서 세교가 있었다.[3] 그런 영향이어서인지 다음 『전가비보』에 나오는 한시 작품들을 살펴보면 당시풍 일색이다.

작야츄풍도(昨夜秋風到)ᄒᆞ니	어제 밤 가을바람이 불어오니
쳐량ᄀᆡᆨᄉᆞ다(凄凉客思多)로다	처량한 나그네는 생각이 많아진다.
하시귀고리(何時歸故里)고	언제쯤 고향에 돌아가
토진별수다(吐盡別愁多)로다	이별의 서글픔을 다 쏟아낼까.
샹ᄉᆞ블샹견(相思不相見)ᄒᆞ니	그리우면서도 보지 못하며
유릭디기일(由來知幾日)고	지내온 나날이 얼마쯤일까

3 교유 관련은 다음 논문으로 미룬다. (김종서, 「옥봉 백광훈과 호남시단의 교유」, 『한국한시연구』 10, 한국한시학회, 2002, 91~142쪽.)

야야몽도빈(夜夜夢徒頻)ᄒᆞ니	밤마다 꿈으로만 자주 만나다가
교릭턍욕녈(覺來腸欲裂)로다	깨어나니 애가 끊어지는 듯.

『전가비보』에는 시조와 한시가 뒤섞여 실려 있다. 먼저 시조 작품인 〈오련가〉 제1편과 4수의 한시가 나오고, 다시 〈오련가〉 제2편과 10수의 한시가 수록되어 있다. 위의 시는 〈오련가〉 제1편 다음에 나오는 것으로, 한시 원문에다가 우리말로 독음을 한 한시 4편중의 앞 2수이다. 조선중기에 이르러 문운이 흥성하면서 豊雄高華의 성당풍이 한 시대를 풍미하였다.[4] 이 시에서도 그러한 풍성한 감성으로 나그네의 시름과 그리움의 문제를 담아내고 있다.

〈샹ᄉᆞ곡〉

니가십오일(離家十五日)	집 여히연 디 열닷쇄로딕
쇼식경슈뎐(消息竟誰傳)	유무를 ᄆᆞ촘내 뉘 뎐ᄒᆞᆯ고
지격일산녕(只隔一山嶺)	오직 ᄒᆞᆫ 재 ᄀᆞ려쇼딕
환동만니텬(還同萬里天)	도로혀 만니 하늘 ᄀᆞᆺ도다
병니광음도(病裏光陰度)	병든 가온딕 시져리 디나니
수심빅암연(愁心倍黯然)	시름ᄒᆞᄂᆞᆫ ᄆᆞᄋᆞᆷ이 빅히 아득ᄒᆞ도다
슈쟝일국누(誰將一掬淚)	뉘의 나 ᄒᆞᆫ 우홈 눈믈을
요긔미인변(遙寄美人便)	머리 미인의게 브틸고

위의 시들은 〈오련가〉 제2편 다음에 실린 것들로, 임을 그리워하는

4 이병주, 『고전의 산책』, 민족문화문고간행회, 1985, 193~206쪽.

〈상사곡(相思曲)〉 계열의 5언율시이다. 시적 화자가 집을 떠나와서 임을 그리워하는 내용이다. 집을 그리워하는 시적 화자에게 있어서 현재의 거처와 집과의 물리적 거리는 오직 재 너머의 지근거리지만, 마음 속으로 여기는 심리적 거리는 만 리나 떨어진 것처럼 멀게 느껴진다. 실제로 해남읍의 금강산에서 송정리까지의 거리는 재 너머 20 리 안팎에 있다. 옥천은 백광훈이 살던 시대에는 영암에 속해 있었는데 이후 행정 구역의 이속에 따라 해남군에 편입되었다.

기록자로 보이는 송정 이복길은 〈샹ᄉᆞ곡〉이라는 제목을 붙이고 옆에 '서ᄅᆞ ᄉᆡᆼ각ᄒᆞᄂᆞᆫ 그리라 이ᄂᆞᆫ 유무 보디 못ᄒᆞ야 지은 거시'라고 적고 있다. 송정 이복길이 집을 떠나 있으면서 백씨부인을 그리워하며 짓지 않았나 생각된다. 백씨부인(1586~1632)은 그보다 7살 아래였고, 8년 먼저 세상을 떠났다. 그렇다면 연시조 〈오련가〉도 1630년대 전후에 지어졌을 것으로 추정된다.

한편, 옥봉 백광훈은 호남과 서울을 오가면서 살았는데, 경저는 백악 아래에 있었고, 향저는 영암 옥천면에 있었다. 이복길은 호남으로 내려와서 처가집이 있는 영암군 옥천면에 있는 옥봉 향저를 드나들었다. 아래 한시는 현주(玄洲) 조찬한(趙纘韓, 1572~1631)이 옥봉 향저에서 이복길에게 지어준 것이다.[5]

멀리서 상쾌한 단풍 누대를 찾아내	逈得楓臺爽
거문고와 서책을 들고 이곳까지 왔다.	琴書就此携
들쑥날쑥 비단 돌길이 열리고	參差開錦石

5 趙纘韓, 〈王峯舊莊, 贈李復吉十韻〉, 『玄洲集』 권7.

맑고 얕은 물이 옥빛시내로 흐른다.	淸淺瀉瑤溪
굽어진 연못에 메마른 연꽃 꺾이고	曲沼枯荷倒
겹겹이 바위 아래 시든 대나무가 가지런하다.	重巖瘦竹齊
파도 말아 오르듯 소나무가 골짜기에 우뚝하고	卷濤松挺壑
덮개 드리우듯 버들이 제방을 둘렀다.	垂蓋柳圍堤
고운 빛 속에 꽃들이 다투어 웃고	麗旭花爭笑
향기로운 동산에 새들이 또 지저귄다.	芳園鳥又啼
짙은 그늘은 복날 더위를 내몰고	綠陰驅伏暑
벌건 여름은 절로 시원하다.	朱夏自淸凄
국화꽃은 서리 내린 섬돌에 서있고	菊蕊抽霜砌
매화 넋은 눈 내린 길 위에 감돈다.	梅魂動雪蹊
사계절 모두 감상할 만하나	四時皆勝賞
휴가 기간이라, 온 눈길을 펼친다.	暇日卽窮睇
혜강(嵇康) 같은 신선이 아닌데,	不是仙中散
누가 이 속에 깃든 것을 감당하랴.	疇堪此裏棲
먼 자취를 이제 따라잡을 수 없으니	遐蹤今莫逮
어느 날 밤 길도 응당 혼미하리라.	他夕路應迷

이 시는 〈옥봉의 옛 장원에서 이복길에게 10운시를 주다(玉峯舊莊, 贈李復吉十韻)〉라는 제목의 오언배율 작품이다. 조찬한은 선조조에 활동했던 호남문인으로 『청구영언』에도 그의 시조 작품 2수가 보인다. 〈최척전〉을 지은 조위한이 그의 형이다.

이 시는 이복길에게 지어준 것이지만 그에 대한 내용은 없고 옥봉 향저의 모습과 정경을 읊고 있을 뿐이다. 1행에서 8행까지는 옥봉 장원의 모습을 제시하고 있다. 9행에서 15행까지는 이곳 장원에서 느낄 수 있는 아름다운 사계절의 풍광을 묘사하고 있다. 16행에서 20행까지는 세속과 거리를 두고 유유자적하며 살아가는 장원 주인을 통해 속인들이 범접하기 어렵다는 소감을 피력하고 있다. 이곳 옥봉구장은 백광훈이 살아서도 그랬지만 그 이후에도 많은 문인들이 출입하였다. 이 시를 통해 이복길이 옥봉가에서 맺었을 인적 교류의 한 단면을 알려주고 있다.

이에 앞서 이복길의 조부이신 이후백이나 장인이었던 백광훈은 송순(1493~1582)의 면앙정가단과 정철(1536~1593)의 성산가단으로 대변되는 16세기 호남가단에서 활동하고 있었다. 이복길이 당시풍의 한시를 짓거나 〈오련가〉를 지었던 것도 이들 호남가단의 영향권에 있었기 때문으로 짐작된다.

3. 〈오련가〉의 작품 전문과 문예적 특징

3.1. 작품 전문

먼저 〈오련가(五連歌)〉 2편의 작품 전문을 제시한다. 이어서 작품 내용과 시적 특질을 간단히 살펴보도록 하겠다.

3.1.1. 〈오련가(五連歌)〉 제1편

님 그려 싱각ᄒᆞ고 창젼(窓篰) 딥고 삶을 ᄉᆞ니
외로온 녕혼이 님의손ᄃᆡ 가 잇더니
술ᄉᆞ리 원슈(怨讐)의 황포(黃袍)[6]로 말 못ᄒᆞ고 ᄡᅵ과라

6 黃鶯, 꾀꼬리.

ᄶᅵ여 니러 안자 ᄉᆞᆱ일을 ᄉᆡᆼ각ᄒᆞ니
무단(無端)ᄒᆞᆫ 눈므리 두 볼해 진쥬로다
이 진쥬 진짓 진쥬와 뎌 님의 집의 보내고져

보내여든 아ᄅᆞ실가 내 정셩 아ᄅᆞ실가
님도 날 ᄀᆞᄐᆞ면 일뎡 내 ᄠᅳᆮ 아ᄅᆞ시려니
만일에 내 ᄠᅳᆮ과 다ᄅᆞ면 판연(判然) 대쇼(大笑)ᄒᆞ리라

대쇼 마ᄅᆞ시고 내 정셩 아ᄅᆞ쇼셔
므슴 댱부(丈夫)로 이리도록 이러커니
얼구른 녜 얼굴 이셔도 일촌가(간)댱은 서건 디 오라거다

간댱이 다 서그니 목숨이 업게 되게
주거 딘퇴(塵土ㅣ) 되다 이 ᄆᆞᄋᆞᆷ 서글손가
두어라 졍셩이 감텬(感天)ᄒᆞ야 디하(地下)의 가 보새이다

3.1.2. 〈오련가〉 제2편

아이고 보고지고 에엿븐 님 보고지고
이제 가면은 둘히 서로 보련마ᄂᆞᆫ
엇더다 가디란 못ᄒᆞ고 술쏠 가숨 서기ᄂᆞᆫ고

서견디고 서견디고 가숨도 서견디고
서근 가숨이 눈믈노 소사난다
하 서겨 하 서기니 눈믈 간 제 업다

눈므리 개디 아녀 밤낫을 하 흐ᄅᆞ니
피 되여 냥싊(兩袖ㅣ) 반반(斑斑)이로다
언제긔 이 ᄉᆞ매 뵈며 둘히 서로 우ᄋᆞ려니[7]

둘히 마조 안저 우올 제도 이실가
간댱이 하 ᄐᆞ니 오늘니일 죽으리다
진실노 안자 우ᄋᆞ면 즉시 죽다 셜우랴

죽디 셟디 아녀 님 못 볼가 글을 셜웨
출하리 싀여뎌[8] 범날ᄋᆡ[9] 되야 이셔
시름코 안자 잇거든 님의 오ᄉᆡ 안ᄌᆞ리라

3.2. 문예적 특징

3.2.1. 작자 문제

먼저 연시조 작품인 〈오련가〉 2편의 작자에 대하여 검토할 필요가 있다. 앞서 이호인은 『전가비보』의 〈발문〉에서 언문이 모친이신 해미 백씨의 글씨라고 언급하였다. 게다가 〈오련가〉 다음에 나오는 한시들이 일부만 한자로 기록되어 있고 나머지는 모두 국문으로 기록되어 있다. 여기에서 한문에는 낯설고 언문에 익숙한 것을 짐작할 수 있기에 작자를 해미백씨로 추정할 수도 있다. 그런데 언급과는 달리, 한글 편지

7 웃으려니.
8 싀여뎌: 사라져, 죽어.
9 범나비.

에서 해미백씨의 것은 6편중에서 3편뿐이었다. 처음 3편은 해미백씨가 쓴 것이 아니라, 남편인 송정 이복길이 며느리와 해미백씨에게 각각 보낸 것이었다. 해미백씨의 한글 편지는 나머지 3편뿐이었다. 게다가 조선중기에 여성이 연시조를 창작했다는 사례가 보고된 적이 없었다.

언간의 필체를 보면, 이복길과 해미백씨가 다르다. 그리고, 〈오련가〉 2편과 덧붙여 있는 한시 작품은 송정 이복길의 필체에 가깝다. 필체도 이복길이 부인인 해미백씨보다 훨씬 유려하다. 게다가 한시를 국문으로 적더라도 한자 뜻을 모르면 이해할 수 없다는 사실이다. 그래서 남편인 이복길이 이들 연시조와 한시들을 지어서 아내인 백씨부인이 읽을 수 있도록 적어 주었던 것으로 여겨진다. 실제로 한시를 한글로 쓰고 번역한 '샹ᄉᆞ곡' 옆에는 'ᄂᆡ일 유무의 긔별ᄒᆞᆫ 말 ᄌᆞ세 ᄒᆞ소'라든가 '졍신이 날노 업ᄉᆞ니 민망희', '서ᄅᆞ ᄉᆡᆼ각ᄒᆞᄂᆞᆫ 그리라 이ᄂᆞᆫ 유무보디 못ᄒᆞ야 지은 거시'라고 첨기한 부분이 있어 편지 대신 시를 보냈음을 짐작할 수 있다. 송정 이복길을 연시조의 작자로 추정하는 까닭이 여기에 있다.

다음 〈오련가〉와 함께 실려있는 한시들을 살펴보자. 이들 한시를 통해 작자가 이복길이라는 단서를 찾을 수 있다.

〈샹ᄉᆞ곡(相思曲)〉[10]

ᄌᆞ군지별긔샹ᄉᆞ[自君之別幾相思]	그ᄃᆡ와 니별호므로브터 몃 저기나 서ᄅᆞ ᄉᆡᆼ각ᄒᆞᄂᆞ뇨
댱단츈산월ᄇᆡᆨ시[腸斷春山月白時]	애ᄅᆞᆯ 봄뫼 ᄃᆞᆯ ᄇᆞᆯ근 제 긋ᄂᆞᆫ도다

10 『전가비보』 22쪽. 원문 한시에 한글 독음만 있다. 한자는 필자가 입력한 것이다.

회슈망군군블견[回首望君君不見]	머리를 두로혀 그ᄃᆡᄅᆞᆯ ᄇᆞ라매 그ᄃᆡ를 보디 못ᄒᆞ니
녹음심쳐난잉ᄋᆞ[綠陰深處亂鶯兒]	프른 그를희셔 굇고리 어즈럽도다
죵일잔잔간슈류[終日潺潺澗水流]	나리 져므도록 잔잔히 시냇므리 흐르리
녹음심처됴셩유[綠陰深處鳥聲幽]	프른 ᄀᆞᄅᆞᆯ 기픈 ᄃᆡ셔 새소ᄅᆡ 그윽도다
무단도각십분ᄉᆞ[無端挑覺十分思]	무단히 열 불 의ᄉᆞᄅᆞᆯ 도도오니
블잉흉듕만곡수[不忍胸中萬斛愁]	가ᄉᆞᆷ 가온ᄃᆡ 일만 셤이나 ᄒᆞᆫ 시ᄅᆞᆷ을 ᄎᆞᆷ디 못ᄒᆞ리로다
셰모공산독셔디[歲暮空山獨棲地]	ᄒᆡ 져믄 제 뷘 뫼희 혼자 이시니
홍규하ᄉᆞ별경시[紅閨何事別更時]	홍규를 므스 일노 니별ᄒᆞ기ᄅᆞᆯ 여러 시 디나게 ᄒᆞ연ᄂᆞ뇨
무단원텽쇼샹안[無端遠聽蕭湘雁]	무단히 멀니 기러긔 소리ᄅᆞᆯ 드ᄅᆞᆫ니
ᄎᆞ야심정인브디[此夜心情人不知]	이 날 밤의 ᄆᆞᄋᆞᆷ을 사ᄅᆞ미 아디 못ᄒᆞᄂᆞᆺ다
오군샹직각텬애[吾君相在各天涯)]	나와 자내 서로 각각 하ᄂᆞᆯ ᄀᆞ애 이시니
야야샹ᄉᆞ톄만이[夜夜相思涕滿頤]	밤마다 서ᄅᆞ ᄉᆡᆼ각호매 눈믈이 ᄐᆞᆨ의 ᄀᆞ독ᄒᆞ얀도다
ᄎᆞ신녕작삼경월[此身寧作三更月]	이 몸이 ᄎᆞᆯ하리 삼경 ᄃᆞᆯ이 되여
일입홍규죠옥긔[一入紅閨照玉肌]	ᄒᆞᆫ적 홍규의 들어 옥 ᄀᆞᄐᆞᆫ ᄉᆞᆯ희 비최고져

〈상사곡〉이란 남녀 사이의 사랑을 주제로 하는 노래다. 당시에 많고 한국 한시에서도 〈상사곡〉이란 이름의 한시가 많이 지어졌다. 상사계 가요가 국문시가인 고려속요, 시조나 가사에서도 지어졌다. 조선말기의 12가사인 〈상사별곡〉도 상사계 시가류에 속한다. 이들 양식은 모두 남녀 사이의 사랑과 그리움을 내용으로 하고 있다.

이복길의 〈상사곡〉에서도 사랑하는 임과 이별하고 잊지 못하는 시적 화자의 절절한 심정을 토로하고 있다. 그런데 여기에서 화자는 남성으로 '홍규를 이별한 지 그 얼마런가(홍규하ᄉᆞ별경시[紅閨何事別更時])', '한밤에 달이 되어 홍규에 있는 여인의 옥같이 하얀 살결을 비추겠다(일입홍규죠옥긔[一入紅閨照玉肌])'라고 토로하고 있다. 이것은 다른 한시 작품에서도 남성으로 보이는 화자가 타관에서 집을 그리워하고 있기 때문이다. 실제로 이복길은 한시 상사곡에 나오는 '홍규(紅閨)'에 대해 '자내인ᄂᆞᆫ 방'이라고 풀이하고 있는데 여기서 '자내'는 남편이 아내를 일컬을 때 쓰는 말이다.

병듕작(病中作)	[병드러셔 지은 거시라 이ᄂᆞᆫ 누워서 지은 것시]
병와금강니(病臥金剛裏)	병ᄒᆞ야 금강의[11] 누워시니

---

11 원문에서 금강은 월출산이라고 언급하고 있다. 그러나 해남군에는 금강산이 있다. 둘 다 작자인 이복길이 살았던 해남군 삼산면 송정리에서 멀지 않는 거리에 있다. 참고로 해미백씨가 태어났던 처가는 현 해남군 옥천면 송산리에 있다. 옥봉 백광훈은 1537년 장흥군 안양면 기산리 출생인데, 글공부를 위해 옥천면 대산마을로 들어왔다가 훗날 차남인 백진남에게 지금의 터로 나가 살 것을 명해 아버지의 유업을 송산리로 모셔와 정착했다고 한다. 지금도 이 마을에는 옥봉서실이 남아 있다. 이렇게 본다면 이복길 자제의 거처와 처가는 모두 현재의 해남군 관내인 삼산면, 화산면, 옥천면에 있었다고 하겠다.

산듕블도인(山中不道人) 묏 가온ᄃᆡ 니ᄅᆞᆯ 사ᄅᆞᆷ이 업도다
창망가실원(蒼茫家室遠) 아득히 집이 머니
툐턍ᄀᆡᆼ샹신(怊悵更傷神) 슬피 다시 졍신을 슬허ᄒᆞ놋짜

〈병듕작(病中作)〉은 『전가비보』에 수록되어 있는 12개의 한시 작품 중에서 마지막 부분에 있는 작품이다. 시에서 화자는 집을 떠나 월출산에서 병석에 누워 家室(집과 아내)을 그리워하고 있다. 그의 다른 한시에서도 객지에서 집과 아내를 그리워하고 있다. 이런 내용을 보건대, 『전가비보』에 있는 시가 작품들은 이복길이 객지에 있으면서 지었다가 돌아와서 아내인 백씨에게 국문으로 풀이까지 해서 적어주지 않았나 생각된다.

3.2.2. 작품 내용과 창작 기법

연시조 〈오련가(五連歌)〉 2편은 사랑하는 임을 그리워하는 상사의 내용이다. 〈오련가〉의 시적 화자는 "댱부(丈夫)", "범날ᄋᆡ(범나비)" 등과 같은 시어로 보아 남성으로 보는 것이 옳을 듯하다.

〈오련가〉 제1편에서 시적 화자는 임을 그리워하다가 창살을 짚고 꿈을 꾼다. 그런데 정담을 나눌 겨를도 없이 꿈을 깨고 만다. 화자는 꿈에서 깨어 일어나 임을 생각하며 진주 같은 눈물을 떨군다. 화자는 진짜 진주와 진주 같은 눈물을 임에게 보내고 싶다고 한다. 여기에서 진주 같은 눈물과 진짜 진주는 임에 대한 시적 화자의 마음이자 그리움의 결정물이다. 화자는 임이 나의 사랑을 모르면 그 진주를 보고 오히려 크게 웃을지도 모른다고 한다. 화자는 임을 혼자서 얼마나 그리워하였는지, 간장이 썩은 지 오래되었고, 죽어 티끌이 되어도 사랑은 변

하지 않을 것이라고 다짐한다. 그리고 설령 죽는다 하더라도 자신의 마음이 하늘을 감동시켜 죽어서더라도 지하에서 임을 꼭 만나겠다는 다짐을 하고 있다.

〈오련가〉 제2편도 임에 대한 사랑을 고백하는 내용이다. 여기에서 시적 화자는 직설적이며 반복적인 어법으로 임에 대한 그리움을 담아내고 있다. '보고지고'를 반복하거나 가슴 속을 썩이다는 말을 여러 차례 반복하면서 임에 대한 연모의 감정을 강화시켜 나가고 있다. 여기 제2편에서도 시적 화자가 눈물을 밤낮으로 흘린다는 점에서 제2편과 함께 감정의 과잉이 나타난다. 임을 만나기만 하면 웃을 텐데, 만나지 못해서 울음뿐이라고 한다. 나와 임이 만나서 웃을 수만 있다면 죽더라도 서럽지 않다고 한다. 화자는 임을 보지 못하면 차라리 죽어 범나비가 되어 임께서 시름에 잠겨 있으면 영혼이라도 임의 옷에 앉겠다고 말하면서 대상에 대한 애절한 사랑과 그리움을 드러내고 있다. 이러한 표현 방식은 정철의 〈사미인곡(思美人曲)〉에 나오는 것인데, 아마도 어느 정도 영향을 받지 않았나 싶다.

한편, 〈오련가〉의 꼬리따기식 창작 기법을 주목할 필요가 있다. 꼬리따기식 창작 기법이란 시조 종장의 마지막 어휘가 다음 시조의 초장 첫 어휘나 어구로 고리처럼 연결시켜 가는 것을 말한다. 예로써 〈오련가〉 제1편의 첫째 시조의 마지막 어휘인 '씌과라'가 둘째 시조의 첫 어휘인 '씌여'로 이어지고, 둘째 시조의 마지막 어휘인 '보내고져'가 셋째 시조의 첫 어휘인 '보내여든'처럼 꼬리에 꼬리를 물고 이어지는 기법을 말한다. 이것은 〈오련가〉 제2편에서도 마찬가지이다. 첫째 시조의 마지막 어휘인 '서기는고'가 둘째 시조의 첫 어휘인 '서견디고'로 이어지고, 둘째 시조의 마지막 어구인 '눈믈 간 제 업다'가 셋째 시조의 첫 어구인 '눈므리 개디 아녀'에서처럼 앞뒤가 사슬고리처럼 이어진다. 이러한 꼬리따기식 기법은 이번에 발굴된 〈오련가〉에서 처음 보이는 창작 수법이다.

3.2.3. 시적 특질

연시조는 시상에 따라서 기본형식인 평시조를 여러 수 계속해서 짓고 있는 것을 말한다. 연시조는 조선초기 맹사성이 지은 〈강호사시가〉를 시작으로 16~17세기에 이르러서 성흥기를 맞이한다.

그런데 17세기에 이르러서 시조 작품은 내용과 형식에서의 변화를 가져왔고, 작자층과 작품 주제에서도 다양화되고 있었다. 연시조가 다량으로 창작되고 있었고 기녀들도 시조 창작에 뛰어들었기 때문이다. 주제에서도 윤리와 도덕, 강호한정과 애민연정에 한정되지 않았고 우국충정과 사회현실에 이르기까지 보다 다양해졌다.

송정 이복길의 〈오련가〉는 그와 같은 17세기의 다양한 시가사적 흐름과 맞물려 있었다고 여겨진다. 그의 연시조는 이전의 훈민이나 강호한정과 같은 주제에서 벗어나 남녀 사이의 상사 문제를 중심 주제로 삼고 있었다. 시조가 그 시적 표현력을 넓게 확대시켜 가는 징표의 하나라고 할 수 있다. 그의 연시조 작품은 가까이는 송강 정철의 전후미인곡, 그리고 좀 더 올라가 고려속요인 〈동동〉이나 〈가시리〉와 같은 남녀상열지사의 노래에 접맥되어 있었다고 여겨진다.

4. 맺음말

이 논문은 17세기 전기에 송정(松亭) 이복길(李復吉, 1579~1640)이 지은 연시조 〈오련가(五連歌)〉 2편을 발굴하여 소개한 것이다. 〈오련가〉 2편은 『전가비보(傳家祕寶)』라는 서책에 실려 있는데, 한 편당 5수이고 모두 10수로 되어 있다.

『전가비보』는 효종 2년(1651) 6월 상순에 이영인과 이호인이 선친이신 송정 이복길의 서간문 27건과 10편의 한시 작품, 그리고 돌아가신 친모 해미백씨의 한글 편지 몇 점을 오려붙여서 편집한 것이다. 작자인 송정 이복길은 조선 중기에 활동했던 청련 이후백의 친손자였다. 그리고 부인인 해미백씨는 삼당파 시인이었던 옥봉 백광훈의 손녀였다. 송정 이복길의 한시가 당시풍이거나 연시조 나 〈오련가〉를 지었던 것도 이들 호남가단의 영향권에 있었기 때문으로 보인다.

『전가비보』에는 이복길이 지은 것으로 여겨지는 연시조 작품 〈오련가〉 2편이 수록되어 있다. 그것에 함께 수록된 한시들은 당시풍 일색으로 사랑하는 임과 이별하고 잊지 못하는 마음을 노래한 상사곡 계열의 작품이었다. 〈오련가〉를 비롯한 이들 작품의 창작 시기는 1630년대를 전후로 시차를 두고 송정 이복길에 의해 지어졌을 것으로 추정된다.

한편, 〈오련가〉의 작법으로 꼬리따기식 창작 기법에 주목하였다. 〈오련가〉 2편은 모두 시조 종장의 마지막 어휘가 다음 시조의 초장 첫 어휘나 어구로 사슬고리처럼 연결시켜 가는 꼬리따기식 창작 기법을 활용하고 있었다. 이러한 꼬리따기식 기법은 이번에 발굴된 〈오련가〉에서만 볼 수 있는 것이었다. 그리고 이복길의 〈오련가〉 2편은 고려속요인 〈동동〉이나 〈가시리〉에서부터 가까운 시대에 나왔던 송강 정철의 전후미인곡과 같은 상사계 가요에 접맥되어 있었다고 여겨진다.

〈오련가(五連歌)〉 원문(박재연 소장본)

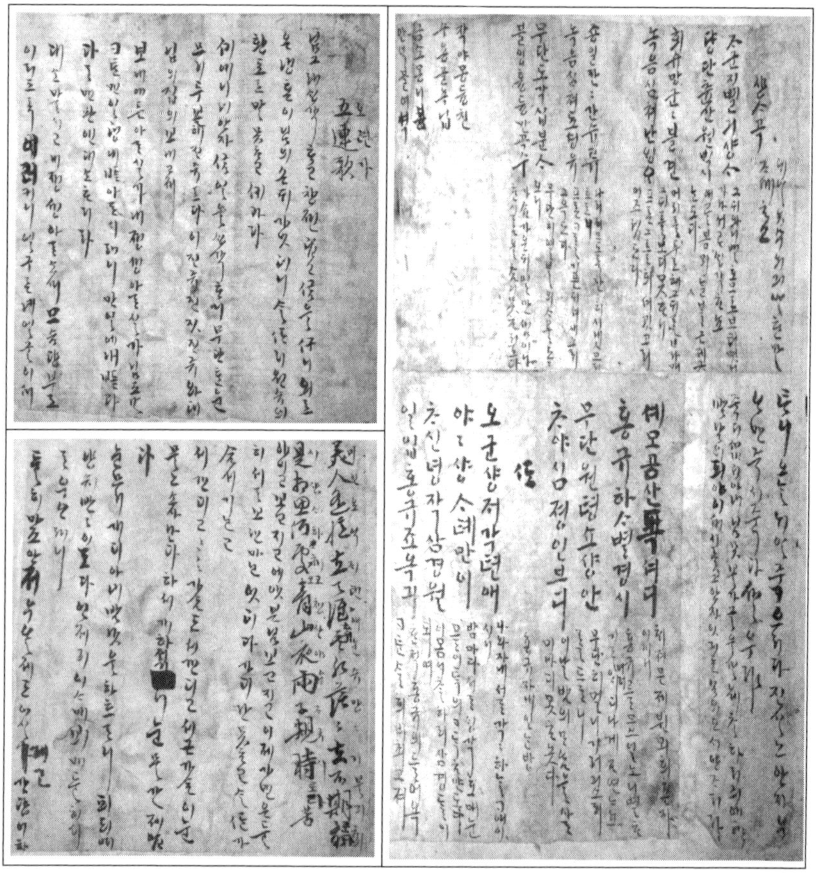

권선서의 한시와 새로운 시조 작품 3수

1. 머리말

19세기 중엽을 전후로 활동했던 권선서(權先曙)가 지은 한시와 그가 지은 시조 작품 3수를 공개한다. 필자는 근래에 권선서의 『선서재시고(先曙齋詩稿)』를 입수하였는데, 그것에는 한시와 시조 작품 3수가 수록되어 있었다. 권선서는 안동에서 활동했던 문인으로 몇 차례 자료를 조사하였지만 아직 실명을 확인하지 못하고 있다. 다만 그는 당호를 따라 선서(先曙)라는 호를 사용하였다. 본고에서는 편의상 그의 호를 따라 권선서(權先曙)로 부르기로 한다.

조선시대에 시가 양식의 양대 산맥은 시조와 가사였다. 정확한 통계가 없으나 박을수가 2007년 4월까지 집계한 시조 작품은 5,763수이고,[1] 고려대학교 민족문화연구원의 『고시조대전』에서 집계된 원천 문헌은 316종에 46,431수이다.[2] 반면에 1998년 4월까지 임기중교수가 집계한 가사 작품은 2,469편인데,[3] 이것은 군집 숫자가 아니기 때문에

---

1 박을수, 『한국시조대사전』, 아세아문화사, 1992, 1~1503쪽.
박을수, 『한국시조대사전』(별책 보유), 아세아문화사, 2007, 38~182쪽.

2 김흥규·이형대 외, 『고시조대사전』, 고려대학교 민족문화연구원, 2012, 1~1282쪽.

실제 작품은 그것의 몇 배에 이를 것이다.

시조와 가사 작품의 발굴 추세를 보자면, 가사는 지금도 새로운 작품이 꾸준히 나오는 편이다. 시조 작품은 상대적으로 적은 편이다. 이런 측면에서 볼 때, 『선서재시고』에 수록된 시조 3수는 그것의 작품성을 떠나 학계에 보고할 가치가 있다. 게다가 한시 작품도 200여 수가 넘는다. 따라서 이 논문에서는 19세기 중엽에 안동에서 활동했던 권선서의 작가적 특징을 살펴보고 그가 지은 한시와 시조 작품 3수를 살펴보고자 한다.

2. 『선서재시고』와 권선서의 삶

『선서재시고(先曙齋詩稿)』는 19세기 중엽을 전후로 활동했던 권선서(權先曙)라는 사람의 시문집이다. 여기에는 그가 지은 한시 207수와 시조 작품 3수가 실려 있다. 이 자료는 현재 필자가 소장하고 있다. 작자는 안동부 북면 사명동(四明洞)에 '선서재(先曙齋)'라는 집을 짓고 살았던 사람으로 일사(逸士)를 자처하였다.

서책의 크기는 19×32㎝이고 전체 86장으로 되어 있다. 지질은 한지이며 서책은 지은이가 자필로 쓴 초고본으로 이후로 간행되지 않았던 유일본이다. 시집은 깁고 고치고 있으며 작자 자신의 이름을 밝히지 않고 스스로 권일사(權逸士)로 적고 있다. 게다가 서책이 시집을 표방하고 있지만 체재도 불완전하여 시작품 사이에 산문 양식도 들어가 있다.

3 임기중, 『역대가사문학전집』(1-51권), 아세아문화사, 1998.

『선서재시고』의 앞뒤 표지로 사용된 배접지는 시체 검안과 관련된 내용에 관인이 찍힌 문서가 사용되고 있다. 표지 일부도 찢겨나가 책명을 '선서재(先曙齋)'까지 읽을 수 있다. 그렇지만 〈선서재시고서(先曙齋詩稿序)〉로 시작하는 것으로 보아 책명이 『선서재시고(先曙齋詩稿)』라는 것을 짐작할 수 있다.

서책에는 시작품 이외에도 〈태극도(太極圖)〉를 비롯한 천문과 관련된 몇몇 산문이 들어가 있다. 이것은 서책의 주인인 권선서가 천문에 대한 〈전형시(轉衡詩)〉를 지었는데, 방미(厖眉) 이숭연(李崇延, ?~?)을 비롯한 17명이 그것에 대해 차운하고 있다는 것을 말하기 위해 넣은 것으로 보인다. 참고적으로 여기 천문 연구에서 가장 핵심 내용을 담고 있는 것은 〈개형선기옥형주루회전도(盖形璿璣玉衡注淚回轉圖)〉로 보인다. 이것은 권선서가 천문을 관측하는 핵심 도면인데, 이어지는 〈개형선기옥형주루회전도기(盖形璿璣玉衡注淚回轉圖記)〉에서 그 원리를 설명하고 있다.

권선서라는 작자는 그동안 학계에 전혀 알려지지 않은 인물이지만 『선서재시고』를 통해 어느 정도 감지할 수 있다. 그는 역학(曆學)과 천문에 밝았고 손수 만든 선기옥형(璿璣玉衡)으로 천문을 관측하는 것을 취미로 삼고 있었다. 『선서재시고』에는 천문을 관측하는 그림인 〈개형선기옥형주루회전도〉 이외에도 〈반고삼황도(盤古三皇圖)〉, 〈양의삼광도(兩儀三光圖)〉를 비롯한 여러 그림이 들어 있다. 한편, 〈기문도양국(奇門圖陽局)〉과 관련된 글을 보니 작자는 기문둔갑(奇門遁甲)과 같은 술수에도 관심이 있었던 것으로 보인다.

그는 시문과 유학을 업으로 삼았던 인물이지만 일찌감치 관직을 포기하고 초야에 은거했던 것으로 보인다. 그는 순조 29년(1829)에 안동

사명산에 '선서재'를 짓고 살면서 세상을 등지고 숨어사는 일사(逸士)를 자처하였다. 〈선서재소거소지(先曙齋卜居小識)〉를 보면, 그는 아침 해를 먼저 얻는다는 뜻에서 '선서(先曙)'를 취하고 있다. 그리고 그가 농사를 지으면서 꽃씨를 뿌리고 버드나무를 가꾸며 음풍농월(吟風弄月)을 즐기는 것은 속세를 벗어나서 안분자족(安分自足)하는 일사(逸士)를 지향하기 때문이라고 고백하고 있다.[4] 이 점에 대해서 그를 가리켜 '남쪽 성곽의 청아한 은사가 문을 닫고 종일토록 신선 놀이한다.'라고 하거나[5] '신선처럼 사는 것이 무릉인과 흡사하고, 성곽 바깥의 청산에 본모습을 숨기고 있네.'라고[6] 한 것은 모두 그런 맥락에서 언급된 것이다. 더 나아가서 권희수(權羲洙)라는 선비는 그가 단학(丹學)에도 조예가 깊다고 암시를 하고 있다.

교유 관계를 살펴보면 그는 안동을 중심으로 여러 인사들과 교유하고 있다. 교유 인사로는 방미(厖眉) 이숭연(李崇延), 이일상(李一相), 이시수(李蓍秀), 〈북천가〉의 작자인 김진형(金鎭衡, 1801~1865)을 비롯한 30여명에 이른다. 그 중에서 송오(松塢) 권석준(權錫準, 1813~1885), 석초(石樵) 정안복(鄭顔復), 행서(杏西) 이장유(李長儒)와 가깝게 지냈던 것으로 보인다.

『선서재시고』를 통해 연대 확인이 가능한 그의 행적은 다음과 같다.

4 〈先曙齋卜居小識〉, 『先曙齋詩稿』. "歲在己丑, 鴈南之月, 占居于此虹藏之節, 工訖入處而洞稱四明齋, 名先曙, 四明者, 取諸四臾之名也. 先曙者, 先得朝旭之義也. 耕鑿之暇, 種花栽柳, 採拾之餘, 吟風弄月,是乃衡門之富貴, 林泉之趣味也."

5 〈次卜居〉(李一相 作), 『先曙齋詩稿』, '南郭淸疎隱凡人, 掩關終日翫玄眞'

6 〈次卜居〉(李蓍秀 作), 『先曙齋詩稿』, '仙居恰似武陵人, 郭外靑山秘本眞'

· 순조 29년(己丑, 1829), 안동 북면 사명동(四明洞)에 선서재(先曙齋)를 지었고 그의 〈복거(卜居)〉 시에 17명의 벗들이 차운하고 있다.
· 순조 30년(庚寅, 1830) 가을에 〈산야문답록(山夜問答錄)〉을 짓다.
· 헌종 4년(戊戌, 1838)에 〈몽상세행난(夢想世行難)〉을 짓다.
· 헌종 6년(庚子, 1840)에 송오(松塢) 권석준(權錫準,1813~1885)이 〈선서재기(先曙齋記)〉를 짓다. 와옹(窩翁) 권병직(權秉直)이 〈선서재렴기(先曙齋簾記)〉를 짓다.
· 헌종 9년(癸卯, 1843)에 그는 봄과 가을에 벗들과 뱃놀이를 하면서 한시를 짓다.
· 철종 4년(癸丑, 1853) 중양절에 길에서 권석준(權錫準)을 만나 즉석에서 시를 수창하다.
· 철종 7년(丙辰, 1856) 봄에 진보 현감으로 있던 김주교(金周敎, 1802~1860)가 『先曙齋詩稿』의 서문을 짓다.
· 철종 12년(辛酉, 1861) 6월에 상주 영장(尙州 營將) 이종준(李鐘俊), 인동 부사(仁同 府使) 민대호(閔大鎬)가 사람을 보내 치문(致問)하다.

이들 행적을 살펴보면 권선서는 19세기 전반기에서 후반기에 걸쳐 경북 안동에 살았던 지방문인으로 판단된다. 『선서재시고』의 시작품을 살펴보면, 작자가 순조 29년(1829)에 안동 사명동에 선서재를 짓고 살았을 시기부터 기록하고 있다. 마지막 작품은 철종 12년(1861) 6월에 작자가 선서재에서 인동부사 민대호(閔大鎬)를 모시고 벗들과 함께 지었던 시들이다. 시집 서문은 철종 7년(丙辰, 1856) 봄에 진보 현감으로 있던 고산(古山) 김주교(金周敎)가 지었다. 이것은 친구였던 석초(石樵) 정안복(鄭顔復, ?~?)이라는 사람이 『선서재시고』를 김주교(金周敎)에게 보여주고 시집 서문을 받아왔기 때문이다. 이로 미루어 『선서재시고』는 적어도 1861년 이후에 그가 살아있으면서 정리했던 것으로 보인다.

3. 권선서의 한시와 시조 작품

권선서의 시문집인 『선서재시고(先曙齋詩稿)』에는 207수의 한시와 3수의 시조가 수록되어 있다. 한시는 자연 경물을 읊거나 교유 과정에 지어진 화답시나 차운시가 대부분이다. 경우에 따라서는 19세기에 성홍했던 언어유희의 한시도 보인다. 시조 작품은 충효의 유교적 이념을 역설하거나 잔치에서 만수무강을 송축하는 내용이다.

3.1. 한시

3.1.1. 도학 정신과 일사적(逸士的) 삶의 지향

철종 7년(1856) 봄에 『선서재시고』의 〈서문〉을 지은 김주교(金周敎, 1802~1860)는 권선서의 도학 정신과 그의 일사적(逸士的) 삶을 주목하였다. 김주교는 자신이 북송 유학자인 명도(明道) 정호(程顥, 1032~1085)의 〈추일우성(秋日偶成)〉이라는 시를 늘 낭송한다고 하였는데, 그것에는 고상하고 툭 티어 시원스러웠고 막히거나 얽매임 없이 만물이 조화를 이루고 있다고 전제하였다.[7] 그런데 그런 경지를 얻은 사람이 있는데, 바로 권선서라고 하였다. 그렇다면 정호의 〈추일우성〉이라는 시는 무엇이고 권선서가 그런 평가를 받은 것은 무슨 까닭인지 살펴볼 필요가 있다.

---

7 〈先曙齋詩稿序〉, 『先曙齋詩稿』. “明道程先生詩云, 閒來無事不從容, 睡覺東窓日已紅. 萬物靜觀皆自得, 四時佳興與人同. 道通天地無形外, 思入風雲變態中. 富貴不淫貧賤樂, 男兒到此是豪雄. 余每誦此詩, 便覺高朗圓暢, 通透灑落, 無所滯礙牽累, 而有萬物各遂, 造化同流之意.”

〈가을날에 우연히 쓰다(秋日偶成)〉

한가히 지내니 일마다 조용하지 않음이 없고	閒來無事不從容
잠을 깨니 동녘 창가에 해가 이미 붉다	睡覺東窓日已紅
만물을 고요히 바라보니 모두 자득하였고	萬物靜觀皆自得
계절의 아름다운 흥취는 사람과 더불어 같다	四時佳興與人同
도(道)는 천지 형체의 밖까지 통하고	道通天地無形外
생각은 바람과 구름의 변화 속으로 들어가다	思入風雲變態中
부귀해도 방탕하지 않고 빈천해도 즐기나니	富貴不淫貧賤樂
남아가 이에 이르면 이것이 바로 호걸이리라	男兒到此是豪雄

정호는 아우 정이(程頤, 1033~1107)와 더불어 북송 시기의 유학자로 이학(理學)의 발달 과정에서 중요한 인물이다. 이들은 기본적으로 문학보다 도학을 중시하였다. 그렇지만 문학에 관해서는 견해가 서로 달랐다. 도학자적 기질이 강한 정이가 철저히 문학을 부정하는 입장을 취했던 것에 비해, 정호는 기본적으로 도를 중시하지만 문학을 완전히 부정하는 극단적인 노선을 취하지는 않았다.[8]

위의 〈추일우성〉은 단순한 자연 경물을 읊은 것이 아니다. 여기에서 화자는 가을날 흥취에 젖어 끊임없이 변화하는 만물의 이치를 사유하고 있다. 그는 도가 천지만물의 바깥까지 통하고 만물이 변화하는 것을 관조하며 사유하고 있다. 그러한 경지는 내면의 수양을 통해 천리를 깨달은 것으로 부귀나 가난처럼 어떠한 외적인 환경에서도 자연에 순응하면서 유유자적할 수 있다고 말한다. 따라서 이 시는 그저 단

8 이종진 외, 『중국시와 시인』, 역락, 2004, 354쪽.

순히 자연을 읊은 것이 아니라, 자연 속에 들어 있는 천리의 내적 취향을 담은 것이라고 하겠다. 작자인 권선서는 북송시기 정호의 그러한 시 정신을 흠모하여 차운하였다. 그것이 바로 다음 작품이다.

〈명도 정선생의 '容'자 운(韻)에(明道程先生容字韻)〉

봄바람이 고상하여 만물은 조용해지고	春風大雅物能容
먼저 부상(扶桑)을 얻으니 상서로운 해가 붉다	先得扶桑瑞日紅
이치를 탐색하는 창가에서 한가로이 홀로 앉아	獵理經窓閒獨坐
인륜을 밝히는 도의 자리는 누구와 함께 할거나	明倫道席與誰同
양의(兩儀)가 움직이고 변하여 마음 안으로 거둬지고	兩儀動變收心內
칠정(七政)이 돌고 돌아서 손바닥으로 들어오다	七政循環入掌中
도덕과 문장은 부귀를 겸하나니	道德文章兼富貴
아름다움을 후세에 남기는 것이 진정한 영웅이리.	遺芳千載是眞雄

이 작품은 〈추일우성〉의 시적 경향과 맥락을 같이 한다. 뿐만 아니라 정호가 사용했던 '용(容)'·'홍(紅)'·'동(同)'·'중(中)'·'웅(雄)'의 운자를 그대로 사용하고 있다.[9] 이것은 권선서가 정명도로 대변되는 북송시대 도학자들의 시 정신을 잇겠다는 것을 말한다.

이 시에서 작자는 봄날의 경치를 내세우며 창가에 앉아서 그것에 내재되어 있는 만물의 이치를 탐색하고 있다. 천지만물은 태극과 음양이 있고 오행으로 작동하는 법이다. 여기에서 '양의(兩儀)가 움직이고

---

9 이런 작품이 하나 더 있다. (〈又仍上韻卽唫〉, 『先曙齋詩稿』. "朝窓靜坐翫奇容, 最愛東峯曙色紅. 化化生生皆自得, 形形色色不相同. 心神勿費三才外, 物理都來一念中. 笑殺山翁多小趣, 漁樵耕叟較雌雄.")

변하여 마음 안으로 거둬지고(兩儀動變收心內)'라는 어구는 양의(兩儀)로 대변되는 천지만물의 이치가 끊임없이 움직이고 변하는바, 화자 자신은 그것을 꿰뚫어 사유한다는 것을 암시하고 있다. 그리고 칠정(七政)이란 순(舜) 임금이 선기옥형(璿璣玉衡)이라는 천체 관측기를 살펴서 '금(金)'·'목(木)'·'수(水)'·'화(火)'·'토(土)'의 오성(五星)과 '일(日)'·'월(月)'의 운행을 실제에 맞춰 백성들이 농사의 때를 잃지 않게 하였다는 고사에서 나온 말이다.[10] 시에서 '칠정(七政)이 돌고 돌아서 손바닥으로 들어오다(七政循環入掌中)'라는 것은 자신이 그것을 터득하고 있었음을 의미한다.

천지만물의 이치를 탐색하고자 권선서는 직접 선기옥형(璿璣玉衡)을 제작하기도 하였다. 그것과 관련하여 〈성도차수(星度差數)〉·〈천지회원수(天地會元數)〉·〈천원주회이수(天圓周回里數)〉·〈태극도(太極圖)〉·〈선기옥형주초(璿璣玉衡註抄)〉·〈개형선기옥형주루회전도(盖形璿璣玉衡注淚回轉圖)〉·〈개형선기옥형주루회전도기(盖形璿璣玉衡注淚回轉圖記)〉·〈전형도(轉衡圖)〉 등을 통해 그것의 관련 원리를 설명하기도 하였다. 천문을 관측하던 선기옥형(璿璣玉衡)과 관련된 내용은 그의 〈전형시(轉衡詩)〉에 잘 나타나 있다.[11] 이에 대해서는 방미(厖眉) 이숭연(李崇

10 〈舜典〉, 『書傳』. "在璿璣玉衡, 以齊七政. 在察也. 美珠謂之璿, 璣機也. 以璿飾璣, 所以象天體之轉運也. 衡橫也,謂衡簫也. 以玉爲管, 橫而設之, 所以窺璣, 而齊七政之運行, 猶今之渾天儀也. 七政,日月五星也. 七者運行於天, 有遲有速, 有順有逆, 猶人君之有政事也. 此言舜初攝位, 整理庶務, 首察璣衡, 以齊七政, 蓋曆象授時, 所當先也."

11 〈轉衡詩〉, 『先曙齋詩稿』. "一天經緯鑄銅爲, 遲速盈虛考驗宜. 六六宮中分六候, 三三道上轉三奇. 和風甘雨耕菑暇, 白月明花送客時. 數疊團環玄理載, 先賢遺軌政難知."

延)을 비롯하여 김조수(金祖壽), 김진형(金鎭衡), 이일상(李一相), 이장유(李長儒) 등과 같은 안동지역 문인 17명이 그것에 차운하여 화답하고 있는 것을 볼 때, 권서재가 천문에 심혈을 기울였고 일정한 성과가 있었던 것으로 짐작된다.

이처럼 권선서는 만물을 고요히 관조하여 천지의 이치를 탐색하는 과정에서 천문을 관측하는 선기옥형(璿璣玉衡)의 제작에까지 이르고 있다. 이것은 그가 일찌감치 세속의 명리에서 벗어나 안동의 궁벽진 사명산에 초옥을 짓고 시문과 연구에 몰두하며 일사적(逸士的) 삶을 추구하였기 때문이다.

〈집터를 잡고서(卜居)〉

하늘이 한쪽 땅 자락을 허락한 자유인으로	天許一區自有人
몸은 한가하고 땅은 구석져서 그 참다움을 얻었다.	身閑地僻得其眞
술잔 앞에 달이 이르니 그 의미를 알 수 있고	樽前月到能知意
창 북쪽에 바람이 맑아 정신이 시원할 수 있다.	窓北風淸可爽神
삽살개 잠든 차가운 사립문에 속객이 드물고	猇睡寒扉稀俗客
구름 깊은 굽은 마을에 성 티끌이 멀기만 하다.	雲深曲巷遠城塵
전답에 곡식을 심는 게 어찌 나의 분수이리오	菑畬種粟安吾分
좋아하는 것은 사명동 속의 봄이라네.	好是四明洞裏春

권선서가 안동 북면 사명산에 터를 잡아 선서재(先曙齋)라는 초당을 지은 것은 순조 29년(1829)이다. 그가 사명산에 거처를 마련하여 이주했다는 것은 세속의 명리를 벗어나 자연으로 돌아갔다는 것을 의미한다. 시에서 하늘 아래 한쪽 구석에 거처를 새로 마련한 것을 세속을 벗어난 자유인으로 자처하고 있기 때문이다. 그래서 자신은 한가하고

세상으로부터 떨어져 있어 참다움을 얻었다고 한다. 함련에서 술잔 앞에 달이 이르니 그 의미를 알 수 있고 바람이 맑아 정신이 삽상하다는 것은 자연의 진면목을 얻었다는 것을 말한다. 그리고 경련에서 사립문에 속객이 드물고 티끌이 멀다는 것은 속세와 멀어져서 속진을 벗어나 있음을 뜻한다.

이 시에서 읊으려는 것은 현상적인 자연의 모습만이 아니다. 작자는 제월광풍(霽月光風)과 같은 자연 풍물을 통해 청허한 자신의 심경을 드러내고자 한 것이다. 그래서 이 시에서의 자연은 우주 본체의 청명함을 나타내고 속진으로 표현되는 인욕을 해탈하고 있음을 형상화한 것이다. 이것은 철리(哲理)를 깨닫고 도덕적 수양을 내포하고 있는 시적 자아의 내면을 담은 것이다. 이처럼 자연을 통해 진리의 본체와 작용, 그리고 그것을 자득한 즐거움을 형상화하려는 경향은 당시보다 송시에서 많이 나타나고 있다. 이런 부류는 북송시대 소강절(邵康節, 1011~1077)의 〈청야음(淸夜吟)〉이나 정명도의 〈추일우성〉 등을 들 수 있다.

권선서는 〈복거(卜居)〉 이외에도 그런 부류의 시를 여러 편 남기고 있다. 특히 〈유거(幽居)〉는 〈복거〉의 운자를 그대로 사용하였는데, 그 내용과 경지가 〈복거〉와 비슷하다.[12] 또한 〈복거〉 시는 8구를 분작하여 각각의 어구를 제목으로 삼아서 시작품 1수씩을 짓고 있는 특이한 사례를 보이고 있다. 이들 〈복거〉와 〈유거〉 시는 안동 지역의 여러 문인들에게 많은 호응을 받았다. 방미(厖眉) 이숭연(李崇延)을 비롯한

---

12 〈幽居〉, 『先曙齋詩稿』. "百年地僻自閑人, 盡日南窓每念眞. 麥飯濁醪多興味, 松風巖月爽精神, 青狵吠巷來何客, 碧柳垂門隔世塵. 莫道山家無曆日, 庭前花樹報新春."

30여 명의 문인들이 그것에 차운하여 권선서의 도학 정신을 기리면서 그의 일사적(逸士的) 삶을 흠모하였다.

3.1.2. 자연 경물과 기타 시작품

『선서재시고(先曙齋詩稿)』에 수록된 200여 수의 한시 중에서 자연 경물을 읊거나 교류를 하면서 화답하거나 차운한 것이 대다수를 차지하고 있다. 이 중에서 자연 경물을 소재로 지은 한시는 대부분 자신의 내면을 투영하고 있는 바, 그의 정신세계를 이해하는데 도움이 된다.

〈봄비(春雨)〉

봄비가 젖은 은택을 불러오고	春雨吹霈澤
만물이 스스로 재촉하여 소생한다.	萬物自催生
푸른 풀은 내리는 비 앞에서 짙어지고	綠草雨前色
시끄러운 천둥소리가 강가에서 들려온다.	喧雷江浦聲

많은 시인들이 봄비를 소재로 시를 지었다. 권선서도 예외가 아니었는데, 그렇다고 이 시가 다른 시인들과 구별되는 독자적인 특징이 있는 것도 아니다. 〈춘우(春雨)〉는 심상한 한시 작품이지만 그의 정신세계를 이해하는데 어느 정도 도움이 되는 단서를 제공하고 있다. 시에서 화자는 봄비가 은택을 가져오고 만물이 소생케 한다고 말하고 있다. 그렇지만 다음 작품을 보면 달이라는 자연 경물을 통해 그것의 내재적 의미를 탐색하고 있는 것을 확인할 수 있기 때문이다.

〈달을 읊다(詠月)〉

맑은 빛이 온 세상을 집어 삼키니	淸光呑萬國
우주가 티끌을 거두어가다.	宇宙斂塵埃
금 갈고리가 초삼일에 보이다가	金鉤初三見
얼음 바퀴가 보름마다 찾아온다.	氷輪十五來
차고 이지러지는 것이 원래의 도수이거니	盈虧元有數
더디고 빠른 것이 어찌 재주라 하겠는가.	遲速豈容才
푸른 바닷물에 나왔다가 사라지며	出沒蒼溟水
오랜 세월 이끼에 물들지 않는다.	千秋不染苔

이 시는 달을 읊은 것이다. 권선서는 그 외에도 〈별(星)〉·〈바람(風)〉·〈구름(雲)〉·〈노을(霞)〉 등을 비롯한 자연 경물을 형상화하고 있는 여러 작품을 남겼다. 이 시에서 달은 그저 자연물로서의 달에 머물지 않는다. 그것에는 달 자체가 내재하고 있는 만물의 원리가 있다. 우주는 더러움이 씻겨나간 청정한 공간이다. 달은 변하면서 초삼일에 갈고리모양의 초승달이 되었다가 보름에는 얼음 바퀴처럼 둥글어진다. 달은 그처럼 차고 이지러지는데, 그것이 바로 천지 운행의 도수에서 비롯된 것이다. 그래서 푸른 바닷물에서 출몰하는 달은 영원토록 오염되지 않는다고 말한다.

시에서 작자는 달의 외양보다는 그것에 내재된 만물의 원리를 탐색하고 있다. 달이 초승달에서 상현을 거쳐 보름달로 바뀌었다가 다시 하현을 거쳐 그믐달로 변모해간다. 이것은 태초 이래로 끊임없이 반복되는데, 작자는 그러한 과정을 통해 천지 도수의 원리를 찾고 있다. 한편, 〈바람(風)〉이라는 작품에서는 '어찌하여 스스로 형체가 없는 물건인가? 마음대로 생기고 크고 작은 소리를 내다(何自無形物, 任生大小聲)'라고 말하는 것도 바람이라는 자연 경물보다 그것에 내재하고 있는 원리에 주목하였기 때문이다.[13] 이처럼 권선서는 자연 경물을 다루면서 외면에 머물지 않고 내재적 속성을 관조하여 그것이 지닌 본질을 사유하고 있다. 이와 같은 방식은 앞서 언급한 바, 성리학의 이학 체계에서 비롯된 것이라고 말할 수 있다.

한 마디로 권선서는 자연 경물을 보이는 현상에 머물지 않고 그것에 내재되어 있는 본질적 속성을 탐색하고자 하는 특징이 있다. 하지만 다음 시들을 보면, 그것이 전부는 아니다. 일부이긴 하지만 조선후기에 유행했던 언어적 유희의 한시도 보이고 생활 주변의 일상을 담고 있는 작품도 보인다.

〈네 고을을 지나는 길에(歷路四郡)〉

대낮에 목이 마르니 예천(醴泉)을 마시고　　日午喉乾飮醴泉
황혼에 술 취해 배부르니 풍기(豊基)에 눕다　　黃昏醉飽臥豊基
서리 내린 아침에 고개를 넘으니 단양(丹陽)을 좋아하고
霜朝踰嶺好丹陽
저물 무렵에 나귀를 타고 달려가니 청풍(淸風)이 시원하다
薄暮馳驢爽淸風

이는 권선서가 예천(醴泉)·풍기(豊基)·단양(丹陽)·청풍(淸風)이라는

---

13 〈風〉, 『先曙齋詩稿』. "何自無形物, 任生大小聲. 過林千樹動, 吹水萬傾成. 引雨雷霆鬪, 掃雲宇宙淸. 挾春神作筆, 到處畵鮮明."

네 고을을 지나면서 지었다는 〈역로사군(歷路四郡)〉이라는 오언절구이다. 작자가 반드시 이들 네 고을을 유람하고서 지었다는 것은 아니고, 이들 지명이 지닌 뜻을 가지고 장난삼아 지은 것이다. 예천은 물맛이 좋은 샘이라는 뜻을 지니고 있어서 대낮에 더워서 갈증이 나니 예천을 마신다고 희롱한 것이다. 풍기는 풍성한 터라는 뜻으로 화자가 날이 저물고 술에 취해 배부르니 풍기에 눕겠다고 한 것이다. 단양은 붉게 물든 볕이라는 뜻으로 서리가 내리면 단풍이 들기 때문에 화자가 그렇게 말한 것이다. 청풍은 맑은 바람이 분다는 뜻으로 나귀타고 달리니 시원한 바람이 분다고 말했던 것이다.

작자인 권선서가 살고 있던 지역은 경북 안동이고 예천·풍기·단양·청풍은 그곳에서 멀지 않은 곳에 있는 고을이다. 〈역로사군〉에서 작자는 지명을 가지고 그 의미를 살려 장난삼아 지은 것이다. 희작시의 일종으로 중의적 표현을 통해 재미있게 표현하고 있다. 이러한 희작시는 권선서가 살았던 19세기 중엽에 널리 유행하였고 작자인 권선서도 그것을 받아들여 시험삼아 지었던 것으로 생각된다. 참고적으로 말하자면 김삿갓의 많은 시들에서 그런 특징이 잘 드러나고 있다.[14] 이처럼 지명에 담긴 의미를 중의적으로 표현했던 희작시도 보이지만, 한편으로 생활 주변의 일상을 담고 있는 작품들도 보인다.

〈바둑판을 둘러서서(圍碁)〉

흑백으로 긴 여름을 보내나니　　　　黑白消長夏

---

14 임형택, 「이조말 지식인의 분화와 문학의 희작화」, 『전환기의 동아시아 문학』(임형택·최원식 편), 창작과 비평사, 1985, 11~54쪽.

소소한 일상을 삼는 사람들을 알 수 있겠다.	料知小事人
바둑판을 살피면서 눈에 힘을 다하고	審枰窮眼力
바둑알에 정신을 함께 한다.	落子付精神
청하지도 않았는데 찾아온 이웃 노인네는	不請來隣老
말없이 멀리서 온 손님을 만류한다.	無言挽遠賓
초당에 한가히 모인 저녁 시간에	草堂閑會夕
문득 초풍의 티끌이 일어난다.	便作楚風塵

이 시는 무더운 여름에 바둑과 장기로 소일하는 촌부의 일상을 느끼게 한다. 눈에 힘을 주어 지지 않으려고 안광이 바둑판을 뚫을 정도로 집중하는 모습, 바둑을 두면서 바둑알 하나에 모든 정신을 집중하는 모습을 실감나게 표현하고 있다. 게다가 오라고 하지도 않았는데 옆집 노인네는 슬그머니 와서 훈수하는 모습도 담고 있다. 무더운 여름날 한가로운 저녁시간에 초당에 모여서 바둑을 두는데 반전이 일어난다고 하며 시를 마치고 있다.

이 시에서는 당시 시골에 사는 사람들의 일상을 표현하고 있다. 이러한 시들은 봉건체제가 해체되어 가는 조선시기에 많이 나왔다. 사실적인 표현으로 사람들의 일상을 있는 그대로 실감나게 담아내는 특징이 있었다. 비록 권선서의 한시가 자연경물을 통한 우주의 내재적 원리를 담으려는 도학적 특성이 두드러지고 있었지만, 한편으로 그와 같은 희작시나 일상성을 담고 있는 시들도 창작된 것이 확인된다.

3.2. 시조 작품 3수

『선서재시고』에는 세 편의 시조가 기록되어 있다. 이들은 『한국시조대사전』이나 『고시조대사전』에 없는 새로운 작품이다.[15] 근래에 새로운 시조 작품의 발굴이 드문 현실에서 이들 작품은 작품성을 떠나 자료적 가치가 있다. 『선서재시고』에서 이들 시조는 한시 작품과 분리되지 않고 함께 기록되어 있다. 이것은 시조가 선비들 사이에서 한시와 함께 지어지며 창작 기반을 공유했던 것을 말해준다. 이들 세 편의 시조 중에서 두 편은 한시와 함께 앞뒤로 기록되어 있고, 나머지 한 편은 다른 한시와 따로 기록되어 있다.

〈시조1〉
天開地闢 陰陽理은 萬物之祖宗이요
父生母育 慈孝情은 人倫之源脉인니
아마도 莫大之恩은 그 아니 父母신가

〈시조2〉
天下至寶 무어신고 良臣孝子 그 아닌가
君義臣忠 父慈子孝 保國傳家 근심ᄒᆞ라
아마도 物中賊棄 그 아이 亂臣賊子

이들 시조 작품은 헌종 재위 기간에 속하는 1840년을 넘기면서 지어진 것으로 보인다. 서책 앞부분에 헌종 4년(戊戌, 1838)에 지어진 〈몽상세행난(夢想世行難)〉이, 이어서 같은 왕 6년(庚子, 1840)에 권석준(權錫準, 1813~1885)이 지은 〈선서재기(先曙齋記)〉가 있기 때문이다.

이들 작품은 충효의 유교적 이념을 읊고 있다. 〈시조1〉에서는 부모

15 박을수, 앞의 책.
김흥규·이형대 외, 앞의 책.

님의 은혜에 대해 다루고 있다. 천지개벽과 음양의 이치는 만물의 근본이고, 낳아주신 아버지와 길러주신 어머니의 사랑, 그리고 부모님에 대한 효도의 정은 모든 인간들이 지녀야 할 윤리의 근원적인 맥락이라는 것이다. 따라서 어버이보다 더 큰 은혜는 없다는 것이다. 〈시조2〉에서는 그것에서 더 나아가 부모님에 대한 효도와 나라에 대한 충성으로 확대하고 있다. 천하의 보배는 충효이다. 화자는 임금과 신하 사이에 의리와 충성심을, 아버지와 자식 사이에 사랑과 효심을 굳게 지켜서 나라를 보위하고 집안을 전승할 것을 근심하라고 한다. 그래서 사물 중에 나쁜 것은 난신적자가 아니겠느냐고 단언하고 있다.

반면에 〈시조3〉은 장생불사를 기리는 송축적인 내용을 담고 있다.

> 五星聚奎ᄒᆞ니 諸賢輩出ᄒᆞ고
> 南極照垣ᄒᆞ니 德人處世로다
> 아마도 人間淸福 그 아니 長生不死

이 시조는 방미 이숭연이라는 사람의 중뢰연(重牢宴)에서 만수무강을 축원하는 작품이다. 중뢰연은 회혼연(回婚宴)이라고도 하는데, 결혼 61년이 되는 해에 베푸는 잔치이다. 오성취규(五星聚奎)란 五星이 28수의 하나인 규성(奎星)에 모이면 文運이 크게 열려서 세상이 문명해진다고 한다. 남극조원(南極照垣)이란 인간의 수명을 관장한다는 남극성(南極星)이 집안을 비친다는 것을 뜻한다. 말하자면 방미공(厖眉公)의 집안에 문운이 열리며 여러 어진 인물이 나왔는데 남극성이 집안을 비추어 장수하는 것은 세상에 덕이 있어서 그렇다는 것이다. 그래서 사소하지만 인간이 누릴 수 있는 청복은 선생처럼 죽지 않고 오래

사는 것이라고 송축하고 있다.

〈시조3〉이 나오게 된 배경은 다음과 같다. 권선서는 평소에 방미공을 존경하며 따랐다. 그가 방미공의 시에 차운하거나 그를 대상으로 지은 시도 10여 편이 넘는다. 방미공은 자신의 회혼연을 맞이하여 자신의 삶을 돌아보면서 소감을 한시로 담았다.[16] 그러자 권선서는 그것에 차운하여 〈삼가 방미공 회혼연의 운에 차운하다(敬次厖眉公牢宴韻)〉를 지었다.

큰 덕에 맑은 가문이 좋은 해를 만나니	大德淸門値吉年
인간 세상 몇 곳에서나 이런 잔치를 열겠는가.	人間幾處設斯筵
회혼은 오늘 저녁에서 이전 저녁으로 돌아가니	重牢今夕回前夕
팔순의 새로운 인연은 옛 인연을 이겼다.	八耋新緣勝舊緣
남극성 궤도에 노인 별자리에 더해지고	南極朱躔添老宿
서하의 푸른 머리를 하고 신선이 내려오다.	西河綠髮降眞仙
금 술잔에 취하여 무량수를 축하하여	金罇醉賀無量壽
수초에 꽃을 새기니 그림 종이가 찬란하다.	繡草雕花爛畵牋

권선서는 방미옹의 작품에 차운하여 회혼연을 송축하고 있다. 선생은 대덕을 지니셨고 고결한 청백리 가문의 출신이다. 그런데 선생은 결혼 61주년의 회혼까지 맞이하고 있으니 세상에 그런 경우는 매우 드물다는 것이다. 팔순 나이에 회혼식을 올리는 선생의 새로운 인연은 젊은 시절에 결혼했던 옛 인연보다 훨씬 소중하다고 하겠다. 게다가

16 〈原韻〉, 『先曙齋詩稿』. "宴設重牢憶往年, 感儀强攝速賓筵. 稱觴未見兒孫拜, 厭世遲捐苦海緣. 無樂門楣騰賀語, 莫教月姥降軿仙. 故人慰我悲愁意, 爲咏瓊章奇一牋."

선생에게는 장수를 상징하는 남극성이 비추고 불로장생의 신선이 강림하여 오래오래 사실 것이라고 송축하고 있다. 마지막으로 술잔을 들어 만수무강을 축원하며 찬양하고 있다. 〈시조3〉은 이 한시 작품과 함께 송축적인 내용으로 짝을 이루고 있다.

이들 시조 3수는 각각의 독자적인 내용을 담고 있지만 형태적으로는 동일한 패턴을 유지하고 있다. 이들 형태는 다분히 도식적이로 한문현토체에 가까운데, 이를 '한시의 시조화'의 한 양상으로 설명해야 할 듯싶다. 그리고 표현이 다소 상투적이지만 작자인 권선서는 시조에 익숙하였고 시조 창작의 장법을 나름대로 터득하고 있지 않았나 싶다.

4. 자료적 가치

『선서재시고』에는 새로운 시조 작품 3수가 실려 있다. 근래에 새로운 시조 작품이 거의 나오지 않는 추세에서 많지 않은 작품이지만 작품성과 별도로 자료적 가치가 있다. 그리고 『선서재시고』에는 권선서라는 인물의 삶의 양태가 담겨 있는데, 그에게 시문은 생활이자 삶의 일부였다. 여기에서 주목되는 것은 시조와 한시가 문예 양식이 다르지만 분리되지 않고 함께 창작되고 있었다는 점이다. 또한 『선서재시고』는 19세기 중엽을 전후로 안동지역에서 활동했던 지방 문사들의 삶의 양태와 문화적 특성을 확인할 수 있는 자료이기도 하다.

『선서재시고』에는 한시와 시조 작품 이외에도 몇몇 산문 기록이 실려 있다. 그 중에서 주목되는 것은 천문과 음양에 관한 그림과 저술이다. 선서재를 출입하는 여러 인사들도 방안에 그려져 있는 그것을 주목하여 시를 남기고 있었다. 그는 집안에 천문에 관한 그림을 방안에 게시하고 연구하였는데, 〈개형선기옥형주루회전도(盖形璿璣玉衡注淚回轉圖)〉가 바로 그것이다. 여기에는 북두칠성을 비롯한 성좌(星座)와 천문을 측정하는 기구, 시간을 재는 기구가 그려져 있다. 그리고 작자는 그것에 대해 기술하여 설명하고 있다. 이를 통해 19세기 중엽에 안동지방에 살았던 권선서라는 인물의 실학적 영향을 함께 확인할 수 있는 대목이기도 하다.

그리고 『선서재시고』는 봉건체제의 해체가 급속하게 진행되는 19세기 중엽을 전후로 안동지방에서 활동하는 지방 문인들의 일상과 교유의 양태를 엿볼 수 있는 자료이기도 하다.

5. 맺음말

이 논문은 19세기에 안동 지방에서 활동했던 권선서라는 문인의 새로운 시조 작품 3수를 학계에 보고하려는 의도에서 작성된 것이다. 아직 학계에 알려지지 않은 이들 3수의 시조는 권선서의 시문집인 『선서재시고』에 207수의 한시 작품과 함께 수록되어 있었다.

먼저 권선서의 생애에 대해 조사를 하였지만 확인하기가 쉽지 않았다. 선서(先曙)라는 명칭도 실제 이름이 아니라 자호(自號)이다. 그는 일찌감치 세속을 벗어나 안동 사명산(四明山)에 선서재(先曙齋)라는 초당을 짓고 일사(逸士)를 자처하였다. 그는 유학자로서 도학적 성향이 강했고, 역학(曆學)과 천문에 밝았다. 특히 선기옥형(璿璣玉衡)이라는 천체를 관측하는 기계를 제작하여 천문 관측에 심혈을 쏟기도 하였다.

그의 한시는 자연 경물을 읊고 있는 것과 교유 과정에 지어진 화답시나 차운시가 대부분이다. 극히 일부이지만 19세기에 유행했던 언어유희의 특징을 드러내는 희작시도 있었다. 그 중에서 지인들에게 주목을 받았던 것은 자연물을 통해 그것에 내재되어 있는 우주 만물의 이치를 탐색하는 시들이었다. 다른 하나는 그가 세속을 벗어나 궁벽한 시골에 초당을 짓고 일사적(逸士的) 삶을 추구했던 내용을 시로 형상화한 것들이었다.

『선서재시고』에 실려 있는 시조 작품 3수는 다분히 도식적이고 한문현토체에 가까운데, 이를 '한시의 시조화'의 한 양상으로 판단된다. 그 중에서 2수는 충효의 유교적 이념을 읊고 있었고, 나머지 1수는 방미 이숭연이라는 사람의 중뢰연에서 만수무강을 축원하는 송축적인 내용이었다.

이들 한시와 시조 작품을 비교해보면, 권선서가 이들 양식을 구분하여 사용하고 있었다는 것을 짐작할 수 있다. 그는 한시를 본격적인 문예물로 인식하여 자연 경물을 읊으면서 그것의 내재적 의미를 탐색하였다. 반면에 시조는 충효사상과 같은 유교적 이념을 교훈한다든가, 연회에서 만수무강을 축원하는 송축적인 용도로 사용하고 있었다. 『선서재시고』에 실려 있는 시조 작품 3수는 많지 않지만 작품성과 별도로 자료적 가치가 있다. 여기에서 주목되는 것은 시조와 한시가 서로 다른 문예 양식임에도 생활 속에 함께 창작되고 있었다는 것이 확인된다.

『시조책』(김해정 소장본)과 새로운 시조 작품에 대하여

1. 머리말

시조는 고려말기에 이미 정제된 형식을 갖추고 독자적인 시가 양식으로서의 모습을 드러냈다. 이후로 시조는 길이가 늘어나거나 연이 중첩되는 형태의 변모를 가져오기도 하였다. 창작 계층도 처음엔 사대부 계층이었지만 여성과 평민 계층으로 확대되었다. 시조가 지닌 오랜 역사성과 함께 그것이 가창 방식이나 미의식도 달라지고 있었다.

근대 시기에는 양장시조나 사장시조라는 형태적인 실험이 시도되기도 하였고 시조가 계급주의 문학에 대항하는 테제로 작동되기도 하였다. 이 시기 시조에게 일어난 변혁은 오랜 세월 동안 전승되던 가창 방식을 전제로 하지 않고 시조시로 자리를 잡게 되었다는 것이다. 이것이 현대시조의 큰 흐름이다.

하지만 지금도 시조를 가곡이나 시조창으로 꾸준히 부르고 있다는 것을 알아야 한다. 사정이 그렇다보니 근대시기에도 가창을 전제로 창작되거나 편집된 시조집이 확인되고 있다. 참고로 최근에 편찬된 『고시조대전』에는 1728년에 김천택의 『청구영언』(진본)이 편찬된 이래로 지금까지 고시조 문헌 316종이 보고되고 있다.[1] 그런데 『고시조대전』에는 1956년도에 편찬된 『시조집』(평주본)도 있고, 1957년도에 편찬된 『시조선집』도 있기 때문이다.

이들 시조 관련 자료는 요즘에도 꾸준히 발굴되고 있다.[2] 근래에도 18세기에 편찬된 가집이 나오고 있고 그것과 관련하여 필자도 몇몇 시조 자료를 발굴해 낸 적이 있다.[3] 이번에 발굴하여 공개하는 『시조책』은 근대시기에 편집된 고시조 자료집인데 시조창을 위해 편찬한 것으로 짐작된다. 그곳에는 89수의 시조 작품이 사설시조·엇시조·평시조의 순서로 수록되어 있다. 수록된 작품은 모두 고시조이고 이들 중에는 상당수의 새로운 작품이 수록되어 있다. 이 논문에서는 전체 작품을 목록으로 만들어 그 특징을 제시하고 작품 발굴의 측면에서 논의하고자 한다.

2. 서지적 특성

자료집은 가로 세로 15×18.7㎝의 한지로 엮은 서책에 89수의 시조 작품을 세로쓰기로 정서하였다. 자료집에 수록된 시조들은 작품마다

---

1 신경숙 외, 『고시조 문헌 해제』, 고려대학교 민족문화연구원, 2012, 3~820쪽.

2 하경숙, 「고전시가 작품의 발굴 동향과 전망」, 『문화와 융합』 38(5), 한국문화융합학회, 357~380쪽.

3 구사회, 「새로 발굴한 古時調集 『古今名作歌』의 재검토」, 『한국문학연구』 27, 한국문학연구소, 2004, 205~233쪽; 구사회, 「새로운 고시조 작품의 발굴과 검토」, 『시조학논총』 36, 한국시조학회, 2012, 44~71쪽; 구사회, 「새로운 자료 『시조집(詩調集)』과 시조 작품 15수에 대하여」, 『시조학논총』 45, 한국시조학회, 2016, 105~124쪽.

'一'·'二'·'三'으로 적어서 초·중·종장을 구분하고 있다. 작품들 말미에는 '사설'·'반각'·'평조'라고 기록하여 유형을 분류하고 있다. 이는 작품 길이와 박자, 그리고 창법을 고려한 분류로 보인다. 여기에서 '사설'은 사설시조를, '반각'은 半사설시조라고도 하는 엇시조를, '평조'는 평시조를 뜻하는 말이다. 여기에서 시조를 삼장으로 편제하여 수록하였다는 것은 가곡의 편가에 대응되는 시조창 나름의 악곡 체계를 지칭하는 것으로 볼 수도 있겠다.[4] 그리고 시조 작품마다 구절 사이 곳곳에 '三'·'五'·'八' 등의 박자를 표시하고 있다. 이를 보건대 이 자료집은 시조창을 위해 편집했던 것으로 짐작된다.

수록 방식은 사설시조·엇시조·평시조의 차례로 적었는데 뒷부분에 가서는 사설시조와 평시조를 뒤섞어 수록하고 있다. 게다가 필기도구는 모필과 철필을 번갈아 사용하고 있는 것으로 미루어서 시차를 두고 몇 차례에 걸쳐서 시조를 기록한 것으로 보인다. 이 자료집이 고시조 자료집이지만 제작 시기는 근대 이후에 만들어진 것으로 보인다. 그것은 작품 내용에서도 확인할 수 있다. 예로써 작품 【10】에서는 민영환의 순국과 관련된 혈죽이나 이토오 히로부미를 사살한 안중근이 언급되고 있다. 【89】에서는 우리 민족의 표증인 태극기를 읊고 있다. 그리고 자료집에서는 표기법이 '아래 아'나 복자음 등의 철자가 없고 오늘날의 표기법과 크게 다르지 않다. 게다가 책 표지에 '경자 十月一日1 시조 책이라'이라는 언급이 있는데, 1900년 경자년보다는 1960년

4 이에 관해서는 다음 논문으로 미룬다. (권순회, 「시조삼장의 새로운 이해」, 『시조학논총』 20, 한국시조학회, 2004, 197~215쪽; 권순회, 「신발굴 시조창 가집 三題」, 『고전과 해석』 21, 고전문학한문학회, 2016, 7~33쪽.)

경자년에 만들어진 것으로 보인다.

자료집은 현재 우석대 국문과 김해정 교수가 소장하고 있고 전주 고서점에서 수집하였다고 한다. 사설시조인 【29】와 【88】, 평시조인 【62】는 완산팔경을 읊고 있는데, 이것은 기존의 자료집에 없었던 전주 관련 시조 작품들이다. 【18】, 【21】, 【41】, 【44】은 다시 논의하겠지만, 판소리의 내용을 소재로 시조 작품으로 창작하거나 변개한 것이다. 이것은 이 자료집이 판소리의 본고장이라고 할 수 있는 전주 지역과 관련을 맺고 편집되었던 것으로 보인다. 참고로 전주 지역은 완제 시조창의 중심 문화권이었다. 실제로 이 지역에서는 1970년대까지도 마을 단위로 시조창 모임이 적지 않았다. 게다가 많은 시조 작품들에는 전주 지역 사투리가 짙게 배여 있다. 따라서 이런저런 정황을 정리해보면, 이 자료집은 전주 지역에서 편집되어 소통된 것으로 판단된다.[5]

자료집에는 지금까지 학계에 보고되지 않았던 20여수의 새로운 시조 작품이 수록되어 있다. 그 중에는 전주 지역의 풍광을 담고 있는 작품들도 보인다. 그리고, 『시조책』에는 판소리의 노랫말을 시조로 변용시켜 형상화한 작품을 주목할 필요가 있다. 【18】에서는 〈적벽가〉의 삼고초려 장면을, 【21】에서는 〈심청가〉의 '범피중류'를 사설시조로 변용시키고 있다. 이외에도 【41】과 【44】은 판소리 〈춘향가〉의 어구를 가져다가 평시조로 만든 사례이다. 이외에도 단가 〈사철가〉의 어구도 시조로 활용되는 사례가 보인다. 이 시조 자료집을 만든 사람은 적어

5 20세기에 들어 호남지역에서 동호인 모임이나 풍류방 등에서 시조와 함께 단가와 판소리가 폭넓게 불렸던 사례가 확인되고 있다. (권순회, 「신발굴 가집 『音律』의 특성」, 『고전과 해석』 17, 고전문학한문학연구학회, 39~58쪽.)

도 판소리에도 익숙했을 가능성이 높다. 따라서 이 자료집은 전주 지역에서 활동했던 누군가가 편찬한 것으로 추측된다.

3. 수록 사설의 특성

3.1. 작품 목록

(새로운 사설시조 작품: ●, 사설시조 이본 작품: ○, 새로운 엇시조 작품: ■, 엇시조 이본 작품: □
새로운 평시조 작품: ▲, 평시조 이본 작품: △, 확인 불가 시조 작품 :×)

번호	초장 어구	형태	근거 자료		평가	비고
			한국시조 대사전	고시조 대전		
1	산천은 험준하고	사설	2071	2353.1		
2	황산곡 도라든이	사설	×	×	●	
3	어와청춘 범임네들	사설	×	×	●	
4	소정에 술을실고	사설	×	×	●	
5	구구八十 릴각로는	사설	405	0398.1		
6	춘면을 느진깨여	사설	4201	4979.1		
7	죽장망헤 단표자로	사설	3744	4431.1		
8	젹벽강상 수천척	사설	3595	4271.1		
9	명연삼月예 오시마	사설	1474	1640.1		
10	아동방 오박연여	사설	×	×	●	
11	무릉의 홍도화도	사설	1512	1683.1		

12	밤은기퍼 삼경닌듸	사설	1648	1837.1	○	중장·종장 다름
13	청여장집고 다발영	사설	4003	4735.1	○	종장 다름
14	오호로 도라드이	사설	2962	3452.1		
15	진국명산 만장봉이	사설	3798	4485.1		
16	소연힝낙이 다진커	사설	2413	2707.1		
17	부소산 점은비는	사설	1857	2095.1		
18	남양융중 드러가이	사설	×	×	●	
19	땅은天下 제일강산	사설	×	1500.1		
20	술가치 조흔것을	사설	×	2821.1		
21	범피중유 둥덩실	사설	×	1949.1	○	종장 다름
22	새상공명 부운이라	사설	×	2640.1		
23	어와세상 버임네들	사설	×	3195.1		
24	추월강산 엽낙시예	사설	×	×	●	
25	유수갓치 가는세月	사설	×	×	●	
26	상산 조자용을	사설	2131	2444.1		
27	천하명산 오악지중	사설	3965	4688.1		
28	일연삼백 六十일이	사설	3416	3984.1		
29	위봉산 나리는폭예	사설	×	×	●	
30	원문이 월혹하이	사설	3123	3628.1		
31	대장부 허랑하야	사설	×	×	●	
32	창외삼경 세우시예	사설	3857	4556.1		
33	바람은 지동치듯	반각	1608	1794.1		
34	오날이야 임이	반각	5659	4093.2		
35	거먹암소 우난소리	반각	×	×	■	
36	녹수청산 찻아가이	반각	×	×	■	
37	강상 무한경월	반각	138	×		
38	산중에 무역일하니	반각	2057	2336.2		
39	바람이 불여온지	반각	1613	1801.1		

40	초당여 고이든 잠	반각	4120	×		
41	기산영수 별건곤에	평조	582	0582.1	△	중장·종장 다름
42	저 건네 일편석이	평조	3585	4238.1		
43	낙양성도 도리화야	평조	×	×	▲	
44	적성의 아침 날은	평조	×	×	▲	
45	운담풍경 근오천의	평조	3110	3611.3		
46	인생빅연이 얼마든	평조	×	×	▲	
47	빅연을가사 인수라	평조	1680	1868.3		
48	풍동죽업은 십만장	평조	4422	5197.1		
49	인의예지 빅을무어	평조	3397	3960.2		
50	한산섬 달발은밤에	평조	4515	5302.1		
51	공산아 적막헌듸	평조	372	0358.1		
52	오장원 추야월의	평조	2956	3445.1		
53	양덕맹산 흐르난	평조	2700	3122.1		
54	비는 온다만은	평조	1925	2167.1		
55	노양이 천만산들	평조	910	1064.6		
56	춘광이 九十이라도	평조	4253	4971.5		
57	북두칠성 횡야반에	평조	1880	2125.1		
58	달박고 서리친 밤	평조	1092	1211.1		
59	산나 물어보자	평조	2040	4757.4		
60	황하수 막다더이	평조	4691	5506.1		
61	요지의 봄이 드러	평조	3041	3542.1		
62	청황누 놉피올나	평조	×	×	▲	전주 관련 시조
63	백구야 한가허다	평조	1675	1863.3		
64	오백연 도읍지를	평조	2945	3431.1		
65	만수산 만수동에	평조	1406	1559.1		
66	오날도 오날이시고	평조	2920	3403.2		
67	불노초로 비진술을	평조	1904	2147.1		

68	친구가 남일련만	평조	4274	5531.1		
69	녹슈청산 깃픈곳에	평조	903	1059.2		
70	천부 지재하이	평조	3900	4610.1		
71	태산이 평지토록	평조	4340	5125.1		
72	천고 지후하이	평조	×	×	▲	
73	산중에 무역길넌리	평조	2057	2336.1		
74	황산곡 도라드어	평조	4684	5495.1		
75	리빅이 이月터이	평조	4323	×		
76	세사는 금삽척이요	평조	2286	2632.1		
77	무궁화 무근뿌리	평조	×	1677.1		
78	공도라니 백발이요	사설	322	0306.1		
79	음률갓치 조흔것설	사설	885	×		
80	백두산석은 마도진	평조	1689	1876.3		
81	하늘이 정한배필	평조	×	×	▲	
82	건곤이 유의이하야	평조	204	0221.2		
83	디장부 세상에나서	평조	1180	1307.1		
84	남훈전 달발근밤여	평조	757	0891.1	△	종장 다름
85	군자 고행내 하이	사설	458	0472.4		
86	송하에 문동자하이	사설	2408	2779.1		
87	화란 춘성하고	사설	×	×	●	
88	탐승행낙 홍을겨워	사설	×	×	●	
89	어화우리 겨레들아	사설	×	×	●	

3.2. 사설시조

자료집에는 모두 39수의 사설시조가 수록되어 있다. 사설시조는 자료집의 첫 작품부터 32번째 작품까지이고, 자료집 뒷부분에 7수가 추가로 기록되어 있다. 뒷부분의 사설시조는 앞에 있는 사설시조와 시차를 두고 작성된 것으로 보인다.

3.2.1. 신출 작품

(1) 작품

【2】

一. 황산곡 도라든이 중임칠현니 다 모이엿다 영척은 소타고 맹호연 나구탄네 두목지 보랴하고 백낙천번 나려간이 장건은 승사로다.

二. 찡동아 너운 들로 와룡강 너며가이 학창이 으흑디로다 팔진도 축지법을 흉장만 갓마두고 디몽시만 읍는고야 무이협경 다 바리고 탄ː디로 나려가이

三. 성이디전을 좌우로 버려난듸 호걸지웅리요 성현지학이라 기자 디지기철연고 금성옥진이 이안인가

【3】

一. 어와 청춘 범임네들 이너 한 말 드어보소 허송세月 하지말고 밧갈고 글을 릴거 수신제가할지어다

二. 만고성현 순임금도 역산으 밧설갈라 부모봉향 하옵시며 천하문장 이태빅도 광산에 글을 일거 멍전천츄 하여쓰이

三. 하물며 우리 인싱 시호시호부자니라 성현문장 본늘바더 주경야독.

【4】

一. 소정에 술을 실고 소상강 도라드이 수벅사멍 양안터에 불승청원 저 기려기 일점이점 나라드이 평사낙안이 니안이인가

二. 동정호 당도하이 七빅평호 말근물은 상하천광 일식이라 거구세린 어용들은 세을 어더 출몰하고 격안전촌 양삼가에 저역 연기 일어나이 낙조토홍이 더욱 조타

三. 은인옥척 낙거너여 고기주고 술을사 명정케 취한 후 달듸고 도라오이 강호지낙이 이뿐인가

【10】

一. 아동방 오박연여 민충정 곳은 절기 궤연여 충혈어여 일총죽 푸럿스니 천추고절 놉하이~잇다

二. 담디헌 안중근는 딕의를 세우라고 두류천하 하는 적에 답이빈접은 날 각국 영사 운집한듸 쾌살방수 하엿스니 해동명月 발거이~잇다

三. 그남운 강우귀 송학선은 창해역사 본을 밧어 오중부거 하여스니 남아의기 이 안닌가

【18】

一. 남양융중 드러가이 인물도 빈ː하고 경개도 절승하다 와룡강 올나보니 산불고이 수려하고 수불심이 중청이라 원학은 상여하고 송죽은 교취로다

二. 초당상 둘너보니 헹의도 걸어놋코 대몽를 히롱할제 유황숙 삼고지은 감격키로 진세에 출신하여 이십육년 풍진중여 촉한기업 이여놋코

三. 오장원 가을밤여 장성이 떨어지니 출사미첩 신선사라 장사영웅 누만금을 천추유한 이아니냐

【24】

一. 추월강산 엽낙시예 북방소식 기력기 울고 간밤에 부든 바람 금성이 완연허어어다

二. 고침단금의 상사봉을 훌리처 깨여 죽창을 반개하고 밍ᄏ히 안잣쓰이 말이장공 하윤은 허여지고 찬 기운이 새로워어라

三. 벽히갈유는 모래무어 섬이 되고 무정방초는 연ᄏ이 오것마는 임은 어니 모옷신고

【25】

一. 유수갓치 가는 세月 무근 해을 다 보니고 새히을 마지하이 천증세월 잉중수요 춘만건곤 봉만가라

二. 후원초당 화계상여 이화도화 한매화며 목단작약 벌연넌틔 창전구분 오동 신엽이 자긱허니 화기자생 군자탁이요 춘광선도 기린가라

三. 화용月틔 옥낭자야 네빗도 조타마넌 신춘색이 더욱 조이 잔드려 술부려라 새봄 맛겨

【29】

一. 위봉산 나리는 폭예 이내 진금 싯은 후예 다가사후 벗임 맛나 덕진에 옌을 캐고 동포귀범예 돗을 다라 순류로 나려가아~니

二. 비ᄏ정 기려이 진곳 몰나 남고사 종소리에 한벅누 도라드이 푸은 연기 이려나고 남천포 들은 저물역니 밤버쓰라 곤지산 바라보니 기인봉에 달돈는 고오ᄏ나

三. 아마도 비사별 엿도읍 완산팔경을 다 구경 하랑이면 몃 날리

되줄 몰나

【31】

一. 대장부 허랑하야 부귀공명 하직하고 삼척동 일필여로 승지강산 구경할제 진사황 고국지허 마리장성 아방궁과 한무제천 추음전 승노반 서인장과 고소대月 멸도읍터를 구경하고

二. 반야청산 드려가니 산형수세도 조커이와 층﹕한 절벽상의 낙화로 자리하고 영웅호걸 문장재사 좌우로 버렷는듸 봉기인 청학 백학 만학천봉의 왕내한다

三. 춘주나 마시리라 제일산채 불노초를 가득이 드려노코 순배디로 권하면서 취지무궁 노라보셔

【87】

一. 화란춘성하고 마화방창이라 때조타 범임네들 산천경개 구경가세 죽장망혀 단표자로 철리강산 드려가니 만산홍록은 일연일도 다시피이여

二. 춘색을 자랑노라 색﹕히 푸련난듸 창송녹죽은 울﹕창﹕하고 기화요초 난만허듸 꼿소예 잠기나미 자최업시 날러든다 유생앵비 편﹕금이요 화간점무는 분﹕설이라

三. 삼춘가절 조흘시고 도화만발 점﹕홍이라 어주축수 애산춘이여든 무릉도원 이안이야

【88】

一. 탐승행낙 홍을 겨워 풍패고도 유람할제 한벽당 가인연기 비단을

걸어잇고 기린봉 돗는 달은 장부흠금이 활연하다

二. 남고사 저문종은 속세몽을 깨우는가 위봉산 나린폭 ⁝ 은한을 기우린듯 만경의 기려기 비 ⁝ 정에 나라들제 아득한 애내성은 동포구범이 저기로다

三. 덕진의 채련곡은 행풍을 띠여잇고 다가사후 무사들은 천양을 일삼으니 와산팔경이 이아인가

【89】

一. 어화 우리 겨레들아 태극기를 우려 ⁝ 보세 건삼연 하늘이요 곤삼절 따이 되며 이허중 해가 되고 감중연 달이로다

二. 천지일월 그사이예 뚜렷하다 태극이라 불근 것은 단심이요 푸른 것은 화기로다 단심화기 뭉친 것이 우리민족 표증일세

三. 단심은 충성이요 화기는 사랑이라 충국애족 하는것이 천부지사명이니 안이 하지는 못하리라

(2) 내용

자료집에는 39수의 사설시조가 수록되어 있는데, 그 중의 12수가 아직 학계에 보고되지 않았던 새로운 작품이다. 한상완과 노영희가 구축하고 동방미디어에서 제공하는 사설시조 작품은 이본을 포함하여 631수가 수록되어 있다.[6] 그리고 김흥규에 의하면 현전하는 사설시조는 약 780수로서 당시까지 수집된 옛시조 5,180수 중에서 약 15퍼센트

6 한상완·노영희, 『인문과학과 예술의 핵심 지식정보원』, 연세대학교 출판부, 2004, 905쪽. (http://www.dbmedia.co.kr/product/product.)

에 해당하는 수량이다.[7]

이 중에서 독자적인 작품은 250여 수 내외로 보인다. 게다가 근래에 새로 나온 사설시조 작품이 거의 나오지 않는다는 점을 감안하면 『시조책』에 수록된 이들 새로운 사설시조 12수는 결코 적은 분량이 아니라고 말할 수 있겠다. 참고로 가곡창과 달리, 시조창 가집에서는 상대적으로 신출 작품이 많은 편이다.

자료집 편제를 보면 작품마다 '一'·'二'·'三'의 번호를 매겨놓았다. 그런데 이것은 사설시조 초·중·종장의 편제와 일치하지 않는다. 예로서 작품 【2】의 '一'에는 '황산곡 도라든이 중임칠현니 다 모이엿다 영척은 소타고 맹호연 나구탄네 두목지 보랴하고 백낙천번 나려간이 장건은 승사로다'로 기록되어 있다. 그런데 여기에서 초장은 '황산곡 도라든이 중임칠현니 다 모이엿다'까지이고, 나머지는 중장에 들어간다. 이것은 『시조책』의 편찬자가 사설시조의 문학적 형식을 모르거나, 아니면 의도적으로 그렇게 기록하였을 가능성도 있다.

작품 주제를 살펴보면 음주취락이나 강호한정, 소요유람과 연모상사에서부터 단심충절 등에 이르기까지 다양하다. 이들 중에는 민충정공이나 안중근과 같은 애국지사들의 우국충절을 형상화하거나, 태극기를 소재로 하는 작품들도 있다. 판소리 〈적벽가〉의 삼고초려 장면이나 〈심청가〉의 '범피중류'를 사설시조로 만든 작품도 보인다. 한편, 12편중에는 전북 전주 지역의 완산팔경을 형상화하는 시조도 2수가 있어서 주목된다.

이들 12편을 구체적으로 기술하면 다음과 같다. 작품 【2】는 황산곡

---

7 김흥규, 『사설시조』(한국고전문학전집2), 고려대학교 민족문화연구소, 1993, 12쪽.

과 죽림칠현을 시작으로 영척과 맹호연, 백낙천과 제갈공명 등과 같은 중국의 역대 인물들과 관련된 고사나 이름을 중의적으로 활용하는 사설시조이다. 황산곡은 북송 시대의 시인이었던 산곡(山谷) 황정견(黃庭堅, 1045~1105)의 활용하여 황산곡이라는 계곡명으로 전화시키고 있다. 영척(寗戚)은 춘추시대 은사로 알려진 인물이었고, 맹호연(孟浩然, 689~740)은 중국 당나라의 시인이었다. '백낙천변'은 시조에서 냇가 이름이지만 한편으로 당나라 시인이었던 낙천(樂天) 백거이(白居易, 772~846)에서 나온 말이다. '장건은 승사로다'는 한무제 때에 서역에 사신으로 갔던 장건(張騫, ?~기원전 114)이 뗏목을 타고 은하에 갔었다는 전설을 용사한 것이다. '뫼동야 너운 들로 와룡강 너며가이 학창이 으흑더로다'의 이하 부분은 중국 삼국시대 촉나라 명신이었던 제갈량(諸葛亮, 181~234)의 고사를 원용한 것이다. 중국의 역대 인물을 원용한 비슷한 평시조 작품이 있는데,[8] 여기에서는 중국의 역대 인물을 중의적으로 활용하여 음주취락의 내용으로 형상화하고 있다. 그런데 위의 사설시조 【2】에서는 대장부의 호기를 형상화한다는 면에서 성격이 달라지고 있다. 똑같이 역대 인물을 중의적으로 활용하더라도 형상화 방식에 따라 시조의 주제가 달라진다고 하겠다.

작품 【3】은 주경야독하며 성현의 본을 받아 수신제가하자는 교훈시조이다. 【4】는 소상팔경을 소재로 하고 있는 강호한정의 시조 작품이다. 소상팔경(瀟湘八景)은 중국 남방의 동정호로 흘러 들어가는 소수

---

8 "黃山谷 도라 드러 李白花를 것거 들고/ 陶淵明 ᄎᆞ즈리라 五柳村에 드러가니/ 葛巾에 술 듯는 소릐 細雨聲인가 ᄒᆞ노라." (박을수, 『한국고시조대사전』(하), 아세아문화사, 1992, 1290쪽)

(瀟水)와 상강(瀟江)의 절경을 말한다. 시조 작품에는 소상팔경과 관련된 작품이 많은데 【4】는 그 중에서도 평사낙안·동정추월·어촌낙조를 담고 있다.

【10】은 근대시기 일제 침략에 맞섰던 애국지사들의 우국충절을 형상화한 시조 작품이다. 초장에서는 일제 침략에 맞서 자결한 민충정공의 충혈이 푸른 총죽으로 나와서 절개가 드높다고 말한다. 중장에서는 안중근이 각국 영사들이 구름처럼 모인 가운데 이등박문을 사살한 역사적 사실을 밝히고 있다. 종장에서는 일제의 사이토(齋藤實) 총독을 저격하려던 강우규(姜宇奎, 1855~1920)와 송학선(宋學先, 1893~1926)의 의기와 충절을 찬양하고 있다.

【18】은 판소리 〈적벽가〉의 삼고초려 장면을 시조로 형상화한 작품이다. 삼고초려는 중국의 삼국시대에 천하를 두고 쟁패하던 유비가 제갈량을 세 번이나 찾아간 고사를 용사한 것이다. 그런데 이 시조 작품에서는 판소리 〈적벽가〉의 '남양융중(南陽隆中)'에서처럼 제갈량의 모습을 부연과 확장을 통해 구체화하는 특징이 있다. 초장에서는 화자가 남양 융중에 들어가니 제갈량의 인물됨이 뛰어나고 경치도 뛰어나다고 말한다. 그리고 와룡강에 올라가서 굽어보니 산천이 수려하고 학이 울고 송죽이 교취하다고 말한다. 중장에서는 초당에 옷을 걸어놓고 있던 제갈량이 유비의 삼고초려에 감격하는 모습을 적고 있다. 마지막으로 종장은 두보(杜甫, 712~770)의 〈촉상(蜀相)〉에 나오는 '出師未捷身先死, 長使英雄淚滿襟(출병하여 이기지 못하고 몸이 먼저 죽으니, 길이 영웅들의 눈물이 옷섶에 가득 찼네)'라는 시구를 인용하여 제갈량의 죽음을 아쉬워하고 있다.

【24】는 임을 그리워하는 연모상사(戀慕相思)의 연정시조이고, 【25】

와 【31】은 음주취악(飮酒醉樂)의 내용을 담고 있다. 같은 음주취락의 시조 작품이라도 【25】와 【31】의 사이에는 차이가 있다. 전자가 이른 봄날의 경치를 완상하며 술에 취한 홍취를 읊고 있다면, 후자는 중국 역대 제왕의 옛터를 구경하다가 돌아와 청산으로 들어가 불로초를 안주로 삼아 봄술을 마신다는 다소 추상적인 성격이 짙다. 【87】은 화창한 봄날에 산천을 소요유람(逍遙遊覽)하는 내용을 담고 있다.

한편, 【29】와 【88】은 다른 자료집에서 찾을 수 없던 완산팔경을 소재로 형상화한 사설시조 작품이다. 전주는 삼국시대에 完山이라고 불렸다. 지금의 이름으로 불린 것은 신라 경덕왕 15년의 일이다.[9] 전주팔경은 완산팔경과 함께 쓰이는 명칭으로 그곳의 승경 8곳을 지칭한다. 전주팔경은 '기린토월(麒麟吐月)'·'한벽청연(寒碧晴烟)'·'남고모종(南固暮鐘)'·'다가사후(多佳射侯)'·'덕진채련(德津採蓮)'·'동포귀범(東浦歸帆)'·'비비낙안(飛飛落雁)'·'위봉폭포(威鳳瀑布)'이다. 여기에 '건지망월(乾止望月)'과 '남천표모(南川漂母)'를 합쳐서 전주십경(全州十景)이라고도 한다.[10] 【29】는 전주십경을, 【88】은 전주팔경을 노래하고 있다.

마지막으로 【89】는 국기인 태극기를 소재로 애국하자는 내용을 주제로 하고 있다. 태극기의 이치를 언급하면서 그것에 담긴 철학적 의미를 읽어내면서 애국애족을 읊고 있다.

3.2.2. 변형 작품

변형 작품은 시조창 사설에서 흔히 나타나는 현상이다. 기존의 사설

---

9 「전주부」, 『국역신증동국여지승람 Ⅳ』 제33권, 민족문화문고간행회, 1988, 392쪽.
10 이철수 편, 『전주야사』, 전주시 관광협회, 1967, 312쪽.

을 시조창의 연행 현장에서 바꾸어 부른 흔적으로 판단된다.

(1) 작품

【12】

一. 밤은기퍼 삼경닌듸 구진비은 헌날일제 릴이궁굴 절리궁굴 궁굴 ᐟᐟ다가 잠몬이워 원수로다

二. 아서라 수심장탄 마자하고 벅을 안고 도라루이 그벅이 거울되야 내 눈 압피 어은어은 뭉정하고 야속한 임아 정이나 주시밀지 이내 가삼에 불리난다

三. 루라서 오날밤 이내 모양 그려다가 우리임 게신 곳에 전하여 주리

【13】

一. 청여장 집고 다발엉 너머가이 장안사 내외숩 전나무 수처주 심이정 다 어잇다 홍문안 만선교 건너 항수문 밧다ᐟ으이 법중각 주침각은 진여문에 다어잇다

二. 법당안 도라드이 대웅전 이칭집은 반공에 소나는데 삼세여래 욱광보살 어산전 멍부전과 사성전 비루전을 차려로 참비하니 공산청 풍경 쇠소리 두우성에 석겨난다

三. 아마도 춘금강 화봉내 추풍악 동개골은 천하제일 멍산이니 그 아이 구경인가

【21】

一. 범피중유 둥덩실 쩌나갈제 망ᐟ헌 창해상 탕ᐟ한 물결이라 백

빈주 갈마이는 홍요로 날아든다

二. 삼상의 기러기는 한슈로 날고 용양한 나문소리 어적니 여기연만 곡종인불견에 슈봉만 푸르렷다 의내성중 만고심은 이내 홍금 자어낸다

三. 연파강상사인수라 문노라이 명나수야 굴삼여 어복충혼 그 무량 터야

(2) 내용

자료집에는 이미 알려진 시조이지만 시조 초·중·종장의 일부가 확연히 달라진 이본 가치의 작품이 있다. 모두 3편으로·【12】·【13】·【21】번이다. 이들 작품의 특징을 살펴보도록 한다.

【12】는 깊은 밤에 사랑하는 임을 그리워하면서 잠 못 이루는 모습을 형상화한 戀慕相思類의 시조 작품이다. 『한국시조대사전』의 '1648'번이나 『고시조대전』의 '1837.1'과는 초장이 일치하지만 중장과 종장에서 확연히 다르다.[11] 이들 두 자료집의 중장과 종장에서는 가을밤의 귀뚜라미 소리와 청천의 기러기 울음소리를 통해 시적 화자의 외로움을 자아내고 있다. 반면에 『시조책』에서는 시적 화자가 텅 빈 벽을 외로이 대하는 장면으로 바뀌고 있다.

【13】은 금강산을 유람하며 그곳의 풍광을 읊고 있는 逍遙遊覽類의 시조 작품이다. 『한국시조대사전』의 '4003'번이나 『고시조대전』의 '4735.1'과는 초장과 중장에서 일치하지만 종장이 다르다.[12] 기존의 자

11 박을수, 『한국시조대사전』(상), 아세아문화사, 1992, 463쪽.
김흥규·이형대 외, 『고시조대전』, 고려대 민족문화연구원, 2012, 1835쪽.

료집에서는 초장·중장의 연장선에서 풍광 모습을 서술하고 있는데 비해, 『시조책』에서는 '아마도 춘금강 화봉내 추풍악 동개골은 천하제일 명산이니 그 아이 구경인가'로 초장과 중장에서의 전경화된 풍광을 통해 시적 자아의 내면을 담아내고 있다.

【21】은 판소리 〈심청가〉의 '범피중류'를 개편하여 사설시조로 만든 것이다.[13] '범피중류'는 〈심청가〉에서 심청이 인당수에 몸을 던지기에 앞서 소상팔경(瀟湘八景)을 유람하는 대목을 노래한 것이다. 그래서 '범피중류' 대목을 '소상팔경'이라고도 한다. 판소리 명창이 본격적인 판소리를 부르기에 앞서 목을 풀기 위해 이 부분만을 따로 떼어다가 허두가로 부르기도 하였고 한편으로 단가로도 가창되었다.

소상팔경은 중국 동정호 남면의 여덟 명승지를 말하는데,[14] 판소리에서는 바다만 나오면 소상팔경이 나온다고 해도 지나친 말이 아니다. 〈춘향가〉에서는 춘향이 옥중에서 꿈속에서 유람한 곳으로 나오고, 〈흥보가〉에서는 제비가 흥부에게 박씨 물어다 준 제비노정기에서도 나온다. 그리고 〈수궁가〉에서는 수궁의 별주부가 토끼 간을 구하러 육지로 나올 때에도 소상팔경이 나오기 때문이다.

사설시조 '범피중류'는 『한국시조대사전』에는 없고, 『고시조대전』

---

12 박을수, 위의 책, 1101쪽.
김흥규·이형대 외, 위의 책, 4733쪽.

13 소상팔경을 시적 제재로 삼은 것은 시조와 가사 작품의 경우가 판소리보다 앞선다. 조선중기 이후백의 연시조 〈소상팔경〉이 있었다. (김신중, 「瀟湘八景歌의 관습시적 성격」, 『한국시가문화학회』 5, 한국시가문화연구, 1998, 125~148쪽.)

14 '山市晴嵐', '煙寺晚鍾', '漁村夕照', '遠浦歸帆', '瀟湘夜雨', '平沙落雁', '洞庭秋月', '江天暮雪'. (전경원, 『소상팔경, 동아시아의 시와 그림』, 건국대학교 출판부, 2007, 64~78쪽.)

에는 '1949.1'번으로 수록되어 있다.

범피중류 떠나가니 망망한 염해요 탕탕한 물결이라/ 백반주 갈매기는 홍료안에 날아들고 삼상의 기러기는 한수로 울어온다/ 유량한 남은 소리 어적이언만 곡종인불견하니 수봉만 푸르럿다.[15]

반면에 『시조책』에 수록된 사설시조 작품은 다음과 같다.

범피중류 둥덩실 써나갈제 망ᆢ헌 창해상 탕ᆢ한 물결이라 백빈주 갈마이는 홍요로 날아든다/ 삼상의 기러기는 한슈로 날고 용양한 나문소리 어적니 여기연만 곡종인불견에 슈봉만 푸르렷다 의내성중 만고심은 이내홍금 자어낸다/ 연파강상사인수라 문노라이 명나수야 굴삼여 어복충혼 그무량터야.

이들을 비교해보면, 『고시조대전』과 『시조책』에서 초장의 구분이 다르다. 그리고 전자는 철자법을 준수하고 있는데 비해, 후자는 철자법을 벗어난 오자가 있고 전라도 방언이 두드러진다. 『고시조대전』에는 『시조책』의 중장 부분에 있는 '의내성중 만고심은 이내홍금 자어낸다'가 없다. 뿐만 아니라, 『고시조대전』의 종장인 '유량한 남은 소리 어적이언만 곡종인불견하니 수봉만 푸르럿다'는 『시조책』에서 중장으로 편제되어 있다. 『시조책』의 종장은 '연파강상사인수라 문노라이 명나수야 굴삼여 어복충혼 그무량터야'라는 구절로 되어 있다. 그런데 『시조책』에만 들어있다고 이들 부분이 독창적인 것은 아니다. 이들 구

15 김흥규·이형대 외, 앞의 책, 427쪽.

절은 판소리 〈심청가〉의 '범피중류' 대목을 사설시조로 재편한 것이기 때문이다.

3.3. 엇시조

『시조책』을 보면 【1】에서 【32】까지는 작품 말미에 '사설'이라 적어놓고, 【33】에서 【40】번까지는 '반각'이라고 적고 있다. 반각이란 '각'과 '반각'의 개념에서 반 장단을 줄여서 연주하는 것을 말한다.[16] 이는 장단의 차원에서 사설시조와 구별되는 엇시조를 지칭한다.

3.3.1. 신출 작품

(1) 작품

【35】

一. 거먹 암소 우난 소리예 낫잠자다가 놀닉여 깨이

二. 며루리난 베을 짜고 자근 아들 글을 익고 어린 손자 쏫노리하고 마루아는 술을 걸르다가 홰 ᠄ 저르면셔 맛보라고눈짓 헌~다

三. 아마도 농가지락 잇뿐인가

【36】

一. 녹수청산 찻아가이 유수예 어약하고 수중암상예 거북이 짝을 지어 일광으로 모욕허언다

二. 층암절벽의 연~헌 홍백화 웃고 섯으이 나비는 춤추고 낙 ᠄ 장송

16 이명옥, 「반각에 관한 연구 – 고악보와 고가사집을 중심으로」, 경북대학교 석사학위 논문, 2006, 6~7쪽.

에 백학이 우지~고 봉두에 구름 어려 하늘이 거이로오다
三. 이곳이 경개 절승하니~ 안이 놀가

(2) 내용

『시조책』에는 엇시조에 해당하는 반각 8수가 수록되어 있고, 그 중 2수는 학계에 보고되지 않았던 새로운 작품이다. 지금까지의 엇시조에 개념 규정을 보면 연구자에 따라 달라지고 있는 것을 확인할 수 있다. 일반적으로 엇시조는 형태상으로 초·중·종 3장의 어느 한 장이나 두 장이 평시조의 정형보다 약간 길어진 것인데, 종장이 길어진 경우는 매우 드문 것으로 보고 있다.[17]

흔히들 엇시조가 평시조와 사설시조의 중간 형태라고 말하지만, 엇시조와 사설시조의 경계가 분명하지 않을뿐더러 연구자들의 견해도 일치하지 않고 있다. 최정여와 진동혁은 평시조의 형식에서 어느 한 장이 다소 늘어난 시조로 엇시조로 보았다.[18] 서원섭은 시조가 초·종장은 대체로 평시조의 자수를 유지하고 중장의 자수가 40자까지 길어진 시조를 엇시조로 보았다.[19] 김동욱은 초·중장의 초종구(初終句)와 종장의 2구, 이 다섯 구의 어느 한 구만 정자수(定字數) 이상인 것으로 보았다.[20] 조동일은 엇시조와 사설시조를 보다 명확하게 구별하고자 하였다. 그는 엇시조를 2음보가 세 번 중첩되어 6음보가 나타난 곳이

17 이응백 외, 『국어국문학자료사전』, 한국사전연구사, 1997, 1954쪽.
18 최정여, 「시조」, 『국문학개론』, 교학연구사, 1986, 148쪽.
진동혁, 『고시조문학론』, 형설출판사, 1990, 24쪽.
19 서원섭, 『시조문학연구』, 형설출판사, 1991, 44쪽.
20 김동욱, 『개정 국문학개설』, 보성문화사, 1983, 80쪽.

한 군데만 있는 시조로 보았고, 2음보가 세 번 중첩되어 6음보가 나타난 곳이 두 군데 이상 있거나 2음보가 네 번 중첩되어 8음보가 나타난 곳이 한 군데 이상 있는 시조를 사설시조로 보았다.[21] 반면에 김흥규는 엇시조와 사설시조 사이의 국부적 변별성보다는 평시조와의 전체적 대비에서 드러나는 형태 및 내용상의 차이가 중요하다고 보면서 그것들을 한데 묶어 규정하려는 관점을 보였다.[22]

자료집 『시조책』에 '반각'으로 수록된 일부 작품은 시조의 분류 체계에 따른다면 엇시조라고 말해도 무방하다. 하지만 이들 작품 중에는 앞서 언급했던 제가의 견해대로라면 사설시조로 편입되는 사례도 생긴다는 것을 밝히고자 함이다. 먼저 【35】는 중장이 늘어난 전형적인 엇시조 작품에 해당한다. 기존의 자료집에서 보이지 않는 고시조이다. 초장에서는 오늘날 사라진 검은 소가 등장하는데 울음소리에 노옹으로 여겨지는 시적 화자는 낮잠에서 깨어난다. 며느리는 길쌈하고 작은 아들은 책을 읽고 손자는 꽃놀이하고 마누라는 술을 거르고 있다. 바쁠 것이 없는 한가로운 농촌의 일상을 읊고 있는 전가한거류(田家閑居類) 시조 작품이다. 【36】은 초장과 중장이 늘어난 엇시조인데 사설시조 작품이라고 해도 무방하다. 본고에서는 『시조책』 편자의 분류 방식에 따라 엇시조로 편입시켰다. 【36】은 산천경개를 완상하며 아니 놀 수 없다는 인생행락류(人生行樂類)의 시조 작품이다.

---

21 조동일, 『한국시가의 전통과 율격』, 한길사, 1982, 110쪽.

22 김흥규, 『한국문학의 이해』, 민음사, 1986, 48쪽.

3.4. 평시조

『시조집』에는 평시조 42수가 수록되어 있는데, '평조'라고 적혀 있다. 여기에서 평조라는 것은 시조창의 가락을 말함인데 시가 형태로는 평시조에 해당한다. 종장의 마지막 어구는 시조창으로 부를 때처럼 문장을 완결시키지 않고 매듭짓는 곳이 많다.

3.4.1. 신출 작품

(1) 작품

【43】

一. 낙양성도 도리화야 비거비래 낙수가요

二. 연ᄒ세 화상사로되 세ᄒ연ᄒ 인부동이라

三. 아마도 화상사 인부동허이 그를 실어

【44】

一. 적성의 아침 날은 느진 안개 틔여잇고

二. 녹수으 저문 봄은 화류동풍 둘넛서라

三. 아마도 구심 춘광을 허송하리

【46】

一. 인생빅연이 얼마든고 무정세月 양유파라

二. 사후에 만반진수라도 불여생전의 일비쥬라

三. 아히야 잔들어 술 부어라 취코놀계

【62】

一. 청황누 놉피 올나 호남풍경 바라보이

二. 한벽루 청연기 일고 길인봉의 달 돗는다

三. 아히야 잔 잡어 술부어라 완月장취

【72】

一. 천고지후하이 초목금수 잘어내고

二. 일月리 광휘하야 삼강오륜 발거셧라

三. 그중에 성신 자별하여 자손 창성

【81】

一. 하늘이 정한배필 오늘이~ 가약리라

二. 생신의 시초이요 백복의 근원이라

三. 비나이 부귀영화를~ 길이길이

(2) 내용

『시조책』에는 모두 42편의 평시조가 수록되어 있고, 그 중 6수는 학계에 보고되지 않았던 새로운 작품이다. 이들의 핵심 내용을 요약하면 다음과 같다.

【43】에서는 낙양성의 도리화처럼 해마다 피는 꽃은 비슷한데 인간은 해마다 같지 않다고 말한다. 이것은 유한한 인간의 삶을 읊은 것이다. 【44】는 봄날의 풍광을 보면서 화자의 느낀 바를 읊은 감물서경류(感物敍景類)의 시조 작품이다. 【46】은 인생 백년이 잠깐이라면서 죽어서 받는 진수성찬보다는 살아서 한 잔 술이 더 낫다는 음주취악류(飮酒

醉樂類)의 시조 작품이다.

【62】는 사설시조 【29】와 【88】처럼 전주팔경의 모습을 담고 있는 평시조 작품이다. 여기에서는 전주팔경 중에서 한벽루의 맑은 안개인 '한벽청연(寒碧晴烟)'과 기린봉의 떠오르는 달을 뜻하는 '기린토월(麒麟吐月)'을 담고 있다. 그리고 종장에서는 술을 마시며 취하도록 마신다는 취락적인 내용으로 마무리를 하고 있다. 【72】는 삼강오륜이라는 綱常의 도리를 밝히며 태평시대를 기원하고 있다. 【81】은 혼인의 의미를 밝히며 그것이 만복의 근원이라면서 부귀영화가 함께 하기를 축원하는 송축류의 시조 작품이다.

3.4.2. 변형 작품

(1) 작품

【41】

一. 기산영수 별건곤에 소부허유 몸이 되여

二. 영천수 말은 물여 귀를 싯고 누웠스니

三. 아마도 사무 한신은 나쁘인가

【84】

一. 남훈전 달 발근 밤여 八원팔괘 거나리시고

二. 오헌금 탄일성여 해오 민지 온헤로다

三. 초야에 창생들으은 강구언月

(2) 내용

『시조책』에 수록된 42편의 평시조 작품 중에는 앞서 언급한 6편의 새로운 작품에 들지는 않더라도 【41】과 【84】의 이본 가치가 있는 작품이 있다. 【41】은 중국 고대의 성군이었던 요(堯)임금 시대에 살았다는 은사인 허유(許由)와 소부(巢父)의 고사를 시적 제재로 하고 있다. 먼저 허유는 요임금이 자기에게 보위를 물려주려고 하자 귀가 더럽혀졌다고 영천(潁川)에 가서 귀를 씻은 후 기산(箕山)으로 들어가서 은거하였다는 인물이다. 소부는 허유가 귀를 씻은 영천의 물이 더럽혀졌다고 몰고 온 소에게 물을 마시지 못하게 하였다는 인물이다. 시적 화자는 이들 허유와 소부를 자신과 일체화시키며 수분지족(守分知足)의 삶을 읊고 있다. 반면에 【84】에서는 태평성세를 노래하며 강구연월(康衢煙月)을 읊고 있다.

4. 맺음말 – 자료적 가치와 함께

본고는 새로운 시조 자료집인 『시조집』을 발굴하여 소개하고자 작성한 것이다. 먼저 전체 작품을 목록으로 만들어 특징을 제시하고 작품 발굴의 측면에서 논의하고자 하였다.

자료집에는 모두 89편의 시조 작품이 사설시조·엇시조·평시조의 순서로 77수가 수록되어 있고, 뒷부분 12수는 뒤섞여 있다. 이것은 자료집이 처음에 77수로 편집되었다가 나중에 12수를 보탰기 때문이다. 『시조집』에 수록된 작품들은 시조창을 위해 만든 것으로 보인다. 그것은 자료집의 시조 작품마다 구절 사이마다 곳곳에 '三'·'五'·'八' 등의 박자를 표시하고 있기 때문이다.

제작자는 전주 지역에서 활동했던 인물로 생각되며 제작 시기는

1960년으로 추정하였다. 이 자료집이 근대시기에 만들어진 시조자료집이지만 시조 작품은 모두 고시조 형태이다. 이 자료집은 현재 전주에 살고 있는 우석대 김해정 교수가 소장하고 있다.

자료집에 수록된 89수중의 상당수가 아직 학계에 소개되지 않았던 새로운 작품으로 판단된다. 사설시조는 전체 39수에서 12수가 신출 작품이었고, 3수는 이본 가치가 있는 변형 작품이었다. 엇시조는 모두 8수가 수록되어 있는데, 그 중 2수가 신출 작품이었다. 마지막으로 평시조는 42수가 수록되어 있었고, 그 중 6수가 신출 작품이었고 2수는 이본 가치가 있는 변형 작품이었다.

사설시조 신출 작품 중에는 【10】처럼 일제 침략에 맞섰던 애국지사들의 우국충절을 형상화한 시조 작품도 있었고, 【89】처럼 태극기를 소재로 애국하자는 내용을 담은 시조 작품도 있었다. 【18】은 판소리 〈적벽가〉의 삼고초려 장면을 형상화한 사설시조로 보이고, 【21】은 새로운 시조 작품은 아니지만 판소리 〈심청가〉의 '범피중류'를 개편하여 사설시조로 만든 것이었다. 이외에도 【41】과 【44】처럼 판소리 〈춘향가〉의 어구가 시조 작품로 전환되고 있는 사례에 주목하였다.

그리고 『시조책』에는 전주 지역의 풍광을 담고 있는 새로운 사설시조 2수와 평시조 1수가 있었다. 이들 작품은 다른 시조 자료집에서 찾아볼 수 없는 완산팔경을 형상화한 시조 작품들이었다. 이와 같은 일련의 논의를 통해 필자는 『시조책』을 전주 지역에서 활동하면서 판소리에도 어느 정도 익숙했던 인물이 편찬했을 것으로 추정하였다.

새로운 자료 『시조집』과 시조 작품 15수에 대하여

1. 머리말

오늘날 시조 작품에 대한 정리 작업은 하나하나 손에 의존하던 과거에 비해 훨씬 빠르고 정확해졌다. 1928년에 최남선이 1405수의 시조 작품을 모아서 『시조유취』로 내놓은 이래로[1] 1966년에 정병욱이 2,376수의 시조 작품을 모아서 『시조문학사전』으로 내놓았다.[2] 1972년에는 심재완이 『역대시조전서』를,[3] 1991년도에는 박을수가 『한국시조대사전』을 내놓았다.[4] 그러다가 시조 정리 작업은 2012년도에 46,400여수의 시조 작품을 집대성한 『고시조대전』이 나오면서 마무리되었다.[5] 『고시조대전』에는 오랜 시간과 많은 인력이 투입된 것도 있지만 그런 방대

1 최남선, 『시조유취』, 한성도서, 1928, 1~282쪽.

2 정병욱, 『시조문학사전』, 신구문화사, 1966, 1~862쪽.

3 심재완, 『교본 역대시조전서』, 세종문화사, 1972, 1~1341쪽.
심재완, 『정본 시조대전』, 일조각, 1984, 1~949쪽.

4 박을수, 『한국시조대사전(上下)』, 아세아문화사, 1992, 1911쪽.
박을수, 『한국시조대사전(별책 보유)』, 아세아문화사, 2007, 1~308쪽.

5 김흥규·이형대 외, 『고시조대전』, 고려대학교 민족문화연구원, 2012, 1~1386쪽.

한 작업이 가능했던 것은 무엇보다도 데이터베이스의 구축과 응용이 가능한 컴퓨터의 도움 없이는 이뤄질 수 없었을 것이다.

하여튼 오늘날 시조에 대한 자료 정리는 일목요연하게 체계화되었다고 볼 수 있다. 자연히 자료 발굴 과정에서 시조 작품의 실체를 파악하기도 훨씬 용이해졌다. 시조나 가사 등의 시가 작품에 대한 관심을 갖고 필자는 그것을 새삼 실감하고 있다. 발굴 과정에서 가사에 비해 시조 자료는 귀한 편이다. 그래서 필자는 시조 자료가 있으면 각별한 관심을 쏟는다. 이 과정에서 필자는 고시조 78수를 수록한 시조집(詩調集) 『고금명작가』를 찾아내서 새로운 시조 작품 9수를 학계에 보고한 바 있었다.[6] 이어서 한지 두루마리에 55수를 기록한 시조 자료를 찾아냈는데, 그 중 5수가 새로운 작품이었다.[7]

이번에 소개하는 시조 자료집은 본래 전라남도 함평군에서 나온 것이다. 이 자료에는 15수의 시조 작품이 수록되어 있는데 새로운 시조 작품이 포함되어 있고, 몇 수는 이본 가치가 있다. 이 논문에서는 먼저 자료집을 검토하고 시조 작품을 첨부하여 제공하도록 하겠다.

---

6 구사회·박재연, 「새로 발굴한 고시조집 『고금명작가』 연구」, 『시조학논총』 21, 한국시조학회, 2004, 46~76쪽.
구사회, 「새로 발굴한 고시조집 『고금명작가』의 재검토」, 『한국문학연구』 27, 동국대학교 한국문학연구소, 2004, 205~233쪽.

7 구사회, 「새로운 고시조 작품의 발굴과 검토」, 『시조학논총』 36, 한국시조학회, 2012, 44~71쪽.

2. 발굴 자료의 검토

서책은 13.5×22㎝ 크기의 노루지 표지와 8장의 한지로 되어 있다. 표지에는 오른쪽에 '친호재(親湖齋)'라는 당호가, 중앙에는 '계묘 지월 일(癸卯 至月 日)'이라는 날짜가, 왼쪽에는 '시조집(詩調集)'이라는 책명이 적혀있다. 서책의 뒷면에는 책 주인을 뜻하는 '지주(持主) 조두상(趙斗尙)'이라는 이름과 '전남(全南) 함평군(咸平郡) 손불면(孫佛面) 월천(月川)'이라는 주소가 적혀 있다. 이 주소지는 지금도 확인되는 곳이다. '친호재'라는 당호를 쓴 것은 그곳 가까이에 월천제(月川提)라는 큰 저수지가 있기 때문으로 보인다.[8]

표지와 이면의 필체는 같다. 서책 주인인 조두상이라는 사람이 시조창을 위해 시조 작품 13수에 대해 음조를 표시하여 기록했던 것으로 보인다. 그리고 노루지로 표지를 붙여 '시조집'이라는 서명을 붙인 것 같다. 왜냐하면 마지막 14번과 15번째 시조 작품에 대해서는 음조 표시를 하지 않았고 노랫말만 적고 있기 때문이다. 14번째 시조는 황진이 시조인데 모필이 아니라, 잉크로 적었다.

내용물은 한지로 되어 있고 분량은 15면이다. 수록된 시조 작품은 모두 15수이다. 그런데 첫째 시조부터 13번째 시조는 시조창을 위해 노랫말에 높낮이 표시를 해두었다. 그리고 마지막 2수는 노랫말을 적어놓았는데 나중에 기록한 것으로 보인다. 이들 15수 중에서 5수는 학계에 보고되지 않았던 새로운 작품이고, 다른 4수는 기존의 작품과 비슷하지만 초(初)·중(中)·종장(終章) 중에서 어느 하나가 달라서 이본

8 서책의 이면에는 '觀湖齋'로도 적혀 있다.

으로서의 가치가 있다.

시조 15수에서 작자가 확인되는 것은 황진이(【14】), 김수장(【2】), 이정보(【7】), 임중환(【11】)이 지은 네 작품이다. 나머지는 작자 미상이다. 이들 작품이 수록된 고시조집은 『악학습령』(4수), 『해동가요』(3수), 『청구영언』(2수)의 순이다.

표기 방식을 살펴보면 마지막 2수를 제외하고 모두 시조 창법을 염두하고 기록하였다. 첫수를 살펴보자. 이 시조는 작자 미상의 평시조 작품인데, 본래 초장은 "남산은 천연산이요, 한강수은 만연수라"이다.[9] 그런데, 『시조집』에서는 종서로 "남사平──上……은下……○천여── ──연 산이…… ……요─ 한가── ── 上……下……수下……은下─下……만연──수上……○수라── ──○"라고 적고 있다. '한강수'에서는 '한강'과 '수' 사이에 꺾는 표시를 해두기도 하였다. 한 마디로 시조창을 전제로 기록하였다는 것을 알 수 있다.

표기법을 살펴보면 '·'가 사용되지 않고 있다는 점이다. '·'는 20세기 초까지 사용되었고 1933년에 이르러서야 공식적으로 폐지되었다. 그러니까 이 서책은 적어도 그 이후에 만들어진 것으로 현대 표기에 가깝다. 다음으로 혼철 표기가 많다. '모셧쓰니(모셨으니)' '십연(십년)', '노라쓰니(놀았으니)', '잔드러(잔들어)', '대은(대는)', '대을(대를)', '굿태여(구태여)', '안니(아니)' 등을 통해 확인할 수 있다. 이것은 현대 철자법이 정착되기 이전에 많이 보이는 표기법이다.

다른 특징으로 '하다'를 '허다'로 쓰는 등, 남도 사투리가 많다는 점이다. 전남 지역에서 나왔다는 것을 알 수 있다. 예로써 '홍망사허니'(【3】),

9 박을수, 『한국시조대사전』(상), 아세아문화사, 1992, 212쪽.

'무궁허다'(【4】), '허여'(【5】), '허니'(【6】), '방화수류허야'(【7】), '늑넌다'(【11】), '하직허고'(【13】)를 들 수 있다. 이것은 전라남도 지역에서 원래부터 '허다'였을 가능성이 없지 않지만, 그것보다는 '하다'의 옛말인 'ᄒᆞ다'의 'ㆍ'가 'ㅡ'로 변한 다음에 'ㅓ'로 정착되었을 가능성이 많다. 그리고 남도 사투리인 '수염수염(쉬엄쉬엄)'(【14】)도 보인다. 이것은 'ㅟ'가 원래 이중모음이었기 때문이다.

그런데, 표지 중앙에는 계묘년 동짓달을 뜻하는 '癸卯 至月 日'이라는 태세가 나온다. 이것이계묘년 동짓달에 만들어졌다는 것을 의미한다. 오늘날 양력으로 환산하면 1963년 12월 하순경에 해당한다. 따라서 『시조집』은 1963년 12월 하순 경에 전라남도 함평군 손불면 동천리에서 조두상이라는 인물이 만든 것으로 추정된다.

3. 시조 작품의 분석

『시조집』에는 15수의 고시조가 수록되어 있다. 이 중에는 아직 학계에 보고되지 않은 새로운 고시조 작품 5수가 있다. 그리고 새로운 시조 작품은 아니지만 이본으로서의 가치가 있는 5수가 있다. 이를 제시하여 고찰해본다.

3.1. 새로운 고시조 작품

【4】

동원에 봄이 드니 나으 할 일이 무궁허다

약밧은 뉘로 매며 화초모중 누가 힐가

동자야 소상강 대볘여라 사립절비

【5】

초부가 섭을 지고 수인씨을 원망할되
식목실 하올제도 만팔천세 하엿것만
구태여 교민화식 허여 나을곤켸

【6】

압산에 봄이 드니 요요작작 꽃화자라
일호미주 가질지 허니 세류강변 안질좌라
동자야 잔드러 술부어라 마실 뉴자

【13】

공명을 하직허고 행산으로 나려와서
밧갈고 모심어 반세 농부 되오이라
때맛차 비가 나리어 오곡이 등풍

【15】

인간평생 제일경사 남취여가 이안인가
동방화촉 아름답다 생민지시 묘만복지원이라
꽃피여 자손이 만당하고 가업진진

위의 5수는 지금까지 학계에 보고되지 않았거나 기존의 시조 자료집에 없는 새로운 작품이다. 작품 내용도 유유자적하는 전가생활을 담고 있다. 다만 【15】은 나중에 덧붙인 것으로 다른 네 수의 시조와는 가요적 성격이 다르다. 【15】는 남녀가 결혼하여 자손이 번성하는 것을 축원하는 내용을 담고 있기 때문이다.

【4】와 【6】은 전형적인 전원시조로써 봄날의 전가 생활을 읊고 있다. 둘 다 봄날의 일상과 유유자적한 삶을 노래하고 있다. 전자는 종장이 초·중장의 흐름에서 벗어나 다소 추상적으로 마무리되고 있다. 【5】는 고대 중국 삼황(三皇)의 한 사람으로 화식(火食)을 발명했던 수인씨(燧人氏)를 소재로 하고 있다. 나무하는 사내가 무거운 땔나무를 지고서 교민화식하게 만든 수인씨를 타박하는 내용이다. 【13】은 부귀영화를 버리고 행산으로 내려와서 밭을 갈고 모를 심는 농부가 다 되었다는 전원시조이다.

3.2. 이본 가치의 시조 작품

【3】
만경창파 욕모천에 환주 유교변을
객내문아 홍망사허니 소지노화 월일선니라
강호로 십연 노라쓰니 아모란줄 몰나

【9】
서새산전 백노날고 도화유수 궐어비라
청양입 녹사의노 삽풍세우 불수귀라
아마도 사무친신 키은 내뿐인가

【11】
바람아 부지마라 나무입이 다 더러진다
세월아 가지마라 녹빈홍안이 다 늑넌다
아마도 인무개소년이 안니 놀가

【12】
만수산 만수봉에 만수정이 여기로다
불노초로 술을 비저 만수배애 가득 부어
아마도 이 술을 자부시면 만수무강

『시조집』에서 새로운 작품은 아니지만 위의 4수는 그래도 이본 가치가 있다. 【3】은 속세를 벗어나 자연과 유유자적한다는 취락적인 내용의 시조 작품이다. 『악학습령』에서는 "술 취코 강호에 누어시니 절가는 줄 몰닉라"로 수록되어 있는데, 여기에서는 "강호로 십연 노라쓰니 아모란줄 몰나"로 기록되어 있다.

【9】는 속세를 떠난 은사의 삶을 노래한 시조이다. 서쪽 변방에는 백로가 날고 복숭아꽃이 물위로 떠가는데 물속의 쏘가리가 날아오른다. 그런 곳에서 화자는 푸른 삿갓과 도롱이 쓰고 가랑비을 맞으며 집으로 돌아간다. 속세를 벗어난 탈속적인 경지를 읊고 있지만 이 어구는 본래 당나라 시인 자동(子同) 장지화(張志華, 730~810)의 〈어부(漁夫)〉라는 시의 '西塞山前白鷺飛, 桃花流水鱖魚肥, 青箬笠, 綠簑衣, 斜風細雨不須歸'를 用事한 것이다.[10] 장지화는 세속을 벗어나 풍류를 즐긴

10 http://so.gushiwen.org/view_71049.aspx/.

시인으로 유명한 인물이다. 그래서 『악학습령』과 『해동가요』의 종장에서는 "이 後는 張志華 업스니 興 알 니 업세라"로 되어 있다. 그런데 『시조집』에서는 그런 자연 속에 풍류를 즐기는 것은 화자 자신뿐이라는 것으로 변용되고 있다.

【11】은 삼관(三貫) 임중환(林重桓, ?~?)의 시조 작품이다. 세월의 덧없음과 늙음을 한탄하며 부른 취락적인 내용을 담고 있다. 『시조연의(詩調演義)』에 수록된 작품인데, 『시조집』에서는 중장과 종장이 부분적으로 달라지고 있다. 전자에서는 중장과 종장이 "세월아 가지마라 녹빈홍안이 다 늑넌다/ 아마도 인무개소년이 안니 놀가."인데, 후자에서는 "歲月아 가지 마라 英雄이 空老로다/ 人生不得 恒少年이라 안이 노든"으로 바뀌고 있다.

【12】는 만수무강을 축원하는 시조이다. 이 시조는 『청구영언』에서 중장이 '불노초로 술을 비저 만수배애 가득 부어'인데, 여기에서는 '그 물로 술 비즈니 萬壽酒라 ᄒᆞ더이다'로 바뀌고 있다.

4. 자료적 가치

조두상이라는 인물이 시조창을 위해 13수의 시조 작품을 선정하여 『시조집』에 수록하였는데, 여기에는 편집자의 의도가 직간접적으로 반영되었을 것으로 짐작된다. 13수의 시조 작품은 서로 차이가 있겠지만 크게 전가생활과 관련된 시조 작품들로 구성되어 있기 때문이다.

---

http://www.gushiwen.org/mingju_1151.aspx.

그리고 이들 중에는 당대인들이 즐겨 불렀던 시조 작품도 들어 있었을 것으로 보인다. 예로써 작자명이 확인되는 황진이(【14】)나 이정보(【7】)의 시조 작품은 오랫동안 애창되던 시조 작품이었다. 이것은 근대시기에 편집된 『시조집』에서도 그것이 여실히 확인된다.

『시조집』에서 자료적 가치와 관련하여 주목되는 것은 이정보의 시조로 알려진 【7】번 작품이다.[11] 이것은 『해동가요』의 일석본(311번)이나 주씨본(365번)과 거의 일치하고, 『청구영언』(육당본)과도 큰 차이가 없다. 이 시조는 봄날의 산천경치를 즐기는 내용인데, 본래는 중국 송나라 정호(鄭顥)의 〈춘일우성(春日偶成)〉의 시구를 차용한 것이다.[12]

뿐만 아니라, 이 시조는 판소리를 부르기 전에 목을 풀기 위한 〈운담풍경〉이라는 단가의 일부로 수용된 것을 주목할 필요가 있다. 일제강점기에 활동했던 판소리 명창 강태홍(姜太弘, 1893~1957)과 김초향(金楚香, 1900~?)이 〈운담풍경〉을 즐겨 불렀다. 이것은 이정보의 시조를 판소리 단가로 고쳐 부른 사례이다. 이것은 이전에 필자가 발굴해낸 19세기 말엽에서 20세기 초엽에 나온 시조 자료집에서도 확인되고 있다.[13] 이번에 새로 나온 『시조집』에서도 당시에 많이 불린 작품들을 수록하였을 가능성이 많다. 이것은 시조 작품들이 수록되었던 원전이 오늘날 활자화되면서 본디 자리를 잡고 있던 시공간의 아우라(Aura)를 잃어버렸기 때문에 확인할 수 없게 되었다. 그런 점에서 이번에 나온

11 『詩調集』(【7】), "운담풍경 근오천에 소거에다 술을 실코/ 방화수류 허야 전천으로 나려가이/ 방인이 날다려 이르기를 학소년인가"

12 鄭顥, 〈춘일우성(春日偶成)〉, "雲淡風輕近午天, 傍花隨柳過前川, 時人不識余心樂, 將謂偸閑學少年." (http://zhidao.baidu.com/question/299667212.html)

13 구사회, 앞의 논문, 2012, 52~54쪽.

『시조집』에서는 시조 작품의 상호간에 맺고 있는 유기적 관련성을 어느 정도 짐작케 한다.

5. 맺음말

본고는 고시조 자료집인 『시조집(詩調集)』을 발굴하여 소개하는 논문이다. 『시조집』은 지금까지 학계에 보고되거나 소개되지 않았던 새로운 시조 자료집이다. 이것은 1963년 12월 하순경에 전라남도 함평군 손불면 월천리에 살고 있던 조두상이라는 사람이 편집하여 만든 것으로 판단된다. 『시조집』에는 15수의 시조 작품이 수록되어 있고, 그중에서 5수는 새로운 시조 작품이고 4수는 이본 가치가 있는 것으로 판단되었다. 이것은 시조창으로 부르기 위해 만든 것이었다.

15수 중에서 작자가 확인되는 것은 4수이었고, 나머지는 작자 미상이었다. 표기법은 '·'가 사용되지 않았고 혼철 표기가 많았다. 다른 특징으로 '하다'를 '허다'로 쓰는 것에서처럼 전라남도의 사투리가 많았다.

새로운 시조 작품 5수는 자손이 번성하기를 바라는 축원하는 내용의 【15】번 시조를 제외하고 대부분 전가생활의 유유자적한 삶을 노래하고 있었다. 필자는 이런저런 정황을 통해 시조 【15】의 작자가 『시조집』의 편집자인 조두상으로 추정하였다. 그리고 전체 15수에서 '【3】, 【9】, 【11】, 【12】' 4수는 새로운 작품이 아니더라도 이본 가치가 있는 것으로 보았다. 이본 가치가 있는 이들 4수도 자연과의 친화나 인생무상을 읊는 취락적인 내용을 담고 있었다.

『시조집』은 근대 이후에 나왔지만 내용상 고시조 자료집에 해당한다. 15수가 근대 이전의 고시조 작품이고 성격도 그러하기 때문이다. 오늘날에는 시조사전이 활자화되면서 대부분의 시조는 고시조 자료집이라는 본래의 공간에서 분리되었다. 이번에 나온 『시조집』은 자료적 가치와 관련하여 오늘날 활자화되어 파편화된 시조 사전의 작품들이 지니지 못하는 아우라가 있을 것으로 보았다. 그런 점에서 『시조집』에서는 이정보의 시조 작품을 일제강점기 판소리 단가인 〈운담풍경〉과 관련하여 주목하였다. 그리고 시조자료집 『시조집』에 수록된 15수의 시조들은 당대인들이 즐겨 불렀던 시조 작품으로 서로 유기적 관련성이 있었을 것으로 보았다.

제2부

가사 작품의 발굴과 탐색

- 새로운 가사 작품 김해 허씨의 〈망운가〉와 현풍 곽씨의 〈부겨〉에 대하여
- 한창기본 〈슉영낭ᄌ전〉 소재 가사 작품 8편에 대하여
- 새로운 가사 작품 홍희의 〈영언〉에 대하여
- 새로 나온 가사 작품 〈발몽인교가〉에 대하여

새로운 가사 작품 김해 허씨의 <망운가>와 현풍 곽씨의 <부겨>에 대하여

1. 머리말

근래에도 지금까지 알려지지 않았던 새로운 가사 작품이 나오고 있다. 여기에서 새로운 가사 작품이란 기본적으로 임기중의 『가사문학전집』 50권이나 한국가사문학관의 소장 작품에 들지 않거나, 지금까지 학계에 알려지지 않은 것들이라고 할 수 있다. 임기중의 『한국가사문학전집』 51권에는 2,469편의 방대한 가사 작품이 수록되어 있고,[1] 한국가사문학관에도 대략 2,300~2,400여 편의 가사 작품이 소장되어 있기 때문이다.

가사 작품에 대한 주석 작업도 간헐적으로 진행되다가 2005년에 임기중에 의해 2,086편의 가사 작품이 『한국가사문학주해연구』(20권)라는 이름으로 집대성되었다.[2] 한국가사문학관에서는 소장 작품 중에서 해제 작업을 끝낸 1,500여 편에 대한 원문을 제공하고 있다. 정확한

---

1 임기중, 『역대가사문학전집』(1-51권), 아세아문화사, 1998.

2 임기중, 『역대가사문학주해연구』, 아세아문화사, 2005.

집계가 나온 것은 아니지만 한국에는 2,500편 이상의 독자적인 가사 작품이 존재하고 있고 이본을 포함하면 적어도 15,000편이 넘을 것으로 추정된다. 이들 가사 작품은 조선 오백 년을 관통하며 일제강점기에도 지어졌고, 심지어 근래까지 지어졌다고 보면 된다.

이런 면에서 새로운 가사 작품을 부지런히 발굴하는 것은 이 분야에 대한 연구와 자료의 집대성을 위해 필요한 작업으로 여겨진다. 이번에 소개하는 가사 작품인 〈망운가(望雲歌)〉와 〈부겨[父戒]〉는 경북 남부지역에 있는 합천과 고령 지역에서 나온 규방가사이다. 이들 작품은 다른 규방가사들과 달리, 작자와 출처가 비교적 분명하게 드러난다는 특징이 있다.

무엇보다도 이 논문은 새로운 가사 작품을 발굴하여 학계에 보고하는 목적에서 자료 검토를 하였다. 참고로 이 자료는 2016년 11월 13일에 방영된 KBS 진품명품에 출품된 것으로 방송 담당자가 자문을 의뢰해서 도움을 주고 소장자의 허락을 받아 작성된 것임을 미리 밝혀둔다.

2. 발굴 자료의 검토와 창작 시기

가사 작품은 기록 방식에 따라 판본이나 필사본으로, 모양에 따라 장책과 접책, 또는 두루마리나 전장지 등과 같은 형태로 전해진다. 〈망운가〉와 〈부겨〉의 자료집은 붓으로 쓴 필사본으로 두루마리 형태이다. 전체 크기는 가로 508.5㎝×세로 23.5㎝인데, 그 중에서 〈망운가〉는 312.5㎝×23.5㎝이고 나머지가 〈부겨〉이다. 표기 방식은 세로쓰기의 한글체이다. 체재는 '〈망운가〉 – 〈망운가〉에 대한 후기 – 〈부겨〉'의 차례로 되어 있다. 〈망운가〉는 2음보 1구를 1행으로 하여 모두 268구의 중형가사로서 글자 수는 1,385자로 되어 있다.[3] 〈부겨〉는 모두 176구 667자로 된 중형가사이다. 〈망운가〉는 여성으로 보이는 화자가 자신을 낳고 길러주신 친정어머니를 그리워하며 신세를 한탄하는 탄식류 규방가사에 속한다. 반면에 〈부겨〉는 화자가 자식들에게 부부의 도리를 일깨우며 지켜야할 덕목을 일깨우고 있다는 점에서 교훈적인 규방가사에 속한다.

이들 가사 작품의 작자에 대해 살펴볼 필요가 있다. 〈망운가〉의 작자에 관한 단서는 작품 전문 끝부분에 다음과 같이 기록되어 있다.

> 이 글은 고령 국밧 곽시덕 우리 시고모님겨셔 시조모님겨 망운회포[4] 지은 가ᄉᆞ 슬푸고 한홉다 여ᄌᆞ의 마인 몸이 ᄂᆡ 남 업시 일얼지라 ᄋᆡ답고 통분ᄒᆞ미 여ᄌᆞ일신 통분ᄒᆞ다 본신 단문취필[5]인 즁 뉵십 츈광[6] 안혼즁[7]의 쵹ᄒᆞ[8]의 시려근모ᄒᆞ나[9] 형ᄌᆞ[10] ᄌᆡ[11] 슝ᄒᆞ니 앗가운 조위 바린 일 절통[12] 심

3 홍재휴는 가사를 길이에 따라 단형가사(60구 이하), 중형가사(300구 이하), 장형가사(300구 이상)로 나누고 있다. (홍재휴, 「가사」, 『국문학신강』, 국문학신강편찬위원회 편, 새문사, 1985, 173쪽.)

4 망운회포: 망운회포(望雲懷抱). 자식이 객지에서 고향에 계신 어버이를 생각하는 마음. 망운지정(望雲之情).

5 단문취필: 단문추필(短文醜筆). 글 아는 것이 넉넉하지 못하고 못쓴 글씨.

6 츈광: 춘광(春光). 젊은 사람의 나이를 문어적으로 이르는 말.

7 眼昏中.

8 燭下.

9 侍廬謹摹. 모ᄒᆞ다: 모(摹)하다. 본뜨다. 베끼다.

10 형ᄌᆞ: 형자(形字). 글자가 됨.

11 ᄌᆡ: 죄. 죄다. 남김없이 모조리.

12 졀통: 절통(切痛). 뼈에 사무치도록 원통함.

증[13] 나도다

예시한 〈망운가〉의 후기에서는 고령 국밭 곽씨댁의 시고모님께서 시조모의 망운지정을 읊은 것이라고 밝히고 있다. 이것만으로는 〈망운가〉의 작자와 필사자가 명확히 드러나지 않는다. 다행히 자료를 소장하고 있는 권중원(權重元, 1938~현재)선생이 창작자의 외손이어서 그것의 실체를 확인하는데 도움이 되었다. 후손 권중원의 제보에 의하면, 여기 시고모님은 〈망운가〉의 작자인 김해 허씨 부인이고 필사자는 김해 허씨 집안으로 출가해 온 시고모님의 조카며느리인 현풍 곽씨라고 한다.

〈망운가〉와 〈부겨〉는 작자가 서로 다르다. 제보에 의하면, 〈망운가〉의 작자는 조선말기 유학자였던 후산(后山) 허유(許愈, 1833~1904)의 막내 여동생으로 곽후근(郭厚根, ?~?)에게 출가한 허씨 부인이다.[14] 작자인 허씨 부인은 합천군 삼가현(현재 가회면)에서 고령의 현풍 곽씨 집안으로 출가했던 것으로 알려졌다. 국밭 마을은 지금도 현풍 곽씨가 집성촌을 이루고 있다. 작자인 허씨 부인이 읊고 있는 〈망운가〉의 주인공은 자신의 친정어머니이신 해주(海州) 정씨(鄭氏, 1806~1888)이다.[15] 해주 정씨는 진주에 거주했던 유학자 정산의(鄭山毅)의 따님으로 작자의 친정어머니이자 조선말기 영남우도의 유학자였던 허유의 친어머니이기도 하다.[16] 한 마디로 〈망운가〉는 허유의 막내 여동생이었던 김해 허씨가 친정어머니이셨던 해주 정씨가 살아왔던 애달픈 여성의 삶을 기술한

---

13 심증: 심증(心症). 마음에 마땅하지 않아 화를 내는 일. 짜증.

14 허재신 편, 『김해허씨세보』 5권, 도연서당, 1937.

15 위의 책, 같은 쪽.

16 허권수 외, 『후산 허유의 학문과 사상』, 도서출판 술이, 2007, 371쪽.

것이다.

〈망운가〉에서 작자인 허씨 부인은 자신의 목소리가 아닌, 친정어머니 해주 정씨를 화자로 내세워 작품을 기술해가고 있다. 〈망운가〉에서 화자인 해주 정씨는 살아온 지난 오십년의 인생을 되돌아보면서 아직 살아계시는 팔순의 모친을 그리워하며 고향인 친정에 가지 못하는 자신의 처지를 한탄하는 내용이다.

반면에 〈부겨〉는 허유의 둘째 아들인 허규(許珪, 1861~1934)의 처 현풍 곽씨 부인(1862~1918)이다. 허규의 처 곽씨 부인도 고령군 쌍림면 국밭 마을에 살던 곽한호(郭漢箎)의 따님으로 합천 삼가현 김해 허씨 집안으로 시집을 왔다. 합천의 김해 허씨 집안과 고령의 현풍 곽씨 집안은 서로 통혼하는 사이였다고 한다. 곽씨 부인은 〈망운가〉의 필사자이자 〈부겨〉의 작자이다. 곽씨 부인은 권병현(權丙賢, 1902~1982)에게 출가하는 딸 허봉선(許鳳善, 1899~1992)에게 〈망운가〉와 함께 〈부겨〉를 지어 주었다고 한다. 현재 이들 작품은 권병현의 아들인 권중원이 소장하고 있다.

조선후기의 규방가사는 주로 영남지방 양반 계급의 부녀자들 사이에서 활발하게 창작되었는데, 그 중에서도 내륙지방에서 많이 나왔다. 권영철에 의하면 규방가사는 향유지가 안동, 성주, 경주의 문화권으로 나뉘는데,[17] 〈망운가〉와 〈부겨〉는 합천이나 고령 지역에서 지어진 특징이 있다. 참고로 이쪽 고령군 쌍림면 월막리 일대에는 현풍 곽씨 예곡파 후손들이 집성촌을 이루고 있다. 〈망운가〉는 합천 삼가현에서 고령의 현풍 곽씨 집안으로 출가한 허씨 부인이 지었고, 〈부겨〉는 고령에서

---

17 권영철, 『규방가사연구』, 이우출판사, 1980, 31~32쪽.

합천으로 출가해 온 곽씨 부인이 지었다. 이들 관계를 살펴보면, 〈망운가〉의 작자는 〈부겨〉의 작자에게 시고모가 되고, 〈부겨〉의 작자는 〈망운가〉를 지은 허씨 부인의 조카 며느리가 된다. 대부분의 규방가사 작품들은 작자 미상인 경우가 대부분이었는데, 이들 두 작품은 출처가 확실하다는 특색이 있다. 그리고 이들 규방가사는 합천군 삼가현의 김해 허씨라는 특정 문중에서 나왔다는 특징이 있다고 말할 수 있다.[18]

이어서 창작 시기를 살펴본다. 먼저 표기법을 살펴보면 '가련흔', 'ᄌᆞ부', '육남미', '총이', '가야손' 등의 어휘에서처럼 '아래 ·'가 자연스럽게 사용되고 있다. '쓴밧고져', 'ᄲᅵ다르니', '짝'과 같은 복자음, '오세', '침션방적', '츈경월', '쳥츈' 등에서처럼 복모음이 빈번하게 사용되고 있다. 이들은 모두 근대 이전 시기인 20세기 이전에 나타났던 표기 현상으로 볼 수 있다.

〈망운가〉에서 화자는 이십이 넘은 나이인 '기민년 춘정월'에 백년가약을 맺었다는 언급이 있다. 기민년 춘정월은 정확하지 않지만 세수를 따지면 1826년 정도로 추정된다. 그리고 '세월이 무정하여 오십 인생이 되니 팔구남매 낳았는데, 이남일녀뿐'이라는 내용을 통해 화자가 오십이 넘어서 가사가 지어졌다는 것을 알 수 있다. 그렇다면 화자의 50대 나이는 1855년이 되겠고 1888년에 세상을 떠났다는 것을 감안하면 창

18 가사 작품이 특정 문중으로 중심으로 창작되는 점을 주목할 필요도 있다. 최근에 필자가 발굴해낸 〈샹산군민송덕가〉·〈우희별곡〉·〈평계별곡〉·〈낙셩별곡〉 등은 경기도 분당의 한산 이씨 문중에서 나온 것이다. 한편, 덕수이씨 충무공파 후손들이 〈나부가〉류 가사 작품을 지어 문중 교육에 활용한 사례도 보고도 나왔다. (구사회, 「자료집『계문』과 새로운 가사 작품 4편에 대하여」, 『고전문학연구』 47, 한국고전문학회, 2015, 185~210쪽; 구사회, 「충무공 이순신가의 문중 교육과 〈나부가〉류 가사 작품들」, 『국어국문학』 171, 국어국문학회, 2015, 235~257쪽.)

작 시기가 19세기 후기에 지어졌을 것으로 판단된다. 반면에 〈부겨〉는 〈망운가〉에 시차를 두고 20세기 초엽에 지어졌을 것으로 짐작된다.[19]

3. 〈망운가〉의 작품 분석

3.1. 작품 전문

〈망운가〉

어와 이닉 몸이 여ᄌᆞ신니 되여셔라
육남미 말여로셔 부모님이 총익터니
무부ᄒᆞ온호 뉵아[20] 시랄 오셰예 을퍼셔라
가련ᄒᆞᆫ 이닉 인싱 ᄌᆞ모랄 의탁ᄒᆞ야
ᄌᆞ질이 용누ᄒᆞ나 총영이 약간 이셔
뉵셰의 의르르미 소명[21]을 빅와 두고
팔구 셔[22] 거의 도여 침션방적 아라셔라
야와조긔ᄒᆞᄂᆞᆫ 예절 열녀전얼 외와시며
의식절ᄎᆞ 가식가ᄂᆞᆫ[23] 칠월편[24]을 일거서라

19 소장자 권중원에 의하면, 〈부겨〉는 외할머니 현풍 곽씨 부인이 시집가는 딸에게 지어준 것으로 1914년도에 지었다고 전한다.

20 뉵아: 〈육아(蓼莪)〉. 『시경』·「소아」의 편명. 전쟁에 나가 부모를 섬기지 못하다가 부모가 세상을 떠난 후 그 슬픔을 읊은 노래.

21 소명(昭明): 『문선(文選)』의 다른 이름.

22 팔구 셔: 팔구 세(歲).

23 가식가ᄂᆞᆫ: 가색간난(稼穡艱難). 농사 짓기가 몹시 힘들고 고생스러움.

24 칠월편: 칠월편(七月篇). 『시경』, 〈빈풍(豳風)〉에 실려 있는 시편(詩篇) 이름. 주공(周公)이 지은 시로, 일 년 열두 달, 달마다 농사짓는 일과 농가에서 해야 할 일들을

니십이 넘문 후의 월노승을 ᄆᆡᄌᆞ시니
명문고가 갈히ᄂᆡ여 ᄀᆡ민년 츈졍월의
명안이 옹옹ᄒᆞ여 가년을 일워시니
존당이 총ᄋᆡᄒᆞ고 쥬인니 관ᄃᆡᄒᆞ여
만ᄉᆞ의 무흠ᄒᆞ니 일신니 반셕이라
ᄌᆞ당쓔 교훈가난 무의부ᄌᆞ 일어셔라
졔웅츌급은 환ᄉᆞ군[25]을 호측ᄒᆞ고
부경처운은 방덕공[26]을 ᄲᅩᆫ밧고져
슉야의 조심ᄒᆞ야 부덕을 ᄉᆞᆷ가ᄒᆞ나
문견이 고류(固陋)ᄒᆞ나 초방이 업술소야
즁간의 지넌 풍상(風霜)[27] 우락(憂樂)이 샹반이라
셰월이 무졍ᄒᆞ야 오십 인싱 도여시니
팔구남ᄆᆡ 나흔 ᄌᆞ여 니남일여 ᄲᅮᆫ이로다
ᄌᆞ부랄 처엄 보고 손ᄌᆞ랄 희롱ᄒᆞ니
어졔 청츈이 ᄂᆡ 인싱 다시 졈긔 어려워라
고당의 학발존안[28] 팔십 츈츄 거의로쇠

시로 노래하고 있다.

25 환소군: 환소군(桓少君). 후한 포선(鮑宣)의 아내. 소군(少君)은 자. 아버지의 제자인 포선에게 시집갈 때 예물이 너무 성대한 것을 포선이 달가워하지 않자, 모두 친정으로 되돌려 보내고 포선과 함께 작은 수레를 끌고 향리로 돌아갔다. 시어머니에게 예를 마친 후에 곧바로 동이로 물을 길며 부도를 닦자 향리 사람들이 모두 칭찬하였다 한다.

26 방덕공(龐德公): 동한 시기의 명사로 그는 당시에 양양(襄陽)에서 은거했던 서서(徐庶)·사마휘(司馬徽)·제갈량(諸葛亮) 등과 친밀하게 지냈다. 이때 제갈량은 와룡(臥龍), 사마휘는 수경(水鏡), 방통(龐統). 봉추(鳳雛)로 일컬어졌다. 부부가 서로 손님을 대하듯이 존중하며 지냈다고 한다.

27 풍상(風霜): 바람과 서리. 많이 겪은 세상의 어려움과 고생을 비유적으로 이르는 말.

쳔원 긔슈 어ᄃᆡ련고 몽혼이 의의ᄒᆞ다
미슝ᄉᆞᆫ[29] 샹샹봉[30]의 구경ᄎᆞ로 올나가이
안겨[31]도 광활ᄒᆞ고 풍경도 가려ᄒᆞᆯᄉᆞ[32]
가야ᄉᆞᆫ 경쇠소ᄅᆡ 고운 왕젹[33] 의의ᄒᆞ다
낙동강 흐란 물은 츈홍을 ᄌᆞ아넌다
장군 고젹은 쳘마가 어ᄃᆡ 간고
학ᄉᆞᄃᆡ 변의 두견이 ᄌᆞ최 업다
황ᄆᆡᄉᆞᆫ[34] ᄯᅳ난 구름 우리 노친 보련마ᄂᆞᆫ
굿부다[35] 이ᄂᆡ 몸은 구름만 못ᄒᆞ여라
ᄇᆡᆨ여 리가 머다 ᄒᆞ리 여ᄌᆞ유ᄒᆡᆼ 타시로다
슬푸다 고향 거람 이십 년의 넘어시니
육남ᄆᆡ 우리 동긔 반씨 영낙ᄒᆞ고[36]
ᄃᆡ소가 졔종딜아 원상이 ᄎᆞ악ᄒᆞ다[37]
각 ⁝ 의 허다 후ᄉᆡᆼ 면목을 어니[38] 알며

---

28 학발존안(鶴髮尊顔): 하얗게 센 머리와 존귀한 얼굴.

29 미슝ᄉᆞᆫ: 미숭산(彌崇山). 경상남도 합천군 야로면과 경상북도 고령군 대가야읍에 걸쳐 있는 산. 높이는 757년이다.

30 샹샹봉: 상상봉(上上峰). 여러 봉우리 중에서 제일 높은 봉우리.

31 안겨: 안계(眼界). 눈으로 바라볼 수 있는 범위.

32 가려ᄒᆞ다: 가려(佳麗)하다. 모양이나 경치 따위가 매우 아름답다.

33 왕적(往跡): 지난 자취.

34 황ᄆᆡᄉᆞᆫ: 황매산(黃梅山). 경상남도 산청과 합천군에 있는 산.

35 구쁘다. 속타다. 속이 끓는 듯하다.

36 영낙ᄒᆞ다: 영락(零落)하다. 쇠퇴하다.

37 ᄎᆞ악ᄒᆞ다: 차악(差惡)하다. 어긋나고 좋지 않다.

38 어니: 어이. 어떻게. 어찌.

그 나문 일가친척 존망이 무슈ᄒᆞ다
화포의 경영위ᄂᆞᆫ 셔월을 탄식ᄒᆞ고
천ᄐᆡ손 마구션여[39] 상젼벽ᄒᆡ ᄒᆞᆫ이로다
서손의 일박ᄒᆞ니 쇠모ᄒᆞ신[40] 우리 ᄌᆞ친
여년이 언ᄆᆡ런고 구곡간장 ᄭᅳᆫ어질 ᄃᆞᆺ
츈천의 우난 홍안[41] 서신을 젼ᄒᆞ과져[42]
반포ᄒᆞᄂᆞᆫ 가ᄆᆞ괴난 ᄂᆡ의 심ᄉᆞ 헛부도디[43]
남경강 ᄇᆡ를 타고 삼가 읍ᄂᆡ 다다르면
고향이 거긔로ᄃᆡ 진구[44]의 ᄆᆡ인 몸이
연부연 경녕타가[45] 이들 못 일우니
슈원슈구[46] 어이ᄒᆞ리 경셩 부족 ᄒᆞ미로다
청풍명월[47] 조흔 밤과 노금방초향화절의

---

39 마구션여: 마고선녀(痲姑仙女). 중국 신화에 나오는 선녀. 본래 건창(建昌) 사람으로서 모주(牟州) 동남쪽의 고여산(姑餘山)에서 도를 닦았다고 함. 전한(前漢) 때 선인인 왕방평의 부름에 응하여 채경(蔡經)의 집으로 강림하였는데, 나이 18·9세로서 용모가 미려하고 손가락은 새의 발톱 같았으며, 스스로 이미 동해가 세 번 뽕밭으로 변하는 것을 보았다고 했다고 한다.

40 쇠모(衰耗)하다: 쇠퇴하여 줄어들다. 쇠약해지다.

41 홍안: 홍안(鴻雁). 큰 기러기와 작은 기러기.

42 과져: 어떤 행동을 할 의도나 욕망을 가지고 있음을 나타내는 소망형 종결어미.

43 헛되다. 허전하다. ※ 여기에 보이는 접미사 '-부다'의 옛 형태는 곧 '-브다'이고, 이것은 '깃브다', '슳브다' 따위에서와 같이 감정을 나타내는 말을 만들어내는 데 쓰이던 것이다.

44 진구: 진구(塵垢). 먼지와 때.

45 경녕타가: 경영(經營)하다가.

46 슈원슈구: 수원수구(誰怨誰咎). 누구를 원망하고 누구를 탓하겠냐는 뜻으로, 남을 원망하거나 탓할 것이 없음을 이르는 말.

47 청풍명월: 청풍명월(淸風明月). 맑은 바람과 밝은 달.

이친지회[48] 간절ᄒᆞᆯ 적 한단일몽[49] 좀ᄶᅡᆫ 드러
그리던 우리 모녀 일셕의 담화타가
심곡의 ᄉᆞ인 회포 못다 ᄒᆞ여 ᄭᅵ다르니
연ᄌᆞ난 남ː ᄒᆞ고 산조ᄂᆞᆫ 편ː ᄒᆞᆫ다
공당의 혼ᄌᆞ 안ᄌᆞ 남천(南天)[50]을 바ᄅᆡ보니
우리 노친 쇠모간장[51] ᄂᆡ ᄉᆡᆼ각이 엇더ᄒᆞᆯ고
어와 긋부도다 여ᄌᆞ일ᄉᆡᆼ 긋부도다
사졍 이려ᄒᆞᆫ들 소쳐[52]가 남다르니
ᄇᆡᆨᄉᆞ를 ᄉᆡᆼ각ᄒᆞᄆᆡ 친졍 거람 어려워라
마ᄋᆞᆷ의 비ᄂᆞᆫ 마리 팔십 존안 우리 노친
신명이 도으시고 ᄌᆞ품이 슌후ᄒᆞ니
텬셰 빙조난 셔왕모을 버들 ᄉᆞᆷ고
이ᄇᆡᆨ 광음은 셔ᄒᆞ 여ᄌᆞ 짝을 ᄒᆞ여
글녁이 강장ᄒᆞ와 미슈[53] 만년 ᄒᆞ오시면
이 몸이 ᄒᆞᆫ가ᄒᆞ고 조흔 ᄯᅢ 다시 만ᄂᆡ
ᄇᆡᆨ이젼졍의 ᄌᆡ지ᄌᆡ할ᄒᆞ여
군ᄉᆞᆫ일ᄇᆡ쥬로 현슈[54]랄 ᄒᆞ오리다

48 이친지회: 이친지회(離親之懷). 부모를 떠나보내는 마음.
49 한단일몽: 한단일몽(邯鄲一夢). 인생과 영화의 덧없음을 이르는 말. 731년 노생(盧生)이 한단이란 곳에서 여옹(呂翁)의 베개를 빌려 잠을 잤는데, 꿈속에서 80년 동안 부귀영화를 다 누렸으나 깨어 보니 메조로 밥을 짓는 동안이었다는 데에서 유래한다.
50 남천: 상대방 있는 곳.
51 쇠모간장: 쇠모간장(衰耗肝腸). 쇠한 마음이나 애.
52 소쳐: 소처(所處). 처하는 곳. 처한 바.
53 미슈: 미수(眉壽). 눈썹에 세도록 오래 삶. 축수할 때 쓰는 말이다.

3.2. 내용 검토

〈망운가〉는 조선말기의 규방가사이다. 표기 방식은 국문의 세로쓰기로 2음보 1구를 1행으로 268구의 중형가사이다. 운율은 대체적으로 3·4조와 4·4조를 기본으로 4음보의 율격을 이루고 있는데 경우에 따라서는 그것을 벗어나기도 한다. 가사의 '결사'에서 드러나는 첫3자나 제2음보의 과음절도 보이지 않는다. 이것은 〈망운가〉의 독특한 현상이라기보다는 조선 말기의 가사 작품에 드러나는 특징이기도 하다.

〈망운가〉는 '서사' – '본사' – '결사'로 이어지는 가사의 구성 형식이 분명하지 않지만 내용상으로 '起'·'承'·'轉'·'結'의 4단으로 구분할 수 있다. '서사'는 작품의 도입부에 해당하는데 〈망운가〉에서는 여자 신세를 한탄하는 제1~2구의 '어와 이닉 몸이 여ᄌᆞ 신니 되어셔라' 부분이다. 물론 이것은 규방가사 작품이 시작되면서 관습적으로 사용되는 관용어구이다. 그런 사례를 〈사친가라〉의 '가소롭다 가소롭다 여자인생 가소롭다'나 〈강정창회록〉의 '어와 녀ᄌᆞ신셰 가련하다 여ᄌᆞ신셰'와 같은 자탄적인 모티브를 담고 있는 규방가사에서 많이 나타난다.[55]

'본사'는 내용상으로 '承'에 해당하는 '본사1'과 '전'에 해당하는 '본사2'로 구분된다. '본사1'은 '서사'에서 한탄한 여자의 신세가 어떠한지를 이어받아 그것을 구체화하는 부분이다. 본문에서는 '육남미 말여로셔 부모님이 총이터니'에서 '어졔 청츈이 닉 인싱 다시 졈긔 어려워라'까지가 해당된다. 여기에서 화자는 자신의 출생 이후로 살아왔던 지금

54 현슈: 헌수(獻壽). 주로 환갑잔치 같은 데서 오래 살기를 바라는 뜻으로 잔에 술을 부어 올리는 것.

55 권영철, 앞의 책, 99~126쪽.

까지의 인생을 술회하고 있다. 6남매의 막내로 태어난 화자가 부모님의 사랑을 받다가 아버님을 여의고 홀어머니의 슬하에서 성장하는 과정을 기술하는 부분이다.

여기에서 화자는 총명하여 6세에 이미 소명태자가 찬술한 『문선(文選)』을 읽었고 나중에 『열녀전』과 『시경』 「빈풍」의 〈칠월편〉을 읽었다고 말하고 있다. 8,9세에는 바느질과 길쌈을 할 줄 알았다고 한다. 6세에 『문선』을 읽었다는 것은 일찍이 이미 글자를 깨우쳤다는 총명함을 말하려는 것이고, 8, 9세에 바느질과 길쌈을 할 줄 알았다는 것은 여자로서 갖춰야 할 기본적인 소양을 구비했다는 것을 말하고자 함이다. 게다가 『열녀전』을 읽고 〈칠월편〉을 읽었다는 것은 훗날 결혼하여 부덕과 능력을 갖춘 훌륭한 여성이 될 수 있다는 것을 암시한 것으로 보인다. 내용으로 미루어보건대, 화자는 홀어머니의 슬하에서 성장하였지만 양반 가문의 후손이었고 가문에 대한 자부심을 갖고 있었던 것으로 보인다. 하지만 화자가 6세에 이미 『문선』을 읽었고 나중에 『열녀전』이나 『시경』 「빈풍」의 〈칠월편〉을 읽었다는 것은 드문 경우에 속한다. 왜냐하면 조선시대에는 아무리 명문 가문이라도 여자가 한문을 자유자재로 읽고 쓸 수 있었다면 그것은 흔한 경우가 아니었기 때문이다. 이것은 화자 자신이 작자가 아니라 작자가 따로 있었기 때문으로 보인다. 어느 정도 미화되었다는 점을 감안해야 한다.

작품 내용을 집안 내력과 관련지어 살펴보면 다음과 같다. 〈망운가〉의 주인공이자 화자인 해주 정씨는 진주에서 출생하여 양반가의 신부수업을 거쳐서 스무 살이 넘은 어느 날 정월에 합천 삼가현의 김해 허씨 집안으로 출가해온다. 작자는 작품에서 자신의 모친이자 작품의 중심 인물인 정씨 부인을 가난한 서생이었던 포선(鮑宣)에게 출가하여 집안을 일으킨 한나라 말기의 환소군(桓少君)이나 후한 말엽에 부부가 서로 공경했던 은사 방덕공(龐德公, ?~?)의 처로 묘사하고 있다. 가사 내용을 보면 작품의 중심 인물인 정씨 부인을 조신하고 부덕을 갖춘 이상적인 여성상으로 서술하고 있다. 〈망운가〉에서 화자는 자신의 지나온 삶이 인생살이의 시련과 즐거움이 각각 절반이었다고 말한다. 그러다가 세월이 흘러 화자는 자신의 나이가 오십이 넘었고, 자식도 8,9 남매를 낳았는데 대부분이 먼저 세상을 떠나서 현재 2남1녀 밖에 남지 않았다고 말한다. 이제 화자는 며느리도 있고 손자의 재롱을 보는 나이에 접어들어 세월의 무상함과 함께 다시는 젊어지기 어렵다고 한숨어린 술회를 한다.

'본사2'는 구성상 '전(轉)'에 해당하며 내용상으로 전환이 일어나는 부분이다. 본문에서는 '공당의 학발손안 팔십 츈츄 거의로쇠'부터 '우리 노친 쇠모간장 닉 싱각이 엇더홀고'까지가 그것에 해당한다. 〈망운가〉에서 화자는 고향 산천의 자연물과 역사적 고사를 통해서 늙으신 친정 모친을 그리워하는 마음을 읊고 있다. 여기에서 화자는 자신이 살고 있는 시댁 근처에 자리를 잡고 있는 합천의 미숭산 상상봉에 올라가니 안개가 넓게 펼쳐 있고 경치도 아름답다고 말한다. 그리고 합천 해인사의 풍경 소리도 들리고 최치원의 지난 자취도 어렴풋하게 남아 있다고 한다. 낙동강으로 흐르는 물은 봄날의 흥취를 돋우고 합천 삼가현에서 가까운 황매산에 떠 있는 구름은 친정어머니를 볼 수 있는데 정작 자신은 그 구름만도 못하다고 자탄한다. 늙으신 모친은 그곳에서 백여 리의 멀지 않은 거리인데 이십 년 이상을 근친하지 못하고 있는 것은 자신이 출가외인의 여자 신세이기 때문이라고 한다.

한편, 화자는 너무 오랫동안 친정 왕래를 못하면서 이제 6남매의 절반이 세상을 떠났고 다른 일가친척들의 존망도 알 수 없다고 한다. 이처럼 오랜 세월을 고향에 돌아가지 못한 자신을 중국 한나라 때 고향을 떠나있다가 천 년 만에 돌아온 정영위(丁令威)나 중국 고대 신화에 나오는 마고선녀(麻姑仙女)로 비유하고 있다. 그리고 오랫동안 뵙지 못한 모친이 살아 있을 날도 멀지 않다고 하면서 미물인 까마귀도 부모가 늙으면 고향으로 돌아가서 공양하는데 그 자신은 까마귀만 못한 처지라고 자탄한다. 늙으신 모친이 계신 곳은 지척으로 배를 타고 남정강을 건너 읍내로 다다르면 그곳이 바로 고향이라고 한다. 이것은 강을 하나 두고 멀지 않은 거리의 친정에 갈 수 없는 처지를 강조한 것이다. 그럴수록 화자의 친정에 대한 그리움이 최고조에 이르고 마침내 늙으신 모친을 만나 하룻밤의 회포를 풀었는데 그것은 사실이 아니고 꿈이었다는 것이다. 화자는 잠에서 깨어나 텅 빈 집에 홀로 앉아 모친이 계시는 남쪽 하늘을 하염없이 바라보고 있을 뿐이다.

'결사'는 '어와 굿부도다 여즈일싱 굿부도다'에서 가사가 끝나는 마지막까지이다. 여기에서는 화자가 여자의 신세를 한탄하면서 늙고 쇠미한 팔십 모친에 대한 안타까운 심사와 함께 장수를 축원하는 내용을 담고 있다. 화자는 여자 일생이란 속이 끓고 한스러운 일생이라면서 친정나들이가 정말 힘들다고 푸념과 체념어린 말투로 끝을 맺고 있다. 그렇다면 마음으로나마 신명께서 자신의 팔순 모친을 돌봐주시어 만수무강하시기를 축원하며 헌수하고 있다. 한 마디로 〈망원가〉는 조선후기에 많이 지어졌던 탄식류 규방가사 작품의 하나이지만 작품성이 뛰어나고 창작자가 확인되는 특징이 있다고 말할 수 있다.

4. 〈부겨〉의 작품 분석

4.1. 작품 전문

〈부겨라〉

음양의 조화로셔 남여가 ᄉᆞᆷ겨도다
셩인이 슈츌ᄒᆞ사[56] 오륜을 발켜셔라
오륜의 즁ᄒᆞᆫ 즁의 부부가 시초로다
이셩의 호합[57]이요 만복의 근원이라
기려기[58]로 길지홈은 음양을 슌호미요
폐빅으로 가지거ᄂᆞᆫ 셩신으로뼈 님이라
뉵예[59]로 가초와셔 길일예 친영ᄒᆞ니
아비가 슐을 쳐셔 ᄌᆞ식을 경겨호ᄃᆡ
네 안ᄒᆡ 가셔 마ᄌᆞ 션비을 이을리니
심셔 〻[60] 걸이리되 공경으로 ᄒᆞ라시고
ᄯᆞᆯ 보ᄂᆡᆫ 부모 말ᄉᆞᆷ 경겨ᄒᆞ고 경겨호ᄃᆡ
구고의 호도ᄒᆞ고[61] 군ᄌᆞ라도 경ᄃᆡᄒᆞ라

---

56 슈츌ᄒᆞ다: 수출(秀出)하다. 뭇사람들 속에서 두드러지게 빼어나다.

57 호합: 호합(好合). 서로 좋게 잘 만남.

58 기려기: 기러기.

59 뉵예: 육예(六藝). 고대 중국 교육의 여섯 가지 과목. 예(禮), 악(樂), 사(射), 어(御), 서(書), 수(數)를 이른다.

60 심셔셔: 힘써서.

61 호도ᄒᆞ고: 효도하고.

경녕혼 부모 말솜 좀신들 방과ᄒᆞ라[62]

부힝이 네 가지니 부인되고 모를손가

힝신[63]니 유별홈은 이 ᄀᆞ온[64] 부덕이요

진구를 싯치고 복식이 션명홈[65]은

이 이온[66] 부용[67]이요

방젹을 젼일ᄒᆞ고 쥬식을 경결홈은

이 이온 부공[68]이라

네 가지 즁의셔 부언[69]니 최즁ᄒᆞ니[70]

언어는 심성이라 화복이 싼는이라

고어의 일어시되 가장은 소쳔[71]이라

지극히 혼 졀긔로 지극히 공경ᄒᆞ니

님셕의 무즉ᄒᆞ면 쳔병이 쓴어지고

옥누가 슈은ᄒᆞ니 직신이 보나이라

한 말삼 축히 ᄒᆞ면 경셩[72]과 경운[73]이요

---

62 방과ᄒᆞ다: 방과(放過)하다. 그대로 지나치다.

63 힝신: 행신(行身). 세상을 살아가는 데 가져야 할 몸가짐이나 행동. 처신(處身).

64 ᄀᆞ론: 이른바.

65 션명호다: 선명(鮮明)하다. 산뜻하고 분명하다. 션명(鮮明)+-ᄒᆞ-+-오(선어말 어미)-.

66 이온: 이른바.

67 부용: 부용(婦容). 여성의 몸맵씨.

68 부공: 부공(婦工). 집안에서 부녀자가 하는 길쌈이나 바느질.

69 부언: 부언(婦言).

70 최즁ᄒᆞ다: 최중(最重)하다. 가장 무겁다.

71 소천: 소천(所天). 유교적 관점에서 '하늘로 삼은 바'라 하여 아내가 '남편'을 이르는 말.

72 경셩: 경성(景星). 서성(瑞星). 상서로운 별. 태평성대에 나타난다고 한다.

73 경운: 경운(慶雲). 상서로운 구름. 서운(瑞雲).

한 말삼 약겨 ᄒᆞ면 질풍[74]과 포구로다
다복을 구ᄒᆞ기도 부ᄫᅳ의 마여 잇고
화픠을 부르긔도 부ᄫᅳ의 마녀ᄂᆞ니
두렵고 두렵다 부부간이 두렵다
부부간니 공경ᄒᆞ면 빈쳔의도 낙이 잇고
부부간이 불경ᄒᆞ면 부귀도 실ᄃᆡ업다[75]
기결이 밧틀 밀져 안히가 먹이더니
젼야의 난아 안ᄌᆞ 빈예[76]로 경ᄃᆡᄒᆞ니
진문공[77]이 드라시고 ᄒᆞ군ᄃᆡ부 숨무시며
만석군 환소군[78]은 포셔의 안ᄒᆡ로다
포션[79]이 빈흔하나 처직을 마다ᄒᆞ니
소군의 드들 바다 단포상을 몸의 닙고
독을 이고 물을 지려 군ᄌᆞ을 봉양ᄒᆞ고

---

74 질풍: 질풍(疾風). 몹시 빠르고 거세게 부는 바람.

75 실ᄃᆡ업다: 쓸데없다. 소용없다.

76 빈예: 빈례(賓禮). 예의를 갖추어 손님으로 대접함.

77 진문공: 진문공(晉文公). 재위 B.C.63~628년. 진나라의 제24대 왕. 성은 희(姬), 휘는 중이(重耳), 시호는 문공(文公). 진 헌공의 아들로, 진나라를 떠나 19년간 전국을 유랑하였다. 유랑하는 동안 그의 인덕과 능력이 눈에 띄어 많은 명성을 얻었으며, 결국 타국의 도움을 받아 진나라에 돌아와 왕위에 올랐다. 기원전 636년 자리에 올라 죽을 때까지 집권하였으며, 각종 개혁정책과 군사활동으로 인해 춘추오패의 한 사람으로 꼽힌다.

78 환소군: 환소군(桓少君). 후한 포선(鮑宣)의 아내. 소군(少君)은 자. 아버지의 제자인 포선에게 시집갈 때 예물이 너무 성대한 것을 포선이 달가워하지 않자, 모두 친정으로 되돌려 보내고 포선과 함께 작은 수레를 끌고 향리로 돌아갔다. 시어머니에게 예를 마친 후에 곧바로 동이로 물을 길며 부도를 닦자 향리 사람들이 모두 칭찬하였다 한다.

79 포션: 포선(鮑宣). 전한(前漢) 때의 경학자. 자는 자도(子都). 발해 고성(高城) 사람. 효렴(孝廉)으로 천거되어 간대부(諫大夫)와 사예(司隸) 등을 역임했다.

학문을 권면ᄒᆞ야 한승상이 되여도다
앗쳘업다[80] 우리 아ᄒᆡ 초분[81]이 긔험ᄒᆞ야[82]
유ᄌᆞ의 실모ᄒᆞ고[83] 어려셔 형을 일코
아비조ᄎᆞ 조활홀 ᄎᆞ 빈명이 특심ᄒᆞ야
홋오시로[84] 경동ᄒᆞ고[85] 미쥭으로 과ᄒᆞ타가
니십의 가관ᄒᆞ야[86] 현부랄 ᄌᆞᆨ비ᄒᆞ니[87]
지질이 츌즁ᄒᆞ고[88] 셩ᄒᆡᆼ[89]이 비상터라
쳔신이 여ᄒᆡ시셔 ᄂᆡ 말숨 든나이라

4.2. 내용 검토

규방가사 〈부겨〉는 176구의 667자로 분량상으로 중형가사이다. 참고로 〈부겨〉는 내용을 살펴보면 완결된 작품이 아닌, 작품의 전반부만 필사된 것으로 보인다. 이것은 작자가 가사를 창작하다가 도중에 그만두었거나 본디 완결된 작품이었지만 필사 과정에서 일실되었기 때문이다.

---

80 앗쳘업다: 애처롭다. 애타게 가엾고 불쌍하다.
81 초분: 초분(初分). 사람의 평생을 셋으로 나눈 것의 처음 부분. 젊은 때의 운수나 처지를 이름. 초운(初運).
82 긔험ᄒᆞ다: 기험(奇險)하다. 세상살이가 순탄하지 못하고 가탈이 많다.
83 실모ᄒᆞ다: 실모(失母)하다. 어머니를 잃다.
84 홋옷: 홑옷. 한 겹으로 지은 옷. 단의(單衣).
85 경동ᄒᆞ다: 경동(經冬)하다. 겨울을 지내다.
86 가관ᄒᆞ다: 가관(加冠)하다. 성년식인 관례를 치르며 갓을 처음 쓰다.
87 ᄌᆞᆨ비ᄒᆞ다: 작배(作配)하다. 남녀가 서로 짝을 짓다. 또는 배필을 정하다.
88 츌즁ᄒᆞ다: 출중(出衆)하다. 여러 사람 중에서 특별히 두드러지다.
89 셩ᄒᆡᆼ: 성행(性行). 성품과 행실을 아울러 이르는 말.

〈부겨〉는 조선말기 영남우도인 합천군 삼가현으로 출가해온 허유의 둘째 며느리인 현풍 곽씨가 지은 것으로 전해진다.[90] 남편은 조선말기 유학자 허유의 둘째 아들인 허규(許珪, 1866~1934)이다. 〈부겨〉에서는 화자인 아버지가 결혼하는 딸과 아들에게 부부의 도리를 일깨우고 경계하는 내용이다. 그래서 〈부겨〉는 창작자가 여성이지만 화자는 아버지의 목소리를 빌려 아들과 딸을 일깨우고 경계하는 교훈적인 규방가사가 된다. 그것은 제목을 통해서도 확인되는데 '부겨'는 방언으로 여겨지고 한자로 쓰면 '父戒'가 된다. '부겨'가 '父戒'라는 것은 작품 문맥에서 짐작할 수 있고, 앞서 언급한 '츄ᄌᆞ의 실모ᄒᆞ고 어려셔 형을 일코 아비조ᄎᆞ 조활홀 ᄎᆞ'와 같은 가사 어구에서 그대로 확인된다.

〈부겨〉는 음양의 조화로 남녀가 생겨났고 성인께서 오륜을 밝히는 과정 중에 부부가 나왔다는 사실을 강조하면서 시작된다. 이 부분을 〈부겨〉의 서사로 볼 수 있다. 주지하다시피, 세상은 무극에서 태극이 나오고 태극에서 음양이 시작되었다. 그리고 남녀라는 음양의 결합으로 이뤄진 부부에서 군신과 부자, 장유와 붕우의 관계가 나온다. 그래서 작자는 이성지합으로 맺어지는 부부를 만복의 근원으로 높이 평가하고 있다. 이와 같은 시각은 〈부겨〉를 지은 곽씨 부인의 독자적인 주장이 아니고, 『예기』의 「혼의(昏義)」편과 같은 유학 경전에서 언급되고 있는 부부 담론의 하나이다.

---

90 소장자인 권중현 선생의 증언에 따르면 〈부겨〉의 창작자가 자신의 외조모이신 현풍 곽씨라고 증언하고 있다. 그런데 작품 내용과 상충하는 부분이 없지 않다. 가사 중에 '츄ᄌᆞ의 실모ᄒᆞ고 어려셔 형을 일코'라는 어구를 보면, 작자라고 하는 어머니가 일찍 세상을 떠났다고 언급되고 있기 때문이다. 본고에서는 소장자의 증언에 따라 작자를 현풍 곽씨로 기록하겠지만, 이 문제에 대해서는 차후 논의가 필요하다.

이처럼 부부의 소중한 가치를 담론화하면서 시작한 〈부겨〉는 다음으로 결혼 과정과 부부가 각각 지녀야할 올바른 자세와 태도를 제시하는 '본사'로 이어진다. 〈부겨〉의 '본사'는 일단 '본사1'과 '본사2'로 구분되는데, 전자는 '기려기로 길귀홈은 음양을 슌호미요'에서부터 '학문을 권면ᄒᆞ야 한승상이 되었도가'까지이다. '본사1'은 존안과 폐백의 의미, 액운이 없는 길일을 택해 혼례를 올리는 과정, 친정아버지가 시집가는 딸에게 경계하여 당부하는 내용이다. 친정아버지로 보이는 화자를 통해 시집가는 딸에게 시부모님께 효도하고 부군을 공경하라면서 명심할 '부행(婦行)'으로 네 가지를 제시하고 있다. 첫째는 단정하고 법도있는 행실과 관계가 깊은 '부덕(婦德)'이고, 둘째는 깨끗한 옷차림과 몸가짐을 뜻하는 '부용(婦容)'이고, 셋째는 집일과 관련된 길쌈방적이나 의식주에 최선을 다하는 '부공(婦功)'이고, 넷째로 아내가 되는 사람은 때와 장소를 가려 말을 진중히 해야 한다는 '부언(婦言)'이다. 화자는 이들 네 가지 부행(婦行)에서 '부언'이 가장 중요하다고 말하고 있다. 이유는 언어가 심성과 관련이 있기 때문이다. 그런데 이들 '부행'의 네 가지 항목도 중국 고대로부터 내려온 유학의 가르침으로써 『예기』 제44권 「혼의」편에 나오는 말이다.

이어서 화자는 가장인 남편이야말로 작은 하늘과 같은 존재라면서 공경하라면서 다복도 부부에게 매여 있고 재앙도 부부에게 달려있다고 경계한다. 부부간에 공경하면 가난한 가운데 즐거움이 있고 부부간에 공경하지 않으면 부귀영화도 쓸 데 없다면서 중국 고대에 남편을 공경하고 섬겨서 가문을 빛낸 기결(冀缺)과 환소군(桓少君)의 사례를 들고 있다. 여기까지는 작자가 시집가는 딸에게 지켜나가야 할 부인의 책무를 기술하고 있는 부분이다.

'본사2'는 '앗철업다 우리 아히' 이후 부분으로 화자가 딸이 아닌, 아들에게 당부하는 내용이다. 문제는 〈부겨〉가 완결되지 못한 채 도중에 끝나기 때문에 대상이 어떤 아들인지 분명하지 않다. 이 부분은 어려서 어머니를 여의고 일찍 형조차 잃고 성장한 아들에게 당부하는 담론으로 짐작될 뿐이다.

〈부겨〉라는 가사 작품에 대한 지금까지의 논의 내용을 살펴보면 다음과 같이 정리할 수 있다. 〈부겨〉의 작자는 경남 합천 삼가현에 거주했던 유학자 허규(1861~1934)의 부인인 현풍 곽씨(1862~1918)이다. 〈부겨〉는 〈부계(父戒)〉의 국문 방언으로 아버지가 아들과 딸에게 부부의 도리를 가르치고 일깨우는 내용으로 요약된다. 한 마디로 〈부겨〉의 창작자는 여성이고 작중 화자는 아버지로 보이는 남성이다. 작자는 작중 화자인 아버지의 목소리를 빌어서 아들과 딸에게 부부의 도리와 덕목을 가르치고 일깨우고 있다. 따라서 〈부겨〉는 교훈류 규방가사의 일종이다.

5. 맺음말

이 논문은 〈망운가(望雲歌)〉와 〈부겨[父戒]〉라는 새로운 가사 작품을 발굴하여 소개한 것이다. 이들 가사 작품은 경북 남부에 해당하는 합천과 고령 지역에서 나온 규방가사로 크기가 둘 다 중형가사에 해당한다. 〈망운가〉는 여성으로 보이는 화자가 자신을 낳고 길러주신 친정 어머니를 그리워하며 신세를 한탄하는 탄식류 규방가사에 속한다. 반면에 〈부겨〉는 화자가 혼인하는 자식들에게 부부의 도리를 일깨우며 지켜야할 덕목을 일깨우고 있다는 점에서 교훈류 규방가사에 속한다.

〈망운가〉의 작자는 조선말기 유학자였던 후산 허유의 막내 여동생이었던 허씨 부인이다. 작품에서 〈망운가〉의 주인공은 허씨 부인의 친정어머니인 해주 정씨(1806~1888)이다. 〈망운가〉는 허유의 막내 여동생이었던 김해 허씨가 친정어머니이셨던 해주 정씨가 살아왔던 애달픈 여성의 삶을 기술한 것이다. 반면에 〈부겨〉는 허유의 둘째 아들인 허규의 처 현풍 곽씨 부인이다. 허규의 처 곽씨 부인도 고령 국밭마을에 살던 곽한호(郭漢篪)의 따님으로 합천 삼가현의 김해 허씨 집안으로 시집을 왔다. 곽씨 부인은 〈망운가〉의 필사자이자 〈부겨〉의 작자이기도 하다. 창작 시기를 살펴보면, 〈망운가〉는 19세기 후엽으로, 〈부겨〉는 20세기 초엽으로 추정된다. 대부분의 규방가사 작품들은 작자 미상인 경우가 대부분이었는데, 이들 두 작품은 출처가 확실하다는 특색이 있다.

작품성과 관련하여 〈망운가〉는 조선후기에 많이 지어졌던 탄식류 규방가사 작품의 하나이지만 작품성이 뛰어나고 창작자가 확인되는 특징이 있다고 말할 수 있다. 반면에 〈부겨〉는 작자가 가사를 창작하다가 도중에 그만두었거나 본디 완결된 작품이었지만 필사 과정에서 일실된 불완전한 작품이다. 이것은 작자가 가사를 창작하다가 도중에 그만두었거나 본디 완결된 작품이었지만 필사 과정에서 일실되었기 때문이다. 그런데 〈부겨〉의 창작자는 여성이고 작중 화자는 아버지로 보이는 남성이라는 특징이 있다.

한창기본 <슉영낭ᄌ전> 소재 가사 작품 8편에 대하여

1. 머리말

전남 순천의 뿌리깊은나무박물관에는 한창기(韓彰琪, 1936~1997) 선생이 평생 수집한 6,000여점의 민속자료와 107종 520여 책(동종 작품 포함)의 고소설이 수장되어 있다.[1] 그 중 전적 자료는 모두 891종 1691책이고, 국어사 관련 자료는 목판 및 활자본 86종, 필사본으로 고소설 67종, 기타 한글 행장 등이 있는 것으로 알려졌다.[2]

박물관에 소장된 고소설에 대해서는 그동안 몇 차례의 조사를 통해 그 규모나 내역이 밝혀졌다. 반면에 시가 자료는 가사집 6종이 수장되어 있다는 사실 이외에 달리 알려진 것이 없다. 그런데 고소설 자료에 대한 조사를 하면서 박물관에 수장된 〈슉영낭ᄌ전〉에 8편의 가사 작품

---

1 정명기, 「순천 시립 뿌리깊은나무박물관 소장 고소설의 현황과 가치」, 『뿌리깊은 나무 한글고소설 우리말이야기』, 순천시립 뿌리깊은나무박물관, 2013, 118쪽.

2 한영균, 「뿌리깊은나무박물관 소장 자료의 국어사적 가치-임란전 간본 및 주요 필사 자료를 중심으로」, 『한창기 선생이 수집했던 고문헌 자료의 가치와 인식』, 열상고전연구회 2014년 여름, 제66차 정례 학술발표회, 2014.7.12., 별지 1쪽.

이 함께 필사되어 있는 것이 확인되었다.[3] 8편의 가사 작품은 〈규영헌가〉·〈사낭자석별가〉·〈사모가〉·〈계미사〉·〈동상연분가〉·〈직여사〉·〈셰황가〉·〈바늘가〉인데, 이 중에서 5편은 아직 학계에 보고되지 않은 새로운 가사 작품이다.[4]

뿌리깊은나무박물관에 다른 시가 관련 자료가 수장되어 있는지는 추가적으로 확인할 필요가 있다. 이번에 한창기본 『가곡원류』가 소개되면서 박효관과 하순일 사이의 새로운 관계를 확인할 수 있는 단서도 포착되었다.[5] 다만, 박물관에 수장되어 있는 가사집 6종의 구체적 내역을 확인하지 못한 것은 아쉽다. 그나마 다행스러운 것은 박물관에 수장된 고소설 〈슉영낭ᄌ전〉에 필사된 가사 작품 8편을 뒤늦게 확보할 수 있었다. 이 논문에서는 〈슉영낭ᄌ젼〉에 필사된 가사 작품 8편을 우선 살펴보고자 한다.

먼저, 가사 작품이 수록된 서책 자료와 함께 가사 작품 8편의 주요 내용을 검토한다. 이어서 이들 작품이 지닌 자료적 가치를 따져본 다음, 부록으로 작품 전문을 제시하겠다. 이 논문은 가사 작품을 발굴하여 소개하려는 목적으로 작성되었다. 이들 작품에 대한 구체적 논의는 지면 관계상 다음 기회로 미룬다.

---

3 〈숙영낭자전, 6종〉, 『뿌리깊은 나무 한글고소설 우리말이야기』, 순천시립 뿌리깊은 나무박물관, 2013, 35쪽.

4 새로운 가사 작품 5편은 〈규영헌가〉·〈사모가〉·〈계미사〉·〈셰황가〉·〈바늘가〉이다. 이 중에서 〈규영헌가〉는 한국가사문학관에 〈규영헌가〉라는 가사명과 '어와 거룩할ᄉ 우리조션 거룩할ᄉ'라는 첫 어구만 기록되어 있다. 〈사낭자석별가〉도 일부만 필사되어 있음.(한국가사문학관)

5 권순회, 「한창기본 〈가곡원류〉의 성격과 가치」, 『한창기 선생이 수집했던 고문헌 자료의 가치와 인식』, 열상고전연구회 2014년 여름, 제66차 정례 학술발표회, 2014.7.12., 별지 10쪽.

2. 문헌 자료의 검토

가사 작품 8편이 수록된 서책의 크기는 22.5×32.5㎝이다. 〈숙영낭자전〉이 77면에, 이어서 가사 작품 8편이 60면에 걸쳐 모필로 필사되어 있다. 책명은 표지가 망실되어 알 수 없다. 서책의 겉면에는 한글 편지로 여겨지는 글씨가 적혀 있고, 이면부터 '슉영낭ᄌᆞ젼'이라는 제목과 함께 소설이 시작하고 있다. 〈숙영낭자전〉의 필체와 글씨 크기는 부분적으로 조금씩 달라진다. 반면에 가사 작품은 처음부터 끝까지 일정한 필체이고 글씨 크기도 고르다. 〈슉영낭ᄌᆞ젼〉은 각 면이 11행의 세로쓰기로, 가사 작품은 내구와 외구를 짝하는 편언대우법으로 한 면이 6쌍의 3단 세로쓰기로 배열되고 있다

주지하다시피, 〈숙영낭자전〉은 남주인공 백선군과 여주인공 숙영의 사랑을 담은 작자 미상의 애정소설이다. 예전에는 비현실적인 소설 내용으로 낮은 평가를 받기도 하였다. 근래에는 효도로 비롯되는 강제화된 유교적 가치관에 반대하고 애정 추구라는 인간의 본능적 욕구를 긍정적으로 서술한 소설 작품으로 평가를 받고 있다.[6] 현재 뿌리깊은나무박물관에는 〈쉬경낭자전〉, 〈슈경옥낭ᄌᆞ젼〉, 〈슉영낭ᄌᆞ젼〉, 〈슈경젼〉, 〈슈경낭자젼〉, 〈낭ᄌᆞ젼〉이라는 제목의 〈숙영낭자전〉 6종이 소장되어 있다. 이 중에서 〈슉영낭ᄌᆞ젼〉에만 가사 작품 8편이 부기되어 있다.

〈슉영낭ᄌᆞ젼〉에 부기된 가사 작품 8편은 모두 '아래아', 'ㅺ', 'ㅼ', 'ㅽ' 등의 복자음과 복모음이 혼용되고 있다. 주격조사인 '가'나 소유격

6 김일렬, 「비극적 결말본 〈숙영낭자전〉의 성격과 가치」, 『어문학』 66, 한국어문학회, 1999, 151~171쪽.

조사인 '의'의 표기도 자리를 잡고 있다. 어휘도 생소하지 않고 낯설지 않은 편이다. 규방가사인 〈사낭자석별가〉나 〈동상연분가〉에서는 화자의 구술을 그대로 받아적었을 정도로 곳곳에 영남 방언이 반영되어 있다.

한창기본 〈슉영낭즈젼〉과 가사 작품은 필체가 서로 다르다. 〈슉영낭즈젼〉이 먼저 기록되었고 가사 작품이 나중에 필사된 것으로 보인다. 이들 고소설과 가사 작품은 표기법을 살펴볼 때, 개화기로부터 애국계몽기로 이어지는 시기에 필사된 것으로 짐작된다.

3. 한창기본 〈슉영낭즈젼〉 소재 가사 작품 8편

3.1. 〈규영헌가(奎影軒歌)〉

〈규영헌가〉는 송축가사의 일종이다. 〈규영헌가〉라는 노래명이 한창기본에 처음 보이는 것은 아니다. 담양에 있는 한국가사문학관이 소장하고 있는 『화조가』라는 자료집에 〈규영헌가〉의 가요명과 '어와 거룩할ᄉᆞ 우리조션 거룩할ᄉᆞ'라는 작품 한 구절만 기록되어 있다. 그런데 이번에 한창기 소장본에 〈규영헌가〉의 가사 전문이 수록되어 있었다. 따라서 한창기본 〈슉영낭즈젼〉에 부기된 〈규영헌가〉는 새로운 발굴 작품으로 봐야한다.

〈규영헌가〉는 2음보 1구로 계산하여 222구의 중형가사이다. 내용을 살펴보면 〈규영헌가〉는 경북 영주군 광천리에 '규영헌(奎影軒)'이라는 집을 지으면서 송축한 작품으로 추정된다. '규영헌'이 당호라는 것은 작품의 202구에서 208구에 이르는 부분에서 확인된다.[7] 작품의 56

구에서 64구를 보면 규영헌을 지은 곳은 영주(옛 홍주)의 광천이라는 것을 알 수 있다.[8] 더 나아가 96구에서 122구를 보면,[9] 옛 홍주의 광천(현, 경북 영주시 안정면 일대)에 있는 산이름이나 사물 이름들이 등장하고 있다. 여기에서 '요(용)암산', '주마산', '도술바위', '낙안봉' 등의 이름은 오늘날에도 확인되는 이름이다.

〈규영헌가〉에서는 유생들이 공부하는 '규영헌'이라는 학사(學舍)를 짓는 과정을 흥미롭고 실감나게 서술하고 있다. 한편, 〈규영헌가〉는 부분적으로 이미 다른 가사 작품의 어구와 겹치거나 중복되는 내용이 등장하는 것을 알 수 있다. 예로써 〈규영헌가〉에 나오는 단군의 출몰이나 기자의 백마 동출이나 팔조법금, 삼한세계와 고려의 불교 숭상은 기존의 〈역대가〉류 가사 작품과 중복되는 화소이다. 영주 광천의 산세나 지세가 좋아서 인물들이 많이 나올 것이라는 대목은 기존의 풍수가사에서 나타나는 표현 방식이다. 〈규영헌가〉는 기존의 가사 양식에 있는 어구나 표현 방식을 가져다 쓰거나 변형시키는 상호텍스트성이 엿보인다.

---

7 〈규영헌가〉, "이집ᄋᆡ 단 현판언 규영헌 이름ᄒᆞ나/규영언 이인말고 규산이 빈춰엿다/찬~ᄒᆞᆫ 져규성이 하날우ᄋᆡ 빗쳐도야/들보우의 빈춰난닷 창틈으로 빈춰난닷"

8 〈규영헌가〉, "이러ᄒᆞᆫ 조흔 ᄶᅢ예 우리도 지어보시/글자ᄒᆞ든 도중셔도 광쳔이예 사라써던/ᄒᆞ물며 우리 마은 초명이 광천이라/광천은 어느ᄶᅡ고 홍주고을 소속이라/빅두산 ᄂᆡ릉으로 틔빅산 되야잇고."

9 〈규영헌가〉, "일홈조타 요암산은 구름어더 날상이오/그 아리 구름ᄌᆡ난 용을 조차 이러난다/다라난다 주마산은 홍진으로 달라난다/덧다바라 ᄆᆡ봉ᄌᆡ난 운소의 ᄯᅳ졀두고/졔밋태 도술바위 쌍교갓치 쉼미녹고/긔이코 이상ᄒᆞ다 ᄂᆡ다보니 져봉두리/뉘서난 독서당 뉘서난 장원봉/ᄒᆞᆫ편은 괘방ᄂᆡ오 ᄒᆞᆫ편은 쌍적ᄂᆡ라/엇지본이 뭇그치오 엇지본이 일산ᄃᆡ라/그엽헤 낙안봉은 비취난닷 ᄂᆡ미난닷/어여부다 아미산은 우난단 찡긔난당/삼천분ᄃᆡ 옥여봉은 주~리 버러서고/오빅부쳐 나안봉은 쳡~이 안자난다"

3.2. 〈사낭자석별가(四娘子惜別歌)〉

〈사낭자석별가〉는 신변탄식류 규방가사의 일종이다.[10] 지금까지 〈사낭자석별가〉는 필사본 2종이 전한다. 한국가사문학관에 박순호본 〈사낭자석별가〉와 권영철본 〈서낭자석별가(徐娘子惜別歌)〉이 있다. 그러다가 이번에 한창기본이 새로 나왔으니 〈사낭자석별가〉는 이제 3종의 필사본이 존재하는 셈이다. 권영철본과 한창기본은 표기를 제외하고 별다른 차이가 없다. 박순호본은 작품의 첫 9구만 필사되어 있어서 내용을 확인할 수 없다. 결국 〈사낭자석별가〉의 온전한 필사본은 권영철본과 한창기본이다.

가사 제목을 살펴보면, 권영철본은 〈서낭자석별가〉이다. 권영철본에서 그렇게 붙인 것은 필사된 제목이 '서'로도 읽히고 '사'로도 읽히기 때문이다. 결국 서씨라는 여성의 성을 따서 〈서낭자석별가〉로 정리고 있다. 그렇지만 작품의 어디에도 서씨(徐氏)라는 언급은 없다.

반면에 박순호본과 한창기본에서는 〈사낭자석별가〉로 적고 있다. 그렇게 제목을 붙인 경위는 알 수 없다. 그렇지만 내용을 살펴보면 왜 그렇게 붙였는지 추정할 수 있다. 주지하다시피, 조선후기 여성들은 결혼하면 출가외인으로 친정 식구나 친구들을 마음대로 만나지 못하는 처지였다. 그래서 규방가사를 보면 작자인 여성들은 그러한 자신들

---

10 권영철은 규방가사의 유형을 잠정적으로 21항을 설정하였다. ① 계녀교훈류, ② 신변탄식류, ③ 사친연모류, ④ 상사소회류, ⑤ 풍류소영류, ⑥ 가문세덕류, ⑦ 송축송도류, ⑧ 제전애도류, ⑨ 승지찬미류, ⑩ 보은사덕류, ⑪ 의인우화류, ⑫ 노정기행류, ⑬ 신앙권선류, ⑭ 월령계절류, ⑮ 노동서사류, ⑯ 언어유희류, ⑰ 소설내간류, ⑱ 개화계몽류, ⑲ 번안영사류, ⑳ 남요완상류, ㉑ 기타 등이다. (권영철, 『규방가사 I』, 한국정신문화연구원, 1979, 647쪽)

의 신세를 한탄하는 내용을 많이 읊었다. 〈사낭자석별가〉에서도 화자는 출가하였다가 오랜만에 친정에 와서 옛 친구들을 만나 여자의 신세 한탄과 함께 다시 만날 날을 기약하고 있다.

이 노래에서 화자의 고백을 들어주는 객체는 어려서 함께 성장하여 출가한 '제천댁', '노림댁', '파곡댁', '청뜰 형님'이라는 네 명의 여성이다. 화자는 오랜만에 친가에 와서 이들을 만나 처지를 하소연하다가 시댁으로 돌아오라는 연락을 받고 아쉬운 이별을 고한다. 가요명을 〈사낭자석별가〉라고 한 것은 작중 화자가 이들 네 명의 아녀자와 석별하는 내용을 담고 있기 때문이다. 따라서 이들 노래는 〈서낭자석별가(徐娘子惜別歌)〉가 아니라, 〈사낭자석별가(四娘子惜別歌)〉로 부르는 것이 옳다.

한편, 〈사낭자석별가〉는 자료 수집과 공간 해체의 측면에서 이들 작품의 생성 공간을 알 수 있다. 한창기본 〈사낭자석별가〉가 함께 수록되어 있는 〈규영헌가〉, 박순호본 〈사낭자석별가〉에 함께 수록되어 있는 〈규영헌가〉나 〈용암산화전〉의 작품 공간을 살펴볼 필요가 있다. 박순호가 소장했던 〈사낭자석별가〉는 자료집에 〈화조가〉·〈시골여승의 서른 ᄉᆞ졍봄가다〉·〈규영헌가〉·〈권효가〉·〈용암산화전〉·〈우미인가〉·〈경계가〉와 필사되어 있다. 여기에서 〈규영헌가〉와 〈용암산화전〉을 살펴보면 이들 작품의 생성 공간이 경북 영주지방에서 제작되어 수집과 공간 이동의 과정을 거친 것으로 보인다. 이들 작품에 등장하는 인물들의 활동 공간은 모두 경북 영주 지방이었기 때문이다. 한창기본 〈슉영낭ᄌᆞ젼〉과 박순호본 〈사낭자석별가〉가 수록된 가사 집도 본래는 경북 영주 지방에서 창작되었거나 전해지던 가사로 여겨진다.

3.3. 〈사모가(思母歌)〉

한창기본 〈사모가〉는 사친연모류(思親戀慕類) 규방가사의 일종이다. 조선후기의 가부장적인 사회에서 여성은 결혼하면 출가외인으로 친정 나들이도 쉽지 않았다. 그래서 규방가사에는 여필종부의 사회 문화를 한탄하면서 친정 부모님과 형제들을 그리워하는 가사 작품들이 많다. 〈사친가〉와 〈사친곡〉, 〈사모가〉와 〈사모곡〉도 그런 부류이다.

〈사모가〉과 〈사모곡〉은 친정 모친을 그리워하는 가사 작품인데, 내용상 크게 두 가지로 구분할 수 있다. 하나는 구정길본 〈ᄉᆞ모가〉나 이현조본 〈ᄉᆞ모가라〉에서처럼 출가하여 연로한 친정 부모님을 그리워하는 것이고, 다른 하나는 김경욱본 〈사모가〉나 한창기본 〈사모가〉에서처럼 돌아가신 모친을 그리워하는 것이다.

김경욱본은 2음보 1구로 200구의 중형가사이고, 한창기본은 2음보 1구로 618구의 장형가사이다. 김경욱본은 열 살이 되기 전에 삼남매를 두고 돌아가신 어머니를 그리워하는 노래이다. 작품에서 화자는 의탁할 곳도 없이 어렵게 성장하며 고단했던 지난 시절을 되돌아보면서 비통한 내면을 절절이 토로하고 있다. 반면에 한창기본은 두 살에 부친을 여의고 편모슬하에서 자란 무남양녀의 막내딸이 화자가 되어 돌아가신 어머니를 그리워하는 작품이다.

한창기본을 비롯한 이들 작품들은 주제는 같지만 내용 전개가 다르다. 한창기본 〈사모가〉는 사친연모류 규방가사에 해당하지만 내용을 살펴보면 이전에 없던 새로운 작품이다. 분량상으로도 618구로써 〈사친가〉류 중에서 가장 길다. 2음보 1구로 계산하면 이현조본이 96구, 구정길본이 142구, 김경욱본이 204구인 것과 비교하면 차이가 난다.

한창기본 〈사모가〉는 장형가사라는 것 이외에도 내용상으로 주목되는 점이 있다. 이현조본이나 김경욱본에서는 출가한 화자가 어머니를 그리워하는 서정적인 내용으로 일관하고 있다. 반면에 한창기본은 집안 내력과 병석에 든 어머니의 별세, 조부모님의 양육과 어머니에 대한 추억, 외조부의 별세 등과 같은 서사적 진술이 많은 분량을 차지한다. 그러면서도 화자는 돌아가신 어머니를 꿈속에서 조우하여 아녀자로서 갖추어야 할 미덕과 함께 행실의 일깨움을 받기도 한다. 구체적으로 사구고(事舅姑: 시부모를 섬김), 사군자(事君子: 남편을 섬김), 목친척(睦親戚: 친척들과 화목하게 지냄), 봉제사(奉祭祀: 세사를 받들어 모심), 접빈객(接賓客: 손님을 맞아 접대함), 태교, 육아, 어노비(御奴婢: 종 거느리기), 치산(治産), 출입(出入), 항심(恒心)의 내용을 담고 있다. 이 대목에 이르러서는 교술적 성격이 강화된다.

따라서 한창기본 〈사모가〉는 어머니를 그리워하는 서정가사로의 면모, 사건을 서술하는 서사가사, 유교적 윤리 규범을 내세우는 교술가사로서의 특징을 함께 지니고 있다. 한편, 이 가사의 창작 발생지는 경북 안동의 하회강이 흐르는 풍산지역이다.

3.4. 〈계미사(誡妹詞)〉

〈계미사(誡妹詞)〉는 〈계녀가〉와 함께 계녀교훈류 규방가사에 속한다. 〈계녀가〉는 사대부가의 부녀자들이 출가를 앞둔 딸에게 시집살이에 도움이 될 만한 규범적인 내용을 자신의 시집살이와 결부시켜 노래한 것이다. 이들 가사는 〈계녀가〉를 비롯한 여러 이름으로 창작되었고 변형도 많았다. 다만, 그것의 전형적 패턴을 지니고 있는 것은 대부분 〈계녀가〉로 되어 있어서 일반적으로 계녀가로 명명하고, 광의적인 견지에서 계녀가계로 부른다.[11] 〈계미사〉도 〈계녀가〉와 마찬가지로 출가를 앞둔 누이에게 시집살이에 도움이 될 만한 규범적인 내용을 담고 있다.

〈계녀가〉는 많은데 〈계매ᄉ〉는 한창기본 말고는 권영철본 〈계매가〉가 있을 뿐이다. 권영철본 〈계매가〉는 여러 종매(從妹)들에게 집안의 아녀자로서 갖추어야 할 미덕과 행실을 일깨우는 내용이다. 구체적으로 사구고(事舅姑: 시부모를 섬김), 사군자(事君子: 남편을 섬김), 목친척(睦親戚: 친척들과 화목하게 지냄), 봉제사(奉祭祀: 제사를 받들어 모심), 접빈객(接賓客: 손님을 맞아 접대함), 태교, 육아, 어노비(御奴婢: 종 거느리기), 치산(治産), 출입(出入), 항심(恒心)의 내용을 담고 있다.

한창기본 〈계미사〉는 부모를 일찍 여읜 4남매가 6촌에 의탁하여 어렵게 자랐는데 작중 화자가 누이의 출가를 앞두고 시집살이에 도움이 되는 윤리 규범을 일깨우는 내용이다. 부부가 오륜의 으뜸이라는 덕목을 강조하며 시부모를 섬기고 남편을 공경하며 형제 친척들과 화목하게 지내라는 등의 내용을 언설하고 있다. 노비를 자식처럼 대하고 제사를 중히 여기고 재물을 아끼라고 전언한다. 〈계매가〉에 나오는 규범적인 내용이 표현의 차이가 있지만 〈계미사〉에 그대로 용해되어 있다. 그리고 〈계녀가〉의 표현 방식이 무미건조하고 딱딱하다면, 〈계미사〉는 유연하고 자연스럽다. 문학적 형상화에서도 〈계미사〉가 〈계매가〉보다 뛰어나다.

권영철본 〈계매가〉와 한창기본 〈계미사〉는 둘 다 계녀교훈류 규방가사이다. 이들 작품은 계녀가류의 변형 작품으로 규정할 수 있다. 권

11 권영철, 『규방가사연구』, 이우출판사, 1980, 169쪽.

영철본 〈계매가〉와 한창기본 〈계미사〉는 이본 관계가 아니며 창작자도 다르다.

3.5. 〈동상연분가(同床緣分歌)〉

〈동상연분가〉는 상사소회류(相思所懷類) 가사 작품이다. 작중 화자는 남성으로 설정되어 임을 그리워하는 내용이다.

그동안 〈동상연분가〉는 경상북도 봉화군 봉화면 서곡리의 청암정에서 제공한 1종이 있었다. 그런데 이번에 〈슉영낭ᄌᆞ젼〉에 부기된 한창기본 〈동상연분가〉가 확인되면서 이제 2종이 존재하는 셈이다. 청암정본은 216구로 이뤄져 있고 이번에 새로 나온 한창기본은 284구이다. 한창기본이 청암정본보다 68구가 많다.[12] 둘 다 한글로 가요명이 기사되어 있다. 그런데 가사 작품의 '폭반요의 두리누니/ 반이나 젼혀비고/ ᄒᆞᆫ벼ᄀᆡ을 두리빈이/ ᄒᆞᆫ구역이 다남난닷/ 이러ᄒᆞᆫ 조흔인싱/ 남ᄃᆡ도 ᄯᅩ잇난가'라는 어구에서 〈동상연분가〉는 〈同床緣分歌〉를 뜻한다는 것을 알 수 있다.

청암정본에서는 양반 자제로 보이는 남성 화자가 이웃 마을의 조신한 처녀를 좋아하여 사모하다가 중매를 통해 구혼하여 처가에서 혼인식을 올리고 장인장모의 사랑을 받는다. 그리고 신랑으로 보이는 화자는 십팔 세에 과거에 합격하여 삼일유과를 하고 뭇사람들의 선망을 받는 내용이다. 여기에서는 양반 자제로 보이는 남성 화자가 좋아하는

12 한창기본은 기존에 알려진 청암정본이 끝나는 곳에서 60구가 더 이어지고 있다. 뿐만 아니라, 한창기본은 청암정본에 없는 "철석산인 이녀 간중 잠시에 다녹안다. 청신으로 부을 쓰고 문걸살을 당게걸고, 산수병풍 그늘안의 두로~~ 살피보니, 철업난 처남사촌 상직은 무삼일고"라는 어구가 더 있다.

처녀와 결혼하고 과거에 급제하는 것처럼 보인다. 이어서 화자가 깊은 밤에 임이 살고 있는 마을로 내려오면서 동네 개들이 짖고 있는 것으로 끝난다.

반면에 한창기본에서는 그것에 이어 화자가 마을로 내려와 처자집 담을 넘으려다 집식구들이 모두 잠에서 깨어나고 마침내 웃음거리가 된다는 내용이다. 마지막 부분에 이르러 화자는 마음을 고쳐먹고 과거 공부에 열중하려 하지만 글자마다 임의 얼굴만 보인다고 푸념을 늘어놓는다. 그리고 그는 기필코 장원 급제하여 임과 함께 하겠다고 다짐하고 있다. 한창기본을 읽다보면 앞서 청암정본에서 과거에 급제하여 뭇사람의 선망을 받는다는 내용은 사실이 아니라 하나의 상상일 뿐이라는 것을 알 수 있다.

이들을 비교해보면, 처자가 그리워 이웃 마을로 내려오는 대목에서 끝나는 청암정본보다 처자를 그리워하면서 장원 급제를 다짐하는 것이 더욱 자연스럽다. 한 마디로 작품의 완결성을 갖추지 못한 청암정본보다 한창기본이 완성본에 보다 가깝다는 것을 알 수 있다.

3.6. 〈직여사(織女詞)〉

〈직여사〉는 〈직녀가(織女歌)〉와 함께 상사소회류에 가까운 규방가사이다. 지금까지 〈직녀가〉는 대표적으로 임익수본[13]과 권영철본[14]을 꼽을 수 있다. 임익수본 〈직녀가〉는 여자로 태어나서 고달프게 사는 여성의 삶을 견우와 직녀의 이야기를 통해 탄식하는 내용이다. 반면에

---

13 이화여대 한국어문학연구회 편, 위의 책.

14 권영철, 『규방가사-신변탄식류』, 효성여대출판부, 1985.

권영철본 〈직녀가〉는 견우를 이별한 직녀가 길쌈을 하면서 견우를 그리워하며 해후할 날을 기다리는 내용이다.

임익수본 〈직녀가〉는 서로 사랑하면서도 일 년에 한 번밖에 만나지 못하는 견우와 직녀의 애달픈 사랑을 제재로 화자 자신의 애달픈 삶을 형상화하고 있다. 반면에 권영철본 〈직녀가〉에서는 항아와 직녀의 긴 대화로 이어지는데 이 과정에서 〈베틀가〉가 뒤섞여 들어가고 있다. 〈직녀가〉는 임익수본이 권영철본에 비해 길이가 짧지만 작품의 완성도는 상대적으로 높다.

이번에 공개하는 한창기본 〈직여사〉는 권영철본과 작품명만 다르지, 동일한 작품이다. 다만, 권영철본은 2음보 1구로 계산하여 240구의 길이이다. 그런데 한창기본은 604구의 작품이다. 한창기본은 권영철본과 240구까지 표기법 말고는 차이가 없다. 한창기본은 권영철본에 364구가 더 있는 셈이다. 이것은 한창기본이 권영철본에 더해진 것이 아니라, 권영철본이 제대로 필사되지 못한 것이다. 한창기본은 권영철본에 비해 완본에 가깝다. 필사 시기는 서로 비슷한 시기에 필사된 것으로 보인다.

3.7. 〈세황가(歲況歌)〉

〈세황가〉는 설을 맞이하여 자신의 회포를 술회하면서 다짐하는 가사 작품이다. 따라서 〈세황가〉는 '歲況歌'를 한글로 적은 것이다. 〈세황가〉는 전체 76구로 이뤄졌고 지금까지 알려지지 않았던 새로운 가사 작품이다. 창작 연대는 신미년인데 표기법이나 내용을 유추해보면 1811년이나 1871년 중에서 후자로 추정된다. 화자의 이름은 형제가 다섯인 '언던'이라는 남성이다. 성씨는 전주이씨이다. 따라서 작자 이름은 '이언던'이다.

화자는 한 해 중에서 설날이 으뜸이고 좋은 날이지만 근심과 즐거움이 반반이라고 푸념한다. 왜냐하면 하늘이 불공평하여 재능을 골고루 주지 않아서 자신은 아직 벼슬이 없기 때문이란다. 그렇지만 그 자신은 일찍 일어나서 설날을 맞이한다. 모든 일가친척들이 모여서 차례를 지내고 형님은 앞에 서고 아우가 뒤따르며 세배를 다닌다. 세배를 마치고서 생각하는 것은 오로지 공부뿐이다. 자신은 뼈대 있는 집안의 후손으로서 머잖아 집안이 흥성할 것임을 의심치 않는다. 화자는 언젠가 장원급제하여 부모님 앞에 떳떳하게 인사를 올리는 것이 소망이다. 〈세황가〉는 설날을 맞이하는 사람들의 심리와 포부, 그리고 설날에 일어나는 일들을 흥미롭게 담고 있는 가사 작품이다.

3.8. 〈바늘가〉

길쌈과 바느질은 조선시대 여성들이 반드시 갖추어야 할 주요 덕목 중의 하나였다. 삼이나 모시, 목화나 누에로 피륙을 짜는 길쌈이나 그것으로 바느질을 하여 의복을 만드는 것은 모두 여성들의 몫이었다. 길쌈이나 바느질과 관련된 내용이 여성들의 문학 작품에 많이 등장하는 것도 그런 까닭이다. 부러진 바늘을 애도하여 지은 조선 순조 때의 유씨 부인이 지은 〈조침문(弔針文)〉이나 바느질할 때 사용하는 도구를 소재로 세태를 풍자한 작자 미상의 〈규중칠우쟁론기(閨中七友爭論記)〉가 그것의 대표적인 사례이다. 여성들이 지은 가사 작품도 예외가 아니어서 길쌈하기와 관련된 〈직녀가〉나 바느질을 노래한 〈바늘가〉가 있다. 근대 시기에 이르러서도 진솔하고 담백한 표현으로 여성의 바늘에 대한 섬세한 감각을 노래한 민요 〈바늘노래〉가 있다.[15]

규방가사에서 길쌈하는 것과 관련된 작품은 〈직녀가〉라는 이름의 여러 필사본이 전한다. 반면에 바느질과 관련된 가사 작품은 예상과 달리, 현재 전하는 것이 거의 없다. 한국가사문학관이나 역대가사문학전집에도 보이지 않는다. 다만, 1980년대에 채집된 자료집에 〈바늘노래〉라는 이름의 가사가 보인다.[16] 이들의 내용은 달라서 각각의 독자적인 가사 작품이다. 따라서 바늘과 관련된 가사 작품은 모두 2종으로 한창기본 〈바늘가〉와 이대준본 〈바늘노래〉이 존재하는 셈이다. 그런 점에서 이 번에 공개하는 한창기본 〈바늘가〉는 일단 자료적 가치가 있다.

그런데, 이대준본 〈바늘노래〉가 모두 74구로 완결된 가사 작품인데 비해서, 한창기본 〈바늘가〉는 작품의 일부인 28구만 필사되어 있다. 후자는 한창기본 〈슉영낭ᄌᆞ젼〉의 마지막 부분에 필사되어 있고 더 이상 적을 여백이 없어서 작품의 일부만 필사되어 있다. 〈바늘노래〉는 바늘을 의인화하여 그것의 군자적 성품을 드러내고 있다. 한창기본 〈바늘가〉도 마찬가지로 같은 의인체 가사 작품이지만 이대준본과 달리, 그것의 생성 과정에 초점을 맞추고 바늘 종류에 따른 바느질을 언급하고 있다.

---

15 임동권, 『한국민요집 I』, 2011, 집문당, 155~157쪽.

16 이대균 편, 『낭송가사집』, 1986, 안동문화원, 268~270쪽.

4. 맺음말 – 자료적 가치와 함께

지금까지 전남 순천의 뿌리깊은나무박물관에서 소장하고 있는 고소설 〈슉영낭ᄌ젼〉에 부기된 8편의 가사 작품에 대해서 살펴보았다. 가사 8편은 〈규영헌가〉·〈사낭자석별가〉·〈사모가〉·〈계미사〉·〈동상연분가〉·〈직여사〉·〈셰황가〉·〈바늘가〉이다. 이 중에서 〈규영헌가〉·〈사모가〉·〈계미사〉·〈셰황가〉·〈바늘가〉는 학계에 보고된 적이 없는 새로운 작품이다.

〈규영헌가〉는 한국가사문학관에 가사 제목과 첫 구절만 전하고 이번에 나온 한창기본을 통해 전모를 확인할 수 있었던 새로운 작품이다. 〈사모가〉는 사친연모류 규방가사의 일종이고 〈계미사〉는 계녀교훈류 규방가사의 일종으로 이들과 유사한 이름의 작품들이 많다. 하지만 한창기본은 기존 작품의 내용과 전혀 다른 새로운 작품이다. 〈셰황가〉와 〈바늘가〉은 예전에 전혀 알려지지 않았던 새로운 작품이다. 다만, 〈바늘가〉는 새로운 작품이지만 작품 일부만 기록되어 있다.

나머지 〈사낭자석별가〉·〈동상연분가〉·〈직여사〉는 이미 학계에 알려진 것으로 새로운 작품이 아니었다. 그렇지만 기존의 〈동상연분가〉와 〈직여사〉에는 누락 부분이 있다. 이번 검토를 통해 뿌리깊은나무박물관에서 소장하고 있는 한창기본이 원전에 가깝다는 것을 확인할 수 있었다.

문헌 자료에 대한 수집과 해체의 측면에서 이들 가사 작품의 생성 공간을 확인할 수 있었다. 이들 작품들은 경북 내륙 지방에서 창작되어 수집과 공간 이동의 과정을 거친 것으로 보인다. 〈규영헌가〉와 〈사낭자석별가〉는 경북 영주에서, 〈사모가〉는 경북 안동 지역에서 작품이 생성되었다. 이 점은 박순호가 소장했던 〈사낭자석별가〉와 〈규영헌가〉, 그리고 〈용암산화전〉을 통해 그대로 확인된다.

한 마디로, 이들 한창기본 〈슉영낭ᄌ젼〉 소재 작품 8편의 자료적 가치는 높다. 여기에는 지금까지 전혀 알려지지 않았던 가사 작품이 5편이나 있었고, 이미 알려진 작품도 완성도가 높아서 기존의 작품을 대체할 수 있기 때문이다.

[부록] 작품 전문

새로운 작품은 ■표시를 하였고,

이미 알려진 작품이라도 새로운 부분은 밑줄을 그었다.

■ 1. 〈규영헌가〉

어와 거록홀사 우리조선 거록홀사
묘향산 단목ᄒᆞ의 단군이 도라간후
삼ᄒᆞᆫ젹 옛풍속이 이젹의 갓갑더니
동봉조션 우리긔자 ᄇᆡᆨ마로 강을 건ᄂᆡ
평양의 도읍하여 교민팔조 ᄒᆞ온후의
준~ᄒᆞᆫ ᄒᆡ우 창ᄉᆡᆼ 비로소 셩언만ᄂᆡ
삼강을 처음알고 오륜을 ᄇᆡ와ᄂᆡ여
소중화 이르기난 예의지방 안이런가
활동토 수철이예 셩인지ᄆᆡᆼ 도야씨니
엇지ᄒᆞ여 고려말의 불도난 무삼일고
셩도가 용홍하사 문치을 숭상ᄒᆞ니
계~승~ 열셩조ᄋᆡ 차~로 윤식ᄒᆞ니
의관이 제~호고 문물리 빈~하다
졔왕의 근본이요 국가의 원긔로다
어와 벗임ᄂᆡ야 다ᄒᆡᆼ이 셩세만ᄂᆡ
유의유관 선ᄇᆡ로셔 당연이 ᄒᆞ올이리
옛글얼 ᄇᆡ와ᄂᆡ녀 이르고도 외와ᄂᆡ셔

어지신 우리나라 과가로 시험커던
장원급직 놉픠ᄒᆞ고 활노의 출신ᄒᆞ여
ᄇᆡ운 글로 임군셤겨 요순을 다시보ᄉᆡ
엇지ᄒᆞ여 직금사람 문혹을 덜힘씐고
초야의 깁피 안자 셰도을 ᄀᆡ연턴니
ᄀᆡ명유신 우리나라 천운니 도타보사
병자연 경자월과 경자일 병자시예
문명ᄒᆞᆫ 조ᄒᆞᆫ기운 일시예 모혀드니
천직일시 이런 ᄯᅢ을 공연히 허송ᄒᆞ야
곳~지 셔설지어 공부을 ᄒᆞ려ᄒᆞ니
이러ᄒᆞᆫ 조ᄒᆞᆫ ᄯᅢ예 우리도 지어보ᄉᆡ
글자ᄒᆞ든 도중셔도 광천이예 사라써던
ᄒᆞ물며 우리 마은 초명이 광천이라
광천은 어느ᄶᅡ고 홍주고을 소속이라
ᄇᆡᆨ두산 ᄂᆡ릉으로 ᄐᆡᄇᆡᆨ산 되야잇고
남치ᄒᆞ여 사십이예 명ᄀᆡ을 ᄇᆡ판ᄒᆞ니
간좌곤향 터얼보고 신득병차 수볍맛촤
일촌이 의논ᄒᆞ고 셔실을 지을젹의
공산의 낙~쟝송 즉그~~ ᄇᆡ혀다가
들건니 녹커니 ᄉᆞᆫ컨이 다듬거니
목수난 다셔시오 감역이~십이라
삼십명은 봉족ᄒᆞ고 오십명은 역부ᄒᆞ니
ᄭᅳ질ᄒᆞᄂᆡ 톱질ᄒᆞᄂᆡ 흩이긴다 돌져온다
졔쟈가치 모여다가 벌ᄯᅦ갓치 나든난다

상방ᄒᆞᆫ날 방을 녹코 방노는달 벽을 ᄒᆞ니
풍운으로 조화런가 귀신으 도술인가
잠싼의 지은 집이 집언어이 거록ᄒᆞᆫ고
동말리를 볼작시면 셔천왕이 버러서고
현함ᄃᆡ을 볼작시면 부체손도 긔못ᄒᆞ다
난간의 비겨안자 사방을 둘러본니
일홈조타 요암산은 구름어더 날상이오
그 아릐 구름ᄌᆡ난 용을 조차 이러난다
다라난다 주마산은 홍진으로 달라난다
덧다바라 ᄆᆡ봉ᄌᆡ난 운소의 쓰졀두고
졔밋태 도술바위 쌍교갓치 쉼미녹고
긔이코 이상ᄒᆞ다 ᄂᆡ다보니 져봉두리
뉘서난 독서당 뉘서난 장원봉
ᄒᆞᆫ편은 괘방니오 ᄒᆞᆫ편은 쌍적ᄂᆡ라
엇지본이 뭇그치오 엇지본이 일산ᄃᆡ라
그엽헤 낙안봉은 비취난닷 ᄂᆡ미난닷
어여부다 아미산은 우난단 ᄶᆡᆼ긔난당
삼천분ᄃᆡ 옥여봉은 주~리 버러서고
오ᄇᆡᆨ부쳐 나안봉은 첩~이 안자난다
ᄃᆡ장군으 ᄒᆡᆼ차런가 ᄇᆡᆨ만병의 ᄒᆡᆼ군인가
긔든놈도 무수ᄒᆞ고 창든 놈도 무수하다
그 가온ᄃᆡ 집을 지고 그가온ᄃᆡ 공부ᄒᆞ면
문장이 절로나고 명필이 울홍ᄒᆞ여
소과보면 진사ᄒᆞ고 ᄃᆡ과보면 급치홀터

사람마다 문장명필 집~마다 홍ᄑᆡᄇᆡᆨᄑᆡ
진사나난 우물이고 급졔나난 터이로다
천지가 도와주고 지영이 음질하여
벼살노 의논ᄒᆞ면 언는 벼살 막킬손가
홍문관 예문관의 옥당으로 분관ᄒᆞ여
홀임학사 검상사인 동벽셔벽 교리수찬
ᄃᆡ사셩 ᄃᆡ졔학과 좌찬셩 우찬셩의
참의 참판 삼ᄐᆡ육경 외직으로 수령방ᄇᆡᆨ
당셰예 영광이요 죽ᄇᆡᆨ의 공명이라
네 마암 엇쩌ᄒᆞᆫ요 ᄂᆡ욕심 이러ᄒᆞ다
공부고 ᄒᆞ려이와 풍경인달 아이보랴
문을 열고 ᄂᆡ다본니 ᄇᆡᆨ연무근 늘근솔이
사시장청 푸른 빗치 뉘를 위히 푸르던고
헌함압히 못셜파고 못가온ᄐᆡ 고기길너
쒸노난이 저고기난 정명도의 분어런가
헌함아ᄑᆡ 나난ᄉᆡ난 두공부에 버지런가
오동우ᄋᆡ 빈친달은 주염계의 긔상이오
양유가의 부난바람 소강절의 금훼로다
별노조혼 부귀춘광 여도 잇고 져도 잇다
봉이~~ 피난 쏫쳔 군자화가 네안인야
못둑지예 홍도화난 삼촌을 뉘반겨셔
쏫치피면 작~하고 엽티 피면 진~ᄒᆞ니
됴키사 됴타마난 앗가울사 봄빗치야
팔구월 ᄉᆡᆨ단풍의 무료히 써러지니

화단의 국화심귀 만절을 보랴ᄒᆞ고
폭기마다 북걸주고 쎨기마다 ᄆᆡ각구니
중양의 쏫치피여 서리을 넝소ᄒᆞᆫ다
어와 조흘시고 이집을 지은 쓰뎐
풍경도 여싀로다 아무여나 글얼 힘쎠
관자넌 부거렵고 동몽언 노지마라
사셔삼경 ᄇᆡᆨ가셔을 흉중의 다여흐면
공명이 어려우나 부귀가 졀로오ᄂᆡ
푸른구룸 낙양기의 만ᄂᆡ나니 ᄒᆞᆫ집사람
홍진동 말머리예 웃고보니 친구로다
공명이 어려오나 엇지ᄒᆞ여 노잔말고
이집ᄋᆡ 단 현판언 규영헌 이름ᄒᆞ나
규영언 이인말고 규산이 빈취였다
찬~ᄒᆞᆫ 져규성이 하날우ᄋᆡ 빗쳐도야
들보우의 빈취난닷 창틈으로 빈취난닷
영남도 추로향의 노사숙유 만이날가
이집비 초~하나 여사집이 아니로다
집을 보고 이흠짓고 이름보고 싱가ᄒᆞ소
규모가 정~ᄒᆞ고 졀목이 단~ᄒᆞ다
이마로 져그나아 탕선짜리 느러안고
이뜰리 저그나마 일산쎠로 치와보세
이가사로 송축ᄒᆞ니 웃지말고 보압소셔

2. 〈사낭자석별가〉

어와 동유들아 이ᄂᆡ말삼 드러보소
우리비록 여자라도 붕우유신 모랄손가
불션불후 ᄒᆞᄯᆡ나셔 오락가락 셔로모혀
ᄆᆡᆼ셔지어 ᄒᆞ난말니 일ᄉᆡᆼ단취 ᄒᆞ자ᄯᅥᆫ니
가련ᄒᆞ다 우리인ᄉᆡᆼ 여필종부 ᄒᆞᆺ터지ᄂᆡ
옛법의 ᄒᆡᆼᄒᆞᆫ이리 낫~치 올컨만ᄂᆞᆫ
여ᄌᆞ으 원부모난 야속ᄒᆞ고 ᄆᆡ몰ᄒᆞ다
침선ᄇᆡᆼ적 여공사을 노심노골 ᄇᆡ와ᄂᆡ고
유순유화 착ᄒᆞᆫᄒᆡᆼ실 ᄂᆡ측편얼 ᄋᆡᆨ게 외와
지자우귀 ᄒᆞᆫ번기레 부모집은 영결일ᄉᆡ
손잡고 ᄒᆞ난마리 여자되미 ᄒᆞᆫ니로다
우리부모 키울져의 남여지별 이실손가
ᄇᆡ곱흘가 밥을권고 치울셔라 옷설입혀
삼춘갓치 깁ᄒᆞᆫ인정 ᄒᆞ히갓치 널너쏘다
저진자리 박과눕고 나은엄식 ᄎᆞ자먹겨
병들세라 금심ᄒᆞ고 닷칠세라 조심ᄒᆞ여
ᄒᆞᆫ살두살 칠팔세를 안고업고 키울적ᄀᆡ
무상ᄒᆞᆫ 우리윤달 그 은혜 모랄손가
촌초갓치 어린 마암 평ᄉᆡᆼ효자 ᄒᆞ자ᄯᅥ니
이팔가ᄀᆡ 잠간이라 남여경중 판이ᄒᆞ다
치혼걱정 우번이요 사회사랑 허ᄉᆡ로다
부모마암 섭~ᄒᆞ고 일가치친 조롱ᄒᆞᄂᆡ
신ᄒᆡᆼ길 ᄯᅥ날적의 경계ᄒᆞ여 이른말이

원부모 이형제난 옛글의 일너잇고
봉승군자 삼종예는 조심ᄒ여 시힝ᄒ라
갈기리 쉽건이와 올기리 어렵쏘다
근친ᄒᆫ번 ᄒ자ᄒ면 쏘각 편지 몃번인고
친정일가 지닌기러 안면으로 차자드니
반긴마암 압셔나서 홀말조차 다이졋니
어와 동유드라 우리신식 가련ᄒ다
동서로 훗터저서 몃~히를 그렷던고
후싱의나 남자되야 붕우조차 노라보며
효양부모 ᄒ오후의 육식군자 되여볼가
사히팔방 구경후의 영주선관 되여보식
여ᄌ신식 박복ᄒ여 ᄒᆫ하온달 무엇ᄒ리
일린국 소설긋티 우리동유 모혀쏘나
졔천집아 드러바라 금수산 놉흔봉의
봄푸리 쎄여나고 쏫그름지 어리렷다
도화동 식빗달의 쳥영시 실피울졔
네마암 싱각ᄒ니 나리나 삼겨쪄면
상~봉 놉피올나 고향산쳔 바리볼걸
수빅여리 타도길의 친졍소식 아득ᄒ다
목계강 흐란물리 우리고향 지닉올졔
편지써~ 뒤위시며 눈물쁘려 부치던야
보고져라 ~~~~ 부모동싱 보고지고
노림집아 드러바라 빅가종족 다바리고
고적한 져고촌의 혼자안자 굿쌜적의

어널조하 무엇ᄒᆞ며 픙경이셔 씰ᄊᆡ업ᄂᆡ
천부산 푸른봉이 연분ᄆᆡ자 놉ᄒᆞ썬야
부용ᄃᆡ 폭포수가 근훤으로 깁허썬야
파곡ᄃᆡᆨ 드러보소 동서이웃 ᄒᆞᆫᄐᆡ켜서
쒸동갑 지은인졍 타성이라 ᄒᆞ올손가
ᄒᆞᆫᄒᆡᄒᆞᆫ달 성인ᄒᆞ여 상션상후 신ᄒᆡᆼ가니
자ᄂᆡ난 어이ᄒᆞ여 심이안의 친정일쇠
조셕으로 ᄂᆡ왕인편 이우지나 다를손가
날갓탄 혈~단신 시가조차 멀리타서
소ᄐᆡᄇᆡᆨ산 깁ᄒᆞᆫ고ᄃᆡ 궁산궁학 답~ᄒᆞ다
청뜰형님 드러보소 어미업시 자ᄅᆡ나서
고문거족 만나씨니 무삼ᄒᆞᆫ니 ~실손가
동ᄉᆡᆼ지친 서울길의 친당소문 낙역ᄒᆞ나
어미업난 친정이라 자로못와 ᄒᆞᆫ니로다
시졀이나 ᄐᆡ평ᄒᆞ면 일연일순 만ᄂᆡ볼걸
소셜조차 분~ᄒᆞ니 다시상봉 긔필ᄒᆞ야
어와 동유들아 노름이나 하여보식
ᄃᆡ판ᄒᆞ여 구ᄀᆡᆼᄇᆡᆨ반 졸판이라 화전쑥쩍
먹기을 ᄂᆔ알손야 놀기가 읏듬이라
압서그라 뒤서그라 먼저가자 ᄂᆡ종가자
셰초당여 도~신고 몽동삼ᄆᆡ 뒤ᄒᆞᆫ들며
업난풍경 인난다시 ᄂᆡ거름을 짜를손야
투기봉 놉ᄒᆞᆫ암석 벌바위 험ᄒᆞᆫᄃᆡ를
평지갓치 단이며서 역~히 구경ᄒᆞ니

우리갓한 여ᄌᆞ라도 녹두호걸 절로난다
실큰먹고 실큰노니 낫쁘다사 ᄒᆞ련만난
홍진비릐 ᄒᆞᆫ 글쒸난 노름쏫티 ᄒᆞᆫ마리라
오날갓탄 이런 노름 다시언지 노라볼고
암~ᄒᆞᆫ 검문산은 묵~ᄒᆞ여 마리업고
졍~ᄒᆞᆫ 죽암ᄃᆡ난 흔~이 젼송ᄒᆞᆫ닷
가련ᄒᆞ다 우리인싱 훗터지면 모힐손가
네올젹의 네못오고 ᄂᆡ올젹ᄀᆡ 네못오니
부모동싱 만ᄂᆡ기는 각~셔로 잇러니와
우리동유 다모히기 황하지수 말세로다
눈물먹여 이른마리 일후상봉 언지흘고
달보거던 ᄀᆡ약ᄒᆞ고 쏫보거던 싱각ᄒᆞ게
비봉산 뜬는달리 부요성의 빈취던가
졔월교 흐른물리 귀호성ᄋᆡ 나리온가
원ᄒᆞ난이 우리인싱 물과달과 갓히더면
흘너가서 만ᄂᆡ보고 놉피ᄯᅥ서 빈취볼걸
어와 동유들아 ᄒᆡ여지날 머자ᄂᆡ다
네갈날 언졔되노 날오락고 ᄀᆡ별왓ᄂᆡ
다시보자 ~~~~ 동유들라 다시 보ᄌᆞ
가ᄆᆡ머리 다시멋촤 어나 ᄯᅢ 다시보식
압뒤집흔 ᄒᆞᆫ년차 외우이서 궁금ᄒᆞ며
당ᄂᆡ지친 ᄃᆡ소상의 이편ᄒᆞ여 ᄒᆞ번갈가
부모성젼 친졍이라 공논ᄒᆞ고 ᄌᆞ로보식.
어와 도유들아 이ᄂᆡ 말삼 잇지마소

■ 3. 〈사모가〉

을유납월 염칠릴은 정인ᄒᆞ난 기릴리라
셰상의 남녀인ᄉᆡᆼ 길흉우락 상반이나
인ᄌᆞ으 부모축원 향수ᄒᆞᆫ나 웃듬이라
ᄒᆞ무며 이ᄂᆡ일신 편모시ᄒᆞ 미더쎤이
가운이 불힝ᄒᆞ고 조몰리 져히ᄒᆞ여
실푸다 우리 모씨 이낼잇ᄯᅦ 병이들러
연ᄀᆡᆨ은 고사ᄒᆞ고 타약의 골물ᄒᆞ며
예셕을 미필ᄒᆞ여 의방의 분주ᄒᆞ니
아무리 구요ᄒᆞᆫ달 ᄃᆡ명얼 어이ᄒᆞ랴
ᄇᆡᆨ약이 분효업셔 인ᄒᆞ여 별ᄉᆡᄒᆞ니
혼실리 경황ᄒᆞ고 천지가 문허진ᄃᆞᆺ
초종을 수습ᄒᆞ여 침실의 토롱ᄒᆞ니
관곽을 겻티뫼셔 ᄉᆡᆼ신가 미더쩌니
장예을 ᄐᆡᆨ일ᄒᆞ니 삼월갑오 초삭이라
초이레 경자일ᄋᆡ 을유시 ᄒᆞ관이라
가후서산 불원지에 유ᄐᆡᆨ을 경영ᄒᆞ니
모여간 이인정이 입지ᄒᆞᆫ날 영결이라
전일석 긔ᄒᆡ일의 불초ᄒᆞᆫ 말여식이
감미척작 ᄌᆡᄇᆡᄒᆞ고 영구압헤 고결ᄒᆞ니
오호 통ᄌᆡ ~ ~ 젼ᄉᆡᆼ의 무삼죄로
낙지ᄒᆞᆫ 두ᄒᆡ만의 선친이 기셰ᄒᆞ고
무남양여 우리 두리 형졔가 삼기나서
쳔지간 고로인ᄉᆡᆼ 고~히 장성ᄒᆞ니

조부모님 ᄒᆡ로ᄒᆞ사 신근이 구휵ᄒᆞ여
실부ᄒᆞ미 불상ᄒᆞ고 여자되미 ᄒᆞᆫ탄ᄒᆞ사
모씨으 깁흔 ᄌᆞᄋᆡ 남녀가 간격업서
슬ᄒᆞ의 쌍일지어 고심혈성 길너ᄂᆡ니
여ᄌᆞ의 존골물리 어무근심 허다ᄒᆞ다
잠월의 뼝을퀼ᄌᆡ 멀이갈가 경계ᄒᆞ며
후원의 화전할ᄌᆡ 더듸온다 걱정ᄒᆞ며
상자의 청홍ᄉᆡᆨ은 물ᄉᆡᆨ을 서로돗타
농중의 무근지털 가사씨려 다업ᄉᆡ며
외ᄂᆡ일촌 동유여자 셰시예 조치놀졔
장육처라 구경ᄒᆞ고 웃노라~ 말써주며
머리빗겨 모욕ᄒᆞ고 비골흘가 춤을두어
화초갓치 길러ᄂᆡ고 주옥갓치 사랑ᄒᆞ여
바람부러 씨러지며 비온날의 업쪄질가
모씨의 자사ᄒᆞ미 일염이 여게이서
유월염천 덥다ᄒᆡ도 어무그늘 두터우며
동지납월 칩다ᄒᆡ도 엄무품ᄆᆡ 덧ᄀᆡ자고
칠월유화 싱양되며 집~이 송등이라
지당의 삼을 투기 형ᄌᆡ가 마조안ᄌᆞ
삼사경 깁퍼가니 젹등이 히미ᄒᆞ다
벽간의 쉴쑤라미 추가을 제촉ᄒᆞ고
이락에 예치별리 볏틀을 비러울고
섬돌밋티 우난지용 돌겻소ᄅᆡ 자아ᄂᆡ니
ᄋᆡ여야 어이알랴 모씨으 ᄒᆞ신말삼

인간의 저런별기 천시을 미ᄅᆡ아라
칩고더운 절후마다 사람으게 아구미라
창경ᄉᆡ 울고가면 수위길삼 느저가고
탈과ᄉᆡ 운난뒤예 춘복갈기 ᄌᆡᆨ촉ᄒᆞ며
ᄒᆞ날의 직여셩도 치량ᄀᆡ 더듸 짜서
옥황이 죄을주사 하동하셔 갈나보ᄂᆡ
연~칠셕 은ᄒᆞ수의 눈물비 나려오다
어이ᄒᆞ여 지금여ᄌᆞ 미무마도 못ᄒᆞ도다
춘ᄒᆞ추동 다지ᄂᆡ도 침선직임 젼폐ᄒᆞ고
가을바람 빈볏틀의 나부탄 조롱반ᄂᆡ
예글의 칠월장은 규중의도 ᄇᆡ울게라
ᄇᆡᆨ사을 미ᄅᆡ둘너 잠시달 어이노랴
이말삼 ᄀᆞᆺ친후의 예말ᄒᆞ고 쳬읍ᄒᆞᄂᆡ
ᄂᆡ가너집 드러오니 너으조모 자상ᄒᆞ여
이연도 이상ᄒᆞ고 철륜이 지중ᄒᆞ다
ᄒᆞᆫ문중 ᄒᆞᆫ지친니 이지의 ᄒᆞ테모여
고부간 지은~정 고금의 희ᄒᆞᆫᄒᆞ다
청ᄒᆞᆫ~이 집안의 친노가빈 어이ᄒᆞ랴
ᄂᆡ마암의 셰~ᄒᆞ고 ᄂᆡ손이 근~ᄒᆞ여
둘노인이 강영ᄒᆞ고 동셰가 어지러서
일실이 화합ᄒᆞ여 ᄇᆡᆨ역강낙 바ᄅᆡ던니
너에엄미 명박ᄒᆞ여 ᄀᆡ사언의 붕셔ᄒᆞ니
년미삼십 ᄂᆡ신명이 일조에 몸을 맛촤
셰상을 도라보니 만번죽거 앗갑잔타

당상의 둘노인은 ᄇᆡᆨ수경경 가이업다
눈압ᄒᆡ 두아ᄒᆡ난 강보즁ᄋᆡ 누어씨니
ᄂᆡ마암이 돌아이라 너을 노코 어이가며
ᄂᆡ마암이 쇠ᄭᅩ진달 너을잇고 어ᄃᆡ가랴
이러그러 셰월간니 왕ᄉᆡ가 어졔갓다
쳔지가 변역ᄒᆞ고 상ᄂᆡ가 ᄯᅥ러질졔
심장의 일ᄇᆡᆨ회포 잠잔ᄌᆡ가 다시 탄다
너의 모발 자ᄅᆡ나고 너으 모양 능셩ᄒᆞ니
삼신이 도읍ᄶᅧᆫ들 ᄒᆞᆫᄯᆞᆯ리나 남자되야
너으부친 요몰ᄒᆡ도 고목낭게 열ᄆᆡ여러
조선향화 부탁ᄒᆞ고 양노인을 봉양ᄒᆞᆯ걸
이ᄒᆞᆫ이 철쳔ᄒᆞ여 쳘야토록 잠미업다
적막한 ᄂᆡ심회난 ᄂᆡ나아제 뉘가아야
농중의 언서ᄒᆞ런 너의외가 유젹이라
고이보고 간수ᄒᆞ여 이런밤 젹막ᄒᆞᆯ졔
잔촉을 다시도돠 어무심회 덜게ᄒᆞ라
양여난 ᄎᆡᆨ을일고 모씨난 누어드려
고담을 맛친후으 늣긴눈물 환~ᄒᆞ며
이갓ᄒᆞᆫ 무상ᄒᆞᆫ걸 정심으로 교화ᄒᆞ사
부귀다남 조타ᄒᆞᆫ달 가도화순 웃뜸이라
여자으 규즁ᄒᆡᆼ실 어느이리 경ᄒᆞᆯ손가
방적도 ᄒᆞ련이와 봉졔접빈 허소ᄒᆞ며
어룬얼 삼긴소리 나무어런 ᄒᆞ가지라
이웃연차 갈지라도 하로동경 보살피며

집안ᄂᆡ 씨셜거지 어설푼일 사렴말고
방ᄋᆡ동미 볏마치예 나무흫건 ᄒᆞ기쉽다
ᄂᆡ부모 너을아제 나무부모 너을아야
비복을 쑤지저도 *순ᄏᆡ 타이르고
부여으 놉흐소ᄅᆡ 외당의 낫씩긴다
너도 아직 나어리나 힝도 체신 초심ᄒᆞ라
손작고 가랏치며 귀익게 훈계ᄒᆞ나
여ᄌᆞ으 조은소견 만분일도 모ᄇᆡ와셔
우리두리 나어려셔 동서을 분별ᄒᆞᆯ제
아반임 어ᄃᆡ간고 모씨말삼 죽고업다
젼식이 쑴갓타여 정형좃치 뎐ᄆᆡ하다
전처름 자ᄅᆡ나니 부친ᄉᆡᆼ각 통곡일쇠
모씨실ᄒᆞ 상의ᄒᆞ여 ᄯᅥ나잔ᄎᆞ ᄆᆡᆼ서던니
ᄇᆡᆨ형은 출가ᄒᆞ여 질리씨 화문이라
석평과 뇌턱기리 상게가 지쳑이라
동긔간 우리 형제 어나날 이질손가
다달리 인편이서 서면으로 반겨보고
잠시도 막킨정회 풍편의 붓처듯ᄂᆡ
ᄒᆞ물며 화곡마은 모씨으 친정이라
야진당 너른고ᄃᆡ 번화케 장싱ᄒᆞ여
고적ᄒᆞᆫ 화곡촌의 고초이 우거ᄒᆞ니
풍산의 날인입히 바람의 붓치옷다
ᄒᆞ회강 흐란소ᄅᆡ 긔천이 머러젓다
동기간 우에인정 감천의 ᄒᆞ테모혀

먼친졍 각가와서 ᄂᆡ한테난 다ᄒᆡᆼ일다
춘추로 예가이서 쌍ᄂᆡ가 육속ᄒᆞ다
맛이ᄒᆡ 셩인ᄒᆞ여 석평의 출가ᄒᆞ니
그몃ᄐᆡ 화곡마이 계산이 격잠이라
암~한 눈과 맘이 두고ᄃᆞ 가치빈취
곡조난 알을품어 봄소ᄅᆡ 돗타울고
춘풍인 ᄭᅩᆺ철부러 고원ᄉᆡᆼ각 이르키고
ᄒᆡ가ᄒᆞᆫ 긴봄날리 버들두리 잠기엿다
ᄎᆞ환을 압ᄉᆡ우고 무망의 ᄂᆡ달나다
친정외자 셕평가고 석평길리 친정오ᄂᆡ
모씨으 흉중회포 오며가며 이지실가
외손자 옥갓ᄒᆞ여 ᄒᆞᆫ쌍으로 긔졀ᄒᆞ니
낭장ᄒᆞᆫ 아ᄒᆡ모양 집의 와서 자랑ᄒᆞᄂᆡ
조부모 야위분니 우심짓고 ᄒᆞ신말삼
우리평ᄉᆡᆼ 칠십년에 ᄒᆞᆫ일호사 업셔쎤니
외손사랑 방ᄋᆡ리라 예말리 셩~ᄒᆞ나
장ᄂᆡ예 오며가며 네한티난 자황업다
천식은 곗헤이서 정심이 간졀ᄒᆞ니
모씨가 도라보고 소화가 자상ᄒᆞ다
무부ᄒᆞᆫ 더으두리 형제가 이미큰이
너의어미 공안이라 조부모임 은덕일다
ᄒᆞᆫ짜은 출가ᄒᆞ야 선혼의 자미보고
ᄒᆞᆫ짜은 미ᄉᆡᄒᆞ여 침식간 격정일다
노인은 우ᄋᆡ계서 근역이 점쇠ᄒᆞ이

서산의 빗긴ᄒᆞ가 여경이 불원ᄒᆞ고
시ᄒᆞ의 공구심이 박빙을 발는다시
너의어미 약질리라 질병이 무상ᄒᆞ다
상사난지 져려셔 ᄃᆡ취밤의 웃고울며
동서으게 아달비러 종사를 이위씨나
말여을 성취못ᄒᆡ 뉘ᄒᆞᆫ티 부탁ᄒᆞᆯ랴
일심이 숙늘봇티 지원이 여게잇다
이평싱 어나랄의 ᄒᆞᆫ가을 다마추면
조크려 눈을 짬고 천ᄃᆡ예 도라갈다
이말삼 ᄒᆞ실적게 심상이 드러던니
전정이 직촉ᄒᆞ고 심령이 미이늣겨
자연이 비창ᄒᆞ여 이말삼 ᄒᆞ시던가
왕연납월 혹ᄒᆞᆫ풍 모씨마암 허비ᄒᆞ여
*가의 혼이 범ᄇᆡᆨ 목흉도 자심ᄒᆞ다
잔ᄒᆞᆫ실 나문오리 자모의 손ᄉᆞᆺ치라
동ᄒᆞᆫ이 율열ᄒᆞᆯ제 침식을 겨리못ᄒᆡ
가간의 억천쇠가 모치업셔 무엇되랴
천식은 병의이서 일지을 요동안코
모친은 박게도라 두손기리 다조엿다
동긔간 이날회포 다른 ᄯᆡ와 별노달나
셕평간 우리 ᄇᆡᆨ형 풍설을 무릅씨고
혼일을 전긔ᄒᆞ여 모친압ᄒᆡ 귀경ᄒᆞ니
예부텀 여자힝이 원부모 형제란이
동긔분형 우리두리 동셔에 각~논혀

화흡이 쉽지안코 상면의 어려워라
중간의 그린정회 만당으로 서로홀제
모씨으 이날심회 비홍이 상반이라
결계가 둥그잔코 호ᄉᆡᆨ가 마희만ᄒᆡ
모씨으 약ᄒᆞᆫ글역 졸시에 병이드러
어졔저역 누은병이 수일간의 우국ᄒᆞ니
정신은 여일ᄒᆞ여 면~이 자상ᄒᆞ다
상아을 어로만제 곗헤인나 자로찻고
불초여 못이저셔 도라보고 훈계ᄒᆞ며
병석의 ᄒᆞ신소회 일염의 혼일리라
ᄂᆡ병이 ~러ᄒᆞ니 ᄂᆡ어이 다시살랴
흉중으나 문ᄒᆞ이 사회아면 ᄃᆡ토못하
초힝드자 병이나서 조혼날리 경ᄉᆡᆨ업다
ᄂᆡ손을 당거잡고 인ᄒᆞ여 별세ᄒᆞ니
일실이 방조ᄒᆞ여 곡성이 철천ᄒᆞ고
조부임 가삼치고 조모임 긔절ᄒᆞᄂᆡ
노이으 이 정경이 썩근심회 ᄉᆡ로밋처
ᄒᆞ물며 세초날리 뉘라서 위로홀고
국풍언 살갓ᄒᆞ여 사람을 쏘난다시
ᄇᆡᆨ설은 성을 싸서 사방의 쳬령ᄒᆞ다
이날의 이경ᄉᆡᆨ이 뉘아이 실허홀야
상ᄒᆞ촌 모인사람 치ᄒᆞ와서 울고가ᄂᆡ
일ᄉᆡᆼ의 우리모여 잠시을 안ᄯᅥ나서
잠을자면 갓치눕고 잠을ᄭᆡ면 서로차자

깁고깁ᄒᆞᆫ 어미은혜 ᄐᆡ산하ᄒᆡ 비ᄒᆞᆯ손가
사심으로 축수ᄒᆞ여 친연이나 미더쎤이
어제날 셩인ᄒᆞ여 오나의 실모ᄒᆞ니
ᄎᆡ단을 입는마듯 속복이 쐣이리며
예석을 못거더서 곡성이 어인일고
셰상천고 사람마다 날갓ᄒᆞᆫ니 뉘이실랴
두살의 실부ᄒᆞ여 면목도 망ᄆᆡᄒᆞ고
모씨을 의지ᄒᆞ여 잔명이 자ᄅᆡ나서
빈혀지른 처음날ᄅᆡ 어미조ᄎᆞ 이별ᄒᆞ니
유~한 저 창천은 무심ᄒᆞ고 ᄆᆡ정ᄒᆞ다
ᄋᆡ~ᄒᆞᆯ사 우리 모씨 어이간이 ~러난고
이덧ᄒᆞᆫ 풍설라의 치운줄 모라신가
소령ᄒᆞᆫ 여맥중의 젹막히 어이ᄒᆞ며
삼시의 올린 상식 ᄒᆞᆫ닷도 주덜안ᄂᆡ
ᄋᆡ~ᄒᆞᆯ사 우리모씨 어ᄃᆡ가서 안오신고
원ᄒᆞ난이 ~ᄂᆡ몸이 긴바람 비러타고
옥경의 올나가셔 장졔전의 축원ᄒᆞ여
우리모친 나을 비러 여여연만 더사라도
조부모임 의탁ᄒᆞ고 상아나 성취씨겨
출가한 여식이나 모친품의 상의ᄒᆞᆯ걸
여식의 효셩업서 창천의 젹~ᄒᆞ이
어나날 어나곳ᄃᆡ 엄무안면 다시볼고
침실의 도라드러 소리업시 통곡ᄒᆞ니
ᄉᆡᆼ시예 언조성이 역~히 귀예잇고

성전의 어무그늘 인정의 의~ᄒᆞ다
서창의 달리드러 사방이 고요ᄒᆞᆯ졔
원촌의 위방망치 동인의 무ᄅᆡ소ᄅᆡ
얍흔잠을 자로ᄊᆡ셔 빈베ᄀᆡ을 헛만지며
뜰압헤 가을입히 바람기ᄋᆡ 소~ᄒᆞᆯ졔
어마임 오시난가 문을 여러 몃번보ᄂᆡ
양친이 ᄌᆡ당ᄒᆞ여 여연이 머자는이
삼사시을 나온ᄀᆡᆼ반 뉘을밋고 어ᄃᆡ간고
실푸다 울리숙모 상봉ᄒᆞ솔 ᄒᆞ온처지
논힌세간 다시 합ᄒᆡ 고역중의 혼자드니
어마님 동긔우ᄋᆡ 어ᄃᆡ가서 모나신고
상아난 철륜이라 조석으로 차자우니
어먼님 자져으로 이걸차마 이질신가
셕편의 우리형님 날가갓치 님종ᄒᆞ고
두아희 날노우러 집얼가자 ᄌᆡ촉ᄒᆞ니
동긔간 이날니별 힌가ᄆᆡ의 젼송ᄒᆞ니
어만님 어듸가셔 잘가그라 말도업ᄂᆡ
오호통ᄌᆡ 오호 통ᄌᆡ
잇ᄃᆡ가 희가뒤눠 ᄉᆡ봄니 쳐음든니
ᄒᆞ무며 양~짜은 혀산흔수 번화지라
상ᄒᆞ닐촌 남녀드리 집~니 세황닐쇠
계명초 일즉일어 사당의 세ᄇᆡᄒᆞ고
도소쥬 ᄉᆡ로 벼져 친당의 헌수ᄒᆞ고
샹워야 둥근달의 녹의홍샹 난만ᄒᆞ며

납ᄆᆡ화 등을지어 춘ᄉᆡᆨ니 렁농ᄒᆞ다
청홍녹의 동ᄌᆞ들은 쳐~의 쌍을지어
실버들 긴방쳔의 편장치며 연ᄯᅴ우며
망월봉 놉희올나 달빗쳘 경션ᄒᆞᄂᆡ
어니ᄒᆞ여 우리집은 챵샹세계 연쳡ᄒᆞ여
원닐니 조타ᄒᆞᆫ들 ᄂᆡᄒᆞᆫ티난 슈일이오
셜중의 져청산은 날과갓치 소복니요
챵쳔의 우난홍안 우리형제 곡셩니라
죽님의 져가마귀 쟈모품의 갓ᄯᅥ나셔
반포션 못다갑ᄒᆞ 밤중마다 우지진가
셰월니 여류ᄒᆞ야 삼월니 좀간이라
샹일니 지격ᄒᆞᆫ니 갈ᄉᆞ록 망극ᄒᆞ다
침실뫼신 관구 어듸로 향하신고
구겨국니 머다ᄒᆞᆫ들 이더지 젹막ᄒᆞ며
쳔듸가 깁ᄯᅵ히도 언졔ᄒᆞᆫ번 다시올가
젹막ᄒᆞᆫ 등촉ᄒᆞ의 륙아시을 울고읍허
져긔산의 올나가셔 모씨간듸 쳠망ᄒᆞᆫ니
남희예 날니더워 촌초가 ᄆᆡᆼ동ᄒᆞᆫ다
져풀은 엇지ᄒᆞ여 잠잔고듸 다시나며
마로압헤 언초화은 쟉야동풍 다픠엿다
져꼿쳔 어니ᄒᆞ여 ᄯᅥ러진듸 ᄉᆡ로피고
어마님아 ~ ~ 어나날 다시볼고
영구을 겨복ᄒᆞᆫ니 명경이 압헤가ᄂᆡ
어만님아 어듸간고 어마님아 갓치가ᄉᆡ

아무리 통곡ᄒᆞᆫ들 잠든어미 다시씻셔
천번불러 ᄃᆡ답하며 만번불러 도라볼가
노인정경 ᄉᆡᆼ각ᄒᆞ여 우둔무릅 다시착고
모친계신 예침실의 문얼열고 들러서이
혼ᄇᆡᆨ좇차 산ᄋᆡ가고 빈휘장만 느리처ᄂᆡ
휘예느려 입든의복 예수젹만 걸려잇고
술궝우의 잔솔굴쎳 ᄂᆡ게다 전장ᄒᆞ고
농안의 흐튼ᄶᅥ치 ᄂᆡ가다시 간수ᄒᆞ며
위당의 손이든들 반감을 쥐살피며
사절의 ᄌᆡ가적염 ᄂᆡ라서 쌘바드며
삼시의 조셕정괴 주귀을 그ᄂᆡᄒᆞ며
각쳐의 인사통경 ᄂᆡᄒᆞ나 계적홀가
일ᄉᆡᆼ의 우리모씨 ᄇᆡᆨ가지 ᄒᆞᆫ일갓치
웨ᄂᆡ친척 원근간ᄋᆡ ᄂᆡ안이 칭도홀야
온집안니 화양ᄒᆞ여 촉쳐의 눈물일식
문의나서 통곡ᄒᆞ이 호천이 막극ᄒᆞ다
모여간 이날이별 천고의 영결이라
엄아 엄아 ~ ~ 우리아비 보시거든
조부모임 여긔업고 숙부모임 그만ᄒᆞ고
상아난 조이고고 우리형임 셕평가고
불초운 쏫티여식 엇그ᄌᆡ 정인ᄒᆡᆫᄂᆡ
부모임 젼ᄉᆡᆼ인연 오날ᄋᆡ나 만ᄂᆡ신가
소등의 부결비러 누수로 고결ᄒᆞᄂᆡ
오훼라 모친홀령 아르신가 모르신가

청산의 겨신혼ᄇᆡᆨ ᄇᆡᆨ골리나 편ᄒᆞ소셔
오호통ᄌᆡ 오호통ᄌᆡ

■ 4. 〈계ᄆᆡ사〉

슬푸다 우의님아 이ᄂᆡ말삼 자셰듯소
이ᄉᆡ상 ᄋᆡᆨ민일을 손쏩혀 헤여보니
ᄀᆡ박고 가련ᄒᆞ니 너가ᄒᆞᆫ이 뉘인난고
인간의 타난후로 ᄀᆡᄒᆞᆫ으로 길어ᄂᆡ야
심셰을 넘듯마듯 양친널 다여희고
ᄌᆞᄆᆡ형제 넷사람이 영정고~ 삼겨나서
광ᄃᆡᄒᆞᆫ 천지간의 의탁ᄒᆞᆯ곳 바이업다
육촌이 뉘임실야 마지못ᄒᆡ 사졍으로
친누으 ᄯᆞᆯ겸ᄒᆞ여 다려다 길너ᄂᆡ니
ᄂᆡᄒᆞᆫ자 이리혜나 남ᄃᆡ도 그리아야
손우에 ᄉᆞ중듯고 손아ᄅᆡ 서름보와
눈물로 날보ᄂᆡᄭᅩ 효심으로 시보ᄂᆡ니
겨울날리 더울제도 너ᄒᆞᆫ자 치워ᄒᆞ고
풍년이 진다ᄒᆞ나 너ᄒᆞᆫ차 주으리니
마암의 불상ᄒᆞ고 눈아ᄅᆡ 절박ᄒᆞ다
이러저러 셰월간니 가연이 잠간이라
초류ᄒᆞᆫ 용ᄒᆞᆫ실낭 ᄂᆡ먼저 구ᄒᆡ보고
현귀ᄒᆞᆫ 가진집을 ᄂᆡ부ᄃᆡ 구ᄒᆞ더니
사주의 ᄆᆡ여잇고 삼싱의 연분으로

구고엄고 가난ᄒᆞᆫᄃᆡ 바린다시 드러가니
섬~고 ᄋᆡ달기야 그지가이 업거이와
옥낭으 ᄀᆡ준함은 바ᄅᆡ기예 넘어씨이
사남밧게 ᄯᅩ인난가 ᄌᆡ물형졔 여서로다
슬푸다 누의님아 점꼬일을 아란난가
ᄂᆡ아니 일너써던 네어이 아리시랴
부위쳐강은 삼강의 웃듬이오
부~유별은 오륜의 드러시니
사라서 동실ᄒᆞ고 쥭거서 동혈ᄒᆞ니
남으로 지은졍니 즁ᄒᆞ기 이러ᄒᆞ다
여자의 ᄒᆞ난이리 남자와 달나씨니
유슌으로 근본ᄒᆞ고 공경으로 힝실ᄉᆞᆨ가
청츈의 만넌부~ ᄇᆡᆨ발토록 ᄀᆡ약ᄒᆞ고
첫날헤 먹근마암 일평ᄉᆡᆼ을 가자서라
ᄒᆞᆫ마암 어ᄀᆡ리면 ᄇᆡᆨ연니 거의로다
만본의 쳣근원이 부~로 일너씨니
홍안발 어린안히 셰상의 잇건마난
청츈의 발린낭군 만고의 업써씨니
ᄂᆡ말을 올타말고 저의릴 ᄶᅩ차ᄒᆞ며
내마암 죠티말고 저의말삼 ᄶᅩᄎᆞ시오
이목의 걸인일을 힝코나며 후회로다
시욕의 부린마암 지넌후난 허물리라
구고읍ᄒᆞᆫ 다을ᄒᆞ여 일시방심 말으시고
시동ᄉᆡᆼ 형제분을 시부갓치 섬기시며

맛동세 죵동셰을 시모갓치 디졉ᄒᆞ소
벗짜라온 난손을 미워박디 마르시고
긔한을 못이긴달 못ᄒᆞᆯ일을 힝하오며
욕심의 갈연ᄒᆞ여 안ᄒᆞᆫ소릐 마르시고
간인의 말을 드러 골륙을 이간말고
염야을 잘셔살펴 사람마다 잘 괴시고
문졍이 말리업고 일가의 화목ᄒᆞ며
어린이를 사낭ᄒᆞ고 어룬을 존디ᄒᆞ며
노비을 친타말라 자식갓치 혜아리소
조선향화 중ᄒᆞᆫ쇼임 정성으로 밧듯시소
규문의 착ᄒᆞᆫ힝실 ᄂᆡ측펴이 짜로업ᄂᆡ
시죵일심 갓치씨면 억만사가 어려울랴
간난ᄒᆞᆫ 셰식라도 힘을씨면 긔이미고
부족ᄒᆞᆫ 물재라도 존절ᄒᆞ면 넉~ᄒᆞ리
연고업고 나졀물졔 힘가지로 서드시소
형졔가 ᄒᆞᆫ집되고 부~가 ᄒᆞᆫ쯧되야
가난타 근심말고 인사만 싹그시소
금의치단 됴타ᄒᆞᆫ들 마포길삼 박꽈쥬며
수륙진품 죠타마소 소사채가 본분일쇠
군자을 즁메섬겨 죠심을 푸지말고
시족을 놉히보와 ᄒᆞᆯ디을 말르시소
ᄂᆡ마암의 저근히믈 남모른다 말르시고
내인사 극진ᄒᆞ면 하날죠차 이르시리
어릴졔 서러씨나 큰후의도 설게되며

이전의 궁곤ᄒᆞ나 후일죠차 궁곤ᄒᆞᆯ랴
필공필계 죠심ᄒᆞ면 의실의가 ᄒᆞ여시라
누으임아 잇지마소 명심각골 잇지마소

5. 〈동상연분가(同床緣分歌)〉

이보소 우리님아 이ᄂᆡ말삼 드러보소
천지만물 삼긴후의 삼람이 최령ᄒᆞ고
사람으 오륜중의 부~가 웃듬이라
육십사쾨 주역의도 건곤쾨가 졔일리오
삼ᄇᆡᆨ시편 모시예도 관져장이 거수ᄒᆞ니
우리도 낙지초의 남녀모미 각~되야
ᄇᆡᆨ이밧 이서가의 못보고 서로커서
삼오이팔 청춘시예 두르나이 상적ᄒᆞ이
표유ᄆᆡ 가지긋헤 몃열ᄆᆡ나 ᄆᆡ자던고
실낭구코 규양그코 피ᄎᆞ가의 구혼ᄒᆞᆯ제
한고ᄃᆡ 살든친구 중ᄆᆡ을 하단말가
지ᄂᆡ여 안지ᄂᆡ려 삼사난 무삼일고
달아ᄅᆡ 불근실을 전ᄉᆡᆼ의 ᄆᆡ잣던가
삼ᄉᆡᆼ의 금실줄을 ᄇᆡᆨ연으로 골나썬가
발설ᄒᆞᆫ제 일연만의 피차가의 허낙ᄒᆞ니
아마도 연분히라 안지ᄂᆡ예 ᄒᆞᆯ체업ᄂᆡ
길일양신 날을밧다 교ᄇᆡ예 ᄒᆞ온적의
춘삼월 호시절의 작~도화 자~진ᄃᆡ

옹~명안 욱일조의 ᄯᅥ난어이 조탄말고
상화쏫 죽병입히 엉고려 트러진ᄃᆡ
합근예 ᄒᆞᆫ잔술노 서로삼고 절ᄒᆞᆫ후의
삼사월 긴~ᄒᆡ예 밤은 어이 더ᄃᆡ던고
계우ᄎᆞ마 밤든후의 신부든다 ᄒᆞ임오니
철리타향 고인만ᄂᆡ 어예서 더반기며
소연 금방 괘명시에 이예서 더홀손가
ᄒᆞ물며 우리님이 출중ᄒᆞᆫ 고은낭ᄌᆞ
아미을 나초우고 촉ᄒᆞ의 안진양은
철석산인 이ᄂᆡ 간중 잠시예 다녹안다
청신으로 부을 ᄡᅳ고 문걸살을 당게걸고
산수병풍 그늘안의 두로~~ 살피보니
철업난 처남사촌 상직은 무삼일고
삼경사경 깁흔밤의 계우그러 틈얼어더
녹의홍상 향ᄂᆡ속의 ᄇᆡᆨ년언약 ᄆᆡ질적의
ᄒᆞᆫ날의난 비익되소 ᄶᅡ의난 연이지라
폭반요의 두리누니 반이나 젼혀비고
ᄒᆞᆫ벼ᄀᆡ을 두리빈이 ᄒᆞᆫ구역이 다남난닷
이러ᄒᆞᆫ 조흔인싱 남더도 ᄯᅩ잇난가
일연삼ᄇᆡᆨ 육십일의 오날밤이 별노절너
여활계명 이러나니 창승으 소ᄅᆡ로다
히도닷다 놀ᄅᆡ찐이 월출지광이로다
미명의 못설입고 안방으로 급히가니
전~반칙 혼지누어 달쏫든 ᄀᆡ가되야

계우이러 건질ᄒᆞ고 현구고 ᄒᆞ올적의
장인장모 깁흔사랑 은혜엇지 갑을손가
예문이 무정ᄒᆞ여 삼일퇴상 급히ᄒᆞ니
할졔업서 도라오니 인정이 무궁ᄒᆞ다
문을열고 ᄂᆡ다보니 학가산 ᄲᅲᆫ이로다
잠이들면 ᄭᅮᆷ의뵈고 ᄭᆡᆫ후에난 ᄉᆡᆼ각이라
그럭저럭 날리만히 이질ᄯᅢ가 이실손가
빈말몬 앗던아ᄒᆡ 무망의 다~른이
급히이러 문을여니 억삼이 왓단갈가
편지을 엄듯보니 ᄌᆡ힝오라 ᄒᆞ여씨니
가마는 우심이오 남모라난 춤이로다
ᄉᆡ비아츰 씨계먹고 ᄌᆡ촉ᄒᆞ여 급히가니
종언어이 ᄯᅥ러지며 말은엇지 더ᄃᆡ던고
ᄒᆞ로 계우 득달ᄒᆞ여 영호수얼 건ᄂᆡ간니
그 사이 *인 안면 우리 임 보고지고
촉ᄒᆞ의 다시보니 오날은 구면이라
되갓탄 상방안의 정다이 마조아ᄌᆞ
포회을 무러보니 님도 역시 ᄂᆡ듯지라
소~한 정담이야 남든난ᄃᆡ 다ᄒᆞᆯ른가
일월이나 유삭ᄒᆞ여 도라올 듯 전혀업ᄂᆡ
상육으로 벗절삼고 히농으로 소일ᄒᆞᆫ니
셰정엄난 어룬드른 전과난 무삼일고
셰ᄌᆡ가 탄강ᄒᆞ여 경과을 보이기로
십팔세 쳣과ᄀᆡ의 진사을 ᄒᆞ단말가

조고만한 초립동이 연화방의 이홈걸고
사은숙빅 ᄒᆞ온후의 어주삼잔 통음ᄒᆞ고
단삼기졔 빅픠쏩고 삼일유과 ᄒᆞ올젹긔
먹만장안 집~마다 주염것고 구경ᄒᆞᆫ니
어와 조흘시고 이닋파자 조흘시고
잇써에 싱각ᄒᆞ니 우리임 보고지고
신힝젼 우리임이 이닋쇼문 드르신가
직촉ᄒᆞ여 나려오니 도문날리 머러기로
그 사이 임을 길려 도문전의 처가간니
긔목물 다리건너 쌍무동으로 졋소릭예
장인은 등을 치고 장모난 소을 잡고
어엿쁠사 닋 사회야 긔특홀사 닋 사회야
염눈으로 업푼보니 부용갓탄 우리임이
창틈으로 보난양은 불고염치 ᄒᆞ난고야
그날밤 그 상방의 남~업시 두러누어
다므자는 옛실낭을 다시잡고 ᄒᆞ난마리
올봄의 유학서방 진사서방 되단말가
신힝젼 진시덕이 이아이 조흘손가
정담으로 밤을 식와 홰치고 달기운이
문밧게 긔침업시 사관와난 저소릭예
일나다가 다시누어 다시안고 조ᄒᆞᄒᆞᆫ니
부족잔는 에인정이 싀로이 덧탄말가
틱산갓치 놉흔 사랑 창히갓치 깁흔 근원
우리둘만 아난일을 어이다 측약ᄒᆞ랴

신ᄒᆡᆼ도문 ᄒᆞᆫ날이라 일ᄌᆡ가 박두ᄒᆞ여
탄~ᄃᆡ로 너른 길ᄅᆡ ᄒᆞᆫ가지로 ᄯᅥ나올제
마을마다 ᄂᆡ다보고 사남마다 구경ᄒᆞ니
요조ᄒᆞᆫ 광녹촌을 바ᄅᆡ보고 드러간니
선학갓턴 삼현소ᄅᆡ 쌍~이 마조오ᄂᆡ
서왕모 옥교타고 요지연의 ᄂᆡ리낫듯
무산선여 구름타고 양ᄃᆡ상의 나리난닷
이러ᄒᆞᆫ 조흔이리 세상의 ᄯᅩ인난다
도문영전 맛친후의 유과길노 도라드러
강산구경 화류구경 여러달을 유련ᄒᆞ니
조괴사 조타마난 님ᄯᅥ난 ᄒᆞᆫ이로다
집으로 돌라와서 황송치송 ᄒᆞ온후의
ᄃᆡ과공부 ᄒᆞ련이와 여가의 ᄒᆞ울일리
못다한 옛인정을 임으ᄃᆡ로 펴련만난
남쟈난 거외ᄒᆞ고 여쟈난 거ᄂᆡᄒᆞ여
셩현의 뉴훈이라 할쳬업씨 반게이서
허다이목 구의ᄒᆞ여 만늬보기 희활ᄒᆞ다
도로혀 싱각ᄒᆞᆫ니 나저근 우리님이
타관 ᄯᅡ 타셩가의 뉘을 밋고 와인난고
일홈난 화산 ᄯᅡ의 번화케 쟈ᄅᆡ나셔
깁고깁흔 도쟝안의 졍다온니 나ᄲᅮᆫ이라
청춘홍안 소연시예 춘흥을 못이기여
사이ᄯᅳᆫ 학실방의 야심ᄒᆞᆫ후 나려온니
쟈박~~ 잣최소ᄅᆡ 미운 ᄀᆡ가 다진난다

남모라게 가려ᄒᆞ고 상방을 살펴본니
담으로 너무랸니 담니놉ᄒᆞ 할쳬업고
슈치을 려러본니 궁기소라 가망업ᄂᆡ
훌쳬업써 창을치며 뭇려러나 쳣소ᄅᆡ예
안방니ᄂᆡ 샹방간니 쟈든아희 다 씌엿다
사랑ᄋᆡ 자든 어런 도적와다 소ᄅᆡᄒᆞ고
훌쳬업씨 창을치며 그침잇다 소동ᄒᆞ니
핑쇠난 짝~웃고 학섬니난 쪽겨가ᄂᆡ
열젹은니 ᄂᆡ이리 우숩고도 졀통ᄒᆞ다
이리져리 지넌 후의 일즉이러 밧게온니
산드라신 종형드른 우시며 긔롱ᄒᆞ고
일업난 종ᄆᆡ들은 모혀안자 조롱ᄒᆞᄂᆡ
쐥식깃흔 화쟝눈님 가마는말 탓듯고셔
만반업시 단니면셔 가곳마다 조리돌고
쳘업난 아희종은 정담얼 어니알고
이집져집 두로가셔 안ᄂᆡ쪽~ ᄌᆞ롱ᄒᆞᆫ니
남ᄌᆞ난 담니굴거 마음의 쳔연ᄒᆞ나
부여의 잔붓그럼 엽눈으로 날얼보ᄂᆡ
마암을 곤쳐먹고 공부을 ᄒᆞ려ᄒᆞ고
모시초권 펴여녹코 글이른다 ᄒᆞ압시고
관~저귀 쳣ᄃᆡ문과 금실우리 말겨장을
빈칙장만 뒤젹이며 마암업난 염불니라
칙장마다 님니뵈고 글ᄌᆞ마다 님니로다
우리두리 조흔연분 근본얼 ᄉᆡᆼ각ᄒᆞᆫ니

우리부모 날을나코 님의부모 님을나아
다큰후의 셔로만ᄂᆡ 이러타시 조ᄒᆞᄒᆞᆫ니
ᄂᆡ안이면 님이나며 님안이면 ᄂᆡ날손가
조흔바람 다시부러 쟝원급졔 ᄒᆞ압거던
쌍교우의 님을 실고 ᄇᆡᆨ연영회 긔약ᄒᆞᄂᆡ

6. 〈직여사(織女詞)〉

천상의 저직여야 옥경황ᄌᆡ ᄶᅡᆫ임으로
일싱히 ᄒᆞᆫ가ᄒᆞ여 ᄒᆞᆯ일이 바이업다
문압페 별ᄯᅩᆼ밧헤 목화나 주어볼가
씨ᄋᆞ기 듯지ᄒᆞ니 벽역소ᄅᆡ 귀압푸고
물넷살 압헤노니 세상정신 다돌인다
군박ᄒᆞᆫ 살임실리 연장조ᄎᆞ 칠~ 찬타
볏틀을 지려ᄒᆞ고 월궁의 긔별ᄒᆞ이
계수서편 ᄒᆞᆫ짝가지 통방희아 부탁ᄒᆞ고
부상목 ᄭᅳᆺ던목을 오강자 드도치로
목수맛든 성관불너 소의맛게 당부ᄒᆞ고
칩도덥도 조흔ᄣᅢ예 칠월길삼 ᄒᆞ여보자
무지ᄀᆡ 활을 뫼워 황하수 줄얼달고
무지ᄀᆡ쪽 안ᄀᆡ뭉치 솜~미 곱게타셔
번ᄀᆡ불 조심ᄒᆞ여 벽공의 실경다라
쳡~니 장니언ᄶᅩ 션궁의 열두낭자
둘게명 손품아사 천문의 금ᄲᅡᆯ울여

면면ᄉᆡ베 신고ᄒᆞ여 운모씨 니운낫틀
낫틀엇자 힘다간다 일연포로 나아보자
삼ᄇᆡᆨ뉵십 바ᄃᆡᄉᆡ가 ᄀᆡ~솜~ 별ᄊᆞᆼ기라
별살흘여 쎕아나라 날기사 날아씨나
밀기리 아득ᄒᆞ다 곡석주고 ᄆᆡ자ᄒᆞᆫ니
창고성니 다비엿고 손뿜박과 ᄆᆡ자ᄒᆡ도
이운동ᄆᆡ 만~찬다 셔짝의 져왕모은
아ᄅᆡ보고 만좌년니 요지여 뉘잔차의
복상짜 부조ᄒᆞ고 청조ᄉᆡ 사환부려
못온다고 긔별오고 쳔티산 뒤편마의
마고홀미 청힛던니 쌩밧테 갓든길에
군산쥬 찬걸마셔 닝체가 협발되고
바다조ᄀᆡ 들쓸다가 손톱도리 ᄉᆡ로나셔
ᄇᆡᆨ셜갓튼 종장머리 요두징 셜~돌여
아조실타 한속한니 노혼징도 잇거니와
사세드러 그러ᄒᆞ고 동희용씨 소리ᄒᆞᆫ니
가직잔은 니운지라 그걸사 자세ᄒᆞ여
우의닛다 ᄂᆡ일가마 횃김의 이러나셔
사황ᄃᆡ비 좁쌀으로 폭~을어 베풀쑤고
동천의 ᄉᆡ베번ᄀᆡ 볏붙얼 달긔녹ᄭᅩ
남북극 말얼박아 은ᄒᆞ슈 긴ᄲᅧ침의
무져울별 ᄉᆞ침질너 여와씨 왕글여니
큰돌눌너 ᄊᆞᆼ이녹코 잇지못ᄒᆞᆫ 선솜씨예
맛소업씨 어이ᄆᆡ랴 월궁항아 전갈ᄒᆞ여

볏마지로 마조안자 여자두셋 모힌마다
세상만사 식그럽다 괸석은 적여와씨
아기낫턴 옛이ᄋᆡᆨ이 맛이ᄒᆡ 수ᄌᆡ이서
낭결후어 집을짓어 유소씨 ᄑᆡ명ᄒᆞ고
둘ᄌᆡ아ᄒᆡ 어이하여 ᄃᆡ홍씨 사장정코
소ᄅᆡ반ᄒᆡ 오입가고 셰ᄌᆡ자식 쌍둥이로
수희장ᄒᆡ 일홈ᄒᆞ여 거름발 인ᄌᆡ타서
불심부름 수인씨오 흘밥질은 신농씨라
목슘이나 엇더ᄒᆞᆯ지 글ᄒᆞ기ᄂᆞᆫ 버서낫다
창ᄃᆡ에 엇던아ᄒᆡ 글자을 일수짓고
모ᄅᆡ예 팔괘긋든 그사람은 뉘라다냐
늘근정신 이덧ᄒᆞ여 일홈은 이젓시나
썽은아마 풍성이라 그런아달 나흔노구
ᄌᆡ죄이서 그러ᄒᆞᆫ가 반고씨 우리동ᄉᆡᆼ
친정ᄌᆞ랑 비식~~ 씨기잔은 고담으로
뭇잔난 말ᄃᆡ답ᄒᆞ며 이보소 저아씨난
이압성품 종ᄂᆡ잇소 사람의 삼ᄉᆡᆼ낙이
부~ 밧게 업난거살 긋헤야 고집ᄒᆞ여
숫처자로 헷늘거서 크닥ᄒᆞᆫ 광ᄒᆞᆫ전의
혼자이서 어이ᄉᆞ오 항이씨 그말듯고
ᄂᆡᆼ소ᄒᆞ여 이른말리 인역살임 걱정ᄒᆞ졔
나무세사 차락업소 혼자사난 ᄂᆡ평ᄉᆡᆼ의
저런소ᄅᆡ 통분터라 이ᄂᆡᄉᆡᆼᄋᆡ 드러보소
나도 상이의 전ᄉᆡᆼ으로 유궁후씨 ᄇᆡ을비러

인간시집 마다라고 월중으로 도라와서
달과갓치 항상잇자 항아로 일홈지어
광흔전 놉흔고디 반월형 터을싹가
선후천 수법맛촤 천지중간 경기밧다
사방광명 경조흔디 월궁흔간 지어녹코
북두추성 쌍창다러 바람막겨 ㄱ폐ᄒᆞ고
청천지 온쪽반자 쌍티을 구분낫간
동천은 싱경궁 서편언 면공디라
오식운무 단청ᄒᆞ여 좌우로 현판달고
공중누 놉피소솨 별궁반간 시로지어
허공의 공보언저 이허중의 중문니고
무중챵의 영창다라 능허궁 휜현판의
별제도로 지은모양 반고의 동~썻다
선보름 정궁거처 후보름 후궁처소
옥정수 말근심의 달물에워 양치ᄒᆞ고
명ᄒᆞ수 발근거울 만경우리 디를맛촤
병공의 도~언고 옥호방의 갈건빠사
삼청의 단이실노 옥비불러 조석짓고
히궁삼천 구경갈제 어름갓탄 수리싹휘
니겻히 외별ᄒᆞ나 물종으로 압서우고
순식간의 단여와서 달씨불너 삽작닷고
계수나무 짝달리을 낙엽쏫ᄎᆞ 뒤그러서
남방화서 분부ᄒᆞ여 연기적게 군불역코
금두텁이 나놀적에 비설거지 미리ᄒᆞ고

옥톡기 귀잠드러 사방이 고요할졔
구름운두 소병풍을 쳡~이 두러치고
월촉을 도~다라 만사ᄐᆡ평 호노누니
진자리 말는자리 셰상자미 ᄂᆡ사실소
저와씨 글역보소 ᄐᆡ괴라 ᄒᆞ날실졔
와씨혼자 격정인가 부주산 놉흔봉의
희고검고 굴근돌을 ᄆᆡ머리에 여을일제
수직잇단 맛이달과 소리오입 둘지양반
그렬졔도 ᄃᆡ힝못ᄒᆡ 자식조타 무어ᄒᆞ고
오날사 ᄊᆡᆼᄋᆡ들은 와씨오기 ᄉᆡᆼ광ᄒᆞᆫ니
풍두요통 놀ᄂᆡᆫ병니 잔ᄒᆡ산 큰들역부
ᄌᆞ취하여 그른탈리 참물셩도 바니업소
반고ᄊᆡᆫ가 ᄐᆡ고ᄊᆡᆫ가 친졍ᄌᆞ랑 그만ᄒᆞ오
만호광명 ᄂᆡ가문의 ᄒᆞᆫ쪽인들 비뤄볼가
여와씨 무류ᄒᆡ여 머리쓸고 ᄒᆞ날보며
묵~ 히 무러간니 직여아씨 ᄒᆞᆼ아다려
우시며 ᄒᆞ난마리 우리도 져나되면
그다지 추솔ᄒᆞᆯ가 ᄒᆞᆼ아씨 안짜마리
도리여 ᄉᆞᆼ쾌하다 우리두리 지ᄂᆡᆫ도리
무슴말 못ᄒᆞᆯ손가 나도ᄉᆞ 시집명ᄉᆡᆨ
져건ᄂᆡ ᄒᆞ도마의 머잔니 츌가ᄒᆞ여
견우씨 우리낭군 틀실업고 체중ᄒᆞ다
츌닙조차 일졍하여 연~칠월 초ᄉᆡᆼ듸ᄃᆡ
가지호박 다늘글제 오작불너 다리녹코

옥용불너 멍ᄋᆡ메와 일연닐슌 오난걸ᄉᆞ
번그럽고 ᄉᆞᆯ난시러 정담도 못맛치셔
ᄡᅵ문다시 ᄢᅦᆺ쳐간니 ᄂᆡ역시 홍심푸러
젼ᄒᆞ던 베틀길삼 셔쳔간치 던져둔니
우리어런 영이엄히 시집간후 방심ᄒᆞᆫ다
쳔동갓치 ᄡᅮ지신이 시가기ᄯᅩ 다시못히
약수쳔리 지척일쇠 몃십연을 ᄐᆡ몽업서
잠자리 편ᄒᆞᆫ법은 앗씨방과 방불ᄒᆞ오
잔사실 그만하고 볏뒤감기 밧바서라
구만장쳔 ᄒᆞ날수로 낫~치 볍ᄯᆡ녹코
춘ᄒᆞ추동 네 구비을 차~례로 빗계닐졔
가는손 약ᄒᆞᆫ힘의 ᄇᆡ지기로 안고윗쳬
도트말리 굴단양은 탈구삭 악기선닷
도독~~불러온다 초ᄒᆞ로 ᄒᆞᆫ놀장의
아무라도 못밋칠가 ᄐᆡ청궁 ᄉᆡᆨ빅경쇠
일즉이러 볏치릴졔 세~ᄒᆞᆫ 잔언싱기
낫별갓치 훗터젓다 차예차자 창계보자
건삼연 ᄒᆞ날ᄭᅬ로 잉ᄋᆡᄯᆡ 골라걸고
천지수 둘에갈나 눈썹ᄃᆡ 마조곱고
열심자 쌍다리예 ᄒᆞᆫ일자 가르세라
삼ᄐᆡ성 세모나셔 베ᄀᆡ미 뫼와역코
횃ᄯᆡ구름 가로누어 눌늠ᄯᆡ 눌너두고
청용황용 쌍을틀러 요두머리 도~언고
외무지기 신ᄭᅳᆫᄭᅡ지 집신별로 줄을 다라

구름 방식 안질ᄭᅵ에 초ᄉᆡᆼ반월 비ᄐᆡ둘너
옥난간 ᄐᆡ양창의 동그락게 안진양은
우리 상제 용상체로 옥경선관 도듬체로
세우갓ᄒᆞᆫ 간은오리 천지ᄉᆡ로 ᄉᆡ을 지워
일월로 북얼지어 ᄒᆞᆫ자갓치 왕ᄂᆡ홀제
북바듸집 진난소ᄅᆡ 작근~~ 벼낙친닷
요두머리 우난소ᄅᆡ 외봉황이 짝부르고
돗트마리 뒷친고ᄃᆡ 천동소ᄅᆡ 뒤누잇다
ᄂᆡ친바람 도불ᄊᆡ오 쎳러진별 벱ᄃᆡ로다
황하수 물져질ᄀᆡ 구비~~ 휘두루처
인간이 어ᄃᆡᄆᆡ야 코비온다 소동ᄒᆞᄂᆡ
아마도 이벼틀리 온갖조화 다드럿다
북멋추고 ᄉᆡᆼ각ᄒᆞ니 우리낭군 상ᄉᆡ로다
상사고~~~ 상사실로 주물짜셔
벳틀노ᄅᆡ 지어보ᄉᆡ 잠실성 진취고ᄃᆡ
부상누의 다늘것다 달갈갓틋 통큰쏫치
천지형용 삼긴조화 뉘다려 불러볼가
칠량시 실을쏍아 이십팔수 좌우ᄉᆡ로
이빈단을 나으쓧선 닐주랴고 나아던가
우리낭군 옷설지어 천황갓치 상수ᄒᆞᄉᆡ
찰그락 찰~ 벳틀리야 천문의 저금달건
날ᄭᅴ우야 홰을치나 계명성 ᄌᆡ촉ᄒᆞ고
두우성 기울러다 옥경누ᄃᆡ 적~ᄒᆞᆫᄃᆡ
선여선관 잠드러다 ᄂᆡ혼자 이벳틀의

뉘을위ᄒᆡ 신고ᄒᆞᆫ고 우리낭군 공부씨겨
월궁의 저계화을 놉고놉흔 한짝가지
항아다려 부탁ᄒᆞ자 찰그락 찰~ 볏틀리야
은하수 저물쑤비 볏마듸로 쌧체고나
ᄒᆡ쓴짝은 것구비요 달쓴짝은 안쪽이라
약목가지 놉흔울ᄋᆡ ᄉᆡ빗달의 볏써기자
바림아 부지마라 은ᄒᆞ날게 날리놋차
찰그락찰~ 볏틀이야 ᄒᆞ교우의 저흰돌은
비단씻짜가 다늘것다 실씨짜가 네늘글랴
망부상사 졀노늑네 이실쏫쳘 다시 잡아
잉ᄋᆡᄃᆡ 눈썹ᄃᆡ 잠ᄆᆡ지 말고 흘러난가 저세월을
묘마만치만 잠ᄆᆡ두ᄉᆡ 우리낭군 연분으로
천장지구 긔약ᄒᆞ고 볏틀멀리에 실거미바라
ᄂᆡ볏틀리 실나지마라 우리낭군 호령쏫ᄐᆡ
동그라동~ 걱쑤로달나 착그락 찰~ 볏틀이야
이러타시 ᄒᆞᆫ창쌀제 용을 타고 엇던선지
구룸비단 쇼원으로 유난달게 날을 찬ᄂᆡ
ᄂᆡ손으로 ᄒᆞᆫ폭갈라 인간으로 전송ᄒᆞ고
가지로 치ᄆᆡᄒᆞᆫ감 유의ᄒᆞ여 두엇더니
동정소상 엇던낭자 정~ᄒᆞ게 홀로서~
칠ᄇᆡᆨ평호 물바람의 천손불러 우지진이
ᄂᆡ마암 참마못ᄒᆡ 육촉지ᄆᆡ 쎼여주고
어느ᄒᆡ은 하날게 별쎄탄 엇썬손임
ᄂᆡ벼틀 괴운돌을 뉠주야고 쎄여간고

그후로 볏틀병나 벼기울고 다리져ᄂᆡ
인간의 마을여자 ᄂᆡ솜씨을 교ᄒᆞ다고
칠석양신 노는날의 물써녹고 날을빌며
어던 집은 옷설지어 칠석볏 쐬이랴고
고지썩 긴~ᄉᆞᆺ헤 날을 향히 놉피거ᄂᆡ
볏틀노릐 멋좌두고 구름잉ᄋᆡ 손의걸고
인간구경 ᄒᆞ려ᄒᆞ고 구주산천 연긔나ᄃᆡ
너리다 구어보니 가소놉다 인간아희
첩~심산 부룡봉을 빅두노옹 싱ᄋᆡ부처
북바듸집 외난소릐 천상사람 다놀넌다
엇던낭ᄌᆞ 솜씨업서 비속갓ᄒᆞᆫ 선비낭군
석식길삼 콩바느질 추립~성 뒤못짝가
가장눈으 박듸바다 콘물눈물 세월보ᄂᆡ
종지버리 졔ᄎᆞ나락 틈~이로 품씩주니
글런아희 살임시리 나부탄이 곳~지고
엇던여자 직죄이서 목동초부 짝을 만ᄂᆡ
가는오리 고은수품 지기밋헤 다부샛다
안히눈의 버서나서 곤상건ᄒᆞ 도틈나고
엇던부인 팔직조화 직상규문 놉히드러
쌍교별연 뒷쪗시러 고량진미 빅고놉고
금수능나 조흔의복 만연입어 넉~ᄒᆞ나
바날귀난 밍갈리오 볏틀소릐 전벽이라
이리타시 호부타가 일조의 탕픽ᄒᆞ면
벼살길도 글너지고 노비사환 흐저지니

성싹휘 기운집의 촌만밎고 훌~불제
네팔자의 네쏙아서 사람ᄒᆞ날 원망마라
엇덧사람 박복ᄒᆞ여 초연청춘 호노이서
환부사리 못경정의 관여탄식 밧갈기라
찍~이로 어근나서 세상싱ᄋᆡ 제미업다
성남의 쎵킨여자 어나곳ᄃᆡ 실을탈라
나무낭군 입혀주고 눈물씻고 도라와서
잠부사로 자탄ᄒᆞ고 진천의 저낭ᄌᆞ은
짜든비단 북을멋촤 먼ᄃᆡ사람 ᄂᆡᆯ싱각소
황운성 저가마귀 이주로낭 가지마라
녹양기지 가는실의 황금갓ᄒᆞᆫ 저 쐬ᄭᅩ리
금쌕울려 봄을 짤제 계우든 잠 놀ᄅᆡᄭᅩ야
요서의 비단글자 ᄀᆡ려기조차 인편업서
무정세월 허소ᄒᆞ며 홍심업시 씨곽마락
정부살임 가련ᄒᆞ고 장안부귀 준적업고
여럼싱ᄋᆡ두서업고 시전풍속 식그럽다
두로~~ 구경ᄒᆞ고 은ᄒᆞ수 구비짜라
병공을 휘여잡아 직여궁ᄋᆡ 도라와서
세상쏙쑬 다버리고 월궁을 ᄎᆞ자가서
항아보고 손을 잡고 볏튀보든 이럿수고
세상갓든 오날ᄀᆡ별 서로안자 반기후의
월노불너 문목ᄒᆞ되 너의이씨 너을보ᄂᆡ
인간의 ᄒᆞ송홀졔 불근홍사 연분실을
귀천남여 노소간의 기우잔케 짝을 지워

원망업시 ᄒᆞ란거설 네가 무삼 용심으로
고은이씨 미운가장 빅발낭군 청춘홍안
형세요부 인문간난 지죄절등 모양박식
볏틀일노 보드라도 비단실의 삼베오리
구근날의 가는씨와 깃섯츰의 저른오리
뒤석거서 볘을나면 빅공지조 속절업다
믹고찌고 익선길삼 천상인간 다르잔타
그다지도 분수업서 억조만싱 원망소릭
젼국셰계 그안인야 월노의 거동보소
고두빅비 사죄ᄒᆞ고 다시이러 아뢴마리
그분부 지중ᄒᆞ나 그ᄃᆡ로만 시힝ᄒᆞ면
막모갓탄 박식여ᄌᆞ 독숙공방 일싱ᄒᆞ고
두목지으 고은 풍골 텅자술게 뭇처죽고
석숭갓ᄒᆞᆫ 기민부ᄌᆞ ᄃᆡ~로 석숭이며
ᄒᆞᆫ퇴지의 문장궁귀 사람마다 한퇴질가
길삼일노 말삼켄ᄃᆡᆫ 비단실을 난~지죄
ᄃᆡ~로 그지죄며 마포질삼 ᄒᆞ난솜씨
사람마다 그솜씰가 물ᄂᆡ갓치 도는천지
북실잣치 오낙가낙 ᄃᆡ소장단 뒤석거서
평~ᄒᆞ게 ᄒᆞ난길삼 그게기역 연분이라
공평일심 ᄒᆞ은일리 충산득죄 발명업소
만일이씨 ᄒᆞ잔ᄃᆡ로 일정부간 ᄒᆞ지ᄒᆞ면
곳~지 초ᄒᆞᆫ전장 나날이 삼국풍진
졔갈진평 부싱히도 ᄀᆡ~균평 속절업소

직여씨 묵~ᄒᆞ여 항아불러 도라보고
월노으 말드러보니 송사결처 코압푸다
그러나 저럴불러 ᄃᆡ답업씨 보닐손가
월노야 말듯거라 인간의 다시나가
이전일리 더러잇다 만고의 효부열여
천문의 정여ᄒᆞ고 부모효샹 일가목족
착ᄒᆞᆫ 힝실 가진사람 난~치 상을 주고
그나마 설인일리 선비살림 불상ᄒᆞ다
ᄇᆡ옥 한천 저문날의 부부안자 ᄒᆞ난말희
글일러도 븨고ᄒᆞᆫ니 서중유속 예말리오
길삼ᄒᆡ도 등버신니 가빈양처 빈말리쇠
칠석갓탄 조혼달을 허송ᄒᆞ기 어려워라
ᄇᆡ을 헷처 볏쐬이고 쇠코중으 ᄂᆡ여걸며
니지못ᄒᆡ 성정이오 밋천업시 탄식ᄒᆞ나
ᄆᆡᆫ손으로 다려가서 비단ᄒᆞᆫ자 못주엇다
니부ᄃᆡ 나려갈ᄌᆡ ᄂᆡ집으로 단여가라
이번ᄉᆡ베 톱머리예 규성문휘 문장포가
뻬짜이나 맛썬니 ᄂᆡ친칼로 표정ᄒᆞ고
괫심터라 인간아희 죄버실날 머러써라
ᄒᆞ날의 우리 황후 ᄐᆡ을궁의 벳틀녹고
삼천선여 다리고서 부상의 뽕얼키여
ᄒᆞ날빗 간문비단 중앙토ᄉᆡᆨ 누른치마
옥수로 친히 찌셔 상ᄌᆡ옷설 지엇썬던
하물며 ᄉᆡ상여ᄌᆞ 벳틀쏘차 박ᄃᆡᄒᆞ여

안진ᄀᆡ 도ᄆᆡᄒᆞ여 볏틀다리 살광달고
눈썹ᄃᆡ ᄒᆞᆫ나~마 정주빗짱 솟자두고
도불ᄊᆡᆨ 눈물흘여 조왕압헤 드난ᄒᆞ고
ᄡᆞᆫ업난 쪽각비ᄐᆡ 불치ᄀᆡ로 번을서며
연~묵는 잉ᄋᆡᄃᆡ여 거무줄리 잉ᄋᆡ걸고
문지벽의 걸인북은 용이되야 날아간가
앗가울사 저볏틀리 나무손의 구양왓ᄂᆡ
춘하추동 노다가서 찬바람이 선듯불면
시집올ᄃᆡ 거든옷시 쪽~이로 으러저ᄂᆡ
감고감은 힝주치마 칠신귀가 환싱ᄒᆞ고
벗고벗신 ᄆᆡᆫ적신이 여장승이 완연ᄒᆞ다
그중의 힝동체신 ᄇᆡᆨ천ᄐᆡᆨ가 구비ᄒᆞ다
나무임ᄂᆡ 살님걱정 이웃파라 방구자랑
홀인구변 소진이오 몹신잔ᄭᅬ 조~로다
손씨이료 다시우며 소경잘게 썩을 쥐고

바랄귀을 뒤쒸며서 환싱포을 입에난ᄂᆡ
그런여자 잇거덜낭 북을치여 우ᄉᆡᆨᄒᆞ고
곳~디 차자가서 볏틀가로 타이르며
ᄀᆡ과천신 다씨기고 부ᄃᆡ~~ 속히오라
두세번 당부ᄒᆞ고 항아으게 ᄒᆞ직ᄒᆞ니
항이씨 문의나서 밤부ᄃᆡ기 압서워서
수이보자 긔약ᄒᆞ고 잘가소서 ~~~~

■ 7. 〈셰황가(歲況歌)〉

어와 셰황이야 우리집 셰황이야
일연삼ᄇᆡᆨ 육십이의 원일리[17] 웃듬이라
원일은 무산날고 송구영신 ᄒᆞ난ᄯᆡ라
ᄋᆡ달홀사 하날님은 품부을 고로안히
언던이닌 복이 언코 언던이은 녹이업셔
셰상을 ᄉᆡᆼ각ᄒᆞ니 우락이[18] 상반이라
셰월을 다보ᄂᆡ고 신셰을 만날적의
상시에 조흔 경사 금일의 덕욱 조코
평일의 실푼 근심 오날의 더옥 만타
오날은 무산날고 신미연 원일리라
자야반 달소ᄅᆡ예 급히이러 건질ᄒᆞ고
북당의 셰ᄇᆡᄒᆞ니 부모님이 편ᄒᆞ시고
ᄃᆡ소각ᄃᆡᆨ 도라드니 숙부모님 강영ᄒᆞ고[19]
무고ᄒᆞᆫ 우리 형제 다서시 느러안자
우ᄋᆡᄒᆞ난 마암이오 담낙ᄒᆞ난 정이로다
상체곳치 피엿난닷 척영ᄉᆡ가 논이난닷
ᄒᆞᆫ자리 우숨소ᄅᆡ 차례로 모혀드니
청춘홍안 우리종반 열너이 도야쏘나
가묘의 첨알ᄒᆞ고[20] 지친기의 셰ᄇᆡ갈졔

17 원일이, 元日.
18 憂樂
19 강영은 '康寧'.

형님은 압헤서고 아으님은 뒤이서~
갓철디기 서로디고 옷기시 서로이예
좁은기레 못다가고 단간방의 못다안자
보난쏘~ 치ᄒᆞ~고 간디마다 층찬ᄒᆞ니[21]
셰비을 맛친후의 공부을 싱각ᄒᆞ고
사서삼경 서안우의 각박으로 도라드러
여게저게 안진사람 남~업시 종반[22]이라
규풍의 현부여은 닉칙편을[23] 강논ᄒᆞ고
칭의 동자 아희들런 동몽선집 일난소릐
장유남여 삼사십이 삼형졔분 지질이라
옛일을 싱각ᄒᆞ니 명조상의 후여로서
중간의 고이ᄒᆞ여 자손이 헐~턴이
수빅연 지닌후의 중흥홀 길운이라
조상임 가신밧테 싹나난 곡석이오
부모임 심은낭게 밍이리핀 꼬치로다
천운이 순환ᄒᆞ고 지영이 음질ᄒᆞ여
언제나 우리종반 부귀얼 겸전ᄒᆞ여
어사화을 마조쏩고 청삼삼디 서로잡고
부모임 계신압혜 열친ᄒᆞ기 원이로다

---

20 첨알(瞻謁). 우러러 뵙는다는 뜻임.

21 칭찬하니.

22 종반(宗班). 종반은 조선시대 종친(宗親)으로 종친부(宗親府)에 관계(官階)가 있는 사람 또는 그 계층.

23 내칙편(內則篇). 내칙은 사서오경의 하나인 『예기(禮記)』 편명(篇名)의 하나임.

■ 8. 〈바늘가〉

어와 여자들라 바늘가 들러바라
금천씨[24] 나신후로 쇠금자 삼겨나고
쇠금ᄶᅡ 삼긴후로 쇠철자 훗터덧다
납쇠[25]퉁쇠[26] 잡철 중의 바랄쇠[27] 웃ᄯᅳᆷ이라
금천씨 ᄂᆡ용으로 쇠금ᄶᅡ 음을ᄶᅩ차
ᄃᆡ중소침 삼형세가 바날침ᄶᅡ 항열ᄯᅡ라
침자로 관명지어 별호난 바날[28]리라
ᄃᆡ침은 맛지되야 체티ᄒᆞ고 글역차서[29]
수편은 조타ᄒᆞ나 세밋공부 바이업ᄂᆡ[30]
ᄶᅵᆨᄃᆡᆨ기 ᄑᆡ명ᄒᆞ여 ᄲᆡᆯᄯᅥᆨ실의 연분잇고
콩바느질 손ᄂᆡ 마자 마을노귀 다여가고
다음 도싱 중침되야 크도적ᄯᅩ 체수[31]마자
두소설리 ᄌᆡ필소니 벗성은 조타만난
일싱의 몸이 풀러 요통중 자로 나서

---

24 금천(金釧). 금팔찌.
25 납쇠. 땜납. 납과 주석과의 합금.
26 품질이 낮은 놋쇠를 이르는 말.
27 바늘 만드는 쇠.
28 바늘.
29 근력(筋力). 일을 능히 감당하여 내는 힘. 기력.
30 어찌할 도리나 방법이 전혀 없네.
31 몸크기.

새로운 가사 작품 홍희의 <영언>에 대하여

1. 머리말

일제강점기에 활동했던 겸산(兼山) 홍희(洪憙, 1884~1935)가 지은 가사 작품 〈영언(永言)〉을 발굴하여 소개하고자 한다. 주지하다시피, 우리 시가문학사에서 가사만큼 질량을 압도한 경우는 없었다. 가사는 다른 시가와 구별되는 독자적인 장르 성격과 미의식을 지니고 있었는데, 오늘날 이본을 포함하여 7,000여 편에 이른다. 가사는 오랜 세월을 거치면서 다양한 계층으로 확대되며 근대에 이르렀는데, 홍희의 〈영언〉은 그것의 끝자락에서 지어졌다.

홍희는 간재(艮齋) 전우(田愚, 1841~1922)에게 나아가 성리학을 전수받았던 근대시기의 유학자이다. 그는 20대에 국외를 유력을 하고나서 계몽 운동에 몸을 담갔다가 친일로 돌아섰던 인물이다. 그는 일제강점기에 조선사편수회에 재직하며 일제의 조선사를 편찬하는데 사료 수집을 담당하였다. 이로 말미암아 오늘날 그는 친일인명사전 교육/학술 부문에 수록되었고, 불명예스럽게 친일반민족행위 진상규명위원회가 발표한 친일반민족행위 704인 명단에 올랐다.

유학자가 시조나 가사 작품을 창작했던 것은 새삼스러운 것이 아니다. 근대 유학자이자 역사학자로 알려졌던 홍희가 가사를 창작하였다는 것도 그렇다. 그것은 얼마든지 가능한 일이었기 때문이다. 하지만 친일학자로 알려진 그가 도학의 실천을 역설하며 우리나라 도학의 주체적 흐름을 형상화하고 있었다는 것은 뜻밖의 일이다.

이 논문은 홍희의 가사 작품인 〈영언〉을 발굴하여 학계에 보고하려는 목적에서 작성되었다. 먼저 〈영언〉의 작품 원문과 서지 사항을 밝히고, 나아가 작품의 실체를 파악하고자 한다. 왜냐하면 홍희의 석연치 않았던 행적으로 말미암아 〈영언〉은 자칫 친일 작품으로 치부될 가능성도 있기 때문이다.

2. 〈영언〉의 작품 전문과 서지 사항

2.1. 작품 전문

○永言 一名 雅歌 ○洪兼山先生 所著

乾父坤母 合德ᄒᆞ야 化生하니 우리 同胞
廣大한 天地間에 人身이 至微하다
至微코도 至重하니 陰陽五行 具備하다
頭圓하니 像天이요 足方하니 像地로다
肩背는 山岳갓고 胸腹은 河海로다
形體도 좃커니와 마음하나 읏뜸이라
於皇上帝 降衷하니 民之秉彝 이안인가
元亨利貞 그理수로 仁義禮智 四德이라

極天罔墜 이性稟이 古今 사람 同得이라
발고밝근 寶鑑이요 말고맑은 止水로다
耳目口鼻 문 慾心이 日以心鬪 무삼일고
七情이 熾湯ᄒᆞ야 六馬갓치 橫奔이라
蚩蚩한 衆人들언 赴水蹈火 可憐ᄒᆞ다
禽獸갓치 지ᄂᆡ다가 草木갓치 썩어지면
浪生浪死 姑舍ᄒᆞ고 사람일홈 ᄇᆞᆺ그럽다
古聖賢의 盛德大業 別件物事 안이로다
悖倫하고 崇禮ᄒᆞ고 持敬ᄒᆞ고 存誠ᄒᆞ니
本分上의 우리學文 日用常行 茶飯이라
童幼時로 講習하고 習與性成 오ᄅᆡ지면
厥初에 稟受ᄒᆞ든 氣質조차 變化ᄒᆞ니
柔한자도 堅剛ᄒᆞ고 愚한자도 智慧잇쎠
希賢하고 希聖하니 踐形惟肖 이안인가
非人이면 不學이요 不學이면 非人이라
古人의 嘉言善行 方策의 自在하다

右第一章二十四句

鴻濛日月 어느 ᄯᅢ뇨 書契以前 尙矣로다
聖人이 首出하니 人文이 宣朗이라
河圖바다 八卦ᄀᆞᆺ고 洛書나자 九疇로다
白日이 中天하니 唐虞時代 文明ᄒᆞ다
우리東國 갓치밝가 檀木下의 神君이라
白馬가 東出하니 井田가의 楊柳로다

八條政 폐인後의 禮樂文物 彬ᄒᆞ다
三韓世界 分裂하야 戰伐은 무삼일고
仙桃山 龍馬소릐 娠賢肇邦 非常ᄒᆞ다
三姓이 相傳ᄒᆞ니 揖讓遺風 可觀이라
文武衣冠 高麗國의 基業이 鞏固터니
尙佛하자 短祚하니 野花詩句 可憐하다
善竹橋 붉은피난 理學中의 忠義로다
漢陽城 葱瓏佳氣 仙李樹의 王春이라
慶會樓 賞花宴의 滿朝百官 盡醉ᄒᆞ니
中明盛際 이안인가 三代至治 庶幾터니
禁葉虫雕 可痛하다 先正文臣 被禍하니
一綱十目 剴切議論 國朝의 龜鑑이라
千載의 韓脩秋月 海東考亭 다시발가
四七理氣 眞詮旨訣 百世可仰 高山이라
五百年 菁莪治化 群賢이 董出이라
至今까지 東華禮俗 世界上에 可稱이라
終南山 喬木남기 나이늘거 속이썩니
科業上의 賢良이요 地閥中의 公輔로다
黨議나자 公論업고 詞章之獘 文具로다
作用人才 如許ᄒᆞ니 國家元氣 衰히졋니
秋日凄ᄒᆞ 잇찌로다 百世俱腓 어이할고
滔ᄒᆞ한 功利說은 世局이 桑瀾이오
紛ᄒᆞ한 邪誣敎난 正路가 蕪塞이라
宇宙에 비겨서셔 往古來今 生覺하니

剝復消長 變化中에 陽無可盡 理슈로다
世代升降 不同하나 萬全無弊 吾道로다
自古로 賢人達士 夫子門庭 단여왓늬
宗宙百官 아름답고 倉廩府庫 崇ᄒᆞ하다
年小ᄒᆞᆫ 우리 同志 平實脂에 基礎자바
農山에 길을 뭇고 洙水에 根源차자
가고가면 第一宮墻 바릐보고 올나가세
天地萬物 化育하듸 日月光明 그곳이라
右第貳章 三十八句

精一執中 한말삼이 千聖傳授 心法이라
思無邪는 詩에 잇고 無不敬은 禮云이라
尊德性은 思傳이오 養浩氣는 鄒訓이라
窮理正心 修己治人 大學校에 條目이오
愛親敬長 隆師親友 小學中에 先務도다
大哉라 聖賢마음 天下萬世 근심하사
사람되라 사람되라 萬語千言 丁寧ᄒᆞ다
嗟哉라 우리後學 그本意를 體念하소
人道가 不明하면 天地도 長夜로다
人身이 不修ᄒᆞ면 家國이 어이되랴
우리도 聰明男子 되고보면 올흔사람
古今事理 通達코저 博學하고 審問ᄒᆞ니
審問博學 조커마는 篤行工夫 最難하다
萬卷詩書 다읽으도 無一善行 可爾ᄒᆞ면

이내몸에 무삼有益 不學無識 다름업다
百千技能 다ᄒᆞ여도 心術하나 不正하면
事爲上에 差錯잇서 小人罪名 難免이라
古今사람 歷ː하니 두렵고도 두려울사
勗哉에다 우리 同類 實地眞工 하여보세
敬字로 樞要삼아 收斂身心 날노하고
幼字旗脚 굿게세와 視聽言動 禮로하면
滿腔塵垢 씨셔가고 淸明之氣 在窮이라
智水仁山 이닉氣像 霽月光風 이닉襟懷
本心天이 다시밝아 萬殊一本 可見이라
古人의 下學上達 다른法이 안이로다
今日에 一理알고 明日에 一事行해
百日되면 能百이요 千日되면 能千이라
日行千里 죠흔말도 안이가면 駑馬되고
一簣라도 積累하면 九仞山도 可成이라
天道도 至誠無息 不誠이면 無物이라
流水도 가고가고 白日도 가고가니
우리도 죠흔光陰 一時라도 放過마세
人生百年 만타ᄒᆡ도 白首紛如 暫間이라
靑春時節 이럿뿌면 悲歎窮廬 쓸딕업다
聖經賢傳 잇는말삼 딕강 記錄 永言三章
詠歌舞蹈 옛法이라 우리同志 興起코져

右第三章三十六句

2.2. 서지 사항

홍희의 〈영언〉은 여러 시가 작품과 함께 자료집에 해서체로 필사되어 있었다. 자료집의 지질은 한지이고, 겉면 상단에 '散稿歌永'이라는 표제가 큰 글씨로 적혀 있다. 본래는 '○○歌永'인데, ○○의 글씨가 분명하지 않다. 왜냐하면 ○○에는 '散稿'라는 글씨가 나중에 덧칠되었기 때문이다.[1] 아래에도 '報恩○○○○○'이라는 기록과 옆으로 '明倫堂'이라는 글씨가 보인다. 필자가 보기에 이 자료는 충북 보은에서 누군가 필사하여 편집한 것으로 보인다. 표지의 오른쪽 상단에는 '己巳九月初六日'이라는 작은 글씨가 보인다. 이것도 덧칠하여 쓴 것이다. 따라서 자료집이 필사된 시기가 1929년 9월 6일이고, 홍희의 〈영언〉은 그 이전에 창작된 것으로 짐작된다.

서책의 크기는 20.5×28.3㎝이고 내지는 22장 44면으로 되어 있는데 시조와 가사 작품이 뒤섞여 필사되어 있었다. 내용을 살펴보니, 농암 이현보의 〈어부가〉와 〈어부단가〉, 퇴계 이황의 〈도산12곡〉, 율곡 이이의 〈고산구곡가〉와 〈지로가〉[2], 겸산 홍희의 〈영언〉, 그리고 이율곡의 〈석담구곡가〉의 순서로 적혀 있다.

이들 중에서 홍희의 〈영언〉은 '○永言 一名 雅歌 ○洪兼山先生 所著'라고 기록되어 있다. 여기에서 '홍겸산(洪兼山)'은 일제강점기에 역사학자로 활동했던 홍희(洪憙)를 말하며 '겸산(兼山)'은 그의 호(號)이다. 홍희는 가요명을 〈영언〉이라고 붙이고 일명 〈아가(雅歌)〉라고도

---

1 일단 이 서책명은 편의상 '散稿歌永'으로 부르기로 한다.

2 〈지로가〉의 작자는 확실하지 않다. 논자에 따라 이황, 조식, 이율곡으로 나뉘는데, 이 서책에서는 이율곡의 작품에 편제되어 있었다.

하였다. 그가 노래를 〈永言〉이라고 한 것은 『서경(書經)』·「순전편(舜典篇)」에 나오는 '詩言志, 歌永言'을 의식해서이다. 〈永言〉이란 어려운 도학적 내용을 사람들이 쉽게 이해할 수 있는 노래 형식으로 바꿨다는 것이다. 여기에서 작자인 홍희의 창작 의도가 짐작된다.

〈영언〉의 다른 이름으로 〈아가〉라고 한 것은 『시경』에 나오는 육의(六義)의 '아(雅)'에서 비롯된 것이다. 이는 〈영언〉이 엄정하고 품위가 높은 노래라는 것을 뜻한다. 한편, 우리나라에서 『청구영언』이나 『영언』에서처럼[3] '영언(永言)'은 시조나 가곡을 지칭하지만, 『선조영언(先祖永言)』에서처럼 가사를 포괄하는 사례도 확인된다.[4] 여기에서 홍희의 〈영언〉은 후자에 가까운 개념으로 쓰인 이름이다. 오늘날 시가 양식으로 보자면 홍희의 〈영언〉은 시조가 아닌, 가사(歌辭)에 해당한다.

3. 〈영언〉의 창작 시기와 작품 내용

3.1. 창작 시기

작자인 홍희는 근대 유학자이자 역사학자이다. 남양 홍씨 첨정공파의 후손인 그의 집안은 간재(艮齋) 전우(田愚, 1841~1922)와 교류가 많았다. 그 자신도 어려서 진천에 살고 있던 간재에게 나아가 유학을 배웠다. 그러다가 청년기인 광무 8년(1904, 21세)에는 구미 유학을 떠나

3 성무경, 「19세기 초반, 가곡 향유의 한 단면 – 『永言』과 『靑六』의 '이삭대엽 우·계면 배분방식'을 대상으로」, 『시조학논총』 19, 시조학회, 2003, 235~260쪽.

4 허목 편, 『先祖永言』(국립중앙박물관 소장, 신수(新收)-010632-000).

27세인 1910년에 돌아왔다. 그는 유학 과정에서 서양의 근대 문명과 동양의 전통적 가치관의 사이에서 혼란을 겪었던 것으로 보인다. 마침내 그는 유학 정신을 견지하면서 서양의 근대 문명을 받아들인다. 그것은 당시 만났던 위암 장지연의 영향이 있었을 것으로 보인다.

이 과정에서 홍희는 자신의 사상적인 기저를 유학으로 삼으면서 한국의 문명화를 도모한다는 명분을 내세웠던 조선총독부의 정책에 순응하여 참여하게 되었다고 볼 수 있다.[5] 그리고 〈영언〉의 내용은 유학과 역사 분야에서 활동했던 그의 이력이나 학문 영역과 일치한다.

하지만 자료집을 살펴보면 〈영언〉이 언제 창작되었는지 확실하지 않다. 홍희의 생애를 요약하자면, 그는 10대 소년기에 간재의 문하에서 성리학에 몰두하였다. 20대 청년기는 해외를 유력하면서 근대 문명의 위력을 경험하며 국가 붕괴를 앞두고 내적 갈등을 겪던 시기였다. 참고적으로 그는 1914년에 한국인의 민족정신을 고취시키기 위해 단군 연구에 몰두하여 『단경(檀經)』을 저술하기도 하였다.[6]

한편, 그는 1914년(31세)에 수상쩍은 문예구락부에 출입을 시작하다가 친일문예단체인 문예구락부의 강사로 위촉되어 친일의 싹수를 보인다. 그러다가 30대 후반인 1919년(36세)에는 친일단체인 대동사문회 창립 발기인으로 참여하며 본격적으로 친일의 길로 들어선다. 이후로 그는 역사학자로 일제의 식민정책에 참여하여 1935년 1월에 죽을 때까

---

5 그의 생애와 삶에 대해서는 다음 논문으로 미룬다.
(田中隆二, 「겸산 홍희의 생애와 활동 – 일제하 대일협력자의 한 사례」, 『한일관계사연구』 5, 한일관계사연구회, 1996, 147쪽.)

6 다나카 류지, 「겸산 홍희의 유학사상과 일본 유학관·역사관 – 『東游日艸』를 중심으로」, 『지역과 역사』 4, 부산경남역사연구소, 1997, 291~300쪽.

지 조선사편수회 수사관(修史官)으로 활동하였다.

그런데 〈영언〉의 제2장을 살펴보면, 작자는 민족주체적인 관점에서 동방의 도학 정신과 우리의 역사를 서술하고 있다. 이것을 보면, 〈영언〉은 작자의 민족의식이 살아 있던 20대 후반부터 30세 전후에 창작되지 않았을까 생각된다. 그것은 작품 내용에서도 추정된다. 〈영언〉 작품에서 작자는 제1장 '인간 본연의 심성이란 무엇이고 어떻게 배워서 실천해야 하는가?', 제2장 '단군 이래로 전해온 우리의 도는 어떠한가?', 제3장 '성현의 도는 어떻게 배우고 실천해야 하는가?'라는 문제를 다루고 있다.

제2장 '단군 이래로 전해온 우리의 도는 어떠한가?'에서 홍희의 단군에 대한 관점은 일제의 식민사관에서 용인하지 않는 것이었다. 동방 도학의 주체적 흐름도 마찬가지이다. 그리고 그가 〈영언〉을 창작한 것도 국권 침탈이라는 역사적 유례를 찾기 힘든 시기에 우리의 도학 정신과 민족 주체성을 고취시키기 위해서였던 것으로 보인다. 따라서 홍희의 〈영언〉은 홍희가 그가 친일로 돌아서기 이전 시기에 계몽운동가로 활동하면서 민족적 주체의식이 살아 있었던 1910년 전후로 창작되지 않았나 생각된다. 게다가 〈영언〉의 수록 자료집 『산고가영(散稿歌永)』이 편집된 보은도 그가 젊은 시절에 오랜 기간을 머물던 진천 지역과 맞물려 있던 곳이다. 이런저런 정황으로 미루어 보건대, 〈영언〉은 홍희가 젊은 시절에 지었던 것으로 보인다.

3.2. 작품 내용

작자는 〈영언〉의 창작 동기나 그것의 의도를 밝히고 있지 않지만 가요명과 작품 내용을 통해 추론이 어느 정도 가능하다. 〈영언〉에서 화자는 유학 경전이나 어록을 통해 성현의 도를 배우고 깨달아 그것을 실천하자고 한다. 그렇지만 도의 실체를 깨닫는 것도 실천하기도 어렵다고 말한다. 게다가 그 시대는 도가 침체하여 모두가 자각하고 분발하지 않으면 인간들이 금수처럼 타락한다는 것이다. 이와 같은 상황에서 작자는 몽매한 사람들을 일깨우고 가르쳐야 할 일종의 책무를 느꼈던 것 같다.

인간 본연의 심성이란 무엇이고 그것을 어떻게 배우고 실천해야 하는가? 단군 이래로 전해온 우리의 도는 어떠한가? 그리고 어떻게 성현의 도를 배워서 실천해야 하는가? 이런 도학적 물음을 사람들에게 가르치고 일깨우는 것은 쉬운 문제가 아니다. 작자는 그와 같은 복잡한 사안을 사람들에게 쉽고 간결하게 가르쳐주고 싶었다. 이를 위해 작자는 가사 양식을 선택한 것이다. 그리고 유학 경전이나 어록에 실려 있는 도의 핵심적인 내용을 뽑아서 〈영언〉이라는 가사 작품으로 만들었던 것으로 보인다.

〈영언〉은 모두 3장으로 구성되어 있는데, 2음보 1구로 계산한다면 오늘날 196구의 중형가사에 해당한다. 요약하자면 제1장은 성현의 말씀을 배우고 실천해야 한다는 내용이고, 제2장은 우리나라 도학의 역사적 맥락을 점검하면서 성현의 가르침을 따르자는 것이다. 그리고 제3장은 심문박학(審問博學)으로 마음공부를 하자는 내용으로 요약된다.

구체적으로 말하자면 제1장에서는 천지합일로 생겨난 인간이 매우 중요한 존재임을 천명하면서 시작한다.[7] 그렇지만 만물의 으뜸인 우리

7 홍희, 〈영언〉 제1장. "乾父坤母 合德ᄒᆞ야 化生하니 우리 同胞. 廣大한 天地間에

인간은 욕망으로 말미암아 끝내 가련한 존재로 떨어질 수 있다.[8] 그래서 인간은 어려서부터 성현의 말씀을 끊임없이 배우고 익혀서 하늘로부터 부여받은 인간 본연의 품성을 회복해야 한다.[9]

제2장에서는 동방 도학의 역사적 맥락을 서술하고 있다. 중국에서 전설상의 제왕(帝王)이었던 복희(伏羲)가 존재했던 것처럼 같은 시기 우리나라에도 단군 문명이 열렸다며 민족적 자부심을 드러내고 있다.[10] 이어서 우리나라 도학적 전통의 역사적 맥락과 성쇠를 서술한 다음, 일월광명으로 비유되는 공자의 도를 회복하자면서 마무리하고 있다.[11]

제3장에서는 『서경』의 「우서대우모(虞書大禹謨)」에 나오는 어구를 전고로 오직 정신 하나로 그 중정(中正)을 잡아야 한다는 '정일집중(精一執中)'을 설파하고 있다.[12] 마지막 어구에서 작자는 경전에 있는 성현의 말씀을 노래로 기록한 것이 하나의 고법이었다면서 우리 모두가 감흥하여 떨쳐 일어나자고 역설하고 있다.[13]

人身이 至微하다. 至微코도 至重하니 陰陽五行 具備하다."

8 홍희, 〈영언〉 제1장. "極天罔墜 이性稟이 古今 사람 同得이라. 발고밝근 寶鑑이요 말고맑은 止水로다. 耳目口鼻 문 慾心이 日以心鬪 무삼일고. 七情이 熾湯ᄒᆞ야 六馬갓치 橫奔이라. 蚩蚩한 衆人들언 赴水蹈火 可憐ᄒᆞ다. 禽獸갓치 지ᄂᆡ다가 草木갓치 썩어지면, 浪生浪死 姑舍ᄒᆞ고 사람일홈 붉그럽다."

9 홍희, 〈영언〉 제1장. "童幼時로 講習하고 習與性成 오ᄅᆡ지면, 厥初에 稟受ᄒᆞ든 氣質조차 變化ᄒᆞ니, 柔한자도 堅剛ᄒᆞ고 愚한자도 智慧잇써, 希賢하고 希聖하니 踐形惟肖 이안인가."

10 홍희, 〈영언〉 제2장. "河圖바다 八卦긋고 洛書나자 九疇로다. 白日이 中天하니 唐虞時代 文明ᄒᆞ다. 우리東國 갓치밝가 檀木下의 神君이라. 白馬가 東出하니 井田가의 楊柳로다."

11 홍희, 〈영언〉 제2장. "年小ᄒᆞᆫ 우리 同志 平實脂에 基礎자바, 農山에 길을 뭇고 洙水에 根源차자, 가고가면 第一宮墻 바ᄅᆡ보고 올나가세. 天地萬物 化育하ᄃᆡ 日月光明 그곳이라."

12 홍희, 〈영언〉 제3장. "精一執中 한말삼이 千聖傳授 心法이라."

이를 종합해보면 〈영언〉은 교훈가사이지만 당대 사람들이 성현의 말씀을 배우고 본받아서 실천하자는 의도로 지어진 계몽가사의 일종이라는 것도 알 수 있다. 그것은 작자인 홍희가 난해한 한문으로 기록된 유학 경전이나 선현들의 어록 등에서 주요 어구를 국문으로 바꾸어 가사 작품으로 담아 일반인들도 쉽게 이해할 수 있도록 창작한 것에서도 익히 짐작된다.

가사 내용에서 주목되는 것은 제2장이다. 제2장은 동방 도학의 흐름을 개괄하면서 그것의 특성을 서술하고 있는 부분이다. 여기에서 작자가 살았던 시기가 일제강점기였던 만큼, 제2장이 일제에 의해 기획되고 서술된 식민사학과는 어떤 관계에 있는지 서술의 시각과 내용을 주의 깊게 살펴볼 필요가 있다. 먼저 작자는 중국 고대에 성인이 출현하고 요순시대에 문명이 열렸는데, 같은 시기에 우리나라도 단군이 나와서 문명 세계를 열었다고 주장한다.[14] 작자는 중국만큼 우리나라의 역사도 유원하다고 보았다. 그런데 여기에서 주목되는 것은 작자가 단군 역사를 전면에 내세우고 있다는 점이다. 일제의 식민사학에서 단군 역사를 인정하지 않고 기자를 먼저 내세워 한국사의 주체성을 부인하는 것과는[15] 대조적인 시각이다.

이어서 작자는 역대 왕조를 골격으로 도학의 흐름을 서술하고 있다.

---

13 홍희, 〈영언〉 제3장. "聖經賢傳 잇는말삼 뎌강 記錄 永言三章. 詠歌舞蹈 옛法이라 우리同志 興起코져."

14 홍희, 〈영언〉. "河圖바다 八卦긋고 洛書나자 九疇로다. 白日이 中天하니 唐虞時代 文明ᄒᆞ다. 우리東國 갓치밝가 檀木下의 神君이라. 白馬가 東出하니 井田가의 楊柳로다."

15 이만열, 「일제관학자들의 식민사관」, 『한국의 역사인식(하)』(이우성·강만길 편), 창작과 비평사, 1976, 508~511쪽.

신라 박혁거세, 김알지, 석탈해로 이어지는 삼성(三姓)의 유풍을 칭송하고 고려의 건국을 이야기한다. 그렇지만 고려가 불교를 숭상하면서 왕조의 복조가 짧아졌다고 말하면서 유학자 포은 정몽주의 충의를 높이 평가하고 있다. 조선이 건국되고 중종과 명종대에는 삼대지치가 거의 이뤄졌는데 잘못되어 문신들이 화를 입었다고 말한다. 그러다가 다시 해동의 도가 밝아져서 사단칠정론과 이기론이 나왔고, 이것은 백세에 우러를 높은 산이었다고 말한다. 이어서 우리나라에는 많은 현인이 쏟아져 나왔고 이러한 동방의 예속은 세계적인 사건이었다는 것이다. 이러한 관점은 식민사학이 성리학을 애써 공리공론으로 폄하하던 것과 대조적인 시각이다. 마지막으로 화자는 아쉬운 점으로 당론으로 국가 기운이 쇠해졌다고 안타까워하면서 우리 모두가 공문(孔門)을 향해 나아가자고 다짐을 하고 있다.

한편, 제2장에 나오는 가사 어구는 『삼국유사』나 『삼국사기』의 역사서, 단군 관련 서적, 조광조나 이언적, 이황과 이율곡 등의 저작물에 나오는 내용을 활용하여 서술한 내용이다. 내용 중에 삼국 분열이나 조선시대 당의(黨議)에 대한 언급은 당시 여러 애국계몽가에 의해 거론된 계몽담론의 하나였다는 사실도 명심해야 할 것이다. 한 마디로 홍희의 〈영언〉은 국권 침탈의 처지에서 사람들에게 도학정신과 역사적 주체성을 고취시키기 위한 의도로 창작된 것으로 판단된다.

4. 〈영언〉의 표현기법과 상호텍스트성

〈영언〉을 읽다보면 그것이 눈에 낯설지 않다는 것을 느끼게 된다.

그것에는 유학 경전의 익숙한 어구가 자주 보이고 이미 알려진 가사 어구와 비슷하거나 중첩되는 부분이 많기 때문이다.

〈영언〉의 제1장과 제3장에서는 전고와 용사의 기법이 두드러진다. 예로써 제1장은 '乾父坤母 合德ᄒᆞ야 化生하니 우리 同胞, 廣大한 天地間에 人身이 至微하다'로 시작하여 '古人의 嘉言善行 方策의 自在하다'로 끝난다. 여기에서 '乾父坤母 合德ᄒᆞ야 化生하니'는 북송시대 유학자였던 장재(張載, 1020~1077)가 저술한 〈서명(西銘)〉의 일부 어구를 전고로 용사(用事)하여 우리말 가사로 바꾼 것이다.[16] '廣大한 天地間에 人身이 至微하다'는 북송시대 범준(范浚, 1102~1151)의 〈심잠(心箴)〉 내용을 용사(用事)한 것이다.[17] 마지막 구절인 '古人의 嘉言善行 方策의 自在하다'는 조선중기 유학자였던 퇴계(退溪) 이황(李滉, 1501~1570)의 어록을 원용하여 용사한 것이다.[18] 이는 〈영언〉이 작자의 독창적인 내용으로 서술된 것보다는 유학 경전이나 유학자들의 어록에서 줄기차게 발췌하여 사용한 전고와 용사의 기법이라고 말할 수 있다.

이것은 제3장에서도 마찬가지이다. 제3장은 '精一執中 한말삼이 千聖傳授 心法이라, 思無邪는 詩에 잇고 無不敬은 禮云이라'로 시작하여 '人生百年 만타히도 白首粉如 暫間이라, 靑春時節 이럿뿌면 悲歎窮廬 쓸ᄃᆡ업다. 聖經賢傳 잇는말삼 ᄃᆡ강 記錄 永言三章, 詠歌舞蹈 옛法이라 우리同志 興起코져'로 끝난다. 여기에서 '精一執中 한말삼이 千聖

16 張載, 〈西銘〉. "乾稱父, 坤稱母. 予玆藐焉, 乃混然中處. 故天地之塞, 吾其體, 天地之帥, 吾其性. 民吾同胞, 物吾與也."

17 范浚, 〈心箴〉. "茫茫堪輿, 俯仰無垠. 人於其間, 眇然有身. 是身之微, 太倉稊米."

18 李滉, 『退溪先生文集』 卷42, 〈迎鳳書院記〉. "…本之於性分, 而求之於方冊, 則凡古昔聖賢一言一行, 皆可師法."

傳授 心法이라'는 『서경』의 「우서대우모(虞書大禹謨)」에 나오는 어구를, '思無邪는 詩에 잇고 無不敬은 禮云이라'는 『논어』의 어구를 전고로 용사한 것이다. 그리고 '人生百年 만타히도 白首粉如 暫間이라'는 『심경(心經)』에서 주희가 유맹용(劉孟容)에게 보낸 말씀의 어구를, '靑春時節 이럿뿌면 悲歎窮廬 쓸디업다'는 제갈량의 말씀을 용사한 것이다. 마지막 어구인 '詠歌舞蹈 옛法이라 우리同志 興起코져'는 북송 유학자였던 정이(程頤, 1033~1107)의 말씀을 전고로 용사한 것이다.

한 마디로 〈영언〉의 1장과 3장에서 작자는 그 자신이 전달하고자 하는 내용을 유학 경전이나 선현이 남긴 어록에서 추출하여 그것을 국문 가사로 재구성하였다고 볼 수 있다. 그것은 〈영언〉에 사용된 많은 어구가 사서삼경에 기인하고 있는 데에서도 확인할 수 있다. 전고 횟수를 보자면, 『주역』 7회, 『중용』과 『논어』가 각각 6회, 『서경』과 『시경』이 각각 4회, 『대학』과 『맹자』가 각각 2회, 그리고 『소학』이 3회를 차지하고 있다. 다음으로 비중이 높은 것은 성리학과 관련된 송나라 학자들의 유학과 관련된 저작물들이다. 주희의 『성리대전』과 『근사록』에서 7회, 정호와 정이의 『이정전서』에서 4회, 주돈이의 『태극통서』에서 2회, 장재의 『서명』에서 2회, 범준의 『심잠』에서 2회, 기타 서산진씨(西山眞氏), 신안진씨(新安陳氏), 운봉호씨(雲峰胡氏)의 언급도 전고이 사용되고 있다.

〈영언〉의 전고와 용사는 역대 인물들의 저작물에서도 나타난다. 전국시대 여불위(呂不韋, ?~기원전 235)의 『동몽훈』과 『여씨춘추』에서 2회, 삼국시대 촉한의 제갈량(諸葛亮, 181~234), 진(晉)나라의 도간(陶侃, 257~332), 안지추(顔之推, 531~591)의 『안씨가훈(顔氏家訓)』, 송나라 황정견(黃庭堅, 1045~1105), 그리고 『장자』의 어구에서도 1회씩 전고로 사용되었다. 국내 인물로는 이황의 어록이 3회에 걸쳐 전고로 사용되었다.

이것은 우리나라의 도학적 흐름을 서술하고 있는 제2장에서도 마찬가지이다. 예로써 제2장은 '鴻濛日月 어느 ᄣᅵ뇨 書契以前 尙矣로다, 聖人이 首出하니 人文이 宣朗이라'로 시작한다. 전구는 『삼황본기(三皇本紀)』를, 후구는 『주역』의 〈본의(本義)〉를 전고로 용사한 것이다. 이상에서처럼 작자가 유학 경전이나 선현의 어록을 텍스트로 삼아 그것을 변형시켜 다시 가사 작품으로 사용하는 전고와 용사는 오늘날 말하는 상호텍스트성의 일종이라고 말할 수 있다.

한편, 〈영언〉의 제2장에서는 전고와 용사에서 더 나아가 기존의 가사 작품을 부분적으로 차용하거나 어구를 변용한 상호텍스트성이 두드러진다. 상호텍스트성이란 한 마디로 텍스트 사이의 상호관련성이라고 말할 수 있다. 그것은 하나의 텍스트에 다른 텍스트가 기억과 반향과 변형을 통해 다양하게 침투하고 있는 것을 말한다. 조선후기의 많은 가사들이 어느 때부터인가 이미 존재하고 있던 작품들을 텍스트로 삼아서 그것을 흡수하여 변형 내지 융합하는 경향이 있었다. 〈영언〉의 상호텍스트성을 살펴보려면 그것의 제2장과 〈역대가〉를 비교해볼 필요가 있다.[19]

조선후기를 거쳐 애국계몽기로 이어지면서 전승되던 시가 양식들은 다양하게 분화된다. 가사 작품도 그것의 하나였다. 이 시기에 개화사상이나 민족의식을 고취시키는 가사 작품들이 나왔다. 홍희의 〈영언〉

19 이 논문에서 특정 가사 작품을 〈歷代歌〉와 〈역ᄃᆡ가〉로 쓰고, 편의상 일반 작품을 〈역대가〉로 지칭한다.

도 그런 연장선상에 놓여 있었다. 홍희는 〈영언〉을 창작하면서 당시 널리 유포되고 있었던 〈역대가〉를 참조하였던 것으로 보인다. 〈영언〉의 제2장을 보면 그것의 서술 방식이나 어휘 선택과 같은 표현 기법이 기존의 〈역대가〉들과 밀접한 관련을 맺고 있기 때문이다.

〈역대가〉는 작품마다 차이가 있지만 대체적으로 '천지개벽(肇判)' – '성인 출현' – '중국 역사의 흐름' – '우리 역사의 흐름'으로 서술된다. 예로써 필사본 『악부』에 실려 있는 〈역ᄃᆡ가〉와 〈歷代歌〉에서도 그런 서술 방식이 지켜지고 있다.[20] 다만, 〈역ᄃᆡ가〉에서는 중국 역사의 흐름을 위주로 서술하면서 우리 역사의 흐름은 소략하게 다루고 있다. 반면에 〈역대가〉에서는 중국 역사가 생략되고 우리의 역대 왕조를 노래하면서 우리 역대 인물들의 발자취를 서술하고 있다. 홍희가 지은 〈영언〉의 제2장도 〈역대가〉에서처럼 '천지개벽(肇判)' – '성인 출현' – '우리 역사의 흐름'을 위주로 서술하고 있다. 이처럼 〈역대가〉와 〈영언〉의 서술 방식이 유사한 것은 〈영언〉의 작자인 홍희가 이전부터 존재했던 〈역대가〉의 서술 방식을 모방하거나 답습한 것이다. 그것을 토대로 홍희 자신이 생각하는 동국 도학의 역사적 흐름을 서술한 것이다. 그래서 〈영언〉 제2장과 〈역대가〉는 상호텍스트성의 관계에 놓이게 된다.

〈영언〉 제2장이 〈역대가〉들과 맺고 있는 상호텍스트성은 어휘나 어구의 선택에서도 드러난다. 예로써 〈영언〉 제2장은 '鴻濛日月 어느 ᄯᅵ뇨/ 書契以前 尙矣로다'로, 〈역ᄃᆡ가〉는 '天地鴻濛 開闢初에/ 靈秀之氣 鍾毓ᄒᆞ야'로 시작한다. 둘 다 태극 이전의 혼돈한 상태에서 천지

---

20 이용기 편, 『주해 악부』(정재호·김홍규·전경욱 주해), 고려대 민족문화연구소, 1992, 454~456쪽.

가 열리는 과정을 서술하는 부분인데, 여기에서 〈영언〉 제2장의 '鴻濛日月'은 〈역되가〉의 '天地鴻濛'을 '鴻濛日月'로 변형한 것이다. 이러한 어휘와 어구의 선택과 변형을 통한 상호텍스트성은 다음 어구를 보더라도 확인할 수 있다.

> 우리東國 갓치 밝가/ 檀木下의 神君이라//
> 白馬가 東出하니/ 井田가의 楊柳로다// 〈永言〉
>
> 擧世가 草萊일셰/ 神人이 下降ᄒᆞ니//
> 太白山 檀木下에/ 神市檀君 그시로다// 〈歷代歌〉
>
> 희동 조션국은/ 의관이 의구허다//
> 틱빅산 단목하에/ 신인이 강림허ᄉᆞ// 〈역되가〉

〈영언〉 제2장과 〈역대가〉의 앞부분에는 위의 구절이 나온다. 그것에는 '檀木下'라는 어휘가 공통적으로 사용되고 있고, '神君'이나 '神人'이라는 동일한 의미의 어휘가 등장한다. 게다가 이들은 표현과 어휘 선택에서 약간의 차이가 있지만 '檀木下에 신군이 탄생하였다'라는 의미 어구를 공유하고 있다. 여기에서 〈영언〉의 작자는 이미 전승되던 〈역대가〉의 서술 방식에서 더 나아가 표현 기법을 참조한 것으로 여겨진다. 이 과정에서 〈영언〉의 작자가 의도하든 않든 간에 〈역대가〉에 있던 어휘나 어구가 〈영언〉 제2장에 들어갔던 것을 알 수 있다. 이외에도 그와 같은 사례가 많이 있다. 따라서 홍희의 〈영언〉 제2장은 〈역대가〉들과 상호텍스트성의 관계에 놓여 있다고 말할 수 있다.

5. 맺음말

이 논문은 근대 시기의 유학자이자 역사학자였던 겸산 홍희의 가사 작품인 〈영언〉을 발굴하여 소개한 것이다. 그는 일찍이 간재 전우에게 나아가 성리학을 배웠는데, 국외를 유력하고서 계몽운동에 몸을 담갔다가 친일로 돌아섰던 인물이다.

홍희의 〈영언〉은 도(道)의 학습과 실천의 중요성을 강조하며 동방 도학의 흐름을 밝힌 가사 작품이다. 그가 〈영언〉을 창작한 의도는 사람들에게 도의 실체를 깨닫게 하고 쉽지 않는 도의 실천 문제를 계몽하기 위해서이다. 그가 〈영언〉이라는 이름을 붙인 것도, 가사라는 시가 양식을 선택한 것도, 모두 계몽의 연장선상에 있다고 봐야한다.

〈영언〉은 모두 3장으로 구성되어 있는데, 오늘날 2음보 1구로 산정한다면 196구의 중형가사에 해당한다. 〈영언〉에 사용된 어구 대부분은 유학 경전이나 유학자들의 어록을 전고로 용사한 것이다. 〈영언〉을 요약하자면, 제1장은 성현의 말씀을 배우고 실천하자는 내용이고, 제2장은 동방 도학의 역사적 맥락이고, 제3장은 심문박학(審問博學)으로 마음공부를 하자는 내용이다. 특히 제2장은 조선후기 이래로 꾸준히 지어졌던 〈역대가〉의 일종이다. 여기에서 동방 도학의 흐름을 서술하고 있는 제2장을 주목할 필요가 있다. 홍희는 여기에서 일제의 식민사학에서 인정하지 않던 단군 역사를 전면에 내세우고 있다는 점이다.

홍희가 〈영언〉을 창작한 것은 국권 침탈이라는 역사적 유례를 찾기 힘든 시기에 우리 민족에게 도학 정신과 주체성을 고취시키기 위해서였다. 창작 시기도 그가 친일학자로 전향하기 이전이었던 것으로 보인다. 구체적으로 홍희가 서구 유력을 마치고 돌아와 근대계몽가로 활동하던 1910년 전후로 판단된다. 그리고 〈영언〉은 민족주체적인 시각에서 애국 담론의 일종으로 지어진 것이다. 따라서 홍희의 〈영언〉은 그의 친일 행적과 관련이 없다고 판단된다.

한편, 이 논문에서는 〈영언〉의 서술 방식과 표현 기법으로 상호텍스트성에 주목하였다. 〈영언〉이 작품 전편에서 유학 경전이나 선현의 어록을 전고로 용사한 것은 오늘날 말하는 상호텍스트성의 일종이었다. 뿐만 아니라 〈영언〉 제2장은 〈역대가〉의 서술 방식을 답습한 것인데, 그것의 어휘와 어구를 변용한 것도 상호텍스트성의 하나였다.

새로 나온 가사 작품 <발몽인교가>에 대하여

1. 머리말

규방가사에는 전통시대 여성들이 살아가면서 지녀야 했던 생활 태도나 삶의 모습이 고스란히 담겨 있다. 조선후기 이래로 부녀자들 사이에서 전승되던 규방가사는 종류도 많고 주제도 다양하다. 그것에는 여성들이 지녀야 할 유교적 규범이나 바람직한 생활 태도를 담은 계녀가류도 있었고 여성들이 겪는 현실을 한탄하는 탄식가류도 많았다. 승경유람이나 화전놀이와 같은 생활적인 내용의 규방가사도 있었고, 경우에 따라서는 남편이 죽은 아내를 그리워하는 내용을 담은 것도 있었다.

이번에 공개하는 〈발몽인교가(發蒙引敎歌)〉는 여성이 출가하여 지켜야 할 유교적 규범을 읊고 있는 전형적인 계녀류 가사 작품이다. 이것은 두루마리 형태의 한지에 세로쓰기 상하 2단으로 적혀 있다. 전체 크기는 가로 1131.8cm, 세로 25.2cm이다. 자료에는 〈발몽인교가〉 이외에도 〈긔묘년 됴대비 입궐일긔〉와 〈김공필전〉이 앞뒤로 수록되어 있다. 〈긔묘년 됴대비 입궐일긔〉는 순조 19년(1819)에 조만영의 딸이 세자빈으로 간택되어 효명세자와의 국혼 과정을 담은 국문일기이다. 〈김공필전〉은 세종대왕이 미복으로 출궁하였다가 글을 잘 짓던 5세의 김공필이라는 아이를 만났던 국문야담이다. 이들 세 작품 사이의 유의적 관계는 확실하지 않다. 현재 이 자료는 선문대 박재연교수가 소장하고 있다. 지금까지 〈발몽인교가〉는 학계에 보고된 적이 없었다. 그렇다고 〈발몽인교가〉는 새로운 작품이라고 말할 수도 없다. 〈발몽인교가〉는 〈경부록(警婦錄)〉이라는 규방가사와 비슷하기 때문이다. 필자도 처음엔 〈발몽인교가〉가 새로운 가사 작품으로 인식하였으나 조사 과정에서 이본 관계에 있다고 여겨지는 〈경부록〉을 확인하였다(임기종, 1992: 41~46).

그럼에도 불구하고 이 논문을 작성하게 된 것은 무엇보다도 〈발몽인교가〉의 존재를 학계에 보고할 필요가 있다고 여겼기 때문이다. 〈발몽인교가〉에 대한 소개와 함께 이미 알려진 〈경부록〉과의 관계를 살펴보고, 아울러 작품 내용도 분석하고자 한다.

2. 〈발몽인교가〉와 〈경부록〉의 관계

2.1. 〈발몽인교가〉의 작품 구성

〈발몽인교가〉는 2구2행을 한 짝으로 2단 배행으로 되어 있다. 작품 형태는 2음보 1구로 계산하여 모두 445구 222절의 장편가사이다(국문학신강 편찬위원회, 1985: 173). 율조는 거의 4·4조의 4음보이고 이따금 3·4조도 나타난다. 가사는 본래 내구와 외구가 짝을 이루는 경우가 많은데, 〈발몽인교가〉에서는 그것을 벗어나기도 한다.

대부분의 가사는 '서사–본사–결사'의 구조를 갖고 있다. 내용에 따라서는 '기승전결'의 4단 구성을 구현한다. 계녀가류 규방가사의 '서사' 부분에서는 작자의 창작 동기를 드러내는 부분이다. '본사'에서는 그것을 구체화한다. 마지막으로 '결사'에서는 앞서 언급한 담론을 강조하거나 경계하면서 마무리한다. 이를 〈발몽인교가〉에 적용하면 '서사'부분은 첫 구에서 제8구의 '더강 ᄒ 이르리라'까지이다. 그런데 〈발몽인교가〉의 서사 부분은 도학가사나 교훈가사 등에서 관습적으로 드러나는 언사인, 음양오행의 원리의 의해 천지만물의 생성 과정을 진술하고 있다. 이것은 이어지는 '본사'에서 천지만물의 정기를 받고 태어난 인간이 가장 존귀하며 오상(五常)과 오륜(五倫)을 지닌 존재라는 것을 말하기 위함이다.

〈발몽인교가〉의 '본사'는 '본사1'과 '본사2'로 나눠진다. 작품에서 제10구의 '터럭 가진 즘싱이오'에서 제106구의 '쳐 ᄒ ᄉ ᄒ 붓그럽다'가 '본사1'에 해당된다. '본사2' 부분은 이어지는 '이ᄂ 이러ᄒ온 거시니 녀ᄌ 쏘ᄒ 드러 보소'에서 결사 이전인 '계 ᄒ 창 ᄒ ᄒ고 안낙티평 ᄒᄂ니'까지이다. '본사1'은 사람이 짐승과 달리, 오행의 정기와 정덕을 갖추고 태어나서 만물 중에 가장 신령한 존재라는 것을 입증하는 대목이다. '본사2'는 그 중에서도 남자가 아닌, 여자의 존재에 대해 구체적으로 논설하는 부문이다.

'본사2'는 내용상 다시 두 부문으로 구분된다. 전자는 여성이 출가하기 이전에 갖춰야 할 행실을 적고 있는 부문(108-260구)이다. 여기에서는 여성이 출가하기 위해서는 부녀자의 행동거지, 언행, 표정 관리, 바깥출입, 심성과 태도, 아녀자로서 익혀야 할 기능 등을 말하고 있다. 여기에서 주목되는 점은 여자가 남자처럼 오상과 오륜을 지닌 동일한 존재라는 것을 역설하고 있다는 점이다.

후자는 여성이 출가한 이후에 지녀야 할 행실을 적고 있는 부문(261-441구)이다. 여기에서는 출가 이후에 여자가 남편을 대하는 바른 자세와 태도에 대한 사례를 제시하며 일깨우는 부문이다. 예를 들면 정성으로 시부모를 모시고 남편을 보필하기, 집안 형제나 동서와 화합하기, 첩에 대한 질투 금지, 친척과의 화목하기, 자식 교육 등을 기술하고 있다. 그리고 마지막으로 그와 같은 여성 담론을 강조하고 권계하며 마무리하는 바, '금셰시속 여ᄌᆞ들도 닉여 보면 더러 쓰일 곳 잇슬는지'가 바로 '결사'에 해당한다.

2.2. 〈발몽인교가〉와 〈경부록〉

〈발몽인교가〉와 〈경부록〉은 표기법과 작품 내용이 비슷하다. 이들은 둘 다 20세기를 전후로 한, 거의 비슷한 시기에 필사된 것으로 판단된다. 그리고 이들이 필사한 선본(先本)은 따로 있었을 것으로 여겨진다. 〈경부록〉은 1940년 경에 송만호씨가 대덕군 탄동면(현재 대전광역시 유성구)의 송시열 후손가에서 보존하고 있던 자료를 필사한 것이다(최태호, 1976: 113). 반면에 〈발몽인교가〉는 경북 대구에서 나왔지만 출처를 알 수 없다. 다음 예문을 살펴보면, 이들 두 작품은 본래 같은 작품에서 나온 것으로 판단된다.

> 갈유쳔유지 ᄒᆞ신 후의 오힝유힝 여긔로다
> 동셔남북 증방ᄒᆞ고 츈하츄동 경시ᄒᆞ니
> 싱장유장 ᄒᆞ올적ᄋᆡ 만물조ᄎᆞ 삼겨난ᄂᆡ
> 엇지이론 만물인고 ᄃᆡ강ᄃᆞ강 이로쳐라
>
> 〈경부록〉

> 유쳔유지 ᄒᆞ온 후의 음양오힝 이긔로다
> 동셔남북 정방ᄒᆞ고 츈하츄동 정시ᄒᆞ고

징당ᄉ당 ᄒ올 젹의 만물조ᄎ 싱겨잇가
엇지이른 만물인고 ᄃ강ᄃ강 이르리라

〈발몽인교가〉

위는 각각의 서사 부분으로 천지만물의 생성 과정을 기술하고 있는 부분이다. 내용에서는 서로 차이가 없고 굳이 찾는다면 일부 어휘에서 차이가 난다. 위에서 '오힝유힝'과 '음양오힝(陰陽五行)', '여긔'와 '이긔(理氣)', '증방ᄒ고'과 '정방(定方)ᄒ고'을 비교해 보면, 〈경부록〉보다는 〈발몽인교가〉의 기록이 상대적으로 정확한 편이다. 한편, 〈경부록〉은 상대적으로 방언 표기가 많다. 예로써 승인현인(셩인), 숩컷(슛컷), 소곰(소금), 얼골(얼굴), 김싱(즘싱), 얼골(얼굴), 역증(역정), 즙물(지물) 등을 들 수 있다.[1] 이를 보면 'ㅗ'나 'ㅓ'를 'ㅡ'로, 'ㅡ'를 'ㅣ'로 적거나, '재물'을 아예 '즙물'로 사용하고 있다. 물론 〈발몽인교가〉보다 〈경부록〉의 기록이 정확한 부분도 있다. 하지만 이들 두 작품은 표기나 어휘에서 약간의 차이가 있을 뿐, 내용상으로 큰 차이가 없다. 이로 미루어 보자면 이들은 원본을 필사하는 과정에서 갈라나온 이본 작품임에 틀림이 없다.

작품 길이는 〈발몽인교가〉가 444구이고, 〈경부록〉이 504구로써 전자가 60여구 짧다. 〈발몽인교가〉에는 〈경부록〉 결사의 바로 앞부분이 없다. 그것은 기록자가 필사를 하다가 그만둔 것이 아니고 의도적으로 생략했기 때문으로 보인다. 왜냐하면 〈발몽인교가〉에서는 내용 일부를 빼고 다른 결사로 마무리하고 있기 때문이다. 〈경부록〉에서의 결사

1 괄호 안이 〈발몽인교가〉의 어휘이다.

는 '글월지어 드리ᄋᆞ나 어화이빅 예순귀라'이고, 〈발몽인교가〉에서는 "금셰시속 여ᄌᆞ들도 닉여 보면 더러 쓰일 곳 잇슬는지'이다. 이를 보면 전자에서는 작품 길이가 260구라는 것을 밝히는 것으로 마무리한다. 반면에 후자에서는 오늘날 세상 여자들이 이 내용을 익히다 보면 행실에 도움이 될 지도 모른다면서 은근히 가사 내용을 강조하고 있다. 결사 부분만 놓고 본다면 〈경부록〉보다는 〈발몽인교가〉의 작품 종결성이 나은 것으로 여겨진다.

〈발몽인교가〉와 〈경부록〉은 본사에서 여성이 출가하기 이전에 갖춰야 할 행실과 출가 이후에 지녀야 할 행실을 비교하면 그것이 여실히 드러난다. 〈발몽인교가〉은 시부모 모시기, 남편 모시기, 형제 사이의 화합하기, 친척과의 화목, 자식(주로 아들) 교육, 첩에 대한 투기 금지에서는 같은 순서로 기술하고 있다.

그런데 〈경부록〉에서는 〈발몽인교가〉와 대체적으로 순서를 같이 하지만 '첩에 대한 투기 금지' 부분을 '친척과의 화목' 부분의 앞에 배치하고 있다. 그리고 〈발몽인교가〉에서 서술하는 자식에 대한 교육을 아들로 한정하고 있는 것과 달리, 〈경부록〉에서는 그것에다가 딸에 대한 교육까지 이어진다. 뿐만 아니라, 〈경부록〉에서는 제사 모시기, 손님 접대, 비복을 다스리기로 이어진다. 〈발몽인교가〉에는 이 부분이 없다.

전체적으로 〈발몽인교가〉는 〈경부록〉에 비해 60여구가 짧다. 〈경부록〉의 '제사 모시기', '손님 접대', '비목을 다스리기' 부분이 〈발몽인교가〉에 없기 때문이다. 이것은 〈발몽인교가〉에서 보자면 〈경부록〉은 내용과 분량을 확장한 것이고, 〈경부록〉에서 보자면 〈발몽인교가〉은 축소한 것이다. 따라서 이들 〈발몽인교가〉와 〈경부록〉은 서로 앞뒤 순서가 달라지거나 서로 축소와 확장의 관계에 놓여 있다고 말할 수 있다.

3. 〈발몽인교가〉의 담론 분석

〈발몽인교가〉는 계녀가류 규방가사의 하나이다. 시적 화자도 여성이고 시적 대상도 여성이다. 대부분의 계녀가류 규방가사에서 볼 수 있듯이 작품 내용에서도 사대부 여성들이 지녀야 할 규범을 제시하고 마땅히 지켜야 할 행실을 권계하고 있다. 다시 말해 봉건사회에서 지향하는 여성상을 형상화하는 가사 작품의 전형을 보인다. 〈발몽인교가〉에서 특이한 것은 음양오행과 이기철학의 관점에서 남녀가 차등하지 않다는 관점에서 여성 존재를 탐색하고 있다는 점이다. 그리고 그와 같은 관점에서 당대 여성들이 지녀야 할 규범을 강조하고 행실을 경계하고 있다는 점이다.

3.1. 유교 이념과 여성 존재의 탐색

도학가사류에서는 도의 실체나 전승을 밝히면서 만물 생성의 과정이 빠지지 않는다. 천지만물은 본디 무극에서 시작하여 음양이 생성되고 그것에서 다시 오행으로 발전하며 생성된다는 내용이다. 그것은 북송 이래로 이기설의 핵심 이론으로써 고려말기에 이 땅에 유입되어 조선시대 성리학의 중심으로 자리를 잡았다. 조선후기에는 식자층만이 아닌, 일반 사대부 여성들도 그것에 대해 대략 이해하는 수준으로까지 일반화가 되었다. 작자가 여성으로 여겨지는 〈발몽인교가〉에서도 정확하지 않지만 천지만물의 생성과정을 읊고 있는 것도 모두 그와 같은 시대적 환경에서 비롯된 것이었다.

유쳔유지ᄒᆞ온 후의 음양오힝 이긔로다
동셔남북 졍방ᄒᆞ고 츈하츄동 졍시ᄒᆞ고
징당 ᄉᆞ당ᄒᆞ올 젹의 만물 조ᄎᆞ 싱겨잇가
엇지 이른 만물인고 ᄃᆡ강〻 이르리라

여기 〈발몽인교가〉의 서사 부분에서는 계녀가류 규방가사임에도 불구하고 도학가사에서처럼 천지만물의 생성 과정을 밝히고 있다. 이것은 천지만물의 생성 과정을 통해 인간의 신령함을 드러내면서 여성 존재를 밝히기 위함이다. 본디 천지만물의 생성은 무극에서 음양오행이 나오고 이후로 천지가 생성되는 법이다. 그런데 〈발몽인교가〉에서 시적 화자는 천지 이후에 음양오행이 있다고 말한다. 여기에서 여성으로 보이는 작자의 이기론에 대한 인식 수준을 짐작할 수 있는 대목이다. 이어서 동서남북의 사방이 정해지고 춘하추동의 네 계절이 정해진다고 한다. 이 과정에서 만물이 생성되고 길짐승과 날짐승이 생겨나고 뭍과 물에서 생명체가 존재하게 된다.

이어서 화자는 그러한 만물 중에서 사람의 존재가 어떤 특성을 지니고 있는지 언술하고 있다.

사람들아 들어보소 엇지ᄒᆞ여 ᄉᆞ람인고
오힝졍긔 바다나셔 오힝졍덕 갓초 잇ᄂᆡ
사람답다 비ᄎᆞ향가 쳔지임의 ᄂᆡ오시니
그 뜻 엇지 범연홀가 엇지 이른 지ᄒᆞ옴고
만물지듕 인최령을 엇지 이른 최령인고
금슈의셔 귀ᄒᆞ이라 엇지 이른 귀ᄒᆞ옴고
인의녜지 홀노 아라 …(중략)…
ᄉᆞ람 홀노 갓초앗다 다셧 가지 이 셩품을

즘싱의계 업건만은 사람의계 ᄒᆞᆯ노 잇다
이것 아니 귀ᄒᆞᆫ손가 ……

여기에서 화자는 이 세상의 산천초목에는 수많은 생명이 가득한데 사람만이 가장 신령스럽다고 말한다. 그것은 사람이 오행의 정기를 받아 정덕(正德)을 갖추고 있기 때문이다. 그리고 사람은 만물 중에서도 가장 신령한 존재인 것은 다른 짐승에 없는 '인(仁)·의(義)·예(禮)·지(智)·신(信)'을 지녔기 때문으로 보았다. 이들 다섯 가지는 사람이라면 항상 지켜야 할 유교의 다섯 가지 근본 도리로써 일명 '오상(五常)'이라고 한다. 화자는 여기에서 더 나아가 오상과 함께 유교 윤리의 근본을 이루는 실천 덕목인 '오륜'을 애써 강조한다.

…(전략)… 달노 날노 ᄒᆞ는 말이
가지〻 도가 잇너 부모ᄌᆞ식 신친이 잇고
임군신하 의가 잇다 남편 안ᄒᆡ 별이 잇고
어룬 아ᄒᆡ ᄎᆞ례 잇다 벗과 벗지 밋븜 잇너
이런 일이 오륜 일세 사람들아 오륜 알소
이 오륜을 아라시면 사ᄅᆞᆷ될시 분명ᄒᆞ다
이 오륜을 모로오면 금슈될시 경영ᄒᆞ다
닷낫 즘싱 져 즘싱아 네 아비를 아올소야
져 즘싱의 거동 보소 무군무부 져ᄲᅮᆫ일세
암컷 슛컷 쪽을 지어 분별이ᄂᆞ 아올손야
젹고 큰거 무리ᄒᆞᄂᆞ 어룬 아ᄒᆡ 예 알손야
이놈 져놈 셔로 보며 죽일 다시 시긔ᄒᆞᆫ다
사람드라 져것 보소 그것 아니 더러운가
…(중략)…

요순도덕 공밍인의 일월갓치 발가 잇다
발근 안의 발근 도덕 ᄂᆡ ᄒᆞᄌᆞ면 ᄂᆡ게 잇ᄂᆡ
요순 도덕 마다ᄒᆞ고 잡포 잡기 즐겨ᄒᆞ면
우마와 갓가왓ᄂᆡ 쳐 : ᄉᆞ : 붓그럽다

오륜은 유교에서 밝힌 인간으로서 마땅히 지켜야 할 다섯 가지 기본적인 실천 윤리이다. 〈발몽인교가〉에서 그것에 대해 언급한다. '부모 ᄌᆞ식 신친이 잇고'는 '부자유친(父子有親)'을, '임군신하 의가 잇다'는 '군신유의(君臣有義)'를 일컫는 말이다. 이어서 '남편 안ᄒᆡ 별이 잇고'는 '부부유별(夫婦有別)'을, '어룬 아ᄒᆡ ᄎᆞ례 잇다'는 '장유유서(長幼有序)'를, '벗과 벗지 밋붐 잇ᄂᆡ'는 '붕우유신(朋友有信)'을 뜻한다. 화자는 이들 오륜을 강조하여 그것을 알아야만 사람이라고 할 수 있고 모른다면 짐승에 다름이 아니라는 것이다.

〈발몽인교가〉에서는 부연하여 사람들과 달리, 짐승들은 아비도 임금도 모르고 남녀 사이의 분별도, 어른과 아이도 모른다는 것을 강조하고 있다. 화자는 짐승들의 그것을 더럽다고 비판하면서 여성들로 하여금 경각심을 일깨우며 유교 윤리의 실천적 덕목인 오륜을 강조하고 있다.

이처럼 〈발몽인교가〉에서는 천지만물의 생성과정으로부터 사람의 신령스러움을 유교 윤리의 기본 덕목인 오상(五常)과 오륜(五倫)을 거론하고 있다. 이것은 도학가사와 많은 부분에서 상통하는 바, 일종의 상호텍스트성 관계에 있다고 하겠다. 〈발몽인교가〉에서는 여성 교육을 위해 도학가사의 그러한 내용을 차용한 것이다. 오히려 그러한 내용을 전제로 여성의 윤리 규범으로 활용하고 있다고 봐야한다.

이ᄂᆞᆫ 이러ᄒᆞ온 거시니 녀ᄌᆞ ᄯᅩᄒᆞᆫ 드러 보소

이목구비 오장뉵부 남ᄌᆞ와 다를손가
어진 마음 어진 힝실 남ᄌᆞ의셔 못ᄒᆞᆯ손가
삼강오륜 발가 잇ᄂᆡ 남여 일반 갓다 ᄒᆞ데
부싱모휵 큰 은혜를 여ᄌᆞ온들 모를손가

〈발몽인교가〉에서는 천지만물의 생성 과정과 인간 존재의 신령함을 유교 덕목인 오상과 오륜에서 찾고 있다고 앞서 언급하였다. 그런데 그것은 남자만이 아니라 여성도 마찬가지라는 것이다. 여자도 남자와 마찬가지로 생물학적으로 이목구비와 오장육부를 모두 갖추고 있다는 것이다. 그리고 품성에서의 어진 마음이나 어진 행실도 남자에 못하지 않다는 것이다. 삼강오륜을 지키는 것이나 부모님의 은혜를 여자라고 모르거나 저버리지 않는다고 역설하고 있다. 한 마디로 〈발몽인교가〉에서는 여성이 남성과 비교하여 생물학적으로 차이가 없을뿐더러 정신적으로도 남성과 차등을 두지 않는 동등한 인격체로 파악하였다.

3.2. 여성 규범의 강화와 행실 경계

조선후기의 계녀가류 규방가사는 유교 이념에 입각한 여성 규범을 가르치기 위한 목적으로 지어졌다. 그런데 〈발몽인교가〉에서는 그것에 앞서 남녀가 만물의 생성 원리부터 차등이 없는 동등한 인격체로 파악하였다. 남자나 여자 모두 동일하게 五常과 五倫이 있어서 여자라고 어진 마음이 없다거나 어진 행실을 못하겠느냐는 것이다. 다만, 〈발몽인교가〉에서는 다른 계녀가류처럼 가정과 사회에서 여성이 짊어질 역할과 책무가 남성과 다르다고 보았다. 그것은 특히 출가 이후에 여

성의 몫과 역할을 주목하였다.

> 먹고 입고 큰 은혜를 무타ᄒᆞ기 ᄂᆡ게 잇ᄂᆡ
> 부창부슈 강습ᄒᆞ소 츌가ᄒᆞᆫ 후 긴ᄒᆞ리로다
> 어룬 보고 공경ᄒᆞ면 잠시온들 허투ᄒᆞᆯ가
> 일가간의 신실ᄒᆞ오면 착ᄒᆞ올ᄉᆞ 져 여편ᄂᆡ
> 이ᄂᆞᆫ 이러ᄒᆞ온 일니 규즁의 졔일일다
> 삼종지의 ᄇᆡ화 두라 몰으면 쓸ᄃᆡ업다
> 집의 잇셔 아비 좇고 시집가면 지아비라
> 지아비가 업습거든 졔ᄌᆞ식을 좇ᄎᆞ셰라
> ᄃᆡ소ᄉᆞ를 문의ᄒᆞ야 졔가 혼ᄌᆞ 결단 마소
> 부여 되여 쳐신ᄒᆡᆼᄉᆞ 더욱 조심 각별ᄒᆞ소

위의 〈발몽인교가〉에서는 여성이 세상을 살아가는데 진정한 삶의 가치를 출가 이후에 비중을 두고 있다. 출가 이전의 삶은 출가 이후를 위한 준비 과정이다. 그래서 '부창부슈 강습ᄒᆞ소 츌가ᄒᆞᆫ 후 긴ᄒᆞ리로다'의 언급처럼 여성은 출가 이후의 삶이 중요하기 때문에 윤리 규범을 배워야 한다고 강조하고 있다. 그런데 그것은 여성의 주체적 결단이 아니고 크고 작은 일들을 혼자 결정하지 말고 삼종지도에 입각하여 좇으라고 제시한다.

그런데, 〈발몽인교가〉에서는 여성이 출가 이전과 이후에 지켜야 할 행실을 거론하고 있다. 그런데 출가 이전의 행실에 대해서는 조선후기 이래로 계녀가류 규방가사에서 자주 활용되던 '나쁜 여자'의 사례를 통하여 여성 담론을 강화하고 있다.

어려슬 졔 기른 힝실 ᄌᆞ라나도 못 곳친다
못슬 버릇 독ᄒᆞᆫ 힝실 지금 잠간 이르리라
부모 ᄭᅮ중 듯기 슬여 도라안ᄌᆞ 중〻 ᄒᆞ며
만일 ᄒᆞᆫ번 치오시며 악담 원망 드러치ᄂᆡ
ᄇᆞᄂᆞ질 들고 안져 눈물 코물 빗기 쓰ᄉᆞ며
ᄒᆞᆫ 말ᄉᆞᆷ의 열 말 ᄃᆡ답 열 말ᄉᆞᆷ의 ᄇᆡᆨ 말 ᄃᆡ답
왼 고ᄀᆡ를 트러 ᄭᅩᆺ고 흘긔보는 져 눈ᄭᅩ리
언문 길ᄉᆞᆷ 하라 ᄒᆞ면 어ᄃᆡ ᄀᆡ가 짓는고ᄂᆞ
ᄇᆞ나질을 가라칠 졔 원슈 보듯 눈살이야
극젹〻 뒤통슈요 뒤젹뒤젹 이 잡ᄂᆞᆫ다
졔ᄉᆞ음식 ᄎᆞ릴 젹의 어룬 보ᄂᆞ 아니 보ᄂᆞ
이 모롱이 져 모롱이 손을 너허 집어넌다
밧비밧비 괴아 놋코 나문 ᄎᆞᆫ물 쑥〻 ᄒᆞᄂᆡ
조셕ᄯᅥᆨ의 ᄉᆞ람 가면 함박 족박 드더지면
부억문의 들낙날낙 뭇낫 말도 ᄃᆡ답 안네
이런 버릇 잇ᄂᆞᆫ 안ᄒᆡ 두렵도다 망가ᄒᆞ리
졔집이야 관겨ᄒᆞ랴 싀집간 후 어려우리
ᄂᆡ ᄒᆞᆫ 말 고지드러 명심ᄒᆞ여 드러셰라

이것들은 여성이 출가 이전에 갖기 쉬운 나쁜 버릇이다. 화자는 '부모님 꾸중에 대한 원망이나 말대답하기', '언문이나 길쌈을 배우라는 부모님의 가르침에 대해 묵살하는 것', '여성으로서 갖춰야 할 바느질을 배우지 않고 싫어하는 눈빛', '제사 음식을 정갈하게 정성들이지 않음', '어른들의 묻는 말에 침묵으로 일관하기' 등과 같은 구체적인 사례를 들어서 제시하고 있다. 이와 같이 어려서 보이는 나쁜 버릇들은 출가 이후에 더욱 고치기 어렵다고 보았다.

여기에서 제시하는 여러 행실은 〈복선화음가〉의 '괴똥 어미'나 〈용부가〉의 '뺑덕 어미', 〈나부가〉의 '금세부인' 등에서 광범위하게 확인되는 여성 악인들의 모습이다(하경숙, 2017: 48~73). 이것은 나쁜 여자들의 행실을 드러내어 그것을 경계하고 바람직한 여성이 지녀야할 윤리 규범을 강화하려는 의도에서 비롯된 것이다.

반면에 출가 이후의 행실에 대해서는 앞으로 취해야 할 바람직한 행위들을 보여주고 있다. 〈경부록〉과 〈발몽인교가〉에서는 둘 다 시부모를 어떻게 섬겨야 하는 지(事舅姑), 남편을 대하는 방법(事君子), 형제동서간에 우애하는 방법(和兄弟), 첩에 대한 태도(禁妬忌), 집안 친척끼리 화목하기(睦親戚), 자녀교육하기(教子女)와 같이 순서대로 서술하고 있다. 반면에 〈경부록〉에 나오는 제사지내기, 손님접대, 노복 다스리기는 누락되고 있다. 이처럼 〈발몽인교가〉에서 여성이 출가 이전과 출가 이후에 지켜야 할 행실들을 구체적으로 적시하는 것은 한결같이 조선후기 계녀가류 규방가사에서 제시되는 여성 규범들이다. 따라서 〈발몽인교가〉는 조선후기 계녀가류 규방가사의 전형을 보여주는 작품이라고 하겠다.

4. 맺음말-자료적 가치와 함께

계녀가류 규방가사는 영남 북부 지역에서 많이 나왔고, 안동, 성주, 경주 등의 문화권을 중심으로 자리를 잡았다가 다른 지역으로 전파되는 특성을 갖고 있었다. 〈발몽인교가〉도 경북 지역에서 나왔다. 그렇다고 규방가사가 영남지방에서만 창작된 것은 아니었다(서영숙, 1996: 112~

131).

〈발몽인교가〉는 조선후기 계녀가류 규방가사의 일종으로 내용에서 그것의 전형을 보여주고 있다. 〈발몽인교가〉는 이전의 가사 작품에 드러나지 않았던 새로운 가사 이름이다. 그러나 내용 자체는 새롭지 않고 이전에 공개된 〈경부록〉과 흡사하며 서로 이본 관계에 있다. 물론 〈발몽인교가〉에는 있는데 〈경부록〉에 없는 부분이 있고, 그와 반대되는 경우도 있다. 그리고 이들은 서로 앞뒤 순서가 바뀌거나 부분적으로 달라지면서 축소와 확장의 관계에 있다. 〈발몽인교가〉의 길이는 44구 222절로써 장편가사에 해당하며, 여느 가사처럼 '서사-본사-결사'의 구조를 갖고 있다.

계녀가류 규방가사의 일종인 〈발몽인교가〉는 시적 화자도 여성이고 시적 대상도 여성이다. 작품 내용도 사대부 여성들이 지녀야 할 규범을 제시하고 마땅히 지켜야 할 행실을 권계하고 있다. 봉건사회에서 지향하는 여성상을 형상화하는 가사 작품의 전형을 보여준다.

〈발몽인교가〉에서 특이한 것은 도학가사의 많은 부분을 가져와서 작품 내용을 형상화하고 있다는 점이다. 그것은 일종의 상호텍스트성인데, 도학가사에 나오는 음양오행과 이기철학의 관점에서 남녀 차등을 두지 않고 여성 존재를 탐색하고 있었다.

한 마디로 〈발몽인교가〉에서는 유교 이념의 관점에서 여성 존재를 탐색하였다. 그와 함께 여성 규범을 여성 규범을 강화하면서 행실을 경계하는 내용을 형상화하고 있다. 내용상으로 여성이 출가 이전에 지녀야 할 태도와 출가 이후에 지켜야 할 행실을 구체적으로 서술하고 있는데, 서로 차이가 있다고 보았다. 여성의 출가 이전에 지녀야 할 태도는 조선후기 시가나 판소리에 등장하는 '나쁜 여자'의 전형을 제시하여 반면교사로 삼고 있다. 반면에 출가 이후의 행실에 대해서는 취해야 할 바람직한 행위들을 하나하나 사례를 들어 제시하고 있다는 특징이 있었다.

[부록 1] 〈발몽인교가〉[2]

유텬유지ᄒᆞ온 후의 음양오힝 이긔로다
동셔남북 졍방ᄒᆞ고 츈하츄동 졍시ᄒᆞ고
징당ᄉᆞ당ᄒᆞ올 젹의 만물 조ᄎᆞ 싱겨잇가
엇지 이른 만물인고 ᄃᆡ강ᄃᆡ강 이르리라
터럭 가진 즘싱이오 날ᄀᆡ 가진 비조(飛鳥)로다
굼젹굼젹[3] 버러지며 비늘비늘 물고기라
이것져것 허다ᄒᆞᆫ 것 산슈간의 미만(彌滿)ᄒᆞᆫ다
평원광야 도라보니 사람들리 게 잇도다
사람들아 들어보소 엇지ᄒᆞ여 ᄉᆞ람인고
오힝졍긔 바다나셔 오힝졍덕 갓초 잇ᄂᆡ
사람답다 비ᄎᆞ향가 쳔지 임의 ᄂᆡ오시니
그 뜻 엇지 범연홀가 엇지 이른 귀ᄒᆞ옴고
만물지듕인최령(萬物之衆人最靈)[4]을 엇지 이른 최령[5]인고
금슈의셔 귀ᄒᆞ이라 엇지 이른 귀ᄒᆞ옴고
인의녜지(仁義禮智) 홀노 아라 져 금슈의 업ᄂᆞᆫ 의인을
ᄉᆞ람 홀노 가져 잇다 져 금슈의 업ᄂᆞᆫ 의를
ᄉᆞ람 홀노 가져 잇다 져 금슈의 업는 녜를
ᄉᆞ람 홀노 가져 잇고 져 금슈의 업는 지혜

---

2 원문 판독 및 주석
3 굼젹굼젹: 꿈틀꿈틀.
4 『계몽편』에 나오는 구절이다. '萬物之中惟人最靈'
5 최령: 최령(最靈). 가장 신통함.

ᄉᆞ람 홀노 가져 잇고 져 금슈의 업는 신(信)을
ᄉᆞ람 홀노 갓초앗다 다셧 가지 이 셩품을
즘싱의계 업건만은 사람의계 홀노 잇다
이것 아니 귀홀손가 진셰간(塵世間)의 ᄇᆡᆨ셩들아
착념(着念)ᄒᆞ여[6] ᄌᆞ시 듯소 ᄒᆞ눌 ᄂᆡ신 본셩졍[7]을
일치 말고 직희엿소 어지린(仁) ᄊᆞ 집을 삼고
올을 의(義)ᄊᆞ 집을 지어 잇거든 의로 잇고
가거든 의로 가소 심신(心身)이라 예의 잇고
사물리라 질노 ᄒᆞ고 쳐신힝ᄉᆞ[8] 청심ᄒᆞ면
어느 곳의 허물 될가 사람마다 갓튼 마음
엇지ᄒᆞ여 션악(善惡)인고 닥가ᄂᆡ면 현인(賢人)이오
못 닥그면 악인(惡人)이라 닥가ᄂᆡ여 엇지ᄒᆞ리
셩인현인(聖人賢人) 법을 삼아 일〻마다 축히 ᄒᆞ면
나도 역시 셩인이오 일〻마다 악히[9] ᄒᆞ면
ᄂᆡᆫ들 엇지 현인될가 악인 네를 부ᄃᆡ 말고
현인 네를 부ᄃᆡ 말소 달노 날노 ᄒᆞ는 말이
가지〻 도가 잇ᄂᆡ 부모ᄌᆞ식 신친(身親)이 잇고
임군신하 의(義)가 잇다 남편 안ᄒᆡ 별(別)이 잇고
어룬 아ᄒᆡ ᄎᆞ례(次例) 잇다 벗과 벗지 밋붐[10] 잇ᄂᆡ

---

6 착념ᄒᆞ-: 착념(着念)하다. 무엇을 마음에 두고 생각하다.
7 본셩졍: 본성정(本性情). 사람이 본디부터 가진 성질과 심정.
8 처신행사(處身行事). 세상을 살아가는데 가져야 할 몸가짐이나 거행하는 어떤 일.
9 악히: 악(惡)하게.
10 밋붐: 미쁨. 믿음직하게 여기는 마음.

이런 일이 오륜(五倫)일세 사람들아 오륜 알소
이 오륜을 아라시면 사름될시 분명ᄒᆞ다
이 오륜을 모로오면 금슈될시 정영ᄒᆞ다
닷낫[11] 즘싱 져 즘싱아 네 아비를 아올소야
져 즘싱의 거동 보소 무군무부(無君無父)[12] 져뿐일세
암컷 슈컷 짝을 지어 분별이ᄂᆞ 아올손야
젹고 큰거 무리ᄒᆞᄂᆞ 어룬 아히 예 알손야
이놈 져놈 셔로 보며 죽일 다시 시긔ᄒᆞᆫ다
사람드라 져것 보소 그것 아니 더러운가
윤긔[13] 업셔 져러ᄒᆞ니 사람 되고 져러ᄒᆞᆯ가
마일[14] 윤긔 바리오면 져러트시 더러오리
날노 씨로 살펴보소 살피고는 힝ᄒᆞ시오
요순도덕(堯舜道德) 공밍인의(孔孟仁義) 일월갓치 발가 잇다
발근 인의 발근 도덕 니 ᄒᆞᄌᆞ면 니게 잇니
요슌 도덕 마다ᄒᆞ고 잡포잡기[15] 즐겨ᄒᆞ면
우마(牛馬)와 갓가왓니 쳐ᄎᆞ ᄉᆞᄉᆞ 붓그럽다
이는 이러ᄒᆞ온 거시니 녀ᄌᆞ 쏘ᄒᆞᆫ 드러보소[16]
이목구비(耳目口鼻) 오장뉵부(五臟六腑) 남ᄌᆞ와 다를손가

11 닷-: 닫다. 달리다. 달려가다.
12 무군부무(無君無父). 임금도 없고 어버이도 없음. 임금도 부모도 몰라봄.
13 윤긔: 윤기(倫紀). 인륜(人倫).
14 마일: 만일(萬一).
15 잡포잡기: 자포자기(自暴自棄).
16 쳐쳐ᄉᆞᄉᆞ: 처처사사(處處事事). 모든 일.

어진 마음 어진 힝실 남즈의셔[17] 못홀손가
삼강오륜(三綱五倫) 발가 잇닉 남여 일반 갓다 ᄒᆞ데[18]
부싱모휵[19] 큰 은혜를 여ᄌᆞ온들 모를손가
먹고 입고 큰 은혜를 무타ᄒᆞ기 닉게 잇닉
부창부슈(夫唱婦隨) 강습ᄒᆞ소 츌가ᄒᆞᆫ 후 긴ᄒᆞ리로다
어룬 보고 공경ᄒᆞ면 잠시온들 허투홀가[20]
일가간의 신실(信實)ᄒᆞ오면 착ᄒᆞ올ᄉᆞ 져 여편닉
이ᄂᆞᆫ 이러ᄒᆞ온 일니 규즁(閨中)의 졔일일다
삼종지의(三從之義) 빅화두라 몰으면 쓸딕업다
집의 잇셔 아비 좃고 시집가면 지아비라
지아비가 업습거든 제ᄌᆞ식을 좃ᄎᆞ셰라
딕소ᄉᆞ를 문의ᄒᆞ야 제가 혼ᄌᆞ 결단 마소
부여[21] 되여 쳐신힝ᄉᆞ 더옥 조심 각별ᄒᆞ소
어려슬 제 기른 힝실 ᄌᆞ라나도 못 곳친다
못슬버릇[22] 독ᄒᆞᆫ 힝실 지금 잠간 이르리라
부모 ᄉᆞ즁 듯기 슬여 도라안ᄌᆞ 즁ᄌᆞ ᄒᆞ며[23]
만일 ᄒᆞᆫ번 치오시며 악담 원망 드러치닉[24]

17 –의셔: –보다.
18 –데: '–더이다'의 반말형.
19 부싱모휵: 부생모휵(父生母慉). 아버지는 낳고 어머니는 길러줌. 부생모육(父生母育).
20 허투ᄒᆞ–: 허투(虛套)하다. 아무렇게나 함이 있다.
21 부여: 부녀(婦女). 부녀자(婦女子).
22 못슬버릇: 몹쓸버릇.
23 즁즁ᄒᆞ–: 중얼거리다.
24 드러치–: 들어치다. 떨치다. 진동(振動)하다.

ᄇᆞᄂᆞ질 들고 안져 눈물 코물 빗기 쓰ᄉᆞ며
ᄒᆞᆫ 말ᄉᆞᆷ의 열 말 ᄃᆡ답 열 말ᄉᆞᆷ의 ᄇᆡᆨ 말 ᄃᆡ답
왼 고ᄀᆡ를 트러 ᄭᅩᆺ고 흘긔보는[25] 져 눈ᄭᅩ리[26]
언문길ᄉᆞᆷ 하라 ᄒᆞ면 어ᄃᆡ ᄀᆡ가 짓는고ᄂᆞ
ᄇᆞ나질[27]을 가라칠 제 원슈 보듯 눈살[28]이야
극젹〻[29] 뒤통슈요 뒤젹뒤젹[30] 이 잡ᄂᆞᆫ다
졔ᄉᆞ음식 ᄎᆞ릴 젹의 어룬 보ᄂᆞ 아니 보ᄂᆞ
이 모롱이 져 모롱이 손을 너허 집어넌다
밧비밧비[31] 괴아 놋코 나문 ᄎᆞᆫ물[32] 쑥〻[33]ᄒᆞᄂᆡ
조셕ᄣᅢ[34]의 ᄉᆞ람 가면 함박족박 드더지면[35]
부억문의 들낙날낙 뭇낫 말도 ᄃᆡ답 안네
이런 버릇 잇ᄂᆞᆫ 안ᄒᆡ 두렵도다 망가ᄒᆞ리[36]
제집이야 관겨ᄒᆞ랴 싀집간 후 어려우리
ᄂᆡ ᄒᆞᆫ 말 고지드러 명심ᄒᆞ여 드러셰라

---

25 흘긔보-: 흘겨보다.
26 눈ᄭᅩ리: 눈꼬리. 눈의 귀 쪽으로 째진 부분.
27 ᄇᆞ나질: 바느질.
28 눈살: 눈쌀. 두 눈썹 사이에 잡히는 주름.
29 극젹극젹: 긁적긁적. 손톱 따위로 자꾸 바닥이나 거죽을 문지르는 모양.
30 뒤젹뒤젹: 뒤적뒤적.
31 밧비밧비: 바삐바삐. 몹시 바쁘게.
32 ᄎᆞᆫ물: 찬물(饌物). 음식. 반찬거리가 되는 것. 또는 반찬의 종류. 찬품(饌品). 찬수(饌需).
33 쑥쑥: 쭉쭉.
34 조셕ᄣᅢ: 조석때(朝夕-). 아침 저녁 때.
35 드더지-: 드던지다. 들어던지다.
36 망가ᄒᆞ-: 망가(亡家)하다. 집안을 결딴내다.

ᄆᆞ음 셩품 유슌ᄒᆞ여 일동일경 조용ᄒᆞ소
몸가지기 진듕ᄒᆞ여 밋망[37] 경솔 구지 마라
안즐 자리 보아ᄒᆞ야 구셕으로 살펴 안소
어룬 츄립ᄒᆞ오실[38] 졔 들 졔 날 졔 긔거ᄒᆞ소
거름거리 완〻ᄒᆞ여 방경마지[39] 것지 말소
완〻힝보 ᄒᆞ온들 무ᄉᆞᆫ 일이 못 밋츨가
말이 말ᄉᆞᆷ 조심ᄒᆞ소 시비간의 참녜ᄒᆞ리
무릅 마츰 무안하다 발명ᄒᆞ기 무류ᄒᆞᆯ사
쥭고 살기 여긔 잇ᄂᆡ 무셥고나 혀ᄉᆞᆺ치야
기린다고 조아 말고 흉본다고 탄치 말소
조화ᄒᆞ면 교만 나고 탄ᄎᆞᄒᆞ면[40] 싸홈 나ᄂᆡ
뭇ᄂᆞᆫ 말만 ᄃᆡ답ᄒᆞ소 물을 말만 무러보소
남의 션악 슈응ᄒᆞᆯ가[41] 남의 장단 의논ᄒᆞᆯ가
귀로 듯고 입의 바라 벙어린 쳬 잠〻 잇소
목소리를 젹게 ᄒᆞ여 사랑손님[42] 듯게 말소
여ᄌᆞ소ᄅᆡ 손 드르면 도라가셔 욕ᄒᆞᄂᆞ니
더럽도다 욕셜이야 귀로 ᄎᆞ마 드를손가
노ᄒᆞ옴과 깃거홈을 낫빗츠로 현져 말소

37 밋망: 맨망. 요망스럽게 까부는 짓.
38 츄립ᄒᆞ-: 출입(出入)하다.
39 방경마지: 방정맞게.
40 탄ᄎᆞᄒᆞ-: 탄차(歎嗟)하다. 탄식하다.
41 슈응ᄒᆞ-: 수응(酬應)하다. 남의 요구에 응하다. 접대하다.
42 사랑손님: 사랑손님(舍廊-). 사랑방에 묵고 있는 손님. 남자 손님을 이르는 말.

만면츈풍 한갈갗치 디인졉물 화슌커라
착흔 말 듯거들낭 외와 두고 잇들 마소
몹슬말[43] 듯거들낭 달물가 겁을 너소
니웃[44] 츄립 즈로[45] 말소 시ㅣ비가 졀노 나니
문의 느미 살펴 흐소 힝인과긱[46] 업슬손가
만일 간의 맛느오며 유익간의 흉보나니
즈고이러 일너느니 부덕유슌 졔일이라
유슌흐고 유슌흐소 져 아히야 유슌흐소
이너 마음 유슌흐면 힝스 좃츠 무던흐리
삼긴 얼골 못 곳치느 악흔 마음 변흐나니
쳠양긔질 못 변흐느 독흔 셩품 고치느니
미용[47]의는 악힝 잇고 박식[48]의도 셩덕 잇너
외면으로 의논 마라 즁심으로 현부 안다
어엿분 것 둘직로다 어지온 것 웃듬이라
엇지흐면 어지올고[49] 슌홀 슌쓰 잇지 마라
이러타시 힝신흐면 공슌의업 즈연흐니
부모 꾸즁 듯즙거든 웃고 드러 시힝흐소
그른 교훈 아니오니 복응흐여[50] 조차셰라

---

43 몹슬말: 몹쓸말. 못되고 고약한 말.
44 니웃: 이웃.
45 즈로: 자주.
46 힝인과긱: 행인과객(行人過客).
47 미용: 미용(美容). 아름다운 얼굴.
48 박식: 박색(薄色). 아주 못생긴 얼굴. 또는 그러한 여자.
49 어지오-: 어질다. 너그럽고 착하며 슬기롭고 덕행이 높다. 능력 있다. 현명하다.

녀ᄌᆞ의계 침션방직 본ᄃᆡ ᄒᆞ는 소임이라
등잔불을 낫즐 삼아 조름눈[51]을 ᄭᅵ쳐가며
잠시간을 낭유[52] 말소 범ᄇᆡᆨᄉᆞ를 ᄇᆡ화 ᄒᆞ소
ᄂᆡ공[53] 만일 ᄉᆡᆼ소ᄒᆞ면 셰간ᄉᆞ리[54] 막 : ᄒᆞ리[55]
남이 ᄒᆞᆫ 일 법을 삼아 ᄯᅢ업시 익여 가소
의복지졀 어렵고도 남의 우음 붓그럽다
일즉 ᄇᆡ화 ᄌᆞ라ᄂᆞ면 츌가ᄒᆞᆫ 후 현부되리
졔집의 닥근 여힝(女行) 구가[56]의도 쓰옵ᄂᆞᆫ니
ᄂᆡ ᄒᆞᆫ 말 ᄯᅩ 하ᄂᆞ니 드러보소 드러보소
ᄉᆡ집ᄉᆞ리 어렵다데 각별 조심ᄒᆞ여셰라
ᄉᆞ구고[57]를 ᄒᆞ는 도리 친부모와 갓치 ᄒᆞ소
닭 울거든 이러나셔 머리 셰슈 즉시 ᄒᆞ소
구고의계 문안ᄒᆞ되 공슌ᄒᆞ계 졀을 ᄒᆞ소
양슈거지ᄒᆞ온 후의 목소ᄅᆡ를 화히 ᄒᆞ여
긔톄안부 뭇ᄌᆞ압고 졔 방으로 물너가셔
긔로ᄒᆞ는 ᄯᅢ를 술펴 음식의복 유렴ᄒᆞ소
조셕진지 ᄯᅢ 마초아 식셩 아라 공양ᄒᆞ소

---

50 복응ᄒᆞ-: 복응(服膺)하다. 교훈 따위를 마음에 간직하여 잠시도 잊지 아니하다.
51 조름눈: 졸음눈.
52 낭유: 낭유(浪遊). 하는 일 없이 빈둥빈둥 놂.
53 ᄂᆡ공: 내공(內工). 바늘질이나 길쌈.
54 셰간ᄉᆞ리: 세간살이. 살림살이.
55 막막ᄒᆞ-: 막막(漠漠)하다. 의지할 데 없이 외롭고 답답하다.
56 구가: 구가(舅家). 시집.
57 ᄉᆞ구고: 사구고(事舅姑). 시부모를 섬김.

부귀자도 악힝 잇고 공밍ᄌᆞ도 흉심 잇ᄂᆡ
흉심악힝[58] 잇ᄂᆞ니면 쳐ᄌᆞ 엇지 보젼ᄒᆞᆯ고
학문 가는 예힝 잇고 도덕ᄌᆞ는 인심 잇ᄂᆡ
인심예힝[59] 잇ᄉᆞ오면 문호 졀노 창셩ᄒᆞ리
치운 ᄯᆡᄂᆞᆫ 덥게 ᄒᆞ고 더운 ᄯᆡᄂᆞᆫ 차게 ᄒᆞ고
져녁 도여 쥬무실 졔 금침 펴고 ᄒᆞ직ᄒᆞ소
날과 달을 녜를 지어 풍우라도 폐틀[60] 말소
ᄯᆡ와 ᄯᆡ를 식을 삼아 한시라도 ᄭᅳᆫ틀 마소
한잠을 슬컷 ᄌᆞ고 느즌 아츰 된 후의
눈 부뷔고 ᄂᆞ오면은 열젹고도[61] 어렵도다
다리쏙지 쑥〻 ᄂᆞ고 두 졋쏙지 쑥〻 뵌다
뒤통소[62]의 ᄉᆡ집 짓고 코구멍의 거름 안져
턱 밋희는 가마귀오 니마털[63]은 부엉일다
허리동은 셕ᄌᆞ이요 치마기슭 ᄃᆡᄌᆞ로다
뒤짐지고 비켜셔니 져 몰골이 엇더ᄒᆞᆫ[고]
거울 들고 보랑이면 어느 뉘가 긔특달ᄭᅩ
지아비라 ᄒᆞᄂᆞᆫ 거ᄉᆞᆫ 이ᄂᆡ 몸의 하늘이라
공경ᄒᆞ여 ᄃᆡ졉ᄒᆞ고 하순(和順)을 등봉ᄒᆞ소

58 흉심악힝: 흉심악행(凶心惡行). 흉악한 마음과 나쁜 행동.
59 인심예힝: 인심예행(人心禮行). 사람의 마음과 예의 있는 행동.
60 폐ㅎ-: 폐(廢)하다. 그만 두다.
61 열젹-: 열쩍다. 열없다. 좀 겸연쩍고 부끄럽다.
62 뒤통소: 뒤통수.
63 니마털: 이마털.

일동일졍(一動一靜) 쓪바다 응시유종ᄒᆞ여세라
부ᄌᆞ공명 원치 말고 학문도덕 권ᄒᆞ시오
ᄂᆡ 남편이 현인 되면 나도 ᄌᆞ연 현부 되리
착한 도덕 셤기고도 더옥 조심ᄒᆞ여셔라[64]
한 말솜과 반 말솜을 욱여[65] 말고 시힝ᄒᆞ소
ᄂᆡ편[66] 허물 업다 ᄒᆞᆯᄃᆡ 말고 손보다시 상경ᄒᆞ소
상경ᄒᆞ면 예법 ᄂᆞ고 예법 ᄂᆞ면 가도 잇ᄂᆡ
의복은 몸의 맛게 음식은 입의 맛게
진심으로 공부ᄒᆞ소 이ᄂᆡ 구실 아니ᄒᆞᆯ가
헌옷 입고 츄립ᄒᆞ면 안ᄒᆡ 낫치 몬져 뵈ᄂᆡ
가간ᄉᆞ[67]를 문의ᄒᆞ여 쓪 셰우지 말고지고
쓪 셰우면 걱졍 ᄂᆞ고 걱졍ᄂᆞ면 ᄊᆞ홈ᄂᆞᄂᆡ
싸홈되면 샹호ᄒᆞ고 상호ᄒᆞ면 남만 못ᄒᆡ
이르는 말 아니 듯고 ᄉᆡᆨ니는[68] 닐 아니ᄒᆞ여
ᄒᆞ로 잇틀 걱졍 되여 가도ᄑᆡ망(家道悖亡) 두렵도다
셜ᄉᆞ 남편 그르오ᄂᆞ ᄂᆡ 아니코 엇지ᄒᆞ리
ᄒᆞᄂᆞᆯ 되고 ᄯᆞ이 되여 감히 엇지 ᄉᆡ양ᄒᆞ리
니 도리를 ᄉᆡᆼ각ᄒᆞ면 ᄌᆞ연 절노 화순ᄒᆞ리
동ᄉᆡᆼ간의 우ᄋᆡ 잇고 ᄉᆡ동ᄉᆡᆼ도 동ᄉᆡᆼ이라

64 -셔라: 동사, 형용사 어간 뒤에 붙는 종결형 어미. -구나. -도다.
65 욱이-: 우기다. (어떤 의견을) 고집하여 내세우다. 강제(强制)하다.
66 ᄂᆡ편: 남편.
67 가간ᄉᆞ: 가간사(家間事). 집안일.
68 ᄉᆡᆨ니-: 시키다.

맛동셔는 사랑ᄒᆞ고 아릐동셔[69] 공경ᄒᆞ소
남〻 기리 동긔 되니 정이 더욱 둣텁도다
ᄂᆡ 구고의 맛ᄒᆞᆫ ᄌᆞ식 ᄎᆞ례〻 취쳐ᄒᆞ소
젼후좌우 버러안ᄌᆞ 화순화락 ᄒᆞ는고ᄂᆞ
친동ᄉᆡᆼ을 쩌ᄂᆞ 잇셔 이 동ᄉᆡᆼ만 못ᄒᆞ오리
ᄀᆡ 갓든지 돗 갓든지 ᄂᆡ 동ᄉᆡᆼ이 되온 후ᄂᆞᆫ
경형ᄒᆞᆯ시 ᄂᆡ 인ᄉᆞ요 ᄋᆡ졔할시 ᄂᆡ 인ᄉᆞ라
분문은 ᄒᆞ온 달ᄉᆞ 불화지심 두올손가
한 품 두 푼 격을 ᄂᆡ여 ᄒᆞᆫ 홈 두 홈의 틀여
본 젹마다 ᄂᆡ 것 갑소 간 ᄃᆡ마다 ᄂᆡ 것 쥬소
종ᄌᆞ 소금 탕긔 국과 ᄉᆞ발 김치를
쒸엿노라[70] ᄒᆞ고 덜ᄒᆞ고ᄂᆞ 더ᄒᆞ고ᄂᆞ
키 ᄒᆞᆫ번을 비러가면 ᄎᆞ즐 ᄯᆡ의 역정 ᄂᆡ고
톄 ᄒᆞᆫ번을 비러가면 염치업다 ᄉᆞ셜ᄒᆞᄂᆡ
져 ᄃᆞᆰ아기[71] 드러보소 니 버릇슬 ᄇᆡᄒᆞᆯ손가
이런 버릇 ᄒᆞ량이면 오랑ᄏᆡ가 되오리라
이런 심ᄉᆞ 가지오면 되아지[72]가 거의로다
치마 둘너 여ᄌᆞ 된들 ᄃᆡ의 엇지 모를손가
한 홉 쌀을 앗겨 말고 쥬리거든 난화셰라
한 ᄌᆞ 무명 앗겨 말고 버셧거든 ᄂᆞᆫ화셰라

69 아릐동셔: 아랫동서(-同壻).
70 쒸이-: 꾸이다. 다음에 돌려받기로 하고 돈이나 물건을 빌려주다.
71 ᄃᆞᆰ아기: 쌀아기.
72 되아지: 돼지.

업는 ᄀᆡ명 ᄂᆞᆫ화쓰라[73] 잇ᄂᆞᆫ ᄌᆡ물 ᄂᆞᆫ화쓰소
너의 비록 타인니ᄂᆞ 남편은 동긔로다
남편 얼굴 보랑이면 그 동싱을 박히[74] ᄒᆞ랴
구고게로 보랑이면 이도 ᄌᆞ식 져도 ᄌᆞ식
열 손가락 다 무러보라 가락가락[75] 다 알푸니라
그 뜻 밧고 이 말 들어 부ᄃᆡ부ᄃᆡ 명심ᄒᆞ소
한 ᄉᆞ람의 ᄌᆞ식 되여 품은 셔름 품어두고
부모 마참 삼촌이요 동긔 갓튼 ᄉᆞ촌이라
유부유ᄌᆞ 의가 듕ᄒᆞ고 동형뎨간의 범연ᄒᆞᆯ가
동당지친 니셩결에[76] 한집갓치 화목ᄒᆞ소
ᄌᆞ식 나아 길으거든 악힝 말고 교양ᄒᆞ소
가르치면 ᄌᆞ식이요 못 가르치면 즘싱이라
문학ᄒᆞ면 현인 되고 포기ᄒᆞ면 흉인이라
철 알거든 무러보소 현인 될가 불인 될가
진ᄉᆞ급졔 조컨만은 ᄌᆡ쳔ᄒᆞ니 ᄀᆡ필ᄒᆞᆯ가
유학군ᄌᆞ ᄌᆡ아ᄒᆞ니[77] ᄌᆡ아ᄒᆞ니 어려울ᄉᆞ
문호셩쇠 관겨ᄒᆞ니 ᄌᆞ식 부ᄃᆡ 가르치소
남편 만일 쳡 두거든 ᄉᆡ와 말고 투긔 말소
일쳐일쳡 이ᄉᆞ로다 한 난편을 셤기ᄂᆞ니

73 ᄂᆞᆫ화쓰-: 나눠쓰다.
74 박히: 박(薄)히. 박하게. 너그럽지 못하고 쌀쌀하게.
75 가락가락: 손가락 하나하나.
76 결에: 겨레. 친족.
77 ᄌᆡ아ᄒᆞ-: 재아(在我)하다. 나에게 있다.

ᄉᆞ람을 그어ᄒᆞ고[78] 두남두어[79] 솔뉵ᄒᆞ소[80]
시셩노위 고영ᄒᆞᆫ들 너외갓치 관듕할가
너외는 군신의 비ᄒᆞᄂᆞ니 상더예빈 잇지 말소
구고를 효봉ᄒᆞ고 군ᄌᆞ를 승순ᄒᆞ면
천되 슌환ᄒᆞ여 계ᄒᆞ 창ᄒᆞ ᄒᆞ고
안낙티평ᄒᆞᄂᆞ니 금셰시속 여ᄌᆞ들도
넉여 보면 더러 쓰일 곳 잇슬는지[81]

---

78 그어ᄒᆞ-: 긔애(奇愛)하다. 특별히 사랑하다.
79 두남두-: 두람(兜攬)두다. 자기 마음에 드는 편만 힘을 써 주다. 두둔하다. 역성들다.
80 솔뉵ᄒᆞ-: 솔육(率育)하다.
81 -ㄴ지: 해라 할 자리나 간접 인용절에 쓰여, 막련한 의문을 나타내는 종결 어미.

[부록 2] 〈발몽인교가〉 사진

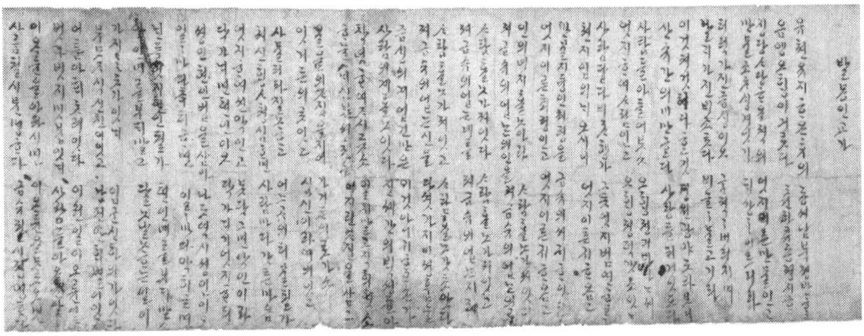

〈사진 1〉

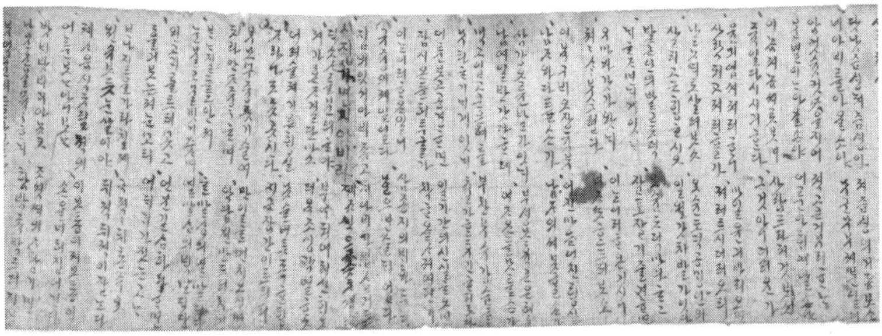

〈사진 2〉

〈사진 3〉

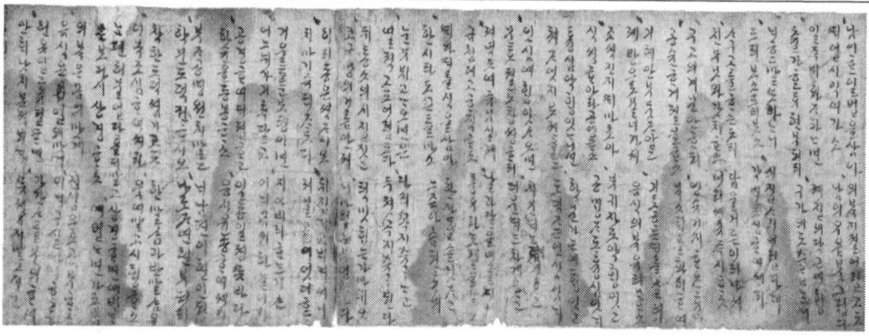

〈사진 4〉

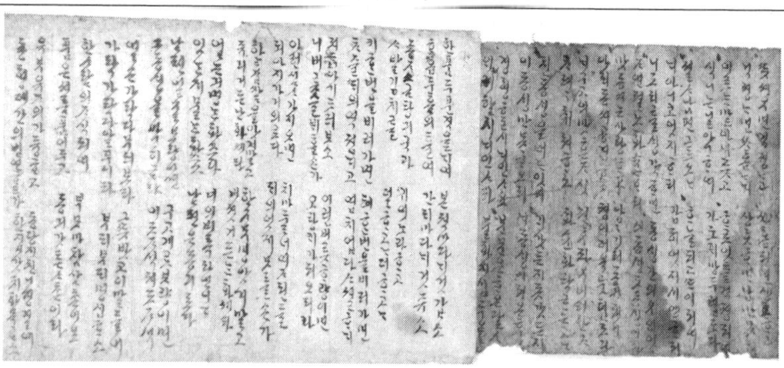

〈사진 5〉

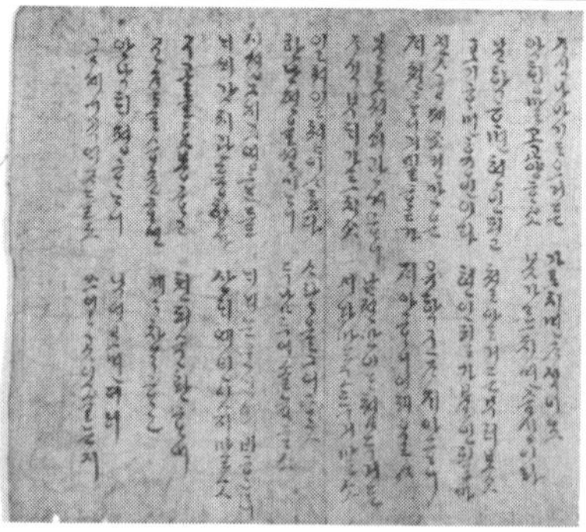

〈사진 6〉

제3부

가사 작품과 문중 교육

- ❖ 충무공 이순신가의 문중 교육과 〈나부가〉류 가사 작품들
- ❖ 이도희의 새로운 가사 작품 〈직즁녹〉에 대하여
- ❖ 충무공의 선양 사업과 〈튱무공ᄒᆡᆼ장〉 소재
  새로운 가사 작품 〈난부가〉 2편에 대하여
- ❖ 자료집 『계문』과 새로운 가사 작품 4편에 대하여

충무공 이순신가의 문중 교육과 <나부가>류 가사 작품들

1. 머리말

조선전기 봉건사회의 이념적 토대에서 자라난 가사는 시조와 함께 당대인의 정서와 이념을 담아냈던 대표적인 시가 양식이었다. 이것들은 시대가 바뀌면서 양식적 변모를 겪는다. 역사적 장르로서의 가사 작품은 시대 흐름에 따라 형식과 내용뿐만 아니라 장르적 성격이 변모되는 과정을 겪고 있었기 때문이다. 조선후기에 이르러 왕조를 지탱했던 봉건 체제는 크고 작은 저항에 부딪치면서 한계를 드러낸다. 게다가 조선후기에는 상업의 홍성과 함께 도시문화가 발달하였고 민중 의식도 성장하였다. 이러한 상황에서 시조와 가사가 기존의 방식으로 조선후기의 변화된 모습을 담아내기에는 역부족이었다. 시조와 가사도 당대의 다양하고 복잡한 현실을 수용하기 위한 양식적 변모가 이뤄진다. 이 과정에서 시조와 가사는 문학 담당층의 확대와 더불어 평민시조나 규방가사 등이 문화 전면에 나타났다. 또한 길이가 늘어난 사설시조나 시정의 사실적인 모습을 읊은 서민가사도 나왔다. 그런데, 이들 조선후기의 가사는 새로운 내용을 담기 위해 자신의 장르적 성격을 바꾼 것이 아니라 모든 양식을 담아낼 수 있는 가장 익숙하고 보편적인 표현 도구로 가사체가 선택되었다고 보면 되겠다.[1]

충무공 이순신 문중에서 집안 아녀자들과 자손들을 가르치고 일깨우기 위해 가사 작품을 교육용 자료로 활용한 것은 그와 같은 조선후기 가사 작품의 개방성에 힘입은 바가 크다. 이들 덕수이씨 이충무공가의 후손들은 주로 충남 아산시 현충사 인근에 대대로 거주하면서 조선말엽까지 꾸준히 양반 계급을 유지해왔다. 이들 후손들은 이충무공의 공로에 힘입어 조정의 정책적 배려로 대를 이어 무반직으로 관직에 진출할 수 있었기 때문이다. 이들 이충무공 후손들이 오늘날까지 조상과 가문에 대한 남다른 자부심을 가지고 있었던 것도 모두 그와 같은 역사적 배경에서 비롯된 것이었다.

한편, 이충무공 문중에서는 그것에 머물지 않고 충무공에 대한 생애와 삶의 모습을 『충무공행장』이라는 전기물로 지어서 후손들이 읽게 하였다. 이 과정에서 이충무공 후손들은 조상과 가문에 대한 자부심과 국가에 대한 충성심이 남달랐다. 뿐만 아니라, 이충무공 문중에서는 교훈가사의 일종인 〈나부가〉나 〈난부가〉, 또는 〈직중록〉 등을 짓거나 필사하여 후손 들이 읽고서 바른 생활 태도를 가지도록 하였다. 조선후기에 당색에 따라 동방도학의 흐름을 주지시키고 그것의 적통성을 알리기 위해 도학가사류를 활용한 사례는 있었다. 그렇지만 이충무공가와 같은 특정 문중에서 후손 교육을 위해 특정 가사 작품을 문중 내에 전승시키며 교육적으로 활용한 경우는 매우 드문 사례였다.

이 논문에서는 먼저 이충무공 문중에서 전기물인 『충무공행장』이나

1 박연호, 『가사문학 장르론』, 다운샘, 2003, 59쪽.

나부가류 가사 작품을 후손 교육을 위해 활용했던 내력을 알아보도록 한다. 이어서 이충무공 문중에서 가사 전승의 실체와 문중 교육 텍스트로 사용되었던 나부가류 가사 작품들을 살펴보며 그것의 문예적 특징을 살펴보도록 한다. 여기에는 최근까지 알려지지 않았던 새로운 가사 작품인 〈난부가〉 2편과 〈직중록〉이 함께 다뤄질 것이다.

2. 이충무공가의 문중 교육과 문예물들

충무공 이순신이 임진왜란으로부터 나라를 구한 영웅이라는 것은 주지의 사실이다. 이순신은 살아서 싸움마다 이겼지만 정치적으로는 부침을 거듭하였다. 그에 대한 평가는 선조 31년(1598) 11월 19일 노량해전에서 대승을 거두고 전사한 다음에 이뤄졌다. 그는 전사 직후에 우의정으로 추증되었고, 선조 37년(1604)에 선무공신(宣武功臣) 1등의 녹훈과 덕풍부원군(德豊府院君)에 추봉되며 좌의정에 추증되었다. 인조 21년(1643)에는 '충무(忠武)'라는 시호가 내려졌다. 숙종 33년(1707)에는 충청도 아산(牙山)에 세워진 그의 사당에 '현충(顯忠)'이란 명호가 내려졌다. 정조 17년(1793)에는 마침내 영의정으로 추증되었다. 이처럼 이충무공에 대한 사후 평가는 후대로 내려올수록 높아졌다는 것을 알 수 있다.

이충무공에 대한 선양 사업은 문중에서 시작되어 국가 차원으로 확대되었다. 그의 사후에 조카였던 묵헌(默軒) 이분(李芬, 1566~1619)이 이충무공의 행적과 위업을 정리하여 「행록(行錄)」으로 저술하였다. 이분의 「행록」은 훗날 『충무공가승(忠武公家乘)』이나 『이충무공전서(李忠

武公全書)』와 같은 문헌 편찬 사업의 토대가 된다. 『충무공가승』의 편찬과 간행도 이충무공 직계 후손들의 노력에 힘입은 바가 컸다. 이분의 「행록」이 나온 지 1세기가 지나서 이홍의(李弘毅, 1648~1735)가 고조부 이신 이충무공에 대한 관련 자료를 수집하여 『충무공가승』으로 이름을 붙였다. 이어서 그의 아들인 이봉상(李鳳祥, 1672~1728)이 1715년에 함경도 병사로 있으면서 『충무공가승』을 간행하였다. 이처럼 「행록」이나 『충무공가승』은 모두 이충무공의 후손인 문중 차원에서 이뤄졌다.

반면에 『이충무공전서』가 이전의 「행록」이나 『충무공가승』과 다른 점은 그것이 문중 중심이 아닌, 국가적 차원의 선양 사업으로 이뤄졌다는 점이다. 조선시대에 충무공 이순신에 대하여 가장 적극적으로 평가했던 통치자는 정조 임금이었다. 정조는 정조 17년(1793) 7월 1일에 이충무공을 영의정으로 추증하였고, 2년 뒤인 정조 19년(1795)에는 어명으로 『이충무공전서』를 편찬 간행케 하였다. 『이충무공전서』는 이충무공과 관련된 문헌 편찬 사업의 결정판이라고 할 수 있는데, 이것은 이전의 『충무공가승』을 저본으로 삼았다. 따라서 이들 이충무공 관련 문헌 사업을 보면 「행록」에서 『충무공가승』으로, 『충무공가승』에서 『이충무공전서』로 확대되고 있다는 것을 알 수 있다. 그 외에도 이충무공과 관련된 「행장(行狀)」이나 이식(李植, 1584~1647)의 「시장(諡狀)」이 수록된 『충무록(忠武錄)』이 있었다.[2]

이들 「행록」이나 『충무공가승』의 편찬은 이충무공의 후손들에 의해 이뤄진 문중 선양 사업의 일환이었다. 편찬자들은 모두 이충무공의 후

---

2 이들 충무공 관련 문헌에 대한 구체적인 내용은 다음 논문으로 미룬다. (김영, 「한글 필사본 충무공행장에 대하여」, 『충무공 이순신전』, 역락, 2014, 13~41쪽.)

손으로서 국가적 위기에서 나라를 구한 애국적 영웅인 이충무공을 기리고 선양하려는 목적이었다. 그러다가 정조 19년에 어명으로 『이충무공전서』가 편찬되면서 국가적 차원의 선양 사업으로 격상되었다. 여기에서 「행록」이나 『충무공가승』은 『이충무공전서』의 저본으로 활용된다. 당시 이 사업은 국가적 차원에서 기획된 이충무공에 대한 본격적인 영웅화 작업이기도 하였다. 이후로 충무공 이순신은 우리 역사에 길이 남을 민족적 영웅으로 자리를 잡게 되었다.

그런데, 이들 문헌은 모두 한문으로 지어졌고 양반 남성들이 주요 독자층이었다. 처음에 「행록」이나 『충무공가승』의 독자는 주로 한문을 읽고 쓸 줄 아는 덕수이씨 이충무공 문중의 사람들이었다. 그러다가 『이충무공전서』가 간행되어 유포되면서 독자층이 문중을 넘어 전국의 식자층으로 확대되었다. 이 과정에서 이충무공 후손들은 눈을 문중 내부로 돌려 문중 아녀자들에게 이충무공의 위업을 인식시키고 가르치는 방법도 모색하게 된다. 당시 덕수이씨 이충무공의 남성 후손들은 「행록」이나 『충무공가승』을 읽고 이해하는데 어려움이 없었다. 그러나 한문을 모르는 집안 아녀자들은 그렇지 못하였기 때문에 문중에서 이충무공의 전기를 우리말로 지어서 읽도록 하였다. 이분(李芬)의 「행록」을 우리말로 바꾼 『충무공행장』이 그것의 대표적인 사례였다.

한글로 지어진 『충무공행장』은 오늘날 네 편이 전한다. 우리한글박물관에서 소장하다가 해군사관학교 박물관으로 이양된 『튱무공힝장』, 해군사관학교 박물관에서 소장하고 있는 또 다른 『션죠츙무공힝장(先祖忠武公行狀)』, 서울역사박물관에 수장된 『튱뮤공힝장(忠武公行狀)』, 이현조가 소장하고 있는 『튱뮤공힝장』이 바로 그것이다. 이들 네 편의 충무공행장류는 모두 덕수이씨 이충무공 후손가에서 나왔다. 이들 한글본 충무공행장류는 이충무공 후손가에서 집안 아녀자들로 하여금 이충무공의 위업을 가르치기 위해 저술한 것이다.

그런데 이들 한글본 충무공행장류에는 부녀자를 선도하기 위해 지어진 나부가류 계통의 교훈가사가 부기되어 있는 것을 주목할 필요가 있다. 우리한글박물관 소장본에는 〈난부가(懶夫歌)〉와 〈난부가(懶婦歌)〉의 가사 작품이, 서울역사박물관 소장본에는 〈직즁녹〉이 수록되어 있다.[3] 그리고 현충사가 가까이 있는 충남 아산시 탕정면 용두리에 살고 있던 덕수이씨 이충무공의 후손인 이준영(李峻永, 1879~1907)이 필사하여 소장했던 다른 〈나부가(懶婦歌)〉가 있었다.[4] 이들 가사 작품은 『충무공행장』과 함께 모두 덕수이씨 이충무공 후손가에서 집안 아녀자들을 가르치기 위해 짓거나 필사해놓은 문중 교육의 문예물들이었다.

---

3 〈직즁녹〉은 〈나부가〉와 같은 계통의 교훈가사이다. 〈직즁녹〉에 대해서는 다음 논문을 참조하기 바란다. (구사회·김영, 「이도희의 새로운 가사 작품 〈직즁녹〉에 대하여」, 『한국고시가문화연구』 34, 한국고시가문화학회, 2014, 33~60쪽.)

4 이준영이 필사한 162행의 〈나부가〉 이외에도 이충무공 후손가에서 전승되다가 현재 규장각과 장서각에 수장된 다른 〈나부가〉 2편이 있다. 규장각본은 이충무공 후손인 이익영(李翊永) 집안에서 소장하던 것이었다. 규장각본은 127행, 장서각본은 107행으로 되어 있다. 이들 이본은 내용상으로 약간의 차이가 있다. 하지만 이 논문에서는 논의의 편의를 위해 이준영의 〈나부가〉로 묶어서 다루기로 한다. 정인숙은 이들 중에서 이정환본이 다른 두 이본에 비해 내용이 풍부하고 '금세부인'의 목소리가 생생하게 삽입되어 있다고 보았다. (정인숙, 「〈나부가〉에 나타난 게으른 여성 형상과 그 의미」, 『한국고전여성문학연구』 26, 한국고전여성문학회, 2013, 196쪽.)

3. 이충무공 문중의 가사 전승과 나부가류 가사 작품들

3.1. 가사 전승의 실체

창작된 작품은 생성 공간에서 분리되지 않고 그것의 본래적 가치와 기능을 발휘해야 한다. 그래야 그것의 근원적 존재를 유지하게 되는데, 생성 공간을 떠나면 그것의 본래적 가치와 기능을 상실하는 경우가 발생하게 된다. 예로써 가사 작품이 처음 생성된 공간에서 박물관으로 옮겨지거나 문학관의 디지털 양식으로 전환되기도 한다. 때로는 자료집총서로 간행되면서 가사 작품들이 해철되거나 분리되기도 한다. 이 과정에서 가사 작품은 작품들끼리의 유기적 관계가 해체되기도 한다. 이런 상황에서 연구자들은 가사 작품들이 지니고 있던 각각의 근원적 존재를 파악할 수 없게 된다. 왜냐하면 가사 작품이 창작되고 필사된 자료집에는 본래적으로 창작자나 필사자의 이념적 성향이나 작품들 사이의 콘텍스트가 존재하기 때문이다. 그런데 가사 작품들이 근원적 가치를 잃게 되면 작품 자체나 작품 사이의 유기적 관계도 함께 무너지거나 파편화된다.

그것은 덕수이씨 이충무공 문중에서 전승되던 충무공 행장류나 나부가류 가사 작품도 마찬가지이다. 오늘날 남아있는 한글로 지어진 충무공행장류와 나부가류 가사 작품은 처음 생성된 공간이었던 덕수이씨 이충무공의 후손가를 벗어나 박물관으로 들어갔다. 〈난부가(懶夫歌)〉와 〈난부가(懶婦歌)〉는 우리한글박물관에, 〈직중녹〉은 서울역사박물관에 소장되어 있다. 이충무공 후손인 충남 아산의 이정환 집안에서 소장하고 있던 〈나부가(懶婦歌)〉도 이제는 확인할 길이 없다. 다행히 이들 나부가류 가사 작품은 충무록 행장류에 부기되어 있기 때문에 상호간의 유기적 관계가 그나마 유지될 수 있었다. 게다가 〈직중녹〉은 이충무공의 후손인 이도희가 직접 등사한 것으로 밝혀졌다. 이준영이 필사했던 〈나부가〉는 충무공 행장류와의 관계성이 확인되지 않았으나 그것의 존재적 공간이 덕수이씨 이충무공의 후손가라는 것은 그나마 확인된 셈이다.[5]

이들 관계는 이충무공 후손가와 한글본 충무공 행장류, 충무공 행장류와 나부가류 가사 작품으로 요약된다. 먼저 이충무공 후손가와 한글본 충무공 행장류의 관계는 다음과 같다. 앞서 언급한 바, 문중에서 이뤄진 「행록」이나 『충무공가승』의 편찬을 비롯하여 국가 차원에서 이뤄진 『이충무공전서』의 편찬은 한문을 읽고 쓸 줄 아는 남성들이었다. 그것은 한문을 읽을 줄 모르는 문중의 아녀자들이나 아동들을 염두에 둔 것이 아니었다. 이 과정에서 이충무공 후손들은 문중 내부로 눈을 돌려 문중 아녀자들로 하여금 이충무공의 위업을 인식하는 방법을 모색하게 된다. 문중 어른들은 조상인 충무공 이순신 장군에 대한 전기물을 우리말로 지어서 그들로 하여금 익게 하였다. 그것이 바로 한글본 충무공 행장류였다. 이충무공 후손들은 이를 통해 임진왜란이라는 국가존망의 위기에서 나라를 구했던 충무공 이순신이 자신들의 조상이라는 것을 각인시키고 아울러 그들로 하여금 가문에 대한 자부심을 일깨웠다. 한 마디로 충무공 행장류는 교육적 목적에서 작성되었다.

충무공 행장류와 나부가류 가사 작품의 관계도 다음과 같이 정리할

---

5 충무공 후손가인 이준영 집안에서도 충무공 행장류를 소장하고 있었을 가능성도 없지 않다. 다만 발굴자인 김명준이 시가 작품인 〈나부가〉에 관심을 갖고 있었는지도 모른다. (김명준, 「나부가 연구」, 『어문연구』 46·47합병호, 어문교육연구회, 1985, 362~382쪽.)

수 있다. 충무공 행장류와 나부가류 가사 작품의 주된 독자는 덕수이씨 이충무공 문중 여성들이었다. 표기도 언문으로 기록했던 것을 보면 나부가류의 창작과 전승은 주로 문중 아녀자들에게 읽히기 위한 것이었다. 충무공 행장류를 저술한 것이 본래 집안 아녀자들에게 자신들의 조상인 충무공 이순신의 위업을 인식시키고 일깨워서 가문의 자부심을 가지도록 하기 위해서였다고 앞서 언급하였다. 그것은 이충무공가의 후손 여성들도 있었지만 문중으로 출가해온 여성들에게 더욱 필요하였다. 이것은 가문에 대한 자부심으로 그칠 문제가 아니었고 가문의 명예와 유지를 위해 집안 아녀자들의 바른 행실과 부덕이 무엇보다도 필요하였던 것이다.

이를 위해 나부가류 가사 작품을 짓거나 적어서 자녀들과 출가해온 여성들에게 가르쳤다고 여겨진다. 이충무공 후손가에 충무공 행장류와 나부가류 가사 작품들이 합철되어 전승되거나 유전되었던 것도 모두 그런 까닭이었다. 그것은 이충무공 직계 후손인 이도희가 충무공 행장류인 『튱뮤공힝장(忠武公行狀)』과 함께 나부가류 가사 작품의 일종인 〈직즁녹〉을 등사하여 가문 전승을 시킨 사례에서도 확인된다. 이준영이 필사하여 가문 전승시킨 〈나부가〉도 있었다. 이것도 이충무공 문중 내에서 전승되던 〈나부가〉의 하나를 개작하거나 필사하였을 것으로 짐작된다. 우리한글박물관에 소장되었던 『튱무공힝장』에 부기된 〈난부가(懶夫歌)〉와 〈난부가(懶婦歌)〉의 가사 작품도 그것의 연장선상에 있다. 이를 바탕으로 나부가류 가사 작품은 충무공 행장류와 함께 덕수이씨 이충무공 후손가에서 문중 교육의 텍스트로 사용되었다는 추론이 가능하다.

결과적으로 덕수이씨 이충무공가의 문중 교육은 국난기에 멸사봉공의 귀감이 되었다. 예로써 충남 아산시 탕정면 용두리에 살면서 〈나부가(懶婦歌)〉를 필사하여 소장하였던 이준영은 1907년 8월에 일제에 의한 군대해산령이 내려지자 봉기하여 투쟁하다가 순국하였다. 그의 부친도 아들의 순국 소식을 듣고 예산에서 의병 활동을 하다가 체포되어 총살되었다. 〈직즁녹〉의 작자인 이도희의 후손들도 국난을 당하여 일가족이 모두 구국운동에 투신하였다. 이도희의 부인이었던 박안라(1853~1922)는 아들 이규풍(李奎豊,1877~1931)과 이규갑(李奎甲, 1888~1970)을 독립운동가로 키웠다. 이규풍은 독립운동을 하다가 러시아 연해주에서 죽었고, 부인 오세라(1875~1939)도 아들 이민호(1895~1944)와 함께 독립운동에 참여하여 김좌진 장군의 휘하에서 독립운동을 하다가 죽었다. 둘째 아들인 이규갑은 1907년 홍주의병에 참가하여 국내외를 넘나들며 독립운동을 하였다. 그의 부인 이애라(1894~1922)도 상해 임시정부의 독립운동 자금을 모금하다가 국내로 밀입국하는 과정에서 체포되어 고문으로 순국하였다. 그의 자손들도 독립운동에 뛰어들어 죽거나 실종되었다. 이충무공의 많은 후손들이 그처럼 독립운동에 투신한 것은 충무공 이순신의 후손이라는 자부심과 애국심을 고취한 문중 교육에의 힘입은 바가 컸다. 그리고 일제강점기라는 국난기에 이충무공 후손들이 독립운동에 목숨을 바친 것은 이충무공가로 출가해온 여성들의 역할이 컸던 것으로 짐작된다.

3.2. 나부가류 가사 작품의 검토

3.2.1. 작자군과 창작 의도

충무공행장류 4편은 내용상으로 서로 다소간의 차이가 있지만 모두 덕수이씨 이충무공 후손가에서 전승되다가 3편이 박물관에 수장되었다. 아울러 그것과 짝을 이루던 나부가류 가사 작품 4편도 문중에서 함께 전승되다가 3편이 현재 박물관에 있다. 이들 충무공행장류나 나부가류 가사 작품은 앞으로도 새로 출현하여 추가될 가능성이 있다.

이들 나부가류 가사 작품으로는 먼저 우리한글박물관에서 소장하고 있는 『튱무공힝장』에 실려 있는 〈난부가〉 두 편을 꼽을 수 있다. 하나는 〈懶夫歌〉이고, 다른 하나는 〈懶婦歌〉이다. 전자는 문중 아동을, 후자는 문중 아녀자들을 대상으로 훈계하기 위해 지어진 것이다. 다음으로 충남 아산시 탕정면 용두리의 이정환이 소장하던 〈나부가〉가 있었다. 이것은 그의 조부인 이준영이 필사한 것으로 알려졌다.[6] 이준영도 덕수이씨 이충무공의 후손이었고 필사된 〈나부가〉는 같은 문중에 전승되던 것을 빌려와 필사하였던 것으로 보인다. 마지막으로 같은 이충무공의 후손인 이도희(李道熙, 1842~1902)가 지은 〈직즁녹〉이 있다. 이것은 서울역사박물관에 수장된 『튱무공힝장(忠武公行狀)』에 부기되어 있다. 이들 4편의 나부가류 가사 작품 중에서 이준영이 필사한 〈나부가〉만 충무공행장류에 부기되어 있었는지 확실하지 않다.

이어서 한글본 충무공행장류와 그것에 부기된 나부가류 가사 작품들의 관계를 살펴볼 필요가 있다. 이들 한글본 충무공행장류는 짓거나 필사하면서 첨삭 과정이 있었던 것으로 보인다. 게다가 우리한글박물관본은 다른 3종의 필사본과 다른 계열의 필사본으로 추정되는 내용이 포함되어 있다.[7] 이것은 나부가류 가사 작풍에 있어서도 마찬가지이다.

---

6 김명준, 위의 논문, 362~382쪽.

7 김영, 앞의 논문, 38쪽.

충무공행장류보다 오히려 나부가류 가사 작품들이 전사 과정에서 첨삭이나 개작이 보다 활발하게 이뤄졌던 것으로 보인다. 예로써 〈직중녹〉은 이도희가 등사하였다고 하지만 기존의 나부가류 가사 작품을 참조로 재창작하였을 가능성이 높다. 그것을 다른 나부가류 가사 작품과 비교해보면 가요적 성격이나 작품 구성, 그리고 표현 방식이 다른 나부가류 가사 작품과 유사하지만 세부적인 내용에서 차이가 나기 때문이다. 이것은 이도희가 문중에서 전승되던 다른 나부가류 가사 작품을 참조하여 재창작하였다는 것을 말해준다. 한 마디로 충무공행장류끼리 나부가류 가사 작품들끼리 내용상으로 서로 비슷하거나 겹치고 있다는 것은 문중에서 이들 양식을 서로 공유하면서 전사하였기 때문이다.

한편, 충무공행장류와 함께 나부가류 가사 작품의 작자나 필사자들이 모두 덕수이씨 이충무공의 후손들이었다는 점을 주목할 필요가 있다. 〈직중녹〉의 작자인 이도희가 그렇고, 〈나부가〉를 전사했던 이준영도 이충무공의 후손이었다.[8] 그리고 우리한글박물관에서 소장했던 『충무공행장』에 부기된 〈난부가〉 2편의 작자나 필사자도 이충무공의 후손일 것으로 짐작된다. 이처럼 충무공행장류와 나부가류 가사 작품의 작자나 전사자들은 모두 덕수이씨 이충무공 후손들이었다고 말할 수 있다. 더 나아가 이들 작품의 주요 작자군은 여성이 아닌 남성으로써 이도희나 이준영과 같은 문중 어른들로 짐작된다. 이들은 문중 자제나 아녀자들을 일깨우고 가르치기 위해 충무공행장류와 함께 나부가류 가사 작품들을 짓거나 필사했던 것으로 보인다. 그리고 이들 나

8 규장각본은 이충무공의 후손인 이익영의 증조모이신 용인이씨가 필사한 것이다. (임기중 편, 『역대가사문학전집』 8권, 동서문화원, 1987, 82쪽.)

부가류 가사 작품은 충무공행장류와 함께 덕수이씨 이충무공 후손들에 의해 작성되어 문중 내에서 전승되던 양식이었다고 말할 수 있다.

그렇다면 이충무공 후손가의 문중 인사들이 이들 나부가류 가사 작품을 창작한 의도가 무엇이었는지 살펴볼 필요가 있다. 나부가류 가사 작품이 특정 가문이나 그것의 작자군과 맺고 있는 상호 연관성을 배제하면 그것은 전통 규범에 포함되지 않는 며느리 세대와 여전히 전통사회의 테두리 안에서 규범을 요구하는 시부모 세대와의 갈등을 노출한 작품으로 볼 수도 있다.[9] 하지만 나부가류 가사 작품들이 문중 내의 아녀자들이나 자제들에 대한 교육 매체로 활용하려는 의도에서 지어졌다는 콘텍스트를 주목해야 한다. 충무공행장류는 자신들의 조상인 충무공 이순신에 대한 생애와 삶을 서술하여 문중내의 아녀자들에게 조상과 가문에 대한 자부심과 긍지를 심어주려는 의도에서 지어졌다. 그리고 나부가류 가사 작품은 그것에서 진일보하여 문중내의 여성들로 하여금 언행을 조심하고 부덕을 권려하려는 교훈서로 지어졌다는 점이다. 다음 기록을 보면 그것이 보다 분명해진다.

> 曾經和順郡守 덕슈후인 니봉강은 근셔ᄒᆞ노라 봉강의 휘난 道熙. 신축(辛丑) 정월(正月) 십팔일은 등셔우안셩ᄀᆡᆨ즁(謄書于安城客中)ᄒᆞ노라. 이직즁녹을 고담(古談)으로 알지 말고 상목ᄌᆡ지(常目在之)ᄒᆞ여 잇지 말면 현부인이 될 거시요 만일 ᄌᆞ포ᄌᆞ기(自暴自棄)ᄒᆞ여 이갓치 하난 ᄉᆞ람이 어듸 잇스랴 ᄒᆞ면 이난 하우불이(下愚不移)요 ᄯᅩ 가도(家道)난 반다시 비식(丕塞)ᄒᆞ리라.

9 정인숙, 앞의 논문, 214쪽.

이는 이도희가 〈직중녹〉을 옮겨 적고 말미에 후기로 적은 것이다. 이도희(李道熙, 1842~1902)는 이충무공의 8대 후손이다. 본관은 덕수이고, 자는 선일(善一)이다. 속명은 봉강이다. 그는 무반 출신으로 일찍이 화순군수를 역임했다. 후기를 보면 이도희가 세상을 떠나기 한 해 전인 1901년 1월 18일에 안성에 머물면서 〈직중녹〉을 옮겨 적었다는 것을 알 수 있다. '등셔우안셩긱즁(謄書于安城客中)'에서처럼, 정확하게 밀해서 〈직즁녹〉이 이도희의 순수한 창작물은 아니었다. 그가 안성에 머물면서 다른 나부가류 가사 작품을 옮겨 적거나 그것을 모델로 개작하였을 것으로 여겨진다.

이도희는 후기에서 〈직즁녹〉을 늘 눈여겨보면서 말씀을 망각하지 않으면 어진 부인이 될 것이라고 말한다. 그리고 이를 포기하면 발전하지 못하고 집안의 도가 막히어 불운해진다고 경계하고 있다. 이것은 〈직즁녹〉의 결사에서 작자로 여겨지는 화자가 집안 부녀자들에게 당부하는 '어와 이 글이여 보암즉던 아니ᄒᆞ나, 구 : 한 이닉 쓰즐 져바리지 말지여다'에서 그대로 확인된다. 이러한 경계의 어투는 이준영이 필사한 〈나부가〉의 결사 부분인 '어화 셰상 부닌(婦人)덜아 닉 말슴 격언(格言)니ᄅᆞ/부딕 ~~ 경계(警戒)ᄒᆞ여 현찰부닌(賢哲夫人) 되겨 ᄒᆞ쇼' 에서 다시 확인된다. 따라서 나부가류 가사 작품의 수용 대상이 집안 여성들이고 그들에게 부도를 가르치고 일깨우기 위해 필사하거나 작성하였다는 의도가 읽혀진다.

3.2.2. 가사 내용과 서술 방식

내용상으로 나부가류 가사 작품 4편은 〈나부가〉와 〈직즁녹〉, 〈懶夫歌〉와 〈懶婦歌〉로 나뉜다. 〈나부가〉와 〈직즁녹〉은 162행과 158행의 중형가사인데, 대부분의 가사 작품이 그러하듯이 '서사' – '본사' – '결사'로 구분되는 짜임을 갖고 있다. 〈나부가〉는 '생민들의 마땅한 본분'(서사) – '사대부가의 여인으로서 지켜야 할 도리(본사1)' – '금세부인들의 나태한 행실'(본사2) – '세상의 부인들에게 호소'(결사)라는 내용으로 요약된다.[10] 〈직중녹〉은 '어진 부인이 되기 위해 지녀야 할 바람직한 태도'(서사) – '부녀자들의 바람직한 언행'(본사1) – '못된 부인들의 행실에 대한 비판과 경계'(본사2) – '집안 부녀자들에 대한 당부'(결사)로 요약된다. 다음 예시를 살펴보면, 〈나부가〉와 〈직중녹〉의 작품 구성이 서로 비슷하다는 것을 알 수 있다.

㉮ 〈나부가〉
어화 셰상 부니덜이 ᄂᆡ 말ᄉᆞᆷ 드르보소
ᄐᆡ극음양 ᄇᆡ판후의 만물군ᄉᆡᆼ ᄉᆡᆼ겨ᄂᆞ이
무지ᄒᆞᆫ 날짐싱도 날 곳 ᄉᆡ면 운동ᄒᆞ고
…(중략)…
기ᄉᆡᆼ의 ᄌᆞᆨ분이요 소구 쌍쌍 두드리며
한 푼 달ᄂᆞ 손 벌니기 사당의 직분이요
하물며 사부부닌 ᄒᆞᄂᆞᆫ ᄌᆞᆨ분 더옥 만ᄐᆞ (서사)

칠팔셰 어린 ᄯᆡ예 친졍의 ᄇᆡ운 ᄒᆡᆼ실
계초명의 관슈ᄒᆞ고 부모계 정셩하여
졔ᄉᆞ ᄯᆡ예 ᄌᆡ계ᄒᆞ고 변두졔히 ᄂᆞ슌ᄒᆞ며
방젹지음 일삼어셔 의복짓 ᄇᆡ와ᄂᆡ고

10 정한기, 「가사 〈나부가〉의 형성 배경에 대한 연구」, 『어문연구』 34(1), 한국어문교육연구회, 2006, 371쪽.

…(중략)… (본사–①)

ᄀᆡ소롭ᄃᆞ 금세부닌 이ᄃᆡ지도 계울운고
쳐음의 의혼할 졔 일등니ᄅᆞ 운운커널
논 팔고 밧 파ᄅᆞ셔 현혼ᄉᆞ담 중만ᄒᆞ여
…(중략)…
반감ᄒᆞ여 방아쩌키 그곳좃ᄎᆞ 말ᄂᆡ던니
빗 조흔 ᄀᆡ살구ᄅᆞ 그ᄃᆡ지 속기던가
얼골니ᄂᆞ 죠흔ᄃᆞ시 치중하기 일슴어셔
셰슈ᄒᆞ고 머리 빗고 분바르고 츌닙ᄒᆞ네
아홉 폭 긴 치마을 기리ᄃᆡ로 ᄶᅡᆼ의 쓸고
…(중략)… (본사–②)

어화 셰상 부닌덜 이 ᄂᆡ 말슴 격언니ᄅᆞ
부ᄃᆡ ~ ~ 경계ᄒᆞ여 현찰부닌 되겨 하쇼 (결사)

㉯ 〈직중녹〉
어와 부인들은 ᄂᆡ 말슴 드러보오
부모의게 효도ᄒᆞ고 장부의게 공경ᄒᆞ오
동긔간의 우ᄋᆡ 잇고 일가친척 화목ᄒᆞ오
…(중략)…
허물이 잇거들낭 죽기로 힘을 써셔
ᄀᆡ과천션 ᄒᆞ오며는 현부인이 되압나니 (서사)

조심ᄒᆞ고 조심ᄒᆞ오 언어범졀 조심ᄒᆞ오
말 ᄒᆞᆫ 번 실슈ᄒᆞ면 픠가망신 쳡경이요
입 가온ᄃᆡ 불근 셔난 몸 버히난 독긔오니

…(중략)… (본사-①)

못된 부인 힝실 보쇼 불효가 막심ᄒᆞ니
공경을 모르거든 은의을 엇지 알쏘
져 부모 불효ᄒᆞ며 나믜 부모 공경ᄒᆞ기
져 동싱 뮈워ᄒᆞ며 남의 동싱 ᄉᆞ랑ᄒᆞ기
공연이 투긔ᄒᆞ야 닉외간 불화ᄒᆞ고
가난ᄒᆞ다 원망ᄒᆞ고 남의 부귀 부러ᄒᆞ기
…(중략)… (본사-②)

어와 이 글이여 보암즉던 아니ᄒᆞ나
구~한 이닉 쓰즐 져바리지 말지여다 (결사)

이들 작품의 서사에서는 둘 다 결혼한 여성들이 지녀야 할 직분을 전제로 하고 있다. 〈나부가〉에서는 전언 대상인 부인들에게 사대부 부인으로서 지켜야 할 직분을, 〈직즁녹〉에서도 현부인이 되기 위해 지켜야 할 여러 본분을 제시하고 있다. 전자에서는 날짐승부터 임금, 정승, 방백, 수령, 선비, 무부, 풍헌, 산승, 기생, 사당 등에 이르는 만물의 직분을 나열하고 있다. 후자에서는 현부인이 되기 위한 효도와 공경, 우애와 화목 등을 제시하고 있다. 여기 〈나부가〉에서 열거하고 있는 직분들이 본사에서 형상화하고 있는 여성의 나태함과 관련이 없는 것은 아니다. 하지만 〈나부가〉에 비해서 〈직즁녹〉의 서사 내용이 본사에서 형상화하고 있는 효행의 구체적 모습과 보다 유기적 관련성을 맺고 있다고 말할 수 있다.

이들 작품의 본사 부분을 살펴보면 서술 초점에의 차이가 있다. 〈나부가〉에서는 사대부가의 여인으로서 지켜야 할 마땅한 도리를 제시하고, 이어서 '금세부인들'의 나태한 행실을 열거하고 있다. 〈직중녹〉에서는 부녀자들의 바람직한 언행을 권유하고, 이어서 '못된 부인들'의 못된 행실을 열거하고 있다. 이들의 구성 방식은 서로 비슷하다. 그런데 〈나부가〉는 '가소(可笑)롭다 금셰부닌(今世婦人) 이더지도 계울운고'에서처럼 부인의 '게으름(나태)'에 서술 초점을 맞춰지고 있다. 반면에 〈직중녹〉에서는 '못된 부인 힝실 보쇼 불효가 막심ᄒᆞ니'처럼 '효행'에 서술 초점을 맞추고 있다.

한편, 같은 나부가류 가사 작품으로 〈懶夫歌〉와 〈懶婦歌〉가 있다. 이들 작품은 최근까지 학계에 소개되지 않았던 새로운 작품이다.[11] 이준영 집안에서 나온 〈나부가〉와 달리, 〈懶夫歌〉와 〈懶婦歌〉는 한글로도 〈난부가〉로 병기되어 있다.

㉰ 〈懶夫歌(난부가)〉
비ᄂᆞ니 글 잘ᄒᆞ기 원ᄒᆞᄂᆞ니 글 잘쓰기
부모 동싱 먹은 마암 아던지 모라던지
ᄒᆞᆫ 샬 두 샬 디닉치고 십 셰가 너머져셔
《쳔ᄌᆞ》《유합》《동몽션습》 쎄온디 못 쎄온디
텬황씨 ᄒᆞᆫ 디문의 디못박이 되어셔라
…(중략)…
문장 학문 더져두고 입신양명 바장낫닉
닉 마암 위로할 일 뒷잡아 싱각ᄒᆞ니

11 구사회·김영, 「이충무공의 선양 사업과 〈튱무공행장〉 소재 새로운 가사 작품 〈난부가〉 2편에 대하여」, 『퇴계학논총』 24, 퇴계학 부산연구원, 2014, 199~214쪽.

자리관 졋게 쓰고 아릿묵의 죽쳐 안자
고치 말고 쑬리졋기 단쑬이 도로ㅁㅁ

㉣ 〈懶婦歌(난부가)〉
어져 ᄂᆡ 팔ᄌᆞ야 됴텬디 엇잔텬디
낙양 호부가 무남동여 되어셔라
ᄀᆡ 다히고 말 ᄇᆡ홀식 니ᄅᆞ도 말녀니와
십오 셰 치닷도록 엉셕이ᄂᆞ 갓초 ᄒᆞ야
속곱노리 자미지고 각시 단쟝 더옥 죠테
가갸거겨 솔나 보고 홍동항동 날이 갓ᄂᆡ
《녀측》《녀계》 더져두고 먹고 자기 일을 삼ᄂᆡ
…(중략)…
가슴의ᄂᆞᆫ 블이 [ᄂᆞ고] 등의ᄂᆞᆫ 쌈이 ᄂᆞ
이러ᄒᆞ기 뉘 타신고 도모지 ᄂᆡ 죄로쇠
두어라 빅즁ᄒᆞᆫ 당신 눈의 들기 ᄂᆡ 손의 잇ᄂᆡ
쇼로기랄 ᄆᆡ로 보아 뉘 아니 볼가 ᄒᆞ노라

〈懶夫歌〉와 〈懶婦歌〉의 일부인데, 전자는 39행으로, 후자는 46행으로 된 단형가사이다. 이들 작품은 〈나부가〉나 〈직중녹〉보다 앞서 지어진 작품으로 판단된다.[12] 〈직중녹〉이나 〈나부가〉와는 달리, 〈懶夫歌〉와 〈懶婦歌〉는 서사가 약화되고 본사부터 시작하고 있다. 이것은 〈직중녹〉의 '어와 부인들은 ᄂᆡ 말숨 드르보오'나 〈나부가〉의 '어화 세상 부니(婦女)덜이 ᄂᆡ 말숨 드르보소'에서처럼 화자의 전언 의도를 환

12 〈난부가〉 2편은 19세기 후반 이전의 표기 형태를, 〈직중녹〉과 〈나부가〉는 19세기 말엽이나 20세기 초엽의 표기 형태를 보인다. (구사회·김영, 위의 논문.)

기하는 서두가 없다.

작중 화자도 〈나부가〉나 〈직즁녹〉와는 차이가 있다. 〈나부가〉와 〈직즁녹〉에서는 화자가 세상 부인들이라는 외적 대상을 상대로 전언하며 훈계하고 있다. 반면에 〈난부가〉에서는 'ᄂᆡ 마암 위로할 일 뒷잡아 ᄉᆡᆼ각ᄒᆞ니'(〈懶夫歌〉)나 '이러ᄒᆞ기 뉘 타신고 도모지 ᄂᆡ 죄로쇠/두어라 ᄇᆡᆨ즁ᄒᆞᆫ 당신 눈의 들기 ᄂᆡ 손의 잇ᄂᆡ'(〈懶婦歌〉)에서처럼 작중 화자의 전언 대상은 바로 자기 자신이기 때문이다.

이들 〈난부가〉 2편은 둘 다 유년 시절부터 성년이 된 결혼 직후의 과정을 서술하고 있다. 〈懶夫歌〉에서는 양반집 자제로 공부를 게을리 하다가 장가를 들어 과거를 치르지만 낙방하여 뒤늦게 후회하는 내용이다. 〈懶婦歌〉에서는 부잣집 무남독녀로 태어나서 여자로서의 예의 범절과 규범을 익히지 못하고 출가하였다가 망신스러워 하는 내용을 형상화하였다. 이는 〈난부가〉의 창작 동기가 전자는 아동을, 후자는 아녀자들을 가르치고 경계하기 위해 지었기 때문이다.

4. 맺음말-문학사적 의의와 함께

지금까지 이충무공 후손가에서 문중 아녀자들의 교육을 위해 나부가류 가사 작품을 교육 매체로 활용했던 내력을 살펴보았다. 조선후기 덕수이씨 이충무공 후손가에서는 국가 존망의 위기에서 나라를 구한 충무공 이순신의 위업을 기리고 선양하려는 목적에서 이순신의 「행록」과 『충무공가승』, 그리고 『이충무공전서』 등을 편찬하였다. 이들 문헌은 한문으로 지어졌고 양반 남성들이 주요 독자층이었다.

이 과정에서 이충무공 후손들은 눈을 문중 내부로 돌려 문중 아녀자들에게도 충무공의 위업을 인식시키고 가르치는 방법도 모색하게 된다. 이를 위해 한문을 모르는 집안 아녀자들을 위해 한글로 『충무공행장』을 저술하여 보급하여 가문에 대한 자부심을 일깨웠다. 그리고 〈나부가〉와 〈직중녹〉, 그리고 〈난부가〉와 같은 가사 작품을 활용하여 문중 아녀자들에게 바른 행실과 부덕을 가르쳤다. 한 마디로 충무공 행장류나 나부가류 가사는 가문의 존속과 유지를 위한 교육적 목적에서 작성되었다고 판단된다. 결과적으로 덕수이씨 이충무공가는 근대시기에 이르러 나라를 위해 목숨을 바친 애국자들이 족출하였다.

현재 전해지는 〈나부가류〉류 가사 작품은 모두 6편이다. 이 논문에서는 이들 〈나부가〉류 가사 작품의 작자나 필사자들이 모두 덕수이씨 이충무공의 후손들이었다는 점을 주목하였다. 〈직중녹〉의 작자인 이도희가 그렇고, 〈나부가〉를 전사했던 이준영도 모두 이충무공의 후손이었다. 그리고 우리한글박물관에서 소장했던 『충무공행장』에 부기된 〈난부가〉 2편의 작자나 필사자도 이충무공의 후손일 것으로 추정하였다.

이들 이충무공 문중의 인사들이 나부가류 가사 작품을 창작한 의도는 문중 내의 아녀자들이나 자제들에 대한 교육 매체로 활용하려는 목적에서 지은 것으로 보았다. 충무공행장류는 자신들의 조상인 충무공 이순신에 대한 생애와 삶을 통해 문중내의 아녀자들에게 조상과 가문에 대한 자부심과 긍지를 심어주려는 의도에서 지어졌다. 그리고 〈나부가〉류 가사 작품은 그것에서 진일보하여 문중내의 여성들로 하여금 언행을 조심하고 부덕을 권려하려는 교훈서로 지어졌다는 점이다.

이들 작품들은 모두 덕수이씨 이충무공 후손가에서 지어졌고 문중 내부에서 전승되며 향유되었다. 지금까지 특정 가사 작품이 당색에 따라 전승된 사례는 있었지만, 이번처럼 〈나부가〉류 가사 작품이 특정 문중을 중심으로 전승된 사례가 보고된 경우는 거의 없었다.

여기에서 흥미로운 사실은 이충무공 후손가에서 집안 아녀자들과 자손들의 교육을 위해 이들 나부가류 가사 작품들을 활용하였지만 작품마다 서술상의 차이를 보인다는 점이다. 〈난부가(懶夫歌)〉는 과거 준비에, 〈난부가(懶婦歌)〉는 여성의 소임에, 〈직중녹〉은 부인의 효행에, 〈나부가〉는 부인의 나태함 경계에 각각의 서술 초점을 맞추고 있었기 때문이다.

한편, 이들 〈나부가〉류 가사 작품은 서로 동일한 문예 양식을 공유하면서 작품 간의 내용을 답습에서부터 바꿔서 새로 쓰거나 개작하는 등과 같은 상호텍스트성이 활발하게 이뤄지고 있었다.

이도희의 새로운 가사 작품
<직즁녹>에 대하여

1. 머리말

〈직즁녹(直中錄)〉은 이충무공의 후손인 이도희(李道熙, 1842~1902)가 세상을 떠나기 직전인 1901년 정월에 집안 부녀자들을 가르치고 일깨우기 위해 지었던 계녀가사의 일종이다. 주지하다시피, 이충무공은 임진왜란 중에 왜적을 무찌르다 장렬히 전사했던 구국의 영웅이다. 우리 민족은 나라가 어려움에 처할 때마다 그를 통해 민족정신을 고취하였다. 임진왜란 이후로 이충무공의 애국정신과 위업을 칭송하는 시문들이 지어졌고, 그것은 오늘날에도 여러 양식으로 제작되고 있다.

우리 민족의 이충무공에 대한 존경심이 그럴진대, 그의 후손들이 지니고 있을 자부심은 이루 헤아릴 수 없었을 것이다. 그에 대한 국가적 차원의 선양 사업은 영의정 추존이나 현충사 성역화로 이어졌다. 문물 제작도 그런 차원에서 이뤄졌다. 1795년에 정조의 명으로 간행된 『이충무공전서』도 그것의 하나였다.

이충무공의 후손들도 그를 알리려고 노력하였다. 충무공의 조카인 이분(李芬, 1566~1619)은 「행록」을 저술하였다. 이충무공의 행적을 선양하고 가르치기 위한 글들도 지어졌다. 오늘날 남아있는 『충무공행장』 한글본들이 그것이다. 조선시대 아녀자들은 어려운 한문보다 짧은 시간에 쉽게 터득할 수 있는 언문을 주로 사용하였다. 이들 『충무공행장』 한글본이나 다른 언문 기록들은 그 대상이 주로 여성들에게 맞춰졌다고 보면 된다. 그래서 『충무록행장』 한글본이나 그것에 함께 수록되어 있는 가사 작품 〈직즁녹〉은 주로 집안 아녀자들에게 읽히기 위해서 지어진 것으로 짐작된다.

이 논문에서는 덕수이씨 집안의 이종흔(李鍾昕)이 소장했던 『튱무공힝장(忠武公行狀)』에 수록된 가사 작품인 〈직즁녹〉을 소개하고자 한다. 먼저 〈직즁녹〉의 작자와 서지 사항을 밝히고 그것이 덕수이씨 충무공파라는 특정 문중에서 전승된 까닭을 알아보도록 한다. 이어서 작품 분석과 함께 그것이 지닌 담론과 문예적 특성을 살펴보도록 한다.[1]

2. 〈직즁녹〉의 작자와 서지 사항

〈직즁녹〉의 작자인 이도희는 충무공 이순신의 직계 후손으로 조선 말기 화순군수를 역임했다. 본관은 덕수이고, 자는 선일(善一)이다. 속명은 봉강이다. 그는 무반 출신으로 조부 이사수(李思秀), 부친 이조빈(李肇彬), 본인 이도희, 아들 이규풍(李奎豊)이 4대에 걸쳐 무과에 급제하였다. 그것은 이충무공의 순국 이후로 나라에서 그의 후손들을 무과

1 귀한 자료를 제공하여 연구할 수 있도록 도움을 주신 덕수이씨 후손 이종흔님께 지면을 빌어 감사드린다.

로 발탁하여 국가 방위를 맡겼기 때문이다. 그 결과 덕수이씨 이충무공의 후손들은 가문에 대한 자부심이 강했고 구국에 대한 책임감도 남달랐다.

〈직중녹〉은 곧바르고 치우치지 말고 바른 도리(道理)를 지키라는 뜻이다. 그것은 작자인 이도희가 이충무공가의 집안 부녀자들을 가르치고 일깨우려 지은 것이다. 그래서인지 이도희의 후손들과 부녀자들은 국난을 당하여 모두 구국 운동에 투신하였다. 이도희의 부인 박안라(1853~1922)는 아들 이규풍과 이규갑을 독립투사로 키웠다.

큰아들 이규풍(李奎豊, 1877~1931)은 1905년 을사늑약이 이뤄지자 고종의 밀명을 받고 러시아로 가서 항일 투쟁을 전개하였고 독립운동을 하다가 연해주에서 죽었다. 그의 부인 오세라(1875~1939)도 1922년에 아들 이민호와 함께 연해주로 가서 남편 이규풍의 독립운동을 도왔다. 둘째 아들이었던 이규갑(李奎甲, 1888~1970)은 1907년 홍주의병에 참가하였고 국내외를 넘나들며 독립운동을 하였다. 그의 부인인 이애라(1894~1922)도 남편의 독립운동을 도와 임시정부를 지원하는 모금활동을 하였고 임정의 밀서를 갖고 국내로 잠입하다가 체포되어 고문으로 순국하였다. 이규풍의 아들 이민호(1895~1944)도 3·1운동 때에 만세 시위를 주도하다가 3년간 투옥되었다. 이후로 그는 가족을 이끌고 만주로 탈출하여 김좌진 장군의 휘하에서 활동하다가 순국하였다. 그의 아들 셋도 독립운동에 참가하였는데 모두 실종되었다. 이처럼 이도희의 후손들은 남녀를 가리지 않고 모두가 독립운동에 뛰어들었다. 그것은 이충무공의 후손이라는 자부심과 나라를 구하려는 애국심에서 나온 것이다.

한편, 일제강점기에 이충무공 후손들이 독립운동에 몸을 바친 것은 덕수이씨 집안에 시집온 여성들의 역할이 컸다. 일제강점기에 독립운동에 투신한다는 것은 모진 탄압을 받고 집안 자체가 궤멸되는 고난의 연속이었다. 그렇지만 이도희의 후손들이 편한 길을 가지 않고 고난의 길을 선택했던 것은 그와 같은 가문에 대한 자부심과 애국심을 고취하는 집안 교육의 영향이 컸기 때문이다. 그의 집안에서 나온 『충무공행장』 한글본과 가사 작품 〈직중녹〉의 저술도 그런 맥락에서 나온 것이다. 후손들은 실기문학의 일종인 『충무공행장』 한글본을 통해 가문에 대한 자부심과 애국심을 키웠다. 그리고 계녀가사인 〈직중녹〉을 통해 부녀자들이 지녀야할 덕목과 가치를 배울 수 있었다. 〈직중녹〉이 『충무공행장』 한글본과 함께 기록되어 편집된 것도 바로 그런 까닭이다.

『충무공행장』 한글본은 현재 네 편이 전하는데 이충무공 후손가에서 주로 부녀자들도 읽을 수 있도록 지어졌다.[2] 이 책은 본래 이충무공의 후손인 이종흔(李鍾昕)의 소장본이었으나 현재 서울역사박물관에 소장되어 있다.[3] 내지 앞면에 "신축 경월 초십일 시쵸ᄒᆞ노라 이 ᄎᆡᆨ은 비인의 극히 쇼즁한 ᄎᆡᆨ이니 보시난 군ᄌᆞ는 경이 보시고 다른 데 젼치 말고 즉시 보닉시압"이라고 적혀 있다. 내지 뒷면에는 각읍 서원 11곳을 적고 있고, 그 하단에 "이 ᄎᆡᆨ은 극히 소중ᄒᆞ니 막우 굴니지 말고 막우 빌니지 말고 경이 보기를 쳔망 바라노라"라는 언급에서 작자가 이 책을 얼마나 소중히 여겼는지 짐작할 수 있다.

책 이름은 『튱무공힝장』이고 행장이 처음부터 29면까지 적혀 있고,

---

2 『충무공행장』 한글본에 대해서는 김영의 다음 논문을 참조하면 유용한 정보를 얻을 수 있다. (김영, 「한글필사본 충무공행장에 대하여 –새 자료 우리한글박물관 소장 『튱무공힝장』을 중심으로」, 『열상고전연구』 40, 열상고전연구회, 2014.)

3 김영, 위의 논문, 11쪽.

이어서 이충무공이 지은 한시 네 수가 실려 있다. 본고에서 다루려는 〈직즁녹〉은 31면부터 37면까지 적혀있다. 가사에 앞서 "직즁녹이라 니봉강이 지은 거시라"라는 언급에서 작자가 이봉강이라는 것을 알 수 있다. 이봉강의 본명은 이도희이다. 그리고 316구 158행의 장형가사인 〈직즁녹〉이 기록되어 있다.[4] 가사 작품 말미에는 "曾經和順郡守 덕슈후인 니봉강은 근셔ᄒᆞ노라 봉강의 휘난 道熙 신축 정월 십팔일은 등셔우안셩긱즁ᄒᆞ노라 이 직즁녹을 고담으로 알지 말고 상목지지ᄒᆞ여 잇지 말면 현부인이 될 거시요 만일 ᄌᆞ포ᄌᆞ기ᄒᆞ여 이갓치 하난 ᄉᆞ람이 어듸 잇스랴 ᄒᆞ면 이난 하우불이요 또 가도난 반다시 비식ᄒᆞ리라"라는 후기가 있다. 여기에서 덕수이씨 이도희가 그가 죽기 1년 전인 1901년 1월 18일에 지었다는 것을 확인할 수 있다. 여기에서 〈직즁녹〉은 집안 부녀자를 가르치고 일깨우기 위해 지었다는 것도 함께 알 수 있다.

3. 덕수이씨 문중의 가사 전승과 〈직즁녹〉

고려 때 중랑장(中郎將)을 지낸 이돈수(李敦守)를 시조로 하고 있는 덕수이씨(德水李氏) 문중은 조선조에 들어와서 용재(容齋) 이행(李荇, 1478~1534)을 거쳐 율곡(栗谷) 이이(李珥, 1536~1584)와 충무공(忠武公) 이순신(李舜臣, 1545~1598)을 배출하면서 명문가로 발돋움을 하였다.

---

4 가사는 60구 이하를 단형가사, 300구까지를 중형가사라 할 수 있다. 그리고, 그 이상을 장형가사라고 할 수 있다. (홍재휴, 「가사」, 『국문학신강』(국문학신강편찬위원회 편), 새문사, 1985, 173쪽). 따라서 이도희의 〈직즁녹〉은 316구로 장형가사라고 할 수 있다.

주지하다시피, 이율곡은 퇴계 이황과 쌍벽을 이루는 성리학자였고, 이충무공은 전쟁으로부터 나라를 구했던 장군이었다. 덕수이씨가 조선조 중종 재위로부터 영조 대에 걸쳐 성세를 이루었던 것은 용재(容齋) 이행(李荇)이나 택당(澤堂) 이식(李植, 1584~1647)도 있었지만 무엇보다 이율곡과 이충무공의 영향이 컸다. 하여튼 율곡과 충무공이 조선을 대표하는 문인과 무인이었다. 그 이후로 덕수이씨 가문은 문무 양쪽에서 두각을 나타냈다. 이 논문에서 다루려는 가사 작품은 무인파의 대표적인 인물로 꼽을 수 있는 덕수이씨 충무공파의 문중과 관련이 깊다.

이충무공이 임진왜란으로 나라를 위해 장렬히 전사하자 덕수이씨 문중과 조정에서는 그의 불멸 정신을 기리고자 선양 사업을 추진하였다. 이충무공의 5대손인 이봉상(李鳳祥, 1672~1728)에 의해 간행된 『충무공가승(忠武公家乘)』(6권 2책)이나 1795년에 국가 차원에서 간행된 『이충무공전서』(14권 8책)이 바로 그러한 사례이다. 한편, 이충무공의 직계 후손들은 이충무공의 행적을 한글로 서술하여 집안 아녀자들을 가르쳤다.

이들 충무공행장류 한글본은 현재 4종이 전하고 있다. 우리한글박물관에서 소장하고 있는 『튱무공힝장(忠武公行狀)』, 해군사관학교 박물관에 수장된 『션죠츙무공힝장(先祖忠武公行狀)』, 서울역사박물관에 수장된 『튱무공힝장』, 개인이 소장하고 있는 『튱무공힝장』이 바로 그것이다. 이들 네 편의 충무공행장류 한글본은 모두 덕수이씨 이충무공의 후손가에서 나왔고 그의 업적을 기리기 위해 저술된 것으로 보인다. 이 중에서 우리한글박물관 소장본과 서울역사박물관 소장본에는 가사 작품이 함께 실려 있는 것을 주목할 필요가 있다. 이외에도 같은 덕수이씨 이충무공 후손인 이준영(李峻永, 1879~1907)이 필사한 것으로 알려진

〈나부가〉가 있다.

우리한글박물관 소장본에는 〈난부가〉, 〈뵈틀가〉, 〈옥설화담〉, 〈호서가〉, 〈퇴계선생지도가〉가, 서울역사박물관 소장본에는 〈직즁녹〉이 수록되어 있다. 정리하자면 〈뵈틀가〉는 민요 계통이고 나머지는 모두 가사 작품이다. 먼저 〈난부가〉는 주로 부녀자를 선도하기 위해 지은 가사이고, 〈뵈틀가〉는 여인들이 베 짜는 일을 소재로 한 민요이다. 〈옥설화담〉은 인생의 무상함을 노래한 것이고, 〈호서가〉는 충청도의 지명을 사용하여 비유적으로 표현한 것이다. 〈퇴계선생지도가〉는 〈권선지로가〉로도 일컬어는데, 학문을 열심히 닦자는 내용이다. 그렇지만 이퇴계가 지었다는 확실한 증거는 없다. 〈직즁녹〉은 〈난부가〉처럼 부녀자를 가르치고 일깨우는 내용이다.

이들 작품은 모두 덕수이씨 충무공 후손가에서 나온 것이고, 차이가 있지만 〈난부가〉,〈나부가〉,〈직즁녹〉은 부녀자들을 계도하기 위해 지은 것으로 짐작된다. 그리고 우리한글박물관에서 소장하고 있는 『튱무공힝장』에 실려있는 〈난부가〉는 두 편이 있다.[5] 둘 다 〈난부가〉로 기록되어 있지만 내용은 다르다. 하나는 〈懶夫歌〉이고, 다른 하나는 〈懶婦歌〉이다. 전자는 남자를, 후자는 여자를 대상으로 훈계하기 위해 지은 것으로 보인다.

〈나부가〉와 〈난부가〉는 같은 성격의 노래이지만 표기명이 다르다. 우리한글박물관에 소장된 작품만 〈난부가〉로 표기되어 있고 나머지는 모두 〈나부가〉로 되어 있다. 현재 '懶'는 '게으를 라'로 풀이하고 있으나[6] 『사성통해(四聲通解)』(1517), 『신증유합(新增類合)』(1527), 『왜어유

5 현재 검토중이다.

해(倭語類解)』(1781) 등의 문헌에서는 '懶'를 '게으를 란'으로 적고 있다.[7] 즉, '란'이 었던 본음이 이후에 '나(라)'로 변화된 경우이다.[8]

〈나부가〉와 〈난부가〉는 내용도 다르다. 이들 작품이 덕수이씨 충무공 후손들에 의해 지어진 것인지는 확실하지 않다. 필사는 후손들에 의해 이뤄졌다. 다만, 〈직중녹〉은 이충무공의 8대 후손인 이도희가 지었다.

이들 충무공행장류 한글본과 가사 작품인 〈직중녹〉의 생산 주체는 덕수이씨 충무공 후손인 이도희였고 수신자는 집안의 부녀자들이었다.[9] 덕수이씨 문중에서는 이것으로 집안 부녀자들에게 선조인 이충무공의 위업을 가르쳐서 가문에 대한 자부심을 심어주고자 했던 것으로 보인다. 그리고 〈난부가〉 등과 같은 교훈적인 가사 작품을 통해서 여자로서 마땅히 지녀야할 부덕을 일깨우고 잘못된 아녀자의 행실을 경계했던 것으로 보인다. 〈직중녹〉도 그것의 연장선상에서 창작되었던 것으로 판단된다. 한 마디로 말해서 이충무공행장류 한글본은 이충무공 가르치기의 일환으로, 그것에 부기된 〈직중록〉은 문중 부녀자들의 행실을 경계하기 위해 지어진 것으로 보인다. 따라서 이들 〈난부가〉·〈나부가〉·〈직중록〉은 비판이나 풍자보다는 오히려 교훈적인 성격의 가사

6 민중서림 편집부, 『漢韓大字典』(개정증보판), 민중서림, 1997, 797쪽.

7 {란} 嬾懶孏: 惰也 『四聲通解』(上79a)/ 懶 게으를 란 『新增類合』(下42a)/ 懶 게어를 란 『倭語類解』 (上24a)/ 懶 {란} 解也, 怠也. "嬾"同. 『全韻玉篇』(上39b) 박재연, 『중조대사전』 4권, 선문대 중한번역문헌연구소, 2002, 364쪽.

8 '嬾(게으를 란)'과도 통용되는 글자였으므로 '난부'를 '嬾夫/嬾婦'로 적을 가능성도 있다.

9 확실하지는 않지만 〈난부가〉의 작자도 덕수이씨 이충무공의 후손일 가능성이 있다. 이 점에 대해서는 보다 정밀한 검토가 필요하다.

작품으로 파악해야 할 것이다.

4. 〈직즁녹〉의 작품 분석과 상호텍스트성

〈직중녹〉의 작품 구성은 대부분의 가사 작품에서 볼 수 있듯이 '서사(序詞)' – '본사(本詞)' – '결사(結詞)'로 이뤄져 있다. '본사'는 다시 '본사1'과 '본사2'로 나뉘면서 내용에 따라서 '기승전결' 4단 구성의 양식을 구현하고 있다. 먼저, '서사'는 '어와 부인들은 ᄂᆡ 말솜 드러보오'로 시작하여 제12행 'ᄀᆡ과쳔션(改過遷善)ᄒᆞ오며는 현부인(賢夫人)이 되압나니'까지이다.

어와 부인들은 ᄂᆡ 말솜 드러보오
부모의게 효도ᄒᆞ고 장부(丈夫)의게 공경ᄒᆞ오
동긔간의 우ᄋᆡ 잇고 일가친척 화목ᄒᆞ오
비복(婢僕)의게 은의(恩意) 잇고 ᄌᆞ질들을 교훈ᄒᆞ오
부귀영화 ᄡᅥᆨ 잇스니 남의 부귀 부러마오
남과 갓치 잘못 입고 남과 갓치 잘못 먹어
고ᄉᆡᆼ한다 한을 말고 착한 일만 힘을 쓰오
유순부덕(柔順婦德) ᄒᆞ련이와 녀모졍녈(女慕貞烈) 졔일이요
한마암 굿게 가져 슈화(水火)라도 변틀 마오
이왕의 지닌 일을 가만이 ᄉᆡᆼ각ᄒᆞ여
허물이 잇거들낭 죽기로 힘을 써셔
ᄀᆡ과쳔션(改過遷善)ᄒᆞ오며는 현부인(賢夫人)이 되압나니[10]

서사(序詞)가 시작되는 위의 '어와 부인들은 ᄂᆡ 말솜 드러보오'에서

알 수 있듯이 전언의 대상은 결혼한 여성이다. 화자는 서사에서 어진 부인이 되기 위해 지녀야 할 태도와 마음가짐이 무엇인지를 유교적 덕목을 통해 제시하고 있다. 먼저 부모님께 효도하고 남편을 공경하기를 권면하고 있다. 집안에서는 우애와 화목을 강조하며 아랫사람인 종들에게 은의를 베풀라고 말한다. 최고의 가치 규범으로는 부덕(婦德)과 정렬(貞烈)을 내세우고 있다. 그리고 잘못을 뉘우치고 노력해서 고쳐나가면 마침내 이상형인 현부인(賢夫人)이 될 수 있다고 단언한다. 여기 〈직중녹〉의 서사 단락은 주제를 구현하기 위한 도입 단락으로 계녀가사의 전형을 보여준다.

그리고, 서사에서 '어와 부인들은 닉 말솜 드러보오'를 비롯한 어구들은 어디에선가 보았던 것처럼 낯설지가 않다. 이 어절은 이충무공 후손인 이준영이 필사한 것으로 〈나부가〉의 '어화 셰상(世上) 부니(婦女)덜이 닉 말솜 드르보소'와[11] 표기법 차이만 약간 있고 그대로 일치하고 있다. 여기에서 이들 가사는 이전에 이미 존재하던 특정 어구나 표현을 그대로 사용하거나 새롭게 바꾸었을 것으로 보인다. 아니면 이 두 작품 중 하나가 다른 것을 선행 텍스트로 삼아 사용했을 것으로 판단된다. 그리고 이들 어휘는 규방가사가 시작되면서 상투적으로 사용되는 어구이기도 하다. 이어지는 각각의 내용도 다른 가사 작품에서 볼 수 있는 어구이거나 표현이기도 하다. 이것은 하나의 텍스트에 사용된 기호가 다른 텍스트에 다시 사용되는 것으로 상호텍스트성의 '전치(轉置)로 봐야한다.[12]

---

10 인용문에서 ( ) 안의 한자는 필자가 임의로 넣은 것이다.

11 임기중, 『한국 역대가사문학집성』(누리미디어, http://www.krpia.co.kr/pcontent).

'본사'는 다시 '본사1'과 '본사2'로 나뉜다. '본사1'은 13행부터 89행까지이고, '본사2'는 90행부터 156행까지이다. '본사1'에서는 부인들이 조심해야 할 언행과 마땅히 지켜야 할 덕목을 다음처럼 제시하고 있다.

조심ᄒᆞ고 조심ᄒᆞ오 언어(言語) 범졀(凡節) 조심ᄒᆞ오
말 ᄒᆞᆫ 번 실슈ᄒᆞ면 ᄑᆡ가망신(敗家亡身) 쳡경(捷徑)이요
입 가온ᄃᆡ 불근 셔난 몸 버히난 독긔오니
츙언(忠言)이 아니여든 입 밧긔 ᄂᆡ지 말고
악언(惡言)이 들니거든 귀 기우려 듯지 마오
분한 일을 당ᄒᆞ거든 어려운 걸 ᄉᆡᆼ각ᄒᆞ고
어려운 일 당ᄒᆞ거든 ᄉᆞ찰함을 ᄉᆡᆼ각ᄒᆞ오
심ᄉᆞ(心思)를 바로 가져 ᄇᆡᆨᄉᆞ(百事)를 올케 ᄒᆞ면
명쳔(明天)이 감동ᄒᆞ사 만복(萬福)을 나리시리
어진 부인 ᄒᆡᆼ실 보오 효ᄒᆡᆼ(孝行)을 몬져 ᄒᆞᄂᆡ
부모 명녕 드ᄃᆡ여셔 타문(他門)에 츌가(出嫁)ᄒᆞ여
신ᄒᆡᆼ(新行)한 지 ᄉᆞᆷ일 만의 부억 아ᄅᆡ 드러가셔
감지(甘旨)를 밧들 젹의 정셩이 지극ᄒᆞ다
계쵸명(鷄初鳴)에 일어나셔 머리 빗고 세슈ᄒᆞ고
ᄂᆡᆷ시 업시 경이ᄒᆞ고 부모 침쇼 드러가셔
나ᄌᆞᆨ이 쇼ᄅᆡᄒᆞ여 공슌이 뭇ᄌᆞᆸ난다
안녕이 쥬무신가 무슨 옷슬 입으실가

12 텍스트의 기호가 다른 텍스트로 옮겨짐으로써 그 기호가 포함하고 있던 개념이 함께 옮겨져 연결되는 상호텍스트성의 '전치(轉置)'에 대한 구체적인 내용은 다음 논문을 참고하기 바란다. (김도남, 『상호텍스트성과 텍스트 이해 교육』, 박이정, 2003, 123~155쪽.)

무슴 엄식 좁슈실가 식셩 맛게 봉양ᄒᆞ니
부모의 명녕ᄃᆡ로 일호(一毫)나 어긔울가
(후략)

'본사1'은 4음보 77행에 걸쳐 언어 범절로부터 시작하여 시부모 모시기와 제사 받들기, 남편 섬기기, 아래로는 비복들을 다스리고 태교에 이르는, 이른바 어진 부인으로써 갖춰야 할 낱낱의 사항들을 열거하여 제시하고 있다. 이를 요약하자면 〈직즁녹〉의 '본사1'에서는 부녀자들이 지켜야 할 행실로 '① 시부모 섬기기, ② 제사 받들기, ③ 남편 섬기기, ④ 형제 우애, ⑤ 자녀 교육, ⑥ 길쌈과 의복짓기, ⑦ 제사와 손님 접대, ⑧ 태교와 출산, ⑨ 노비 다스리기'등을 들고 있다.

〈직즁녹〉의 이러한 내용은 같은 덕수이씨 이충무공 문중에서 전승되던 〈나부가〉에서의 덕목과 대부분 일치한다. 〈나부가〉의 '본사1'에서는 부녀자들이 출가 이전의 규범으로 '① 부모 섬기기, ② 제사 받들기, ③ 길쌈과 의복짓기, ④ 독서하기(내칙편과 열녀편), ⑤ 문밖출입 삼가기'를 익혀야 한다고 제시하고 있다. 그리고 출가해서는 '① 시부모 섬기기, ② 제사 받들기와 손님 접대, ③ 남편 섬기기와 시동생과 화목하기, ④ 노비 다스리기, ⑤ 행동거지, ⑥ 길쌈하기'를 내세우고 있다.[13]

이를 비교해보면, 〈직즁녹〉과 〈나부가〉는 내용을 서로 공유하는 측면이 대부분이고 별다른 차이가 없다. 그것은 이미 존재하던 내용을

13 이러한 사부인의 직분에 대한 '주제적 표현'은 전형계녀가(典型誡女歌)에 나타난 11개 조목의 교훈과 대체적으로 일치하고 있는 것으로 확인되고 있다. (정한기, 「가사 〈나부가〉의 형성 배경에 대한 연구」, 『어문연구』 34(1), 한국어문교육연구회, 2006, 377~380쪽.)

관습적으로 담론화하여 그것을 변형시켜 재조직하고 있기 때문이다. 이들 작품은 제목이 서로 다르지만 주제를 구현하는 과정에서 상호텍스트성이 존재한다. 이들 작품의 작자는 가사를 독창적으로 창작하였다기보다는 기존에 이미 있었던 내용을 관습적으로 사용하거나 내용을 변형하였기 때문으로 보인다. 여기에서 〈나부가〉와 〈직중녹〉이 부녀자의 말과 행실에서 주의할 점이나 준수 사항, 어버이에 대한 올바른 효도 방법 등과 같은 유교적 규범을 담론화하고 있다는 점에서 계녀가류 가사 작품의 전형을 보여준다.

다만 '본사1'에서 이들 작품 사이에 서술상의 차이는 있다. 〈직중녹〉에서는 사대부 아녀자들이 지켜야 할 규범으로 먼저 언어 범절을 제시하고 나서 그 구체적 사항을 서술하고 있다. 반면에 〈나부가〉에서는 아녀자들이 지켜야 할 규범과 행실을 출가 이전과 출가 이후로 나누어 서술하고 있다. 〈직중녹〉에서는 출가 이전의 교육은 생략되고 출가 이후의 규범에 대해 제시하고 있다.

〈직중녹〉에서 '본사1'이 긍정적인 측면에서 부녀자들의 바람직한 언행을 권유한다면, '본사2'에서는 못된 부인들의 행실을 비판하며 경계하고 있다.

못된 부인 ᄒᆡᆼ실 보소 불효가 막심ᄒᆞ니
공경을 모르거든 은의을 엇지 알ᄭᅩ
졔 부모 불효ᄒᆞ며 나믜 부모 공경ᄒᆞ기
졔 동싱 뮈워ᄒᆞ며 남의 동싱 ᄉᆞ랑ᄒᆞ기
공연이 투긔(妬忌)ᄒᆞ야 ᄂᆡ외간 불화ᄒᆞ고
가난ᄒᆞ다 원망ᄒᆞ고 남의 부귀 부러ᄒᆞ기
싀부모 싀동싱의 업난 흉 잡아ᄂᆡ기

동셔간 동싱간의 쇽술ᄒᆞ기 이간ᄒᆞ기
고약한 말 간ᄉᆞ부려 장부의게 ᄋᆞ당(阿黨)ᄒᆞ기
게으름 짝이 업셔 아의 ᄭᅵ고 낫잠 ᄌᆞ기
가난ᄒᆞ다 ᄌᆞ셰ᄒᆞ니 남편 의복 남누ᄒᆞ다
제ᄉᆞ를 당ᄒᆞ면은 공연이 증(症)을 ᄂᆡ여
ᄌᆞ식의 타시런가 쥬먹으로 두다리기
뉵간ᄃᆡ청(六間大廳) 구루면셔 비복을 ᄭᅮ진난다
욕으로 졔 지ᄂᆡ니 신도(神道)ᄀᆞ 흠향(歆饗)할가
숀님이나 오시면은 귀치 안타 ᄭᅮ짓난다
ᄉᆞ랑문 비겨 셔ᄉᆞ 은근이 여어 보기
타인을 ᄃᆡᄒᆞ여셔 친졍 ᄌᆞ랑ᄒᆞ난고나
호의호식(好衣好食)ᄒᆞ던 몸이 싀집 와셔 고싱ᄒᆞᆫ다
친졍 ᄉᆞ람 만나보면 싀집 흠담 잡아ᄂᆡ기
친졍 젼곡(錢穀) 가져다가 싀집 먹여 술년노라
긔셰가 당ᄃᆞᆼᄒᆞ야 집안을 휘젓난다
긴 담ᄇᆡᄃᆡ 빗기 물고 슐 먹고 셰칙(貰冊) 보기
조흔 말 허튼 우슴 남을 쇽여 빗ᄂᆡ 쓰기
오락가락 말질ᄒᆞ여 무릅맛침 일슈로다
(후략)

'본사2'는 못된 부인의 행실을 열거한 부분과 집안 부인들을 경계하는 부분으로 다시 나눌 수 있다. 90행부터 118행까지가 전자에 해당하고, 119행부터 156행까지가 후자에 해당한다. 〈직즁녹〉에서 보여주는 못된 부인의 행실은 주로 유교적 윤리 규범에 초점을 맞추고 있다. 그것에서 드러나는 못된 부인의 행실을 살펴보면, '①불효와 불화(시부모께 불효, 내외간의 불화), ②험담(흉보기, 이간질과 아첨), ③나태함(낮잠자기, 제사 소홀, 손님 박대 등), ④방탕과 무절제(흡연, 음주, 세책보기, 시비가림, 군것질, 도둑질)'로 요약된다. '본사2'에서의 '못된 부인'은 부정적인 행실의 대명사이다. 〈직즁녹〉의 '못된 부인'은 〈나부가〉에서 못된 행실의 대명사인 금세부인과 비견된다. 〈직즁녹〉의 못된 부인과 〈나부가〉의 금세부인이 일으키는 잘못된 행실은 유교적 규범을 일탈하고 있다는 점에서 비슷하지만 방향에 있어서 차이가 있다. 〈나부가〉의 작품 전체는 근검(勤儉)이란 교훈이 중심을 이루고, 부정적 인물인 금세 부인에 대한 형상화는 근검(勤儉)이란 교훈에 집중된 감이 있다.[14] 반면에 〈직즁녹〉에서는 효도와 같은 윤리 규범이나 언어 문제를 먼저 강조하면서 부각시키고 나서 나태나 낭비와 같은 불량한 생활 태도를 제시하고 있다. 〈나부가〉에서 금세 부인의 잘못된 행실은 70행에 이르고 있는데, 〈직즁녹〉에서는 29행으로 상대적으로 짧다. 반면에 〈직즁녹〉에서는 〈나부가〉에 없는 화자의 못된 부인을 경계하는 48행의 교훈적 담론이 있다. '조고마한 일기 녀가 남의 집을 망케 ᄒᆞ네. 여보시요 부인들은 조심ᄒᆞ고 조심ᄒᆞ오'의 언급에서 작자로 느껴지는 화자의 경계는 남을 업신여기지 말라든가, 공치사를 하지 말라든가 하는 13가지 사항을 경계하여 교훈하고 있다.

'결사'는 작자인 화자가 집안 부녀자들에게 당부하는 부분이다. 마지막 2행에 해당하는 '어와 이 글이여 보암즉던 아니ᄒᆞ나, 구ㆍ한 이녀 쓰즐 져바리지 말지여다'가 그것에 해당한다. 그러한 경계의 당부는 〈나부가〉의 결사에서도 마찬가지이다. 왜냐하면 '어화 셰상 부닌(婦人)덜아 닉 말솜 격언(格言)니ᄅᆞ/ 부딕 ~~ 경계(警戒)ᄒᆞ여 현찰부닌(賢哲夫人) 되겨 ᄒᆞ쇼'로 거의 대동소이하기 때문이다.

14 정한기, 위의 논문, 380쪽.

이상에서 덕수이씨 충무공 후손가에 전승되던 계녀가사 〈직즁녹〉의 작품 내용을 살펴보면 같은 문중에 전승되던 〈나부가〉와 서로 비슷한 점이 많다는 것을 확인할 수 있다. 둘 다 덕수이씨 이충무공 후손가에서 전승되며 집안 부녀자들을 가르치고 경계하는 내용의 계녀가사라는 점이다. 그리고 이들은 제목이 다르지만 작품 내용이나 어구 표현, 구성 방식이 서로 비슷한 측면이 많다. 그것은 이들 작품은 이전에 이미 존재하던 텍스트를 기억과 변형의 과정을 통해 재조직하였기 때문으로 짐작된다. 여기에서 이들은 서로 상호텍스트성의 관계에 놓이게 된다.

5. 자료적 가치

『튱무공힝장』을 비롯한 충무공행장류 한글본과 그것에 부기된 〈직즁녹〉을 비롯한 몇몇 가사 작품은 조선후기 덕수이씨 이충무공 후손가에서 전승되던 문예물이다. 충무공행장류 한글본은 덕수이씨 이충무공 후손가에서 부녀자들에게 조상인 이충무공의 위업을 인식시키고 가르치기 위해 지어졌다. 가사 작품 〈직즁녹〉도 집안 부녀자들의 폐습을 경계하고 부덕을 권유하려는 의도에서 지어졌다.

이 과정에서 주목되는 점은 충무공행장류 한글본이나 〈직즁녹〉과 같은 가사 작품이 덕수이씨 이충무공의 후손이라는 특정 가문에서 창작되고 향유되면서 전승되고 있었다는 사실이다. 그리고 이들 문예물은 외부보다는 주로 덕수이씨 충무공파의 문중 내부에서 전승되며 향유되고 있었다.

이처럼 조선후기의 특정 작품을 당파나 가문이 향유하며 전승시킨 사례는 이따금 확인할 수 있다. 예로써 우암(尤庵) 송시열(宋時烈)의 계녀서(戒女書)는 부녀자로서 가슴에 새기고 살아가야할 도리가 20개 항목으로 정리되어 있다. 그런데 이 계녀서는 필사되어져 주로 노론가에서 부녀자 교육 텍스트로 전승되었다. 도학가류 가사 작품도 당색에 따라 분화되기도 하였다. 동방 도학의 적통이 포은 정몽주에서 율곡 이이와 우암 송시열로 이어진다는 〈황남별곡〉은 주로 노론계에서, 포은 정몽주에서 회암 이언적과 퇴계 이황으로 이어진다는 〈황산별곡〉은 주로 남인계에서 향유하며 전승되었다.[15] 한편, 송강 정철이 지은 〈관동별곡〉을 비롯한 가사 작품에 대한 번사 작업도 그의 후손이나 서인계 인물을 중심으로 이뤄지고 있었다.[16] 이런 측면에서 조선후기 덕수이씨 충무공파에서 충무공행장류 한글본과 〈직즁녹〉을 주목할 필요가 있다.

대부분의 자료는 수집과 진열의 과정에서 공간적으로 분리되면서 필연적으로 그것이 본래 지녔던 콘텍스트를 상실하기 마련이다. 덕수이씨 충무공파의 충무공행장류와 가사 작품을 비롯한 자료들도 본래

---

15 이에 대해서는 다음 논문을 참조하기 바람.
구사회, 「〈황산별곡〉의 작자 의도와 문예적 검토」, 『한국고전시가의 작품 발굴과 새로 읽기』, 보고사, 2014, 354~387쪽.
이수진, 「조선후기 당파에 따른 도학가류 가사작품의 이본 분화 연구」, 『온지논총』 39, 2014, 99~123쪽.

16 이에 대해서는 다음 논문을 참조하기 바람.
구사회, 「새로 발굴한 신승구의 〈관동별곡번사〉에 대하여」, 『국어국문학』 141, 국문학회, 2005, 237~270쪽.
윤덕진, 「송강가사 전승 사실의 맥락」, 『열상고전연구』 26, 열상고전연구회, 2007, 403~479쪽.

의 소장자를 벗어나 이제는 몇몇 박물관에 수장되어 있다. 그렇지만 덕수이씨 이충무공 후손가에서 전승되던 이들 문예물들은 충무공행장류과 특정 가사 작품이 결합되어 있어서 그것들이 지니고 있던 본래적 텍스트를 상실하지 않고 있었다는 점은 그나마 다행이다. 이를 통해 이들 충무공행장류 한글본이나 〈직중녹〉과 같은 계녀가사를 통해 조선후기 특정 문예물의 가문 전승이라는 사례를 확인할 수도 있었기 때문이다.

6. 맺음말

〈직중녹〉은 충무공 이순신의 직계 후손인 이도희가 지은 가사 작품이다. 조선후기 덕수이씨 이충무공 후손가에서는 『튱무공힝장』을 비롯한 충무공행장류 한글본과 〈난부가〉를 비롯한 몇몇 가사 작품이 전승되고 있었다. 이충무공 집안에서는 후손들에게 이들 충무공행장류를 통해 조상인 이순신의 위업을 일깨웠다. 그리고 집안 부녀자들에게는 계녀가사를 통해 지켜야 할 언행이나 윤리 규범을 가르쳤다. 이를 통해 이충무공의 후손들은 가문에 대한 자부심과 구국 정신을 고취하였다. 덕수이씨 이충무공파인 이도희의 자손들이 일제 침략을 당하여 모두 독립운동에 뛰어들었던 것도 그와 같은 자부심과 애국심에서 비롯된 것이다.

본고에서 논의한 〈직중녹〉도 『충무공행장』 한글본과 함께 그런 맥락에서 지어졌던 가사 작품이다. 〈직중녹〉은 아녀자들의 폐습을 경계하고 마땅히 지녀야할 부덕을 권유하려는 의도에서 지어졌다. 〈직중녹〉은 덕수이씨 이충무공 후손가에 전해오던 〈나부가〉 등과 함께 동일한 성격의 가사 작품이다. 〈직중녹〉과 〈나부가〉는 내용면에서도 비슷한 내용이 많은데, 둘 다 부녀자의 언행을 경계하고 지켜야 할 윤리 규범을 훈계하는 내용이다. 작품 짜임이나 표현 방식에서는 상호텍스트성이 존재한다.

〈직중녹〉은 콘텍스트와 관련하여 독특한 전승적 가치를 지녔던 작품으로 보았다. 왜냐하면 덕수이씨 이충무공의 후손들이 충무공행장류 한글본과 계녀가사 〈직중녹〉이라는 특정 문예물을 창작하여 집안 부녀자들의 교육을 목적으로 전승시킨 독특한 사례로 확인이 되고 있었기 때문이다.

[부록] 전문

원문 판독 및 주석

아래의 원문은 필자가 입력 주석한 것이다. 독자의 편의를 위해 원문의 판독문을 세로쓰기에서 가로쓰기로 바꾸었다. (   ) 안의 한자는 원문의 이해를 돕고자 필자로 임의로 넣었다.

직즁녹이라
니봉강이 지은 거시라

【30b】 어와 부인들은 닋 말솜 드러보오
부모의게 효도ᄒᆞ고 장부(丈夫)의게 공경ᄒᆞ오
동긔간의 우이 잇고 일가친척 화목ᄒᆞ오
비복(婢僕)의게 은의(恩意)[17] 잇고 ᄌᆞ질들을 교훈ᄒᆞ오
부귀영화 ᄲᅧ 잇스니 남의 부귀 부러 마오
남과 갓치 잘못 입고 남과 갓치 잘못 먹어
고싱한다 한을 말고 착한 일만 힘을 쓰오
유순부덕(柔順婦德)[18]ᄒᆞ련이와 녀모정널(女慕貞烈)[19] 제일이요

17 은의(恩意): 은혜를 베풀고자 하는 뜻.
18 유순부덕(柔順婦德): 부드럽고 온순해야 하는 아내의 덕.
19 녀모정널(女慕貞烈): 여자는 지조가 굳고 곧은 것을 사모해야 한다. 여자는 정절을

한마암 굿게 가져 슈화(水火)[20]라도 변틀 마오
이왕의 지닌 일을 가만이 싱각ᄒᆞ여
허물이 잇거들낭 죽기로 힘을 써셔
기과천션(改過遷善)ᄒᆞ오며는 현부인(賢夫人)이 되압나니
【31a】 조심ᄒᆞ고 조심ᄒᆞ오 언어(言語) 범졀(凡節) 조심ᄒᆞ오
말 ᄒᆞᆫ 번 실슈ᄒᆞ면 픽가망신(敗家亡身) 쳡경(捷徑)[21]이요
입 가온더 불근 셔[22]난 몸 버히난 독긔오니
츙언(忠言)이 아니여든 입 밧긔 너지 말고
악언(惡言)이 들니거든 귀 기우려 듯지 마오
분한 일을 당ᄒᆞ거든 어려운 걸 싱각ᄒᆞ고
어려운 일 당ᄒᆞ거든 ᄉᆞ찰함을 싱각ᄒᆞ오
심ᄉᆞ(心思)를 바로 가져 빅ᄉᆞ(百事)를 올케 ᄒᆞ면
명천(明天)[23]이 감동ᄒᆞ사 만복(萬福)을 나리시리
어진 부인 힝실 보오 효힝(孝行)을 몬져 ᄒᆞ니
부모 명녕 드더여셔[24] 타문(他門)에 츌가(出嫁)ᄒᆞ여
신힝(新行)한[25] 지 ᄉᆞᆷ일 만의 부억 아릭 드러가셔
【31b】 감지(甘旨)[26]를 밧들 젹의 경셩이 지극ᄒᆞ다

굳게 지키고 행실을 단정히 하여야 한다.

20 슈화(水火): 매우 곤란한 환경을 비유적으로 이르는 말.

21 쳡경(捷徑): 지름길.

22 셔: 혀.

23 명천(明天): 미신적관념에서, 모든 것을 환히 다 아는 하느님.

24 드더다: 디디다.

25 신힝(新行)ᄒᆞ다: 혼행(婚行)하다. 혼인할 때에 신부가 신랑 집으로 가다.

26 감지(甘旨): 맛이 좋은 음식.

계쵸명(鷄初鳴)[27]에 일어나셔 머리 빗고 셰슈ᄒᆞ고
님식 업시 졍(淨)이[28] ᄒᆞ고 부모 침쇼 드러가셔
나족이 쇼릭ᄒᆞ여 공순이 뭇줍난다
안녕이 쥬무신가 무슨 옷슬 입으실가
무숨 엄식[29] 좁슈실가 식셩 맛게 봉양ᄒᆞ니
부모의 명녕딕로 일호(一毫)나 어긔울가
노ᄒᆞ시면 황공ᄒᆞ니 ᄉᆞ즁한다 원망할ᄀ
우마계견육축(牛馬鷄犬六畜) 즁의 부모가 앗기거든
질타를 아니함은 부모를 위함이라
부모 병환 계시거든 의딕(衣帶)를 풀지 말고
약과 미음 맛슬 보아 지셩으로 밧들지라
【32a】 옛젹의 왕상(王祥)[30]이난 친환(親患)을 당ᄒᆞ여셔
어름을 두다리니 이어(鯉魚)[31]가 뛰여나고
엄동셜한(嚴冬雪寒) 빙셜(氷雪) 즁의 죽순(竹筍)을 킈엿슨니
효셩을 감쳔(感天)ᄒᆞᄉᆞ 하날이 쥬신 빅라
부모의 의복 음식 비복(婢僕)을 밋지 말고
일ᆢ 시ᆢ(日日時時) 편안토록 셤길지라

---

27 계쵸명(鷄初鳴): 새벽닭이 처음으로 우는 것.

28 졍히: 정갈하게.

29 엄식: 음식.

30 왕상(王祥, 184~268): 삼국시대 위(魏)나라 말 서진(西晉) 초 낭야(琅邪) 임기(臨沂) 사람. 자는 휴징(休徵). 성품이 지효(至孝)하여 계모가 한겨울에 생어(生魚)를 원하자 강으로 가서 옷을 벗고 얼음 위에 누워 얼음을 녹여 고기를 잡으려고 하니 두 마리의 잉어가 뛰어 나와 잡아 드렸다고 한다. 24孝의 한 사람이다.

31 이어(鯉魚): 잉어.

마암을 편케 함이 효ᄒᆡᆼ의 졔일이라
쳔붕지통(天崩之痛)[32] 졸당ᄒᆞ면 호쳔망극(昊天罔極)[33] 어이하리
부모의 음셩인들 어ᄃᆡ 가셔 드러볼가
쵸죵장ᄉᆞ(初終葬事)[34] 신혼곡(晨昏哭)과 우졸곡(虞卒哭)[35] ᄃᆡ쇼상(大小祥)[36]을
예법으로 지닌 후의 봉졔ᄉᆞ(奉祭祀)[37] 지셩일셰
효셩이 ᆢ러ᄒᆞ고 남편 공경 모를숀가
【32b】 남편이 즁한 법이 하날의 비하나니
부모 거상(居喪) ᄉᆞᆷ년이나 남편 거상 평ᄉᆡᆼ이라
두려ᄒᆞ고 공경ᄒᆞ야 공슌이 밧들지라
사람의 집 흥망승쇠(興亡盛衰) 부인 현부 달녀나니
남편 허물 잇거들낭 공슌이 간ᄒᆞ여셔
착한 말노 힘을 써셔 ᄀᆡ과쳔션 ᄒᆞ게 ᄒᆞ오
ᄂᆡ외(內外)가 화락(和樂)ᄒᆞ면 만ᄉᆞ가 ᄃᆡ길(大吉)ᄒᆞ니
옛적의 극결(郤缺)[38]이는 젼간의 김을 ᄆᆡ니

---

32 쳔붕지통(天崩之痛): 하늘이 무너지는 것 같은 아픔. 임금이나 아버지의 죽음을 당한 슬픔을 이름.

33 호쳔망극(昊天罔極): 어버이의 은혜가 넓고 큰 하늘과 같이 다함이 없음을 이르는 말.

34 쵸죵장ᄉᆞ(初終葬事): 초상이 난 뒤부터 졸곡(卒哭)까지 치러지는 온갖 일이나 예식.

35 우졸곡(虞卒哭): 우제(虞祭)와 졸곡제(卒哭祭). 우제는 초우(初虞), 재우(再虞), 삼우(三虞)를 통틀어 이르는 말. 졸곡제는 삼우제를 지낸 뒤에 지내는 제사.

36 ᄃᆡ쇼상(大小祥): 대상(大祥)은 사람이 죽은 뒤에 두 돐 안에 지내는 제사. 소상(小祥)은 사람이 죽은 쥐 1년만에 지내는 제사.

37 봉졔ᄉᆞ(奉祭祀): 조상의 제사를 받들어 모심.

38 극결(郤缺): 춘추시대 진(晉)나라 사람. 대부(大夫)를 지냈다. 극군(郤君) 또는 기결(冀缺)로도 불린다. 기읍(冀邑)에서 농사를 짓고 살면서 부부간에 서로 공경하기를 손님을 대하듯이 했는데, 구계(臼季)의 천거를 받아 하군대부(下軍大夫)가 되었다.

그 안히 졈심밥을 공순이 드릴 젹의
숀님갓치 디졉ᄒᆞ니 그 아니 갸록ᄒᆞᆫ가
옛날의 포션(鮑宣)[39]이는 부ᄌᆞ집의 취쳐(娶妻)ᄒᆞ니
의복지졀(衣服之節) 찰난ᄒᆞ미 안히다려 일은 말이
【33a】 이닉 집이 간난(艱難)ᄒᆞ야 져런 의복 못 보아소
그 안히 이 말 듯고 고혼 의복 다 바리고
흔옷 입고 도라와셔 지셩으로 셤겻시니
부ᄇᆞ지간(夫婦之間) 이러ᄒᆞ고 동긔(同氣) 우이(友愛) 업슬숀냐
형우졔공(兄友弟恭)[40] 극진ᄒᆞ니 형졔 일신 분명ᄒᆞ다
엣젹의 ᄒᆞᆫ ᄉᆞ람은 미씨(妹氏)를 위ᄒᆞ여셔
친이 약을 다리다ᄀᆞ 슈염을 ᄊᆞᄉᆞ렷닉
ᄌᆞ식은 업더릭도 ᄯᅩ 다시 나련이와
동싱 한 번 업셔지면 어딕 가셔 다시 볼가
ᄌᆞ녀을 가라치되 예의 염치 몬져 ᄒᆞ고
딕슌(大舜) 증ᄌᆞ(曾子) 효셩이며 틱ᄉᆞ(太姒) 틱임(太姙) 덕힝이며
밍모(孟母)의 숨쳔지교(三遷之敎)을 본을 바다 갈아치오
【33b】 남녀간 칠 셰여든 부동셕(不同席) 불공식(不共食)과
쇄소응딕(灑掃應對)[41] 진퇴지졀(進退之節)[42]과 예악ᄉᆞ어셔슈(禮樂射御書數)[43]로다

39 포션(鮑宣): 중국 한나라 때의 재상.
40 형우졔공(兄友弟恭): 형은 아우를 사랑하고 동생은 형을 공경한다는 뜻.
41 쇄소응딕(灑掃應對): 물을 뿌려 쓸고 응대한다는 뜻으로, 집 안팎을 깨끗이 거두고 웃어른의 부름이나 물음에 응하여 상대함을 이르는 말.
42 진퇴지졀(進退之節): 나아가고 물러날 때의 절도.

부ᄌᆞ간의 유친(有親)이며 군신간의 의(義) 잇스며

부ᄇᆞ간의 유별(有別)이며 장유간의 ᄎᆞ례 잇고

붕우간의 신이 잇고 슈신졔가치국(修身齊家治國)ᄒᆞ고

평쳔하(平天下)ᄒᆞ난 도를 ᄎᆞ례로 갈아친다

녀ᄌᆞ의 ᄒᆡᆼ실이며 남ᄌᆞ의 ᄒᆡᆼ할 일을

분명이 갈아치니 방젹침션(紡績針線)[44] 업슬숀가

봉졔ᄉᆞ(奉祭祀) 졉빈ᄀᆡᆨ(接賓客)을 어이 아니 갈아치리

어진 부인 ᄐᆡ긔 잇셔 몸 가지난 법을 보쇼

악한 빗출 아니 보고 음한 쇼릐 아니 듯고

빗군 ᄌᆞ리 아니 안고 어슨 음식 아니 먹고

【34a】 기울게 아니 셔고 가힉 가 아니 안져

셩인 아들 나아쓰니 그 아니 갸록ᄒᆞᆫ가

ᄌᆞ숀이 만당(滿堂)한 후 비복이 션ᄉᆞᄒᆞ다

남노녀복(男奴女僕) 불일 젹의 고르게 분빙ᄒᆞ오

상하가 화목ᄒᆞ니 비복이 열복(悅服)[45]한다

ᄇᆡᆨᄌᆞ쳔숀(百子千孫)의 만셰무강(萬世無疆)ᄒᆞ리로다

못된 부인 ᄒᆡᆼ실 보쇼 불효가 막심ᄒᆞ니

공경을 모르거든 은의을 엇지 알쇼

졔 부모 불효ᄒᆞ며 나믜 부모 공경ᄒᆞ기

졔 동싱 뮈워ᄒᆞ며 남의 동싱 ᄉᆞ랑ᄒᆞ기

---

43 예악ᄉᆞ어셔수(禮樂射御書數): 군자육예(君子六藝)로, 예의, 음악, 활쏘기, 말타기, 글쓰기, 수학을 말한다.

44 방적침션(紡績針線): 길쌈과 바느질.

45 열복(悅服): 기쁜 마음으로 복종하다.

공연이 투긔(妬忌)ᄒᆞ야 ᄂᆡ외간 불화ᄒᆞ고
가난ᄒᆞ다 원망ᄒᆞ고 남의 부귀 부러ᄒᆞ기
【34b】 싀부모 싀동싱의 업난 흉 잡아ᄂᆡ기
동셔간 동싱간의 쇽술ᄒᆞᄒᆞ[46] 이간ᄒᆞ기
고약한 말 간ᄉᆞ 부려 장부의게 ᄋᆞ당(阿黨)[47]ᄒᆞ기
게으름 짝이 업셔 아의 찌고 낫잠 ᄌᆞ기
가난ᄒᆞ다 ᄌᆞ세ᄒᆞᄂᆡ 남편 의복 남누ᄒᆞ다
졔ᄉᆞ를 당ᄒᆞ면은 공연이 증(症)[48]을 ᄂᆡ여
ᄌᆞ식의 타시런가 쥬먹으로 두다리기
늑간ᄃᆡ쳥(六間大廳) 구루면셔 비복을 ᄭᅮ진난다
욕으로 졔 지ᄂᆡ니 신도(神道)[49]ᄀᆞ 흠향(歆饗)[50]할가
숀님이나 오시면은 귀치 안타 ᄭᅮ짓난다
ᄉᆞ랑문 비겨 셔ᄒᆞ 은근이 여어 보기
타인을 ᄃᆡᄒᆞ여셔 친졍 ᄌᆞ랑ᄒᆞ난고나
【35a】 호의호식(好衣好食)ᄒᆞ던 몸이 싀집 와셔 고싱ᄒᆞᆫ다
친졍 ᄉᆞ람 만나보면 싀집 흠담 잡아ᄂᆡ기
친졍 젼곡(錢穀) 가져다가 싀집 먹여 술년노라
긔셰가 당ᄒᆞ ᄒᆞ야 집안을 휘졋난다

46 쇽술쇽술: 속살속살. 남이 알아듣지 못하도록 작은 목소리로 자질구레하게 자꾸 이야기하는 소리나 모양.
47 ᄋᆞ당(阿黨): 남의 비위를 맞추거나 환심을 사려고 아첨함.
48 증(症): 화증(火症). 짜증.
49 신도(神道): 귀신을 높여 이르는 말.
50 흠향(歆饗): 신명(神明)이 제물을 받아서 먹음.

긴 담빗ᄃᆡ 빗기 물고 슐 먹고 셰칙(貰冊) 보기
조흔 말 허튼 우슴 남을 쇽여 빗닉 쓰기
오락가락 말질ᄒᆞ여[51] 무릅맛침[52] 일슈로다
삼종지의(三從之義) 모로거든 칠거지악(七去之惡) 어이ᄒᆞ리
돈을 쥬어 군것질과 남의 물건 집어오기
ᄌᆞ식 역셩 ᄃᆡ단ᄒᆞ니 어룬을 혜아리랴
쇼문이 낭ᄌᆞᄒᆞ니 ᄌᆞ녀 혼취 어이하리
【35b】 가도(家道)가 일어ᄒᆞ고 복녹(福祿)을 누릴숀냐
평싱 고싱 고ᄉᆞᄒᆞ고 픽가망신(敗家亡身) 불상찬타
졔 한 몸은 고ᄉᆞᄒᆞ고 싀집이 가련ᄒᆞ다
조고마한 일ᄀᆡ 녀가 남의 집을 망케 ᄒᆞ네
여보시요 부인들은 조심ᄒᆞ고 조심ᄒᆞ오
규즁(閨中)의 깁히 잇셔 은근이 하난 일도
ᄒᆞ날이 드르시고 귀신이 눈이 잇셔
ᄌᆞ연이 쇼문나니 그 아니 두려운ᄀᆞ
착한 일 올은 힝실 평싱을 다ᄒᆞ여도
오히려 못ᄒᆞ거든 하물며 그른 힝실
일호나 힝ᄒᆞ여셔 욕급부모(辱及父母)[53] 어이ᄒᆞ리
ᄂᆡ 몸이 귀ᄒᆞ거든 교만ᄒᆞ믈 경계ᄒᆞ오
【36a】 ᄂᆡ 몸만 못한 ᄉᆞ람 업신역여 보지 마오

---

51 말질ᄒᆞ다: 말질하다. 이러니저러니 하고 말로 다투거나 쓸데없이 말을 옮기다.

52 무릅맛침: 무릎맞춤. 두 사람의 말이 서로 어긋날 때, 제삼자를 앞에 두고 전에 한 말을 되풀이하여 옳고 그름을 따짐.

53 욕급부모(辱及父母): 욕이 부모에게까지 미침.

음식의 층ᄒᆞ(層下)[54] 말고 언어의 순후(淳厚)ᄒᆞ오
무어슬 남을 쥬고 공치ᄉᆞ(空致辭) ᄒᆞ지 마오
남의 음식 바더 먹고 호부(好否)를 말을 마오
무숨 일 당ᄒᆞ거든 아난 체 ᄒᆞ지 말고
어룬의게 무러 ᄒᆞ고 남의게 의논ᄒᆞ오
부귀영화(富貴榮華) 누리거든 닉 몸만 호강 말고
구ᄎᆞ한 일가친척 구졔힘을 힘을 쓰오
고맙게 ᄒᆞ던 ᄉᆞ람 은혜 갑기 힘을 쓰고
착한 일 보거들낭 본밧기를 힘을 쓰고
그른 일 보거들낭 닉 몸만 경계ᄒᆞ고
이미한 말 들니거든 쾌ᄒᆞ이 발명(發明)[55] 말고
【36b】 더옥이 조심ᄒᆞ여 닉 몸만 ᄌᆞ최ᄒᆞ면
이미한 그 허물을 ᄌᆞ연이 발명ᄒᆞ닉
남의게 적션(積善)ᄒᆞ면 경ᄉᆞ(慶事)가 좃ᄎᆞ오고
남의게 적악(積惡)ᄒᆞ면 앙화(殃禍)ᄀᆞ 일으나니
잘못된 일 잇거든 남의 탓 ᄒᆞ지 마오
규즁만 직희우고 귀경을 조화 마오
호정츌립(戶庭出入)[56] ᄒᆞ올 적의 ᄌᆞ최가 분명ᄒᆞ게
나지면 기침ᄒᆞ고 밤이면 불을 켜고
범절이 ᄒᆞ러ᄒᆞ면 현부인이 되압나니

---

54 층ᄒᆞ(層下): 낮게 보아 소홀히 대접함.
55 발명(發明): 죄나 잘못이 없음을 말하여 밝힘. 또는 그리하여 발뺌하려 함.
56 호정츌립(戶庭出入): 마당 안에서만 드나듦.

명쳔(明天)이 ᄉᆞᆯ피압셔 고ᄉᆡᆼ ᄭᅳᆺ테 영화(榮華)로다
ᄌᆞ식을 길너보면 부모 은덕 짐작ᄒᆞ리
무궁무진(無窮無盡)ᄒᆞ온 은덕 갑기를 의논컨ᄃᆡ
【37a】 쇄신분골(碎身粉骨)ᄒᆞᆯ지라도 만분지일 갑흘숀가
갑기는 고ᄉᆞ하고 걱정이나 업게 ᄒᆞ오
어와 이 글이여 보암즉던 아니ᄒᆞ나
구〻한 이ᄂᆡ ᄯᅳ즐 져바리지 말지여다

曾經和順郡守 덕슈후인 니봉강은 근셔ᄒᆞ노라 봉강의 휘난 道熙 신츅(辛丑) 졍월(正月) 십팔일은 등셔우안셩ᄀᆡᆨ즁(謄書于安城客中)ᄒᆞ노라

이 직즁녹을 고담(古談)으로 알지 말고 상목ᄌᆡ지(常目在之)[57]ᄒᆞ여 잇지 말면 현부인이 될 거시요 만일 ᄌᆞ포ᄌᆞ기(自暴自棄)ᄒᆞ여 이갓치 하난 ᄉᆞ람이 어ᄃᆡ 잇스랴 ᄒᆞ면 이난 하우불이(下愚不移)[58]요 ᄯᅩ 가도난 반다시 비ᄉᆡᆨ(丕塞)[59]ᄒᆞ리라

57 상목지지(常目在之): 늘 눈여겨보게 됨.
58 하우불이(下愚不移): 어리석고 못난 사람은 언제나 그대로 있지 발전하지 못한다는 뜻.
59 비식(否塞): 운수가 나빠서 꽉 막히는 것. 불운함.

이충무공의 선양 사업과 『튱무공힝장』 소재 새로운 가사 작품 <난부가> 2편에 대하여

1. 이충무공 선양 사업과 한글 자료들

충무공 이순신(李舜臣, 1545~1598)은 임진왜란을 당하여 불멸의 애국심으로 나라를 구한 민족 영웅이다. 이충무공은 왜적과의 싸움에서 연전연승하였지만 정치적으로는 부침을 거듭하다가 노량해전을 마지막 승리로 이끌고 산화하였다. 이충무공에 대한 역사적 평가가 그의 사후에 뒤따랐다. 그는 전사 직후에 우의정에 추증되었다. 선조 37년(1604)에는 선무공신(宣武功臣) 1등에 녹훈되고 동시에 덕풍부원군(德豊府院君)에 추봉되며 좌의정에 추증되었다. 인조 21년(1643)에 '충무(忠武)'라는 시호가 내려졌고, 숙종 33년(1707)에는 충청도 아산(牙山)에 세워진 그의 사당에 '현충(顯忠)'이란 호가 내려졌다. 그러다가 정조 17년(1793)에 이르러 그는 영의정으로 추증되었다.

이충무공의 사후에 그에 대한 선양 사업이 뒤따랐다. 처음에 덕수이씨 이충무공 문중에서 시작하였고 이후로 국가적 차원으로 확대되었다. 그의 사후에 조카였던 이분(李芬, 1566~1619)이 충무공의 행적과 위업을 정리하여 「행록(行錄)」을 저술하였다. 『충무공가승』은 이충무공 직계 후손들의 노력에 힘입었다. 이분의 「행록」이 나온 지 1세기 정도가 지나서 이홍의(李弘毅, 1648~1735)가 고조부이신 이충무공에 대한 관련 자료를 수집하여 『충무공가승』으로 이름을 붙였다. 그리고 그의 아들인 이봉상(李鳳祥, 1672~1728)이 1715년에 함경도 병사로 있으면서 간행하였다. 이들 「행록」이나 『충무공가승(忠武公家乘)』은 나중에 국가적 차원에서 편찬된 『이충무공전서(李忠武公全書)』와 같은 이충무공 관련 문헌 사업의 토대가 되었다.

「행록」이나 『충무공가승』은 문중 사업이었다면, 『이충무공전서』는 국가적 차원에서 이뤄진 사업이었다는 점이다. 조선 시대에 충무공 이순신에 대하여 가장 적극적으로 높이 평가했던 통치자는 정조 임금이었다. 정조는 정조 17년(1793) 7월 1일에 이충무공을 영의정으로 추증하였다. 정조 19년(1795)에는 어명을 내려 국가적 차원에서 『이충무공전서』를 편찬 간행케 하였다. 당시 『이충무공전서』는 이충무공 관련 문헌 편찬 사업의 결정판으로써 『충무공가승』을 저본으로 삼았다. 이들 이충무공 관련 문헌 사업을 보면 「행록」에서 『충무공가승』으로, 『충무공가승』에서 『이충무공전서』로 바뀌며 확대되고 있다는 것을 알 수 있다. 이외에도 이충무공과 관련된 「행장(行狀)」과 이식(李植, 1584~1647)의 「시장(諡狀)」이 수록된 『충무록(忠武錄)』이 있다.

이들 문헌은 모두 한문으로 지어졌고 양반 남성들이 주요 독자층이었다. 즉, 처음에 「행록」이나 『충무공가승』의 독자는 덕수이씨 이충무공의 후손을 비롯하여 한문을 읽고 쓸 줄 아는 문중 남성이었을 것이다. 그러다가 『이충무공전서』가 간행되어 유포되면서 독자는 식자층을 중심으로 더욱 확대되었다. 이 과정에서 이충무공 후손들은 눈을 문중 내부로 돌려 이들 이충무공 관련 자료를 집안 아녀자들에게 가르치는 방법을 모색하게 된다. 덕수이씨 이충무공의 남자 후손들이 「행록」이나 『충무공가승』을 읽고 이해하는 데에는 어려움이 없었다. 그러나 한문을 잘 모르는 집안 아녀자들은 그렇지 못하였기 때문에 이충무공의 전기를 우리말로 지어서 읽도록 하였다. 이분(李芬)의 「행록」을 우리말로 바꾼 『충무공행장』이 그것의 대표적인 사례였다고 말할 수 있다.

한글로 지어진 『충무공행장』은 오늘날 네 편이 전하고 있다. 우리한글박물관에서 소장하고 있는 『튱무공힝장』,[1] 해군사관학교 박물관에서 소장하고 있는 『션죠츙무공힝장(先祖忠武公行狀)』, 서울역사박물관에 수장된 『튱뮤공힝장(忠武公行狀)』, 개인이 소장하고 있는 『튱뮤공힝장』이 바로 그것이다. 이들 네 편의 충무공행장류는 모두 덕수이씨 이충무공 후손가에서 나온 것으로 이충무공의 위업을 가르치기 위하여 여성독자, 즉 집안의 아녀자들을 염두하여 작성된 것이다.

그런데 이들 한글본 충무공행장류에는 부녀자를 선도하기 위해 지어진 나부가류 계통의 교훈가사가 부기되어 있는 것을 주목할 필요가 있다. 우리한글박물관 소장본에는 〈난부가(懶夫歌)〉와 〈난부가(懶婦歌)〉의 가사 작품이, 서울역사박물관 소장본에는 이도희(李道熙, 1842~1902)의 〈직중녹〉이 수록되어 있다.[2] 그리고 현충사가 가까이 있는 충남 아산시 탕정면 용두리에 살고 있던 덕수이씨 이충무공의 후손인 이준영

---

1 이에 대해서는 다음 논문을 참조하면 구체적인 내용을 알 수 있다.
(김영, 「한글필사본 충무공행장에 대하여–새 자료 우리한글박물관 소장 『튱무공힝장』을 중심으로」, 『열상고전연구』 40, 열상고전연구회, 2014, 231~260쪽.)

2 〈직중녹〉은 〈나부가〉와 같은 계통의 교훈가사이다. 〈직중녹〉에 대해서는 다음 논문을 참조하기 바란다.
(구사회·김영, 「이도희의 새로운 가사 작품 〈직중녹〉에 대하여」, 『한국고시가문화연구』 34, 한국고시가문화학회, 2014, 33~60쪽.)

(李峻永, 1879~1907)이 필사하여 소장했던 다른 〈나부가(懶婦歌)〉가 있었다. 이들 교훈가사도 『충무공행장』과 함께 덕수이씨 이충무공 후손가에서 집안 아녀자들을 가르치기 위해 짓거나 필사해놓은 문중 교육의 문예물들이었다.

2. 새로운 가사 작품 우리한글박물관 소장본 〈난부가〉 2편

이번에 공개하는 우리한글박물관 소장본인 〈난부가(懶夫歌)〉와 〈난부가(懶婦歌)〉 두 작품은 아직까지 학계에 보고되지 않았던 새로운 가사 작품으로[3], 『튱뮤공힝장(忠武公行狀)』 4a면~6a면의 이면에 수록되어 있다. 『튱무공힝장』의 이면에는 〈난부가〉 2편을 시작으로 〈뵈틀가〉(6a~7b이면), 〈옥설화답〉(8a~12b이면), 〈호서가〉(13a~14b이면), 〈퇴계선생지도가〉(29a~29b이면)가 순차적으로 필사되어 있다. 〈뵈틀가〉는 민요 작품이고, 나머지는 모두 가사 작품이다. 〈난부가〉는 주로 부녀자를 선도하기 위해 지은 가사이고, 〈뵈틀가〉는 여인들이 베 짜는 일을 소재로 한 민요이다. 〈옥설화답〉은 인생의 무상함을 노래한 것이고, 〈호서가〉는 충청도의 지명을 사용하여 비유적으로 표현한 것이다. 〈퇴계선생지도가〉는 〈권선지로가〉로도 일컬어지는데, 학문을 열심히 닦자는 내용이다. 이외에 언간독도 일부 실려 있다.

〈난부가(懶夫歌)〉는 양반집 자제로 태어났지만 학문을 게을리 한 상태에서 장가들어 과거를 치르지만 과문에 들지 못해 입신양명을 떨칠

---

3 원전에는 한글로 '난부가'라 적혀 있다. 한문표기는 필자가 넣은 것이다.

수 없는 신세로 전락할 것임을 경계하는 내용이다.

〈난부가(懶婦歌)〉는 부잣집 무남독녀로 태어나서 여자로서의 예의 범절과 규범을 익히지 못하고 출가하여 망신스러워 하는 내용이다. 이들 〈난부가〉 2편은 덕수이씨 이충무공 후손가에서 전승된 이준영이 필사해놓은 〈나부가〉나 이도희가 지은 〈직즁녹〉과 일맥상통하는 교훈가사 작품이다. 그런데, 이들 〈난부가〉의 작품은 필사기가 없고 시기를 추정할 만한 근거도 없기 때문에 구체적인 필사 시기와 필사자에 대해서는 알 수가 없다.

앞서 언급한 바와 같이 〈난부가〉 2편은 한글필사본 『튱무공힝장』 이면에 쓰여져 있다. 『튱무공힝장』이 18세기말에서 19세기 초에 필사된 것으로 추정하고 있다. 〈난부가〉는 이보다 뒤에 필사되었을 것인데, 출현하는 어휘의 형태나 표기법을 살펴볼 때, 19세기에 후반 이전일 것으로 짐작된다.

표기에서 어두된소리 표기는 합용병서 'ㅄ(ᄡᅡ더시), ㅺ(ᄭᅡᆨ기젹삼, ᄭᅮᆯ, ᄭᅮᆷ젹일가 ᄭᅴ쳣난가), ㅼ(ᄯᅡᆷ이, ᄯᅦ온디, ᄯᅩᆼ의), ㅽ(ᄲᅡ진), ㅾ(ᄶᅩᆨ구술)'과 각자병서 'ㅆ(싸며, 쓰고, 스러져)'이 쓰였다.

음운에서 ㄷ구개음화를 겪지 않은 형태(됴흔, 디ᄂᆞ, 디녀치고, 데일노, 뎡초을, 일ᄌᆞ부디, 텬디 등)와 구개음화를 겪은 형태(죠테, 쳔ᄌᆞ, ᄭᅴ쳣난가 등)가 혼재되어 있다. 어중 모음 사이의 'ㄹㄹ'이 'ㄹㄴ'으로 표기되는 것 역시 근대 국어자료에서 흔히 볼 수 있는 현상이다.[4] 'ㅡ'와 'ㅓ'가 잘 구별되지 않은 모음중화 현상도 보이는데 '들언 글귀, 엉셕, 차마한 덜' 등이 이에 해당한다. 문법특징으로는 다른 어미 앞에 붙어 강조의

4 졀노, 물너, 말녀니와, 뎨일노

의미를 나타내는 선어말어미 '-돗-'이 실현된 예가 있다. '그러져러 ᄒᆞ돗던지'로 활용되었는데 "그럭저럭 했었는지" 정도의 의미로 풀이할 수 있다. 선어말 어미 '-돗-'은 근대국어에 들어서면 소멸단계에 접어드는데, 대개 17~18세기까지의 자료에서 나타나는데, 가사류에서는 19세기 중후반까지도 사용된 예가 확인된다.[5] "–까지"를 의미하는 조사 '–디이'가 쓰였는데[6] 한자어 '디(至)'에 부사접미사 '–이'가 결합된 것이다. 18세기에서 19세기 초반까지의 자료에서 보이는 조사이다.

이밖에 "생김새나 모습"을 의미하는 '뫼', "부끄럽다, 열없다"라는 의미의 '열적다', "식혜"를 뜻하는 '식혀', "솜씨"를 뜻하는 '손씨' 등 방언적 성격을 띤 어휘들도 보인다. 또한 '식혀 먹은 괴 속이라(식혜 먹은 고양이 속이라)', '어람의 박 미닷(얼음에 박 밀 듯)', '쑬 먹은 벙어리(꿀 먹은 벙어리)', '쇼로ᄀᆡ랄 ᄆᆡ로 보다(솔개를 매로 보다)'는 다양한 속담들도 출현하고 있다.

이처럼 이충무공 문중에서는 집안 아녀자들과 자손들을 일깨우기 위해 한글로 지은 충무공 전기물인 『충무공행장』과 함께 교훈가사의 일종인 〈나부가〉나 〈난부가〉, 그리고 〈직중록〉 등을 후손 교육에 활용하고 있었다. 이처럼 이충무공가와 같은 특정 문중에서 후손들의 교육을 위해 나부가류 교훈가사 작품을 문중 내에 전승시키며 활용한 매우 특이한 사례로 여겨진다.

---

5 二客의 부ᄂᆞᆫ 洞簫 嫠婦만 우돗썬가 〈石村別曲 19세기 말〉 무셥다 그몃子孫 骨肉相殘 하돗쩌라 〈馬上歌 19세기 말〉 (『역대가사문학전집』(임기중 편))

6 광월사 관ᄃᆡ디이 네 ᄌᆡ조 이샹□니

3. 〈난부가〉의 작품 전문

아래의 전문은 원본을 보고 필자가 입력 주석한 것이다. 독자의 편의를 위해 원문의 판독문을 세로쓰기에서 가로쓰기로 바꾸었다. ( )의 한자는 원문의 이해를 돕고자 필자가 의의로 넣었다. 책명은 '《 》'으로 판독이 불가능한 글자는 ' □'으로 표시하였다.

3.1. 〈난부가(嬾夫歌)〉

【튱무공힝장 4a 이면】

비ᄂᆞ니 글 잘ᄒᆞ기 원ᄒᆞᄂᆞ니 글 잘쓰기
부모 동싱 먹은 마암 아던지 모라던지
ᄒᆞᆫ 샬 두 샬 디너치고 십 세가 너머져셔
《텬ᄌᆞ(千字)》[7] 《유합(類合)》[8] 《동몽션습(童蒙先習)》 ᄯᅦ온디 못 ᄯᅦ온디
텬황씨 ᄒᆞᆫ ᄃᆡ문의 ᄃᆡ못박이[9] 되여셔라
투젼 두기 공긔 놀기 세월이 결노 가너
십오 셰 얼픗 디ᄂᆞ 이십이 당ᄎᆞ(當次)ᄒᆞ니[10]
ᄂᆞᆷ아ᄂᆞᆫ 냥반ᄌᆞ졔 차마한덜 폐륜ᄒᆞᆯ가[11]

---

7 텬ᄌᆞ: 천자문(千字文). 중국 양나라 주흥사(周興嗣)가 지은 책. 사언(四言) 고시(古詩) 250구로 모두 1000자로 되어 있으며 자연현상으로부터 인륜 도덕에 이르는 지식 용어를 수록하였고 한문 학습의 입문서로 널리 쓰였다.

8 유합(類合): 조선 성종 때 서거정이 지은 한문 학습서. 《천자문》《훈몽자회》와 같이 각 자마다 음(音)과 훈(訓)을 달았다. 선조 9년(1576)에 나온 유희춘의 서문이 있는 《신증유합》이 오늘날 전하는 것 가운데 가장 오래된 책이다.

9 ᄃᆡ못박이: 대못박이. 큰못이 뚫지 못하는 물건이라는 뜻으로, 아주 둔하고 어리석어서 몇 번이나 가르쳐도 깨닫지 못하는 사람을 이르는 말.

10 당ᄎᆞ(當次)ᄒᆞ니: 다가오니. 당도하니.

번연ᄒᆞᆫ[12] 일ᄌᆞ부디(一字不知) 빠더시 긔여 두고[13]

ᄉᆞ쥬(四柱) 가ᄂᆡ ᄐᆡᆨ일(擇日) 오ᄂᆡ 일픔 복식 장가ᄀᆞ니

울셴[14] 동셔 어린 쳐남 시(詩) 짓거니 부(賦) 짓거니

ᄂᆡ 몸을 둘 ᄃᆡ 업셔 열적게[15] 물너안져

소장[16]의 언변(言辯)인덜 입 이써 말이 나며

분흉의 □□인덜 담이 녹여 쑴적일가

데일노 옹식(壅塞)기ᄂᆞᆫ 과거날이 박두(迫頭)ᄒᆞᄂᆡ

사회 사랑 장모신가 노고(老姑)뫼[17]로 손고초ᄂᆡ[18]

혐(嫌) 적고 졍(情) 만키ᄂᆞᆫ ᄉᆡ아기씨 □□ 심ᄒᆡ

약포육(藥脯肉) 초기 젼복(全鰒) 졍과(正菓) 다식(茶食) 뭉쳐 싸며

【튱무공힝장 4b 이면】

ᄉᆞᄆᆡ 속의 너어 쥬며 과거ᄒᆞ여 나오소셔 원이로다

넌ᄌᆞ시 ᄃᆡ답ᄒᆞ고 슈닷치며[19] 어ᄃᆡ 갈가

여ᄎᆞ 유건(儒巾) 비러쓰고 복마(僕馬)의 실여가며

댱즁문(場中門) 들어가니 텬디의 지향 업ᄂᆡ

---

11 폐륜(廢倫)ᄒᆞᆯ가: 장가가지 못할가. 폐륜은 시집가거나 장가드는 일을 하지 않거나 못하는 것을 말한다.

12 번연ᄒᆞᆫ: 뻔한. 분명한.

13 긔여 두고: 속여 두고. 감춰 두고.

14 울셴: 울센. 많은.

15 열적게: 열쩍게. 열없게. 겸연쩍고 부끄럽게.

16 소장(蘇張): 중국 전국시대의 세객(說客)인 소진(蘇秦)과 장의(張儀)를 아울러 이르는 말. 소장의 언변은 매우 구변이 좋음을 이름.

17 뫼: 모양. 겉으로 나타나는 생김새나 모습. 전라 방언.

18 손고초ᄂᆡ: 공손히 손을 모으네.

19 슈닷치며: 수다를 떨며.

식혀 먹은 괴 속이라[20] 그 아니□ 면홀가
기동의 다친 머리 그 무어시 홍뎡홀고
어린 닷 술 취흔 닷 너 혼자 안자더니
오고북[21] 탕ː 치며 글 바치라 지촉흐니
좌우로 고면흐며[22] 동셔로 분쥬흐여
거젹의 들언 글귀 익망걸망[23] 모화 쥐고
아는 문ᄉ 쳥흐여디 ᄎ셔(次序)을 겨오 다여
뎡초[24]을 펼쳐 노코 검겨[25] 너여 밧친 후의
숨 쉬고 도라와셔 쓰러져 누어시니
압집의 방이 오고 뒷집의 젼갈 가니
서 발 남은 당도방의 너 일홈 간디업니
일이 혀고 져리 혀니 글 아인 타시로다
무류키도 헐후흐고[26] 핀잔키도 둘지로쇠
문장 학문 더져두고 입신양명 바장낫니[27]
너 마암 위로할 일 □잡아 싱각흐니

20 식혀 먹은 괴 속이라: 식혜 먹은 고양이 속. 죄를 짓고 그것이 탄로날까봐 근심하는 마음을 비유적으로 이르는 말.

21 오고북(午鼓-): 궁중에서 시간을 알리기 위하여 낮 열두 시에 치던 북.

22 고면(顧眄)흐며: 돌아다보며.

23 익망걸망: 애면글면. 매우 힘에 겨운 일을 이루려고 갖은 애를 다 쓰는 모양을 나타내는 말.

24 뎡초: 정초(正草). 시험답안지. 또는 정서로 글의 초안을 잡는 것.

25 검겨: 까맣게 써내어. 검기다는 그림을 그리거나 글씨를 쓸 때, 그림이나 글씨의 테두리에서 안쪽으로 향하여 차차 짙게 칠한다는 말.

26 헐후(歇后)흐고: 대수롭지 않고.

27 바장낫니: 결딴났네.

자리관 졋게 쓰고[28] 아릿묵의 죽쳐 안자
고치 말고 쏠리졋□ □쏠이 도로□□

3.2. 〈난부가(嬾婦歌)〉

【튱무공힝장 5a 이면】
어져 ᄂᆡ 팔ᄌᆞ야 됴턴디 엇잔턴디
낙양(洛陽) 호부가(豪富家) 무남동여(無男獨女) 되어셔라
ᄀᆡ 다히고 말 ᄇᆡ홀시 니ᄅᆞ도 말녀니와
십오 세 치닷도록 엉셕[29]이ᄂᆞ 갓초 ᄒᆞ야
속곱노리 자미지고[30] 각시 단장 더옥 죠테
가갸거겨 솔나[31] 보고 홍동항동[32] 날이 갓ᄂᆡ
《녀측(女則)》《녀계(女誡)》 더져두고 먹고 자기 일을 삼ᄂᆡ
골모 바날 모라□□던 인도 자히 어이 □고
적삼 속것 못 ᄆᆞᄅᆞ니[33] 도포(道袍) 관ᄃᆡ(冠帶) 지을손가
녀ᄌᆞ의 ᄒᆞᄂᆞᆫ 소임 ᄇᆡ혼 거시 젼혀 업ᄂᆡ
말□□□□□□□□□□□□□□
침션(針線) 방젹(紡績) 잘ᄒᆞ기로 일등 쳐녀 별호 나ᄂᆡ
그러져러 ᄒᆞ돗던지[34] 됴흔 혼처 절노 나셔

---

28 졋게 쓰고: 젖혀 쓰고.
29 엉셕: 응석.
30 자미지고: 재미있고.
31 솔나: 대충, 슬쩍.
32 홍동항동: 그럭저럭.
33 ᄆᆞᄅᆞ니: 마르니. 재간(裁斷)하니. 마름질하니.

□□□□ □□□□ 혼인날이 박두ᄒᆞᄂᆡ
손씨[35] 익은 단골 슈모(水母)[36] 첫ᄉᆡ벽의 달여□□
연지분이 괴로오니 곤디 뉵향(肉香)[37] 더옥 슬희
□□□□□□□□□□□□□□
사화봉 옥동ᄌᆞ의 신수 부치 눈가 □□
【튱무공힝장 5b 이면】
ᄀᆞᆼ슌이 ᄉᆞᄇᆡᄒᆞᆫ 후 만화방셕(滿花方席)[38] 나아 안자
홍ᄉᆞ프리 □□□을 먹은디 못 먹은디
부녀의 ᄎᆡᆨ임을 슈으로 헤여보니
ᄇᆡᆨᄉᆞ의 ᄒᆞᆫ가지도 긔야[약](期約)ᄒᆞᆯ 일 바히 업ᄂᆡ
언문(諺文)을 ᄭᆡ쳣난가 바ᄂᆞ질을 의방(依倣)ᄒᆞᆯ가
눈의 셜고 손의 서러 갑작이 어이ᄒᆞᆯ고
일리 혜고 져리 혜니 큰 우환을 만ᄂᆞ 잇ᄂᆡ
갓득이 심ᄂᆞᆫ(心亂)ᄒᆞᆫ[39] 즁 삼일 권귀(捲歸)[40] 무삼 일고
ᄉᆞ면 쥬렴(珠簾) 신벌덩이[41] 향불 하님[42] 느러셧ᄂᆡ
뉵녜(六禮)[43]을 다 갓초아 싀덕(媤宅) 문의 드러가셔

---

34 ᄒᆞ돗던지: 했었는지. 하였는지. '-돗-'은 다른 어미 앞에 붙어 강조의 의미를 나타내는 어미.
35 손씨: 솜씨.
36 슈모: 수모(水母). 전통혼례에서 신부의 단장 및 그 밖의 일을 곁에서 도와주는 사람.
37 뉵향(肉香): 살냄새.
38 만화방셕: 만화방석(滿花方席). 온갖 꽃이 새겨진 방석.
39 심ᄂᆞᆫ(心亂)ᄒᆞᆫ: 심란한. 마음이 어수선한.
40 권귀(捲歸): 신랑이 신부의 집에 가서 신부를 맞아 돌아옴.
41 신벌덩이: 미상.
42 하님: 여자 종을 대접하여 부르거나 여자 종들이 서로 높여 부르던 말.

건치(乾雉) 딕죠(大棗) 폐빅(幣帛)[44]□가 구고(舅姑)긔 드린 후의
슈팔연[45] 딕탁상을 거듧써도 아니 보닉
각식 비단 녜물 발긔(發記)[46] 무슨 경의 바들손가
닉덧 셔덧[47] 싀부뫼(媤父母)야 스랑ᄒᆞ여 니로시되
당모시(唐毛施) 짝기젹삼[48] 네 슈품(手品)[49] 유명ᄒᆞ고
광월사[50] 관딕(冠帶)디이[51] 네 지조 이상(異常)□니
네 글시는 엇더ᄒᆞ고 쪽구술을 썬[52] 닷ᄒᆞᆫ가
칙 보는 소릐 엇더ᄒᆞ고 어람[53]의 박 미닷[54] ᄒᆞ닉
【튱무공힝장 6a 이면】
말마다 낫치 뜻듯[55] 일마다 가슴 답답
검질긴[56] 동셔(同壻)븐닉 눈흘긔고 입삣치닉

---

43 뉵녜: 육례(六禮). 우리나라에서 전통적으로 내려오는 혼인의 여섯 가지 예법. 납채(納采), 문명(問名), 납길(納吉), 납폐(納幣), 청기(請期), 친영(親迎)을 이르는 말.
44 폐빅: 폐백(幣帛). 신부가 처음으로 시부모를 뵐 때 큰절을 하고 올리는 물건. 주로 대추나 포 따위를 이름. 혹은 혼인 전에 신랑이 신부 집에 보내는 채단(采緞).
45 슈팔연: 수파련(水波蓮). 잔치나 굿할 때 장식으로 쓰는 종이로 만든 연꽃.
46 발긔: 발기[件記]. 단자(單子). 사람이나 물건의 이름을 죽 적어 놓은 글.
47 닉덧 셔덧: 익은 듯 선 듯.
48 짝기젹삼: 깨끼적삼. 적삼은 윗도리에 입는 홑옷. 깨끼는 안팎 솔기를 비단 등으로 곱솔로 두 번 접어 박아서 옷을 만드는 방식
49 슈품: 수품(手品). 만드는 솜씨. 직접 손으로 만드는 물건.
50 광월사(廣月紗): 비단 이름.
51 디이: 지(至)이. 까지.
52 썬: 꿴.
53 어람: 얼음.
54 어람의 박 미닷: 얼음에 박 밀듯. 말이나 글을 거침없이 줄줄 내리읽거나 내리외는 모양을 비유적으로 이르는 말.
55 뜻듯: 뜨듯. 뜨뜻.
56 검질긴: (성질이나 행동이 지독할 만큼) 끈덕진. 끈질긴.

이□□□□□□□ 이리□□□□□□□

유구무언(有口無言)ᄒᆞ니 ᄭᅮᆯ먹은 벙어린[57] 닷

일신을 쥬쳐ᄒᆞᆯ가[58] ᄯᅩᆼ의 ᄲᅡ진 소경[59]인 닷

가슴의ᄂᆞᆫ 블이 [ᄂᆞ고] 등의ᄂᆞᆫ ᄯᆞᆷ이 ᄂᆞ

이러ᄒᆞ기 뉘 타신고 도모지 ᄂᆡ 죄로쇠[60]

두어라 ᄇᆡᆨ즁(伯仲)ᄒᆞᆫ[61] 당신 눈의 들기 ᄂᆡ 손의 잇ᄂᆡ

쇼로ᄀᆡ[62]랄 ᄆᆡ로 보아[63] 뉘 아니 볼가 ᄒᆞ노라

4. 문학적 가치

충무공 이순신의 전기물인 『튱무공ᄒᆡᆼ장』에 부기된 〈난부가(懶夫歌)〉와 〈난부가(懶婦歌)〉는 지금까지 학계에 보고되지 않았던 새로운 가사 작품이다. 이들 〈난부가〉 2편이 충무공 행장류에 수록되어 있었던 것은 충무공 이순신의 후손가에서 집안 아녀자들에게 바른 행실을 권려하기 위해서였다. 덕수이씨 이충무공의 후손가에서는 집안 아녀

57 ᄭᅮᆯ 먹은 벙어리: 꿀 먹은 벙어리. 속에 있는 생각을 나타내지 못하는 사람을 비유적으로 이르는 말.

58 쥬쳐ᄒᆞᆯ가: 주체할가. 주체하다는 짐스럽거나 귀찮은 것을 능히 처리하다는 의미.

59 ᄯᅩᆼ의 ᄲᅡ진 소경: 장님이 자기 한몸도 주체하지 못하는 모습을 비유적으로 이르는 말.

60 -로쇠: -로세. '-로소이다'의 반말형.

61 ᄇᆡᆨ즁(伯仲)ᄒᆞᆫ: (재주, 지식, 실력, 능력, 기술 등이) 서로 낫고 못함이 없이 엇비슷한.

62 쇼로ᄀᆡ: 솔개. 수릿과의 새.

63 쇼로ᄀᆡ랄 ᄆᆡ로 보아: 솔개를 매로 보아. 기껏해야 남의 집 병아리나 채 가는 새를 꿩 사냥에 쓰는 매로 보았다는 뜻으로, 쓸모가 없는 것을 쓸 만한 것으로 잘못 보았을 경우를 이르는 말.

자들에게 바른 규범을 권려하고 부도덕과 나태함을 경계하는 내용을 담은 교훈가사를 창작하여 전승시켜 온 것으로 보인다. 그것은 이번에 소개한 〈난부가〉와 비슷한 내용의 〈나부가〉와 〈직즁녹〉이 모두 충남 아산시 인근에 살고 있는 덕수이씨 이충무공 문중에서 나온 것에서도 확인할 수 있다.

〈나부가〉와 〈직즁녹〉은 내용상으로 상통하는 부분이 많았다. 작자는 둘 다 덕수이씨 문중 어른들로 보이고, 내용적으로 독자는 집안 아녀자들이었다. 이들 작품은 출가한 여성들이 지녀야할 규범을 제시하고 나쁜 행실의 사례를 제시하여 반면교사로 삼고 있다. 반면에 이번에 같은 문중에서 나온 〈난부가〉 2편은 양반집 후손으로 태어난 남자와 여자를 각각 분리하여 다루고 있다. 〈난부가(懶夫歌)〉에서는 양반집 자제로 태어나서 학문을 게을리 하여 귀결되는 낭패감을, 〈난부가(懶婦歌)〉에서는 여자로서의 예의범절과 규범을 익히지 못하고 출가한 다음에 드러나는 망신스러움을 형상화하고 있다.

이들 〈난부가〉 2편과 〈나부가〉, 그리고 〈직즁녹〉은 모두 덕수이씨 이충무공 후손가라는 특정 문중에서 나온 가사 작품이라는 특징이 있다. 그리고 이들 가사 작품은 충무공행장류와 함께 집안 아녀자들을 가르치고 일깨우기 위한 목적에서 지어졌다. 이들 작품을 보면 조선후기 나쁜 여자들의 행실을 풍자하고 비판하는 해석을 내릴 수도 있지만, 오히려 나쁜 여자들의 행실을 제시하여 경계하는 내용의 교육 문예물로 보는 것이 옳다고 여겨진다.

5. 맺음말

이 논문은 우리한글박물관에서 소장하고 있던 충무공 이순신의 전기물인 『튱무공힝장』에 필사되어 있던 새로운 가사 작품 〈난부가(懶夫歌)〉와 〈난부가(懶婦歌)〉를 소개하려는 목적에서 작성되었다.

조선후기에 덕수이씨 이충무공 문중에서는 조상인 충무공에 대한 선양 사업의 일환으로 그에 대한 행적과 위업을 정리하여 『행록』과 『충무공가승』을 출간하였다. 이후로 그것을 바탕으로 『이충무공전서』와 같은 국가적 차원의 문헌 사업이 이뤄졌다. 이것은 한문을 이해할 수 있는 남성 식자층을 위한 사업이었다고 말할 수 있다. 그래서 이충무공 후손가에서는 문중 아녀자들에게도 조상인 충무공 이순신에 대한 행적을 알리고 가문에 대한 자부심을 심어주려고 하였다. 이를 위해 충무공 이순신의 생애와 위업을 충무공행장으로 엮어서 문중 아녀자들로 하여금 읽게 하였다.

한편, 문중 아녀자들에게 충무공 이순신이라는 위대한 조상의 위업을 알리는데 그치지 않고 그들로 하여금 윤리적 규범과 바른 행실을 갖추기 위한 교육 방법을 모색하였다. 이를 위해 충무공 이순신 후손가의 어른들은 교육용으로 교훈가사 나부가류 가사 작품을 지어서 집안 아녀자들이 읽게 하였다. 이번에 소개하는 〈난부가〉 2편도 그런 과정에서 나온 것이다. 이들 작품을 살펴보면 어휘 형태나 표기법이 19세기 후반 이전에 필사되거나 지어졌던 것으로 보인다.

지금까지 발굴된 나부가류 가사 작품 4편은 모두 덕수이씨 이충무공 후손가에서 나왔는데, 모두 집안 아녀자들을 염두에 두고 지어진 것이었다. 이들 나부가류 가사 작품은 이충무공가라는 특정 문중에서 후손들의 교육을 위해 문중 내에 전승시키며 활용했던 매우 특이한 사례로 여겨진다. 그리고 이들 나부가류 가사 작품들은 조선후기 나쁜 여자들의 세태를 풍자하기보다는 반면교사로 경계하려는 교육적 문예물로 보인다.

자료집 『계문』과 새로운 가사 작품 4편에 대하여

1. 머리말

조선시대에 여러 시가 양식들이 나타났다가 사라지기를 반복하였지만 시조와 가사만큼 오랜 세월을 두고 줄기차게 창작된 것은 없었다. 게다가 시조와 가사는 다른 시가 양식과 구별되는 독자적인 문예적 특질을 구축하고 있었다. 이들 양식은 조선후기에 이르러 향유층의 확대와 함께 분량에서도 다른 시가들을 압도하고 남음이 있었다.

오늘날 전하는 고시조 작품은 6천여 수, 가사 작품은 2천 5백여 수에 이른다. 이는 이본이 아닌, 독자적인 작품으로 인정받은 것들이다. 여기에 이본을 포함시키면 작품 분량은 그것의 몇 배가 된다. 지금도 새로운 작품들이 이따금 발굴되고 있는데 시조보다 가사가 많이 나오는 편이다. 한편, 새로운 작품이냐 아니냐를 판단하는 것은 시조가 상대적으로 용이하다. 시조는 가사에 비해 길이가 짧고 자료가 집대성되었기 때문이다. 먼저 고려대학교 민족문화연구원에서 편찬한 『고시조대전』을 통해 확인하면 된다.[1] 그리고 이전에 나온 심재완과 박을수의 저작물을 함께 참조하면 된다.[2]

반면에 가사 작품은 시조와는 달리, 아직 일목요연하게 집대성되어 있지 않다. 가사는 시조에 비해 길이가 길고 다기(多岐)하며 여기저기 분산되어 있기 때문이다. 그나마 그동안 임기중교수가 수집하여 정리해놓은 『역대가사문학전집』(1-51권)과 『한국가사문학주해연구』(1-20권)는 새로운 가사 작품을 판별하는 중요한 기준이 된다.[3] 전자는 1987년부터 1998년 4월까지 2,469편을 모아놓은 가사 자료집이고, 후자는 그 중에서 2086편의 가사 작품을 해제하여 주석한 저작물이다. 여기에 한국가사문학관에서 제공하는 DB를 함께 활용하면 좋다.[4] 이어서 규장각이나 장서각, 또는 국립중앙도서관 등도 확인할 필요가 있다. 이전에 학계에 보고되었거나 데이터베이스로 구축된 자료라면 섣불리 새로운 작품이라고 말하기가 어렵다.

그런 점에서 이번에 공개하는 『계문(誡門)』은 그동안 학계에 보고되지 않았던 새로운 시가 자료집이다. 그것에는 6편의 가사 작품과 2편의 연시조 작품이 수록되어 있다. 그 중에서 4편의 가사는 새로운 작품으로 보인다. 따라서 이 논문에서는 먼저 『계문』의 서지와 그것에 수록된 시가 작품 8편을 검토해본다. 그리고 그 중에서 새로운 가사 작품 4편의 전문을 제공하고 내용을 살펴보고자 한다. 참고로 본고는 자료

---

1 신경숙·이상원 외, 『고시조 문헌 해제』, 고려대학교 민족문화연구원, 2012, 1~620쪽.
김흥규·이형대 외, 『고시조 대전』, 고려대학교 민족문화연구원, 2012, 1~1386쪽.

2 심재완, 『정본 시조대전』, 일조각, 1984.
박을수, 『한국시조대사전』(상·하), 아세아문화사, 1992.
______, 『한국시조대사전』(별책 보유), 아세아문화사, 2007.

3 임기중, 『역대가사문학전집』(1-51권), 아세아문화사, 1998.
______, 『역대가사문학주해연구』, 아세아문화사, 2005.

4 한국가사문학관, http://www.gasa.go.kr/

소개에 목적이 있다. 지면 관계상 이들에 대한 구체적인 작품 분석에 대해서는 다음 기회로 미룬다.

2. 『계문』의 자료 검토와 가사 작품들

『계문』은 고종 29년(1892) 한여름에 한양 도성안의 절골(寺洞)에 살고 있던 한산이씨 이참판댁에서 제작된 시가집이다. 내용을 보면 한산이씨 문중의 누군가 기록한 것으로 보인다. 서책의 크기는 가로세로 27×23㎝로 한지로 만들어졌다. 필체는 모필의 궁체로써 국문으로 적혀 있다. 전체 47면에 걸쳐 〈향니도(鄕里圖)〉·〈심진곡(尋眞曲)〉·〈샹산군민숑덕가〉·〈오륜가(五倫歌)〉·〈ᄌᆞ손훈계가(子孫訓戒歌)〉·〈우희별곡〉·〈평계별곡〉·〈낙셩별곡〉의 8편이 순차적으로 수록되어 있다. 이들 중에서 〈오륜가〉와 〈ᄌᆞ손훈계가〉는 시조이고, 나머지는 가사이다. 표지에 '誡門'이라는 책명이 있고, 그 아래에 대대로 잘 보관하라는 뜻의 한문 '傳世之藏'과 국문 '젼셰지장'이 함께 적혀 있다. 그리고, 〈낙셩별곡〉 전문이 끝난 다음에 '寺洞 李參判宅'이라는 기록이 있다. 편집 체재는 작품 제목과 전문을 차례대로 적고 있다. 처음에 〈향니도〉와 〈심진곡〉이 있고 이어서 두 작품에 대한 필사 경위가 이어진다.

> 임진(壬辰) 듕하(仲夏) 회간(晦間) 본젼 지측 총ᄎᆞ 추필셔ᄒᆞ다. 젹뇨히 안잣더니 뉘가 이거술 보내엿기 보니 향니도 부귀복녁(富貴福力)이 극진ᄒᆞ딕 청한(淸閒)ᄒᆞ기 쏘ᄒᆞᆫ 극진ᄒᆞ야 볼 만ᄒᆞ고 심진곡(尋眞曲) 줄마다 올코 말마다 졀당(切當)ᄒᆞ기 너를 뵈랴고 혼암(昏闇)ᄒᆞᆫ 안녁(眼力)의 안경을 쓰고 총ᄎᆞ이 벗겨시니 수빅 여 귀에 말을 심듕의 진여두면 네 어미 빈궁ᄒᆞ야

> 일골육(一骨肉) 너를 혼 푼 혼 자 준 거시 업ᄉᆞ나 ᄌᆞ장즙믈(資粧什物) 주니 의셔 나을 거시오 여러 말을 다 가져시면 빅힝이 구비혼 사름이 되려니와 내 무순 덕으로 현숙히 나하시리. 효우돈목(孝友敦睦) 네 죠건만 명심블망(銘心不忘)ᄒᆞ여 친구가로 존수ᄌᆞ모(尊嫂慈母)의 밋는 바룰 뎌ᄇᆞ리디 말기룰 ᄇᆞ라노라. …(중략)… 네가 구샹유취(口尙乳臭)브터 사름을 ᄉᆞ랑ᄒᆞ는 뜻은 잇던 거시오 나는 비록 블효블우(不孝不友)ᄒᆞ나 너는 효우 두 ᄆᆞ옴은 이실 둣ᄒᆞ니라마는 부형 담는 ᄌᆞ식이 쉽디 못ᄒᆞ니 엇지 알니. 네 시죵 완복은 향니도 ᄀᆞᆺ고 덕힝효우는 심진곡 ᄀᆞᆺ기룰 원ᄒᆞ야 벗겨주니 내가 그립거든 너 념녀ᄒᆞ는 거술 짐쟉ᄒᆞ야 존구(尊舅)긔 정셩을 더옥 극진이 ᄒᆞ야 일동일졍(一動一靜)의 뜻을 밧ᄌᆞ와 효봉승순(孝奉承順)ᄒᆞ고 날 싱각이 나거든 숙미(叔妹)의게 극진이 ᄒᆞ야 내 념녀룰 노케 ᄒᆞ면 싱ᄉᆞ 부모의게 네가 욕 아니 먹이는 ᄌᆞ식이 될 거시오 난편니도 그른 안해로 아니 알면 내 ᄆᆞ옴 싱광(生光)되기 엇더ᄒᆞ리. …(중략)… 내 말을 닛지 아니코 이 부치룰 됴화보고 효측ᄒᆞ야 예셩(譽聲)이 들니면 나도 안심 긔힝ᄒᆞ야 ᄒᆞ기 엇더며 ᄌᆞ연 심긔가 안한ᄒᆞ면 족히 익슈(益壽)도 훌 둣ᄒᆞ니라. 이런 거술 보고 드리쳐 두지 말고 갓가이 두고 칙녁 보둣 ᄒᆞ야 ᄆᆞ옴의 삭이고 눈의 닉힐지어다.

이는 〈향니도〉와 〈심진곡〉의 필사 후기이다. 임진년 한여름에 누군가 필사자에게 〈향니도〉와 〈심진곡〉을 보내왔다고 한다. 필사자는 딸을 출가시킨 친정어머니이다. 필사된 가사 작품인 〈향니도〉의 작자는 알 수 없다. 〈심진곡〉의 작자는 이기경(李基慶, 1756~1819)이다. 〈향니도〉는 고종 때 어떤 재상집 아들이 젊은 시절 관직에 올라 활동하다가 80노후에 벼슬을 내놓고 낙향하여 유유자적하던 전원생활을 구가한 가사 작품으로 알려졌다.[5] 〈심진곡〉은 진리를 찾는다는 제목에서처럼

---

5 조용선 편저, 『(역주) 향리도·사성록·품목』, 〈책머리에〉,1999, 다운샘, 12~57쪽.

천주교 교리를 비판하고 삼강오륜으로 집약되는 유교윤리를 서술한 내용이다. 〈심진곡〉은 작자인 이기경이 천주교, 곧 서학을 금지해야 한다고 주장하다가 함경도 경원으로 유배된 1791년 이후에 지어졌다. 따라서 이런저런 상황을 고려할 때, 서책의 필사 시기인 임진년은 고종 29년(1892)에 해당한다.

위에서 필자는 〈향니도〉가 부귀복력(富貴福力)과 청한(淸閒)이 극진하여 읽을 만하고, 〈심진곡〉은 구절마다 뜻이 옳고 말이 사리에 들어맞는다고 보았다. 그는 자신이 빈궁하여 딸에게 특별히 준 것이 없으나 베껴준 〈향니도〉와 〈심진곡〉의 글자 하나하나를 명심해서 읽다보면 모든 행실이 갖춰지고 사람다운 사람이 될 거라고 믿고 있다. 그리고 필자는 출가한 딸이 〈향니도〉에서의 시종완복(始終完福)과 〈심진곡〉에서의 덕행효우(德行孝友)를 누리기를 간절히 바라고 있다. 결국 필자가 〈향니도〉와 〈심진곡〉을 필사한 것은 출가한 딸이 그것으로부터 복록과 삶의 지혜를 얻게 하려는 교육적 목적에서 비롯되었다는 것을 알 수 있다.

〈향니도〉는 지금까지 국문학계 알려진 바가 거의 없었다. 그런데 조사해보니 오히려 한글 서체를 연구하는 조용선 선생이 펴낸 1999년의 서체 자료집에 수록되어 있었다.[6] 〈심진곡〉은 일찍이 이상보교수가 발굴하여 소개한 바가 있었다.[7]

필사자는 〈향니도〉와 〈심진곡〉, 그리고 이들 두 작품에 대한 필사

---

6 조용선 편저, 위의 책.

7 이상보, 「심진곡, 낭유사」, 『자유문학』 58, 자유문학사, 1962, 27~226쪽.
______, 「벽위가에 대한 고찰」, 『국어국문학』 29, 국어국문학회, 1965, 45~56쪽.

경위를 적은 다음에 이어서 나머지 여섯 작품을 적고 있다. 여기 여섯 작품 중에서 〈오륜가〉5수와 〈ᄌᆞ손훈계가〉9수는 선원(仙源) 김상용(金尙容, 1561~1637)이 지은 시조 작품이다. 〈오륜가〉는 작자의 문집인 『선원속고(仙源續稿)』에 수록되어 있는데, 『계문』에서는 작품의 배치 순서가 다르다. 문집에서는 '부자(父子) – 군신(君臣) – 부부(夫婦) – 장유(長幼) – 붕우(朋友)'의 차례로 되어 있는데, 『계문』에서는 '군신(君臣) – 부자(父子) – 장유(長幼) – 부부(夫婦) – 붕우(朋友)'로 되어 있다. 〈ᄌᆞ손훈계가〉는 『선원속고』에 있는 〈훈계자손가〉이다. 『계문』에서는 약간의 표기법만 다를 뿐이지 순서나 내용의 차이가 없다.

이어서 〈상산군민송덕가〉·〈우희별곡〉·〈평계별곡〉·〈낙성별곡〉이라는 4편의 가사 작품이 기록되어 있다. 이들 4편은 지금까지 학계에 보고된 적이 없는 새로운 가사 작품이다. 이들에 대해서는 다음 장에서 다시 논의하도록 하겠다.

그밖에 작품 내용과는 별도로 『계문』에 수록된 시가 작품의 글씨에도 주목할 필요가 있다. 『계문』에 수록된 시가 작품들은 글씨의 선이 곧고 단정한 궁체(宮體)로 되어 있는데, 그것은 조선후기의 궁체 연구에도 도움이 되는 자료로 판단된다.

3. 새로운 가사 작품 4편의 검토

〈상산군민송덕가〉·〈우희별곡〉·〈평계별곡〉·〈낙성별곡〉이라는 4편의 가사 작품은 지금까지 학계에 보고된 적이 없는 새로운 가사 작품이라고 하였다. 이들 작품은 각각의 작품이지만 『계문』이라는 이름으로 엮어지면서 이들 작품들이 지니고 있는 콘텍스트가 익혀진다. 이들 네 작품은 서로 유기적 관련성을 맺고 기록되어 있기 때문이다.

먼저 〈샹산군민숑덕가〉의 화자는 상산(오늘날, 尙州) 군민으로 시적 대상은 선정을 베풀었던 고을 원님을 찬미하는 가사이다. 〈우희별곡〉에서는 화자가 따로 있고 시적 대상이 이상공(李相公)이다. 반면에 〈평계별곡〉과 〈낙셩별곡〉에서는 이상국(李相國) 내지 이선생(李先生)이 화자이고 작자이기도 하다. 더구나 이들 작품에서 시적 대상이 되는 이상공이나 화자로 여겨지는 이상국과 이선생은 모두 동일 인물로 짐작된다. 앞서 언급했던 〈향니도〉와 〈심진곡〉의 필사자도 동일 인물로 추정된다.

그런데, 〈낙셩별곡〉에서 '영장산 아래 삼백년을 경영하고 앞뒤가 모두 선산이라'는 언급을 주목할 필요가 있다. 이곳은 조선중기 이래로 한산이씨가 대대로 취락을 이루고 세거해왔던 곳이기 때문이다. 따라서 『계문』에 기록되어 있는 이들 가사 작품들은 한산이씨와 유의적 관계를 맺고 지어졌다는 것을 확인해주는 셈이다. 따라서 〈샹산군민숑덕가〉와 〈우희별곡〉의 시적 대상, 〈평계별곡〉과 〈낙셩별곡〉의 작자가 어쩌면 모두 동일 인물일지도 모른다. 그리고 그는 한산 이씨로써 재상을 역임했던 인물로 보인다. 다만 그의 이름은 아직 확인할 수 없다.

3.1. 〈샹산군민 숑덕가〉

3.1.1. 작품 전문

냥의 초판 ᄒᆞᆫ 연후의 인싱이 듕ᄒᆞ여라

만물이 싱화키는 싱민을 위ᄒᆞ미라

인간의 어려오믄 흉년이 일난이라
풍흉이 잇다ᄒᆞ나 줌세예 흉황키는
을병의 태심ᄒᆞ고 신임의 더ᄒᆞ드라
삼춘의 이풍ᄒᆞ니 우로의 은덕인가
졈ː 줄장ᄒᆞ야 만평광야 발슈ᄒᆞ니
나락이삭 슈ː이삭 분변ᄒᆞ기 어렵도다
남북촌 격양가는 응연ᄒᆞᆫ 풍죠러니
ᄋᆡ닯고 ᄋᆡ돌을샤 동픙셰우 거든안ᄀᆡ
쥬야넌일 대작ᄒᆞ야 산야롤 덥허시니
운무롤 거두치니 ᄀᆞ을날이 더울시고
무셔븐 섬거을손 풍운변화 아닐넌가
만평화곡 다죽이니 억죠창싱 엇지살고
쇽절업손 셜운ᄆᆞ음 다만긔ᄉᆞ ᄇᆞ라더니
어와 셩은이야 각쳐농흉 드ᄅᆞ시고
절반정봉 ᄃᆡ곡ᄒᆞ샤 셰젼궁민 살여내고
창고의 바든 곡식 다 훗터 내여주샤
일삭삼ᄎᆞ 셜진ᄒᆞ야 만민싱활 ᄒᆞ오시니
우리셩상 은턱이여 요슌우탕 원의샷다
가지록 망극ᄒᆞ다 츈궁을 진념ᄒᆞ샤
조셔윤음 ᄂᆞ리시니 더욱더욱 망극ᄒᆞ다
이러틋 ᄒᆞ신셩덕 텬디가 감동ᄒᆞ야
민간질고 바히업서 츈경을 순성트다
이 다 우리 셩상 은턱이라
어와 상산 짜 빅셩들아 우리현후 덕턱보소

거록ᄒᆞ고 장ᄒᆞ시다 만민거사 념녀ᄒᆞ샤
쥬야로 깁흔 근심 혼자 싱각 쁜이로다
엇지ᄒᆞ면 이빅셩을 살녀낼고 계고하야
슌영이며 병영이며 통영이며 동닋부며
친진보장 갈녁ᄒᆞ샤 각쳐젼곡 청둑ᄒᆞ야
무곡무렴 식이시며 이젼곡 운젼ᄒᆞ랴
별감싁치 령ᄒᆞ시며 구든빅턱 쥐ᄒᆞ야
셩화ᄀᆞᆺ치 보내시고 희환을 ᄃᆡᄒᆞ실식
놈몰ᄅᆞ는 깁흔근심 몃번이나 디내신고
이러ᄒᆞ신 ᄋᆡ민션졍 누고알며 뉘가 알고
텬디도 아ᄅᆞ시고 산쳔도 감응ᄒᆞ샤
슈로쳔니 험흔길의 수라션칙 무사도백
이 덕셩을 싱각ᄒᆞ니 비길ᄃᆡ도 젼혀업다
만민분급 ᄒᆞ오시랴 년일왕닋 ᄒᆞ오시니
량ᄒᆞ하일 더온날의 슉식인들 편ᄒᆞ시랴
이곡식 아닐너면 죵ᄌᆞ롤 어이ᄒᆞ리
빅ᄉᆞ슌셩 ᄒᆞ는일이 이 다 아니 음덕인가
가지가지 거록ᄒᆞ다 우리현후 거록ᄒᆞ다
청념션졍 드러보소 샹납젼셰 믹츄ᄎᆞ퇴
각영관납 졔치미로 ᄃᆡ튜ᄒᆞ야 완득ᄒᆞ며
희복ᄒᆞ고 주린겨집 감곽청쟝 빅미주며
노쇼듕병 ᄉᆞ싱간의 유청잡죵 미포주며
모죠구병 살게ᄒᆞ니 션심도 그지업다
일ᄒᆞ졔급 ᄒᆞ는거시 진지구무 우익이라

관청각소 탕갈ᄒᆞ니 ᄂᆡ외삭뇨 감등ᄒᆞᄂᆡ
이러ᄒᆞ신 청념현심 ᄯᅩ어ᄃᆡ 이실손가
부모ᄂᆞᆫ 나흐시고 현후ᄂᆞᆫ 사ᄅᆞ시니
태산ᄀᆞᆺ튼 듕ᄒᆞᆫ덕과 하ᄒᆡᄀᆞᆺ튼 깁흔은혜
구비〻 ᄉᆡᆼ각ᄒᆞ니 부모만 못ᄒᆞ시랴
쳔고의 ᄧᅡᆨᄒᆞ시리 업다야 ᄒᆞ랴마ᄂᆞᆫ
녜일은 귀로듯고 이일은 목견ᄒᆞ니
아마도 우리현후 고금의 졔일이라
ᄋᆞ동주졸 칭송ᄒᆞ니 남녀노쇼 니롤손가
우리만 칭숑말고 금셕의 삭여두어
여련니 무궁토록 ᄌᆞ〻손〻 닛지마ᄉᆡ
남군북현 상하면이 이쇼식 반겨듯고
원근의 자〻ᄒᆞ니 죠졍인들 무론시랴
나라히 이ᄯᅳᆺ바다 삼ᄉᆞ년 인임ᄒᆞ야
흉년의 주린ᄇᆡᆨ셩 소복ᄒᆞ게 ᄒᆞ오쇼서
시〻로 ᄉᆡᆼ각ᄒᆞ니 이은덕을 엇지ᄒᆞ리
명텬이 하감ᄒᆞ샤 쳔만셰 누리쇼셔

3.1.2. 작품 내용

상산(商山)은 경상도 상주(尙州)의 옛 지명이다.[8] 황해도 곡산(谷山)도 조선조 이전에는 상산(象山)이라는 지명을 사용하였으나 이 경우에

8 『(국역)신증동국여지승람』 Ⅳ권, 민족문화추진회, 1988, 49쪽.

는 '샹산'이 아니라 '상산'이다. 따라서 〈샹산군민숑덕가〉는 경상도 상주 군민들이 선정을 베풀었던 고을 원님의 덕망을 찬양하는 칭양가사(稱揚歌辭)의 하나이다.

작품 길이는 2음보 1구로 계산하여 134구의 중형가사에 해당한다.[9] 표기법은 분철이 두드러지고 용언의 어간과 어미에서 연철이 일부 나타나고 있다. 고어 7종성법이 지켜지고 있다. '아래아'가 그대로 사용되고 그것이 'ㅣ'나 'ㅡ'로 바뀌거나 복모음도 종종 사용되고 있는데, 이것은 근대 이전의 표기에서 찾을 수 있는 특징이다.

〈샹산군민숑덕가〉는 대부분의 가사 작품에서처럼 '서사', '본사1', '본사2', '결사'로 구분된다. '서사'에서는 음양이 생긴 이후로 만물이 탄생하여 번성한 것이 모두 사람을 위한 것임을 내세우고 있다. '본사1'에서는 인간들이 그렇게 고귀함에도 자연 재앙인 흉년 때문에 고통을 겪는다면서 지난 흉년에 대해 언급하고 있다. 그럼에도 올해는 자연의 은덕으로 풍년이 들었는데, 그것을 모두 임금님의 성덕으로 보았다. '본사2'에서는 흉년을 당해서 상산 군민들이 굶주리지 않도록 고을 원님의 구휼하는 모습을 열거하면서 그의 선정을 칭송하고 있다. 마지막 '결사'에서는 그러한 원님의 은덕을 잊을 수 없다며 하늘이 굽어 살피시고 고을 원님의 복록을 축원하고 있다.

이 작품에서 화자는 상산 고을의 군민으로 설정되어 있고 칭양 대상은 고을 원님이다. 그는 실제 인물이겠지만 가사 작품에서는 누군지

---

9 홍재휴는 가사 길이가 60구 이하를 단형가사, 300구 이하를 중형가사, 그 이상을 장형가사로 보았다. (홍재휴, 「가사」, 『국문학신강』, 국문학신강편찬위원회 편, 새문사, 1985, 173쪽.)

알 수 없다. 다만 『계문』에 실려 있는 언급들을 통해 파악할 수 있는 것은 그가 상주 군수를 역임했던 한산이씨 가문에서 배출한 인물일 것으로 짐작된다. 왜냐하면 『계문』에 있는 〈샹산군민숑덕가〉·〈우희별곡〉·〈평계별곡〉·〈낙셩별곡〉이라는 4편의 가사 작품은 모두 한산이씨와 관련을 맺고 지어진 내용이기 때문이다.

3.2. 〈우희별곡〉

3.2.1. 작품 전문

동ᄒᆡ 일우 디의 쇼듕화 ᄇᆡ판ᄒᆞ니
방명도 됴흘시고 긔ᄌᆞ의 죠선이라
우리 태조 ᄀᆡ국ᄒᆞ샤 셩ᄌᆞ신손 계승ᄒᆞ니
한양셩 졍도ᄒᆞ고 궁궐을 ᄇᆡ포ᄒᆞ니
목멱산이 안산이오 ᄇᆡᆨ악산이 쥬봉이라
문화도 빈욱ᄒᆞ고 인물도 긔길ᄒᆞᆯ샤
녜악문물 울연ᄒᆞ야 삼ᄃᆡ예 법을 삼고
의관제도 환연ᄒᆞ야 만국이 본바드니
산천의 가려ᄒᆞᆷ은 쇼항쥬롤 불워ᄒᆞ랴
누ᄃᆡ의 장녀ᄒᆞᆷ은 낙양셩이 여긔런가
삼공뉵경 셜시ᄒᆞ니 당상낭청 버러잇고
팔도관부 ᄇᆡ치ᄒᆞ니 방ᄇᆡᆨ슈령 교체로다
뇽반호거 명승디의 신산귀비 긔이ᄒᆞ다
년화태평 죠흔세계 억만년의 무강ᄒᆞ니
거리거리 격양가로 강구연월 노ᄅᆡᄒᆞ고

고을고을 부장옹은 화봉삼ᄉᆞ 축성이라
요슌의 셩ᄃᆞ런지 은쥬의 치셰런가
츈ᄃᆡ슈역 죠흔 셰계 옥촉금고 도원ᄒᆞ니
시화연풍 모양이오 우슌풍죠 더욱됴타
공부ᄌᆞ 나신히예 원랑이 탄강ᄒᆞ샤
일월의 ᄇᆞᆰ은 의표 농봉의 ᄌᆞ품이라
오례의 현명홈과 삼향의 현셩홈을
겸ᄒᆞ야 품부홈은 동방의 셩인이라
일국의 근본이오 만셩의 쥬인이니
비현ᄒᆞ신 문왕세샹 비승ᄒᆞ신 무왕이라
셩상이 두굿기샤 군신이 찬축ᄒᆞ니
이때가 어ᄂᆞ 쌘고 경슐지 뉵월이라
방경이 죠쳡거ᄂᆞᆯ 과장을 식희ᄒᆞ샤
증광이야 알셩이야 초시회시 ᄀᆡ장ᄒᆞ니
졔ː ᄒᆞᆫ 만흔 걸ᄉᆞ 이용빈우 왕가로다
이러ᄒᆞᆫ 문명셩ᄃᆡ 뉘아니 용동ᄒᆞ리
문장도 활발ᄒᆞ고 ᄌᆡ긔도 ᄀᆞ줄시고
금마옥당 청현직과 괴부태좌 헌혁지의
치군턱민 일을 삼아 금덕위망 외ː ᄒᆞᆯ샤
고기직셜 ᄉᆞ업인가 방슉소호 물망인가
증민혹우 수싱삼고 공밍도덕 본바드니
지긔도 청빅ᄒᆞ고 덕힝도 옹묵ᄒᆞ다
곽분양의 힝낙인가 진시가의 묵족인가
빅년을 누리고져 일싱이 이러ᄒᆞ니

청구의 됴흔 인물 니상공이 아니신가
어와 됴흔지고 이내 말솜 드러보오
평싱의 열덕ᄒᆞ미 인간의 청복이라
홍진을 하직ᄒᆞ고 빅운을 벗을 삼아
청산녹슈 가려니의 휴퇴ᄒᆞ야 누리리라

3.2.2. 작품 내용

〈우희별곡〉이라고 이름을 붙인 이유는 분명하지 않다. 이것과 비슷한 이름으로 정훈(鄭勳, 1563~1640)의 가사작품을 한역한 〈우희국사가(憂喜國事歌)〉가 있다.[10] 이것은 선조 16년(1583)부터 인조 15년(1637)까지 일어났던 역사적 사건을 읊고 있기 때문에 〈우희별곡〉과 관계가 없다. 오히려 작품에서 당대 사회를 중국의 요순시대로 비견하고 있는 바, 〈우희별곡〉은 그것에서 유래한 것이 아닌가 생각된다.

〈우희별곡〉의 작자도 알 수 없다. 다만 작중 화자가 치군택민하다가 자연으로 돌아간 이상공(李相公)을 모앙(慕仰)하고 있다는 점이다. 이것으로 미루어 보건대, 시적 대상인 이상공은 한산이씨 가문에서 배출했던 역대 인물 중의 한 사람일 것으로 추정된다.

작품 길이는 2음보 1구로 계산하여 88구의 중형가사에 해당한다. 표기법은 대체적으로 분철이 두드러지며 용언에서 부분적으로 연철이 이뤄지고 있다. 그리고 현대표기법 이전의 7종성법이 지켜지고 있다. 경우에 따라서는 '쇼듕화'나 '됴흘시고'에서처럼 복모음이 사용되거나

---

10 김문기·김명순, 『조선조 시가 한역의 양상과 기법』, 태학사, 2005, 377~406쪽.

통시적 구개음화를 확인할 수도 있다. 이런 현상들은 〈샹산국민숑덕가〉에서처럼 현대국어 이전인 19세기 표기에서 확인되는 특징이라고 말할 수 있다.

내용을 살펴보면, '서사'에서는 이 땅에 소중화가 배판되어 기자 조선이 자리를 잡았다는 것을 말하고 있다. '본사1'에서는 그것이 이태조의 조선 건국으로 이어지고 한양 도읍과 함께 중국의 삼대지치에 버금가는 태평성대가 열렸다며 임금의 성덕을 칭송하고 있다. 이어서 '본사2'에서는 경술년 유월에 인재를 뽑는 과거를 회상하면서 그것에서 입사했던 인물인 이상공이 훌륭한 인물이었다고 규정하고 있다. '결사'에서는 마침내 벼슬을 그만두고 속세를 벗어나 자연으로 돌아가 구름과 산수를 벗으로 삼아 살아가는 이상공의 삶을 칭송하고 있다.

3.3. 〈평계별곡〉

3.3.1. 작품 전문

셩셔 깁흔곳의 경물도 됴흘시고
평계슈 ᄆᆞᆰ은줄기 용 : 히 흘너이셔
안현산 놉흔곳의 암 : 히 둘너시니
ᄂᆡᆼ쳔정사 ᄯᅥ난후의 구리를 도로ᄎᆞ자
낙 : ᄒᆞᆫ 숑정하요 년 : ᄒᆞᆫ 하디압희
골목도 유슈ᄒᆞ고 문정도 정쇄홀샤
집안흘 둘너보니 녯모양 의연ᄒᆞ다
정제ᄒᆞᆫ ᄇᆡ포ᄂᆞᆫ 츄모ᄒᆞ니 감회로다
집안희 귀ᄒᆞᆫ줄을 쇼년ᄇᆡ야 어이알니

셰ᄌᆡ계튝이오 시유칠월인제
상봉하솔ᄒᆞ고 쇄소ᄒᆞ야 안둔ᄒᆞ니
ᄂᆡ간청사ᄂᆞᆫ 좁다도 ᄒᆞ랴니와
외사의 통챵홈은 문외예 졔일이라
동지섯달 셜풍의ᄂᆞᆫ 칩다도 ᄒᆞ려니와
오뉵월 삼복더위 피셔ᄂᆞᆫ ᄂᆡᆨ : ᄒᆞ다
창젼의 ᄆᆡ화슈ᄂᆞᆫ 암향이 욱 : ᄒᆞ고
수변의 녹파슈ᄂᆞᆫ 쳥음이 부ᄉᆞᆫᄒᆞ다
젼계예 ᄇᆡᆨ화심거 ᄉᆞ시의 쟝츈이라
후졍의 밧출ᄀᆞ라 일실이 ᄎᆡ소ᄒᆞ니
경치도 됴커니와 ᄉᆡᆼ애도 족홀시고
오류문 ᄉᆡ훤홈은 쳐소의 ᄆᆞ을인가
평쳔장 됴흔일홈 니상국의 ᄇᆡ치런가
대가를 이웃ᄒᆞ야 샹하의 ᄃᆡ문ᄒᆞ니
형네의 휴유홈은 죠셕의 니어잇고
비복의 왕ᄂᆡ홈은 도로의 펴져잇다
미우가 초쳥ᄒᆞ고 신월이 만졍홀졔
고루 풍허의 음영좌와 임의ᄒᆞ니
쳥금이 횡샹ᄒᆞ고 진현이 만가ᄒᆞ다
희황의 샹인인가 고양의 쥬도런가
한젹도 ᄒᆞ거니와 번환들 아니ᄒᆞ랴
ᄌᆞ포 셔ᄃᆡ로 과한도 됴커니와
눈건도복의 쳥한인들 ᄇᆞ릴소냐
셩경현뎐 일을삼아 문장을 일흠난후

괴부쥬문의 츌장입상ᄒᆞ니
부귀도 ᄀᆞᆽ거니와 복녹도 무궁ᄒᆞ다
요슌셩ᄃᆡᄅᆞᆯ 다ᄒᆡᆼ이 만나시니
치군ᄐᆡᆨ민 후의 휴퇴ᄒᆞ야 안자시니
인간쳥복은 니션ᄉᆡᆼ의 평ᄉᆡᆼ이라
쇼안학발 됴흔긔샹 나밧긔 뉘이시리
문치ᄂᆞᆫ 업거니와 등하심경의
파젹ᄒᆞ야 난조ᄒᆞ니 문필도 우읍도다

3.3.2. 작품 내용

〈평계별곡〉은 늙어서 벼슬을 그만두고 '평계(平溪)'라는 시골로 물러나 유유자적하면서 삶을 영위한다는 가사 작품이다. 평계는 한양 도성의 서쪽에 자리를 잡고 있는 경치 좋고 맑은 물이 흐르는 곳이라고 한다. 그곳 주위에는 안현산(鞍峴山)이 둘러있다고 한다. 안현산은 현재 서대문독립공원의 뒤쪽에 있는 산인데, 풍수적으로 조선 도읍지인 한양의 백호(白虎)에 해당하는 곳이다. 따라서 평계는 그곳의 어디쯤으로 짐작된다.

〈평계별곡〉은 2음보 1구로 계산하여 82구의 중형가사이다. 표기법도 앞서 언급한 〈샹산군민송덕가〉나 〈우희별곡〉처럼 19세기 후기에 보편적으로 통용되었던 것으로 보인다.

내용을 살펴보면, '서사'에서는 관직을 은퇴하고 도성 서쪽의 경치가 좋고 평계수가 흘러내리는 옛집으로 돌아와서 감회에 젖는 모습이다.

'본사1'에서는 작자이자 화자로 보이는 이상국이라는 사람이 평계로 돌아와서 안분자족하는 전원생활을 읊고 있는 부분이다. 화자는 식솔들을 거느리고 돌아와서 집안 곳곳을 청소하고 난 다음의 회포와 그곳에서의 온갖 정경을 서술하고 있다. 안채는 좁으나 바깥채가 확 트였고, 섣달에는 추우나 여름에는 시원하여 더위를 피하기 좋다고 한다. 창문 앞에는 매화 향기가 그윽하고, 물가에는 푸른 나무가 그늘졌다. 앞 시냇가에 온갖 꽃을 심고, 뒤뜰에서는 밭을 갈아 채소를 가꾼다. 그 외에도 여러 정경을 제시하여 묘사하고 있다.

'본사2'에서는 전원으로 돌아와 세속과 거리를 두고 살아가는 화자 자신의 모습을 서술하고 있다. 화자는 자신을 세사에서 벗어나 한가하고 편안히 숨어사는 희황상인(羲皇上人)으로 빗대거나 술을 좋아하며 얽매이지 않고 자유롭게 사는 고양주도(高陽酒徒)로 자처하기도 한다. 자신은 일찍이 문장으로 이름을 날렸고 벼슬길에서 재상을 역임한 것을 새삼스럽게 상기한다. 그처럼 자신은 부귀와 복록이 많았고 시대를 잘 만나서 치군택민하고 물러나 앉았으니, 자신이야말로 평생 동안 청복(淸福)을 누리며 살았다고 말한다.

마지막으로 '결사'에서 작자로 여겨지는 작중 화자는 자신의 글재주가 뒤지지만 한밤중에 무료함을 달래기 위해 글을 휘갈겨 쓴다면서 스스로 우스워 글을 끝맺는다고 하였다.

3.4. 〈낙셩별곡〉

3.4.1. 작품 전문

근긔 가려거ᄂᆞᆫ 낙셩밧 ᄯᅩ 잇ᄂᆞᆫ가
녕장산 프른 빗과 탄쳔슈 ᄆᆞᆰ은 긔운
젼후로 둘너시니 야식도 광활ᄒᆞᆯ샤

십여ᄃᆡ 구ᄆᆞᆫ리라 삼ᄇᆡᆨ년 장양ᄒᆞ니
슈목도 총울ᄒᆞ고 인가도 포쳡ᄒᆞ다
낙교낙토의 일홈도 됴커니와
궁구궁당의 거업인들 범연ᄒᆞ랴
동젼일구의 폐려ᄅᆞᆯ 슈습고져
경지영지ᄒᆞ야 십여간 지어내니
휘비쇼혁이 뉸환은 못ᄒᆞ야도
양헌욱실의 용술은 넉~ᄒᆞ다
셰차병신이오 시유 양월인제
가속을 거ᄂᆞ리고 낙셩을 ᄯᅥ나오니
ᄉᆡᆼ장경화의 창연킨들 아니ᄒᆞ랴
분리동셔의 도 ; 이 ᄉᆡᆼ각이로다
문경을 쇄소ᄒᆞ고 노복이 환영ᄒᆞ니
남닌과 북니의셔 맛노니 친쳑이오
젼산후록의 ᄇᆞ라노니 션산이라
시졀이 풍년이라 인심도 후훌시고
촌파 이아로 ᄃᆞ토아 구경ᄒᆞ고
경노직비ᄂᆞᆫ ᄎᆞ례로 임ᄉᆞᄒᆞ니
ᄉᆡᆼ니야 니를 소냐 싀슈도 됴흘시고
소ᄌᆞ치강이 맛나기 무궁ᄒᆞ고
산관야복이 쾌활키도 그지업다
삼공이 부귀란들 이계산 아술소냐
오후의 권셰란들 이청한 밧굴소냐
금마옥당의 쳥운의 놉흔 거름

도로혀 ᄉᆡᆼ각ᄒᆞ니 근심도 만흘시고
무ᄌᆡ무덕ᄒᆞ되 션음을 힘닙으니
여진여퇴ᄒᆞ야 환노가 슌톳던지
청능의 번든즘과 ᄇᆡᆨ간의 모진 소ᄅᆡ
ᄂᆞᆷ의 모양 본바드려 ᄃᆞᆸ던 일 전혀업다
ᄎᆞᆯ하리 물너안자 한가ᄒᆞᆫ 몸이 되야
촌옹 야로로 셩덕을 축슈ᄒᆞ고
화포월셕의 태평을 노래ᄒᆞ니
함포고복의 강구의 노인인가
황관도복의 화산의 쳐ᄉᆞ런가
우유셩ᄃᆡᄒᆞ야 ᄇᆞ라노니 이ᄲᅮᆫ이라
시세가 여류ᄒᆞ고 츈풍이 화창커ᄂᆞᆯ
막ᄃᆡᄅᆞᆯ 다ᄉᆞ리니 경치도 거이 ᄒᆞ다
쳔산두견은 홍금을 둘넛ᄂᆞᆫᄃᆞᆺ
청계녹슈ᄂᆞᆫ 소련을 펴엿ᄂᆞᆫᄃᆞᆺ
친척을 다모흐고 ᄋᆞ동이 ᄯᆞ라시니
화류가신의 날마다 유련ᄒᆞ며
산치ᄅᆞᆯ ᄏᆡ야내니 아ᄅᆞᆷ다온 향긔나고
쳔어ᄅᆞᆯ 속긔치니 거이ᄒᆞᆫ 마시로다
젼촌 ᄆᆞᆰ은 술을 두세병 사셔오니
취토록 먹은 후의 긔상도 됴흘시고
언ᄉᆞ도 헌활ᄒᆞ고 풍뉴가 담탕ᄒᆞ니
좌상의 졔일이라 존부형 안주신가
아담ᄒᆞᆫ 모양이오 졍긴ᄒᆞᆫ 말ᄉᆞᆷ을

제죵의 긔딕ᄒᆞ미 나와 ᄉᆞᆨ이 아니신가
경명ᄒᆞᆫ 풍신이오 청쾌ᄒᆞᆫ 의논으로
호승이 웃듬이라 일직 쥬인 아니신가
박흑다문ᄒᆞ고 탁낙불긔ᄒᆞ니
헌ᄒᆞᆫ 장부로다 네 아니 상우련가
텬셩의 슌후홈은 보지ᄉᆞᆨ이 ᄒᆞᆫ듸안고
인직의 능난홈은 역촌ᄉᆞᆨ이 참쟉ᄒᆞ니
친척졍화롤 네브터 니ᄅᆞ거든
포격상풍의 즐겁기 의논ᄒᆞ랴
(공장 만히 남앗기 실업시 막필 추셔ᄒᆞ다)

3.4.2. 작품 내용

낙셩(落城)은 지금 경기도 성남시 분당구 백현동을 말한다. 현재 그곳의 동남쪽으로 분당중앙공원이 있다. 본래 이곳은 조선초기 봉화현감을 지낸 이장윤(李長潤, 1455~1528)과 그의 후손들이 세거하면서 한산이씨 집성촌을 이뤄왔다. 가까운 곳에 영장산(靈長山)이 있고 지금도 탄천수가 흐른다. 〈낙셩별곡〉이라고 한 것은 작자로 보이는 화자가 낙성에 살다가 떠나오면서 그곳에서의 청한(淸閑)한 전가 생활을 잊지 못하는 내용을 담았기 때문이다.

〈낙셩별곡〉은 2음보 1구로 계산하여 120구의 중형가사이다. 그런데 이 작품에서는 다른 가사에서 보이는 '서사', '본사', '결사'로 이어지는 구성 방식이 분명치 않고 '결사' 부분은 아예 보이지 않는다. '서사'에서 작중 화자는 무슨 연유에서인지 낙토(樂土)로 생각하던 낙성을 떠나와서 그곳을 그리워하는 부분이다. '본사1'과 '본사2'는 낙성에서의 생활을 회고하는 부분이다. '본사1'에서는 마을마다 만나는 게 친척들이고, 앞뒤로 보이는 산이 모두 조상이 묻힌 선산이다. 풍년이 들어 인심도 후덕하고 노복들이 와서 일을 아뢴다. 그러면서 화자는 아무리 높은 자리의 부귀와 권세라도 조금도 부럽지 않고 낙성에서의 청한(淸閑)한 삶과 바꾸지 않겠다고 말한다. '본사2'에서는 한가한 몸으로 태평시대를 노래하며 술을 취하도록 마시며 일가친척들과 모여앉아 즐겁게 지낸다고 말한다. 그런데 〈낙셩별곡〉에서는 감탄사를 드러내며 시상을 모으거나 전환시키는 결사 부분이 생략되어 있다. 다만, 후기(後記)인 '공장 만히 남앗기 실업시 막필 추셔ᄒᆞ다'라는 언급을 하면서 끝을 맺고 있다.

4. 자료적 가치

『계문』은 자료적 측면에서 상당한 가치가 있다고 판단된다. 앞서 언급한 바, 시가자료집인 『계문』에는 시조 2편과 가사 6편이 수록되어 있다. 그 중에서 〈샹산군민숑덕가〉·〈우희별곡〉·〈평계별곡〉·〈낙셩별곡〉은 지금까지 학계에 보고되지 않았던 새로운 가사 작품이다. 이처럼 새로운 시가자료집과 가사 작품이 동시에 발굴된 것은 적지 않는 성과로 보인다.

게다가 『계문』은 시가 작품 8편이 분리되어 흩어지지 않고 온전히 보존되어 있다는 자체가 작품들이 지닌 콘텍스트를 확보하는데 도움이 된다. 특히, 새로운 가사 작품인 〈샹산군민숑덕가〉·〈우희별곡〉·〈평계별곡〉·〈낙셩별곡〉은 표현 기법이나 작품 구성이 비슷할 뿐만 아니라, 이상국 내지 이상공이라는 동일 인물과의 유기적 관련성이 추출된다는 사실이었다.

우리는 〈향니도〉와 〈심진곡〉의 필사기를 통해서 가사 유통의 한 측면이나 그것에 대한 수용자들의 미의식을 엿볼 수 있다. 그것의 수용자는 시조나 가사 작품으로 자녀 교육의 한 방편으로 활용하고 있었다. 더 나아가 그러한 특정 작품을 통해서 작품 속의 복록을 누리기도 소망하고 있었기 때문이다.

〈샹산군민숑덕가〉·〈우희별곡〉·〈평계별곡〉·〈낙셩별곡〉이라는 4편의 가사 작품은 모두 한산이씨와 관련된 사람들이 그것의 작가이거나 시적 대상이었다. 구체적으로 말하여 〈샹산군민숑덕가〉와 〈우희별곡〉에서는 한산이씨로 보이는 인물이 칭송의 대상이고, 〈평계별곡〉·〈낙셩별곡〉은 한산이씨로 보이는 인물이 작자로 여겨지기 때문이었다.

한편, 『계문』은 시가자료집으로 머물지 않고, 필체 연구에도 도움이 되는 자료이다. 『계문』에 기록된 필체는 궁서체로써 서체와 관련하여 살펴볼 수 있는 자료가 될 수 있겠다.

5. 맺음말

이 논문은 그동안 학계에 알려지지 않았던 새로운 시가자료집 『계문』을 발굴하여 고찰한 것이다. 자료집에는 8편의 시가 작품이 수록되어 있었는데 시조가 2편, 가사가 6편이었다. 시조 2편은 조선중기 김상용이 지었던 〈오륜가〉와 〈자손훈계가〉이었다. 가사 6편은 〈향니도〉·〈심진곡〉·〈샹산군민숑덕가〉·〈우희별곡〉·〈평계별곡〉·〈낙셩별곡〉이었다. 이 중에서 〈샹산군민숑덕가〉·〈우희별곡〉·〈평계별곡〉·〈낙셩별곡〉은 지금까지 학계에 보고되지 않았던 새로운 작품이었다.

〈향니도〉와 〈심진곡〉에는 필사 후기가 있는데, 그것을 통해 수용자의 미의식을 엿볼 수 있었다. 수용자는 이들 작품을 자녀 교육의 한 방편으로 활용하고 있었고, 딸이 작품 속의 복록을 함께 누리기를 소망하였다. 〈샹산군민숑덕가〉·〈우희별곡〉·〈평계별곡〉·〈낙셩별곡〉의 4편은 작품 내용이 한산이씨와 관계가 깊다고 보았다. 〈샹산군민숑덕가〉와 〈우희별곡〉은 한산 이씨인 이상공을 찬미하는 것이고, 〈평계별곡〉과 〈낙셩별곡〉에서는 화자와 작자가 한산이씨 이모 대감으로 여겨지기 때문이었다.

새로운 이들 네 작품의 내용을 요약하면 다음과 같다. 〈샹산군민숑덕가〉은 흉년으로 고통을 겪는 상산(현, 尙州) 군민을 구휼한 고을 원님의 선정을 칭송하는 내용이다. 〈우희별곡〉은 과거로 벼슬길에 올라서 훌륭한 업적을 남기고 늙어서 전원으로 돌아간 이상공을 찬미하는 내용이다. 〈평계별곡〉은 벼슬살이를 하다가 전원인 평계로 퇴거하여 산수와 더불어 살아간다는 내용이고, 〈낙셩별곡〉은 낙성에서 살다가 떠나와서 그곳의 자연을 그리워한다는 내용이다.

『계문』의 자료적 가치는 새로운 시가자료집의 출현과 가사 작품의 4편의 발굴에 있다고 보았다. 그리고 콘텍스트에 주목하여 자료집 『계문』이 한산 이씨라는 특정 문중과 맺고 있는 관련성을 추출하였다. 마지막으로 작품을 기록한 궁서체라는 필체를 주목하여 그것이 조선후기의 필체 연구에 도움이 될 것으로 보았다.

제4부

기타

연민 선생의 시조 창작과 작시 태도

1. 머리말

근대 교육 과정에서 한문이 배제되면서 극히 일부를 제외하고 그것은 한국인에게서 멀어졌다. 이 시기 연민선생은 근대 교육보다는 전통 한학을 먼저 습득하여 이를 근대 학문에 적용하여 국학을 체계화했던 특별한 존재였다.

선생은 전통시대의 한문으로 남겨진 『금오신화』·『열하일기』·『삼국유사』 등과 같은 다량의 기록물을 한글로 번역하거나 주석하여 세상에 내놓았다. 선생은 그것에 멈추지 않고 연암 소설을 연구하거나 『옥류산장시화』처럼 선인들의 한시를 모아 비평서로 내놓기도 하였다. 특히 선생이 말년에 내놓은 『조선문학사』는 한국한문학을 집대성한 거작으로 손꼽힌다.[1] 선생의 『조선문학사』는 한국한문학을 민족문학의 중심에 정립시킨 저작물로서 한학의 방법을 근대 학문에 접목시켜서 문학 실천의 시대적 인자를 중시한 것으로 평가되기도 한다.[2]

1 이가원, 『조선한문학사』(상·중·하), 태학사, 1995, 3~1937쪽.

2 심경호, 「조선문학사의 한문학 부분 서술에 관하여」, 『연민 이가원 선생의 생애와 학문』(열상고전연구회 편), 2005, 보고사, 431~469쪽.

연민선생은 문예 창작에도 관심을 보이며 여러 양식의 시문을 지었다. 선생은 사부나 한시에서부터 수필이나 서발 등과 같은 다양한 문예 양식을 창작물로 남겼다. 선생의 문예물은 그중에서도 한시가 가장 많은 분량을 차지한다. 연민의 문집 중에서 『연연야사재문고』(1967), 『연민지문』(1973), 『통고당집』(1979), 『정금문존』(1985), 『유연당집』(1990), 『만화재소집』(1990)에만 1,306편 2,157수의 한시가 수록되어 있다.[3] 이것은 근대 이전에 이뤄졌던 많은 시인의 한시 작품에 비견되는 분량이다.

연민선생은 많지 않은 분량이지만 국문시가도 창작하였다. 선생은 『동해산고』와 『잡동산이집』에 국문으로 작성한 시조를 남겼다. 그것에는 각각 8제 25수와 6제 9수의 시조 작품이 실려 있다. 연민선생의 방대한 저작물과 그에 따른 학문적 성과에 비하면 이들 시조 작품은 빙산의 일각에 지나지 않는다. 하지만 이들 시조 작품에 대한 작시 태도나 미적 특질을 살펴보면 선생이 평소에 품었던 문예 의식이나 문예관에 대한 또 다른 단서를 포착할 수 있을 것으로 판단된다. 따라서 이 논문에서는 연민선생의 시가 창작, 그 중에서도 시조 창작에 대해 살펴보고 그것에 대한 작시 태도를 온유돈후와 관련지어 고찰하고자 한다.

---

3 허경진, 「연민선생의 한시에 대해」, 『연민 이가원 선생의 생애와 학문』(열상고전연구회 편), 2005, 보고사, 41~85쪽.

2. 연민선생의 시조 창작

연민선생의 국문시가는 『동해산고』와 『잡동산이집』에 수록되어 있다. 여기에는 선생이 국문으로 지었던 다양한 문예물이 수록되어 있다. 물론 선생은 『동해산고』를 '동녘 바닷가에 살고 있는 散士의 홑은 草藁 나부랭이'라고 하거나 『잡동산이집』을 그것과 대동소이하다면서 겸사를 애써 감추지 않고 있다. 이것은 『동해산고』와 『잡동산이집』에 수록된 내용물이 학문적 체계를 갖춘 성과물이거나 한시처럼 정통적인 문예 양식에 해당하지 않는다는 겸사에서 나온 것이다. 그렇다고 그것이 전혀 쓸모가 없다는 말씀은 아니다.

> 나는 이 동녘 바닷가에 태어난 하나의 散士이다. 봄이 오면 화려한 동산의 온갖 꽃이 함께 웃어 錦繡의 帳을 펼치고, 여름이 오면 푸른 나무 깊숙이 노오란 꾀꼬리가 우는 한편 어디서인가 『至菊忩·於思臥』의 소리가 들리는 듯하고, 가을이 오면 十五夜 밝은 달과 九九日 누른 국화는 모두 可憐하기도 하고, 겨울이 오면 희디흰 눈과 차가운 梅花는 조촐한 선비의 정신을 일깨우는 듯 싶기도 하다.
>
> 그러나 이 나라 이 땅에는 外憂와 內患이 잇따라 일어나곤 하여 무한한 고통과 무한한 슬픔이 우리의 마음과 육체를 쉴 사이 없이 찾아 들었다.
>
> 이에 대해서는 그 누구를 원망할 길이 없이 다만 운명의 神에게 『멋대로 하시옵소서』하고 맡겨 둘 뿐이요, 아무런 양책이 없는 것이다. 때로는 밤중에 홀로 일어나 房中에서나마 방황하곤 할 뿐이다.
>
> 이러한 생활이 거듭되는 그 순간에 가히 기쁜 일, 즐거운 일, 슬픈 일, 놀랄 일들이 착잡하게 맴돌 때마다 四端·七情에서 파생되는 형형·색색의 느낌으로 구현된다. 이런 감정은 처음에는 가늘한 실오리처럼 일어 나중에는 온 우주에 평퍼지곤 한다.

그럴 때엔 저 가을 밤 풀벌레인양 엉을거리는 소리가 나의 목구멍을 거쳐서 나의 손으로 옮겨진다. 이것들이 여러 해를 쌓이고 또 쌓인 것이 있었다. 이러한 그 物들은 스스로 읽어 보아도 변변치 못하였으나 막상 버리려고 하면 약간 아까운 생각이 나의 두뇌를 가볍게 스쳐 가곤 한다. 이러한 심경은 마치 저 길쌈하는 아가씨가 와닥다가리로서 추악한 베를 짜서 피륙을 이룩하였을 때, 비록 상업적인 가치는 논할 것이 없다 하더라도 결단코 찢어 버리기엔 아까운 것과 다름이 없게 된다.

이것이 곧 이 《東海散藁》라고나 하여 둘까. 『동녘 바닷가에 살고 있는 散士의 흩은 草藁 나부랭이』라 했는데, 이는 실로 진솔하고 꾸밈이 없는 표현이었다.

그러나 이와 같이 흩어진 草藁라 해서 전연 순서 없이 깨끗한 활자로 바꾸기에는 주저하지 않을 수 없으므로 이제 〈歌頌〉·〈文移〉·〈評品〉·〈隨筆〉·〈序跋〉·〈解題〉·〈紀蹟〉·〈哀祭〉·〈碑碣〉 등 九類로 나누어 흐트러지고 어즈러운 삼 오리를 대충 간추려 각기 한 잡음의 볏단으로 묶어 두었다.……[4]

이는 연민선생이 『동해산고』를 출간하면서 붙인 서문이다. 선생은 자신의 존재가 중원이 아닌, 이 땅에서 태어나 세상과 거리를 두고 한가롭게 삶을 영위하는 散士라는 겸양의 말씀과 함께 글을 시작하고 있다. 그리고 선생은 네 계절이 분명한 이 땅에서 계절에 따른 자연물과의 교감하면서 소회를 적고 있다. 이어서 선생은 자신이 태어난 시대가 암울하여 이 나라 이 땅에는 내우외환이 끊이지 않아 고통과 슬픔이 몸과 마음의 상처로 남았다고 한다. 그런 처지에서 선생은 누구를 원망할 길이 없어서 그것을 운명으로 받아들이고 방황하였음을 밝히

4 이가원, 「序」, 『東海散藁』, 일출판사, 1983, 1~2쪽.

고 있다.

이러한 생활이 거듭되면서 선생은 순간마다 희로애락의 감정을 갖지 않을 수 없었고 여기에서 파생되는 사단칠정의 느낌을 글로 옮겨 적었다고 한다. 여기에서 희로애락의 감정에서 비롯된 사단칠정의 느낌은 다름 아닌, 문학적 감흥을 말하는 것이다. 그리고 그것을 글로 담았다는 것은 문예 창작을 말함이다. 선생은 그것이 변변치 않다고 하면서도, 그렇다고 찢어버리기엔 아깝다는 양가적 태도를 취한다. 이것도 겸양의 표현으로 보인다.[5]

하지만 선생의 문예물은 『동해산고』로 그치지 않고 1987년에 다시 같은 성격의 『잡동산이집』이 나온다. 이는 선생이 살아오면서 교감한 세상이나 자연물과의 교감한 내용을 소중히 여기고 그것에 가치를 부여하고 있었던 것으로 보인다.

선생은 『동해산고』나 『잡동산이집』의 서문에서 자신의 문예물이 체계화되어 있지 않고 이것저것이 뒤섞여 있다고 쓰고 있다. 하지만 선생의 속내는 말씀처럼 반드시 그런 것만은 아닌 듯하다. 왜냐하면 선생은 자신의 문예물에 대해서 양식의 분류를 모색하고 있기 때문이다. 선생은 『동해산고』의 문예물을 〈가송(歌頌)〉·〈문이(文移)〉·〈평품(評品)〉·〈수필(隨筆)〉·〈서발(序跋)〉·〈해제(解題)〉·〈기적(紀蹟)〉·〈애제(哀祭)〉·〈비갈(碑碣)〉이라는 아홉 종류로 분류하고 있다. 반면에 『잡동산이집』에서는 〈가송〉·〈평품〉·〈수필〉·〈서발〉·〈전기(傳記)〉·〈서한(書翰)〉·〈애제(哀祭)〉·〈비갈〉의 여덟 종류로 분류하고 있다.

---

5 필자가 보기에 『동해산고』의 서문은 연민의 문학사상과 관련하여 중요한 단서를 제공하기도 한다.

이들을 비교하면 〈가송〉·〈평품〉·〈수필〉·〈서발〉·〈애제〉·〈비갈〉이라는 여섯 양식은 공유하고 있고, 〈문이〉·〈해제〉·〈기적〉은 『동해산고』에만 있고 『잡동산이집』에는 없다. 〈전기〉와 〈서한〉은 『잡동산이집』에는 있는데 『동해산고』에는 없다. 그것은 이들 각각의 양식들이 『동해산고』에 있는데 『잡동산이집』에는 없거나, 『잡동산이집』에는 있는데 『동해산고』에 없었기 때문이다. 다만, 『동해산고』에 들어있는 〈해제(解題)〉는 『잡동산이집』에서 〈서발〉로 편입되어 있다.

연민선생의 시가 작품은 〈가송〉에 편입되어 있다. 가송이 불가에서는 부처님을 찬양하는 노래라는 뜻이다. 그런데 연민선생이 말하는 가송은 '歌'(노래)와 '頌'(송축)을 각각 뜻하는 양식을 뜻하거나 둘을 합친 말로써 불교문학의 그것과는 의미가 다르다. 가송 양식을 『동해산고』에서는 시조·교가·송축사를, 『잡동산이집』에서는 시조·상량문·송축사를 포함시켰다. 연민선생이 설정한 가송 양식은 시조·교가·상량문·송축사가 해당된다. 한국인이 전통적으로 시가 양식의 하나로 받아들인 시조 작품들도 그것에 들어 있다. 물론 시조가 가송 양식에 들어있는 것은 본격적인 분류 체계라기보다는 편의적인 것이다. 왜냐하면 연민선생이 문학사 기술에서 체계화시킨 시조 양식은 악부 양식에 편입되어 있기 때문이다.[6]

연민선생이 지은 시조는 『동해산고』에 8제 25수가, 『잡동산이집』에 6제 9수가 실려 있다. 모두 14제 34수의 시조 작품이 존재하는 셈이다. 그리고 『동해산고』나 『잡동산이집』에 수록된 선생의 시조 작품은 창작된 순서에 따라 편집되고 있다. 선생이 젊은 시절에도 시조를 창작하였

6 이가원, 앞의 책, 5~25쪽.

는지 확인할 길이 없지만 『동해산고』에 수록된 첫 작품은 1945년 5월 1일에 지은 〈백월비부(白月碑趺)〉이다. 선생이 젊은 시절인 29세 때에 지은 것이다. 마지막 작품은 선생께서 70세인 1986년 11월 24일에 지었던 〈落葉을 밟는 蓮步 – 李娘 鍾淑에게〉이다.

『동해산고』에는 〈白月碑趺〉가 〈함박메의 밤〉을 시작으로 이어서 〈樹州頌(三曲)〉·〈銀珠에게〉는 1950년대에, 〈그리운 임에게 (三曲)〉·〈봄편지 (三曲)〉·〈그대들은 고이 잠드시라 (三曲)〉·〈薔薇帖(三曲)〉은 1960년대에, 〈有所思(六曲)〉·〈《시조문학전사》를 읽고〉·〈외로움〉은 1970년대에 지어졌다. 『잡동산이집』에는 〈寄題 《成均》志 36號(三曲)〉·〈和李一香女士〉·〈菁南 吳濟峯著 『書藝入門』을 읽고〉·〈나릿꽃(二曲)〉·〈一香의 詩帖을 받고〉·〈落葉을 밟는 蓮步〉라는 시조 작품 9수가 수록되어 있다. 이들은 모두 1980년대에 지어진 것이다.

3. 연민선생의 시조 작품과 작시 태도

3.1. 온유돈후의 시학과 연민시학의 계보

'온유돈후(溫柔敦厚)'가 연민 시학의 지표로 제시된 이래,[7] 근래에 그것과 관련된 후속 논의들이 있었다.[8] 주지하다시피, 온유돈후는 고대

---

7 윤덕진, 「연민 시가 시학을 고찰함」, 『열상고전연구』 20, 열상고전연구회, 2004, 123~156쪽.

8 조기영, 「연민선생의 퇴계시 연구에 대하여」, 『연민학지』 15, 연민학회, 2011, 79~107쪽.
남상호, 「연민 이가원의 온유돈후의 시학」, 『연민학지』 21, 연민학회, 2014, 11~40쪽.
윤덕진, 『연민선생의 시가연구』, 『연민학지』 23, 2015, 5~26쪽.

유가의 전통적인 시교(詩敎)로써 공자로부터 시작된 말이다. 공자는 나라에 들어가면 교화를 알 수 있으니 사람 됨됨이가 온유돈후한 것이야말로 시로써 교화된 것이라는 언급을 남겼다.[9] 이 말은 시가 사람의 성정을 온유하고 돈독하고 두텁게 순화시켜 준다는 효용을 강조한 것이다. 한 마디로 공자는 시가 성정을 순화시키고 백성을 교화시키는데 필요하다는 단서를 제공한 셈이다.

『논어』·「위정」편을 보면, "시 삼백 편은 한 마디로 생각함에 사특함이 없다.(詩三百, 一言而蔽之曰, 思無邪)"라고 말하고 있다. 이것은 시가 어진 마음에서 천연적으로 우러나온 것인 바, 곡진한 인정을 담고 있어서 듣는 이들의 성정을 순화하고 민풍을 교화시킬 수 있다고 주장한 것이다. 이들 『시경』의 시들은 세상사의 다양한 모습과 함께 생각함에 사특함이 없어서 인륜의 지극한 도의를 드러내고 있다고 보았다. '온유돈후'의 시정신은 이후로 유가 시학의 중심으로 자리를 잡고 이어졌다. '온유돈후'가 지닌 속성은 시가 사람의 심성을 순화시키고 성정을 바로 잡을 수 있다는 관점에서 한 걸음 더 나아가 풍속을 교화하고 세상을 다스리는데 중요한 이념으로 자리를 잡았다.

이러한 온유돈후의 시학은 원매(1716~1797)처럼 자유분방한 정감과 개성을 존중했던 인물들에 의해서 비판을 받은 사례도 없지 않았다.[10] 하지만 온유돈후는 중국의 문예사상에 지대한 영향을 미치며 시학사의 주요 담론으로 자리를 잡아왔다. 그러다가 북송 시기에 주희에 의해 재해석되면서 시학으로 정립되었다.[11] 명말청초의 왕부지(王夫之,

---

9 『禮記』·「經解」篇, "孔子曰, 入其國, 其敎, 可知也, 其爲人也, 溫柔敦厚, 詩敎也."
10 차주환, 『중국시론』, 서울대학교 출판부, 1989, 300~320쪽.

1619~1692)는 온유돈후를 시가 창작의 주요 원리로 삼아서 자신의 시론으로 삼기도 하였다.[12]

온유돈후에 대한 논의는 중국에 못지않게 한국에서도 활발하였고 그것을 적극적으로 받아들이고 있었다. 고려후기 이규보나 이제현의 글에서는 온유돈후에 대해서 직접적으로 거론을 하지 않았지만 시와 문장을 풍속과 치란의 근원으로 보았다. 조선초기에는 시문과 도학의 관계가 유학자들 사이에서 주요 담론으로 제기되었다. 그것을 둘러싸고 시문을 강조하는 사장파와 도의를 강조하는 도학파의 논쟁이 그치지 않았지만 양쪽 모두 시란 성정을 순화시키고 풍속을 교화한다는 시교의 효용성을 공유하고 있었다. 이처럼 조선전기에 시가 성정을 다스리며 세상의 풍속을 교화해 나가는데 중요하다는 시학적 견해를 가지고 있었지만 당시까지 온유돈후의 명칭을 구체적으로 사용하고 않고 있었다.

한국에서 온유돈후가 시학사의 전면에 구체적으로 등장한 것은 퇴계 이황(1501~1570)에 의해서였다. 이퇴계는 조선 명종 20년(1565) 봄에 〈도산십이곡〉 발문을 지었다. 여기에서 이퇴계는 온유돈후한 노래를 통해 인간의 심성을 바로잡고 성정을 순화시킬 수 있다는 입론을 제시하였다.

> 도산12곡이란 것은 도산노인이 지은 것이다. 노인이 이를 지은 것은 무엇을 위함인가? 우리 동방의 노래 곡조는 대체로 음란하여 족히 말할 것이

---

11 蕭華榮, 『中國詩學思想史』, 화동사범대학 출판부, 1996, 155~218쪽.

12 조성천, 「왕부지 시론상의 '온유돈후'론」, 『중국문학이론』 8, 한국중국문학이론학회, 2006, 139~155쪽.

없다. 한림별곡과 같은 종류는 글하는 문인의 입에서 나왔으나 호방함을 자랑하며 방탕하고 아울러 제멋대로 장난치고 함부로 굴어서 더욱 군자가 마땅히 숭상할 바가 아니다. 오직 근세에 이별(李鼈)의 六歌가 세상에 널리 전해지는데 오히려 그것이 이보다 좋다고는 하나 또한 세상을 희롱하고 不恭한 뜻이 있고 溫柔敦厚한 실지가 적음을 애석하게 여긴다.

노인은 본래 음률을 알지 못하나 오히려 세속의 음악은 듣기를 싫어하였다. 한가히 살면서 병을 수양하는 여가에 무릇 성정에 감동된 바가 있으면 매양 시로 나다내었다. 그러나 지금의 시는 옛날의 시와 달라서 가히 읊기는 하되 노래할 수는 없다. 만약 노래하려 하면 반드시 시속말로 엮어야 하니, 대개 나라 풍속의 음절이 그러지 않을 수가 없었다.

그러므로 내가 일찍이 李氏의 노래를 모방하여 도산6곡을 지은 것이 둘이니, 그 하나는 뜻을 말함이요, 다른 하나는 학문을 말한 것이다. 아이들로 하여금 아침저녁으로 익혀서 노래하게 하고, 의자에 기대어 듣기도 한다. 또한 아이들이 스스로 노래하고 춤추고 뛰게 하고자 함이니, 거의 비루하고 인색한 마음을 씻어버리고 감발하여 두로 통하게 된다면 노래하는 자와 듣는 자가 서로 유익하게 되는 것이 없지 않을 것이다. …(중략)… 가정 44년 乙丑 늦은 봄 16일에 도산노인 쓰다.[13]

여기 〈도산십이곡발〉에서 퇴계선생은 우리 동방의 노래가 음란하

13 李滉, 『退溪先生文集』 43卷, 〈陶山十二曲跋〉. "右陶山十二曲者, 陶山老人之所作也. 老人之作此, 何爲也哉. 吾東方歌曲, 大抵多淫 不足言, 如翰林別曲之類, 出於文人之口, 而矜豪放蕩, 兼以褻慢戲押, 尤非君子所宜尙, 惟近世有李鼈六歌者, 世所盛傳, 猶爲彼善於此, 亦惜乎其有玩世不恭之意, 而少溫柔敦厚之實也. 老人素不解音律, 而猶知厭聞世俗之樂, 閑居養疾之餘, 凡有感於性情者, 每發於詩, 然今之詩, 異於古之詩, 可詠而不可歌也, 如欲歌之, 必綴以俚俗之語, 蓋國俗音節所不得不然也, 故嘗略倣李歌而作, 爲陶山六曲者二焉. 其一言志, 其二言學, 欲使兒輩朝夕習而歌之, 憑而聽之, 亦令兒輩自歌而自舞蹈之, 庶幾可以蕩滌鄙吝, 感發融通, 而歌者與聽者, 不能無交有益焉 …… 嘉靖四十四年歲乙丑暮春旣望, 山老書."

여 거론할 필요성이 되지 못한다고 보았다. 예로써 사대부들의 한림별곡류가 방탕하고 무례하여 군자로서는 가까이 할 바 아니라고 선을 긋고 있다. 그렇다고 당시에 세상에 널리 알려져 있었던 이별(李鼈)의 육가(六歌)도 세상을 희롱하거나 공손하지 못하다면서 불편한 속내를 드러내고 있다. 퇴계가 한림별곡류에 대해서 비판을 하고 육가에 대해서 만족하지 못했던 것은 그 자신이 생각하는 온유돈후의 시학적 견해와 거리가 멀었기 때문이다.

〈도산십이곡발〉에서 퇴계는 자신이 생각하고 받아들인 시가에 대한 온유돈후의 시학적 관점을 여실히 드러내고 있다. 그것에 앞서 퇴계는 가창할 수 없는 한시보다 가창할 수 있는 우리 고유의 노래 양식을 새롭게 평가하여 인식을 전환시키고 있다. 퇴계는 가창할 수 있는 우리 노래가 인간의 성정을 담아내는데 여러모로 유리하고 도움이 된다고 보았다. 그것은 온유돈후한 우리 노래를 통해서 인간의 정서를 순화하면 풍교에 크게 도움이 된다고 보았기 때문이다. 이를 바탕으로 퇴계가 생각한 온유돈후는 "비루하고 인색한 마음을 씻어버리고 감발하여 두로 통하게 된다면 노래하는 자와 듣는 자가 서로 유익하게 되는 것이 없지 않을 것(蕩滌鄙吝, 感發融通, 而歌者與聽者, 不能無交有益焉)"으로 압축된다.

퇴계가 도산십이곡을 짓게 된 동기도 우리 노래였던 한림별곡류가 비록 성정을 담기에 좋은 노래였지만 방탕하고 무례하였고, 이별의 육가가 널리 알려지고 체재를 갖추고 있었지만 불공하다고 여겼기 때문이다. 퇴계는 〈도산십이곡〉을 짓는데 그러한 한림별곡류와 이별의 육가를 반면교사로 삼았다. 퇴계는 우리 노래처럼 성정을 담기에 좋고, 육가처럼 체재를 갖추고 있으며 자신이 생각하는 온유돈후까지 내재화한

〈도산십이곡〉을 지었다. 〈도산십이곡〉의 구성은 '언지(言志)'의 전육곡(前六曲)과 '언학(言學)'의 후육곡(後六曲)으로 되어 있다. 전자는 사물에 접하여 감흥을 읊는 '상자연(賞自然)'을, 후자는 학문과 수양에 임하는 심지를 노래한 '연학(硏學)'을 말한다.[14] 퇴계의 〈도산십이곡〉에서 보여준 시정신은 이숙량(1519~1592)·고응척(1531~1605)·권호문(1532~1587)과 같은 문인들에 의해 퇴계의 시가관을 바탕으로 하여 그들이 각사가 지향하는 바에 따라 계승되었다.[15]

우리나라에서 이퇴계 이전에 온유돈후라는 구체적 용어를 사용하고 있지는 않더라고 시의 속성에 대한 유가의 전통적인 견해가 논의된 사례가 없지 않았다.[16] 그렇지만 한국시가사에서 그것을 특정화하여 본격적인 시학 체계로 입론화한 것은 이퇴계가 처음이었다. 퇴계의 온유돈후 시학 체계는 이후로 한국시학사에서 주요 담론으로 자리를 잡으며 이론화되고 있는 것을 확인할 수 있다. 예로써 조선후기에 약천(藥泉) 남구만(1629~1711)도 퇴계학파와 당색은 달랐지만 온유돈후에 대해서 퇴계와 비슷하거나 그것을 추종하는 시학적 견해를 내놓고 있다.[17] 18세기 정헌(貞軒) 이가환(李家煥, 1742~1801)같은 이는 『풍요속선(風謠續選)』의 서문에서 위항시가 인간의 보편성이라는 차원에서 온유돈후한 시경의 뜻을 얻었다고 상찬하고 있다.[18] 이렇듯이 한국에서

---

14 박미영, 「도산십이곡발」, 『한국시가관과 시조론』, 박이정, 2006, 51~179쪽.

15 신연우, 『이황시의 깊이와 아름다움』, 지식산업사, 2006, 211~236쪽.

16 정요일, 『한문학비평론』, 인하대학교출판부, 1990, 53~79쪽.

17 南九萬, 『藥泉集』 27卷, 〈琴湖遺稿序〉. "詩之爲教, 本欲以溫柔敦厚者理性情, 而形風化, 感人心, 而裨世程."

18 김홍규, 『조선후기의 시경론과 시의식』, 고려대학교 민족문화연구소, 1982, 175쪽.

의 '온유돈후'는 이퇴계가 시학적 견해로 입론한 이래 시경론과 함께 하나의 흐름을 형성하며 조선후기로 이어졌다.

하지만 전통사회에서 유가 시학의 중심에 놓여 있었던 '온유돈후'가 근대시기로 이어지며 소멸되는가 싶었다. 더욱이 일제강점기를 거치며 광복 이후로 서구의 문예이론이 전통적인 문예이론을 대체하면서 국문학의 중심에 자리를 잡았기 때문이다. 그런데 연민은 전통적으로 내려온 온유돈후를 시가시학의 가장 중요한 개념으로 삼았다.[19] 연민은 퇴계시가 유가의 전통적인 시교(詩敎)인 온유돈후를 종지로 삼았다는 것을 밝히면서 그것을 자신의 시학적 근거로 제시하고 있다.

> 退溪의 詩는 儒家 傳統的인 詩敎인 溫柔敦厚를 하나의 宗旨로 삼았다. 溫柔는 溫潤·和柔를 이름이요, 敦厚는 篤實함을 이름이다. 詩에는 正과 變이 있으니 正音은 治世之音이요, 變은 衰世之音이다. 그러므로 儒家에서는 溫柔的인 音으로서 人類社會를 平和的인 方向으로 이끌어 나가려 하며, 또 敦厚는 衰薄한 民風을 醇樸·篤實한 方向으로 善導하는 立誠的인 寫實風을 일으키게 된다. 그런 까닭으로 悲憤·激烈한 變調인 衰世之音을 崇尙하지 않고 悲憤이 아닌 婉喩로, 激烈이 아닌 惻怛로써 거센 民心을 變化시켜 溫潤·和柔·篤實의 境地로 善導함에 妙諦가 있는 것이다.[20]

여기에서 연민은 퇴계의 온유돈후 시학을 논의하면서 그것에 자신의

19 연민의 온유돈후 시학에 대한 관점이나 실천적 관점에 대해서는 다음 논문으로 미룬다. (남상호, 「연민 이가원의 온유돈후의 시학」, 『연민학지』 21, 2014, 11~40쪽; 윤덕진, 앞의 논문, 123~156쪽.)

20 이가원, 「퇴계시의 특징 – 온유돈후에 대하여」, 『퇴계학보』 43, 퇴계학연구원, 1984, 7쪽.

생각을 투영시켜서 일체화하고 있다. 온유돈후에서 온유(溫柔)는 온윤(溫潤)·화유(和柔)를, 돈후(敦厚)는 독실(篤實)함을 뜻한다는 것이다. 연민은 온유돈후가 인류사회를 평화적인 방향으로 이끌어 나가고 순박하고 독실한 방향으로 민풍을 선도한다고 보았다. 비분과 격렬한 속성의 변조(變調)인 쇠세지음(衰世之音)을 완유(婉喩)와 측달(惻怛)로 변화시켜서 온유돈후를 뜻하는 온윤·화유·독실의 경지(境地)로 세상을 바르게 이끈다는 생각을 갖고 있었다. 이러한 온유돈후의 시학은 퇴계시의 특징이자 연민 자신이 일체화한 시학적 견해였다.

따라서 온유돈후의 시학과 연민의 시학적 계보는 다음과 같이 정리할 수 있다. 온유돈후는 중국 춘추시대 공자의 언급에서 비롯되었고 한나라 이후로 유가 시학의 중심으로 자리를 잡았다. 그것은 북송 시기에 주희에 의해 재해석되면서 다시 본격적인 시학으로 정립되었다. 한국에서는 조선중기 이퇴계가 온유돈후를 자신의 시학 체계로 입론화하였다. 온유돈후의 시학은 이후로 제가의 시학 체계로 입론화되며 조선후기로 이어졌다. 한편, 온유돈후의 시학은 근대시기에 이르러 소멸되는가 싶더니 연민선생이 이퇴계의 온유돈후 시가시학을 계승하여 자신의 시가시학으로 일체화하여 계승하였다.

3.2. 시조 작품과 온유돈후의 구현

연민은 조선중기 이퇴계가 입론한 온유돈후의 시학을 자신의 시가시학으로 일체화하였다고 앞서 언급하였다. 여기에서는 연민이 시조를 창작하면서 내재화시켰던 온유돈후를 어떻게 구현하고 있는지 창작 태도에 대해 살펴본다.

연민의 시조 작품 34수는 사물에 대한 소회를 담기고 하고 가까운

지인이나 교류하던 인사들을 대상으로 짓거나 지어서 보낸 것이 많다. 더 나아가 4·19혁명으로 스러진 젊은 학도를 추념하는 시조도 있다. 작품 수는 교류시가 가장 많다. 그것은 작품 제목과 후기를 통해 확인할 수 있다. 그 외에도 내용을 통해 추정되는 것까지 고려하면 교류시는 전체 작품의 절반을 상회한다. 그러다보니 작품 내용이 인물에 대한 상찬이나 덕담이 많다. 『동해산고』와 『잡동산이집』의 편제에서 시조 작품을 '가송' 부분에 수록했던 것도 그것과 관련이 있을 것으로 보인다.

연민 시조의 표현 방식을 보면 현대에 지어졌다고 하지만 작품 곳곳에 옛 어투의 시어가 보이고 고시조에서 자주 사용되었던 관습적 어구도 자주 눈에 띈다. 연민은 연시조 작품을 퇴계의 〈도산십이곡〉처럼 '곡'이라는 음악적 명칭을 사용하고 있다. 시조 형식에서 기본적으로 지켜야 하는 것으로 알고 있는 종장 첫3자를 지키지 않은 작품도 상당수에 이른다. 이를테면 연민의 시조 작품은 고시조와 현대시조를 혼융한 것으로 보아도 무리는 아니다. 이처럼 연민의 시조 작품은 현대인의 시조에서 잘 나타나지 않는 선생만의 개성과 특징을 갖고 있다.

그런데 연민 시조는 전편을 읽다보면 개성이 독특하지만 일관되게 관통하고 있는 내적 흐름이 있다. 연민 시조는 어떤 작품이든지 주제나 내용을 떠나서 표현에서의 언사가 지나치거나 감정이 넘쳐나는 것을 찾을 수 없다. 언어 구사도 날카롭거나 번거롭지 않고 담박하다. 사물을 대하고 느끼는 감회도 소박하고 은근하며 마음씀씀이도 넉넉하다. 이것은 선생의 온유돈후라는 시가 시학과 맞물려 있었기 때문으로 보인다. 이를 시조 작품 〈유소사(有所思)〉 6곡을 통해 확인해본다.[21]

---

21 필자가 보기에 연민선생의 대표적인 시조 작품은 〈有所思〉 6곡이다. 연민은 동양

有所思 (六曲)
고운님 생각하여 개얌나무 읊어 있고
어진 벗 오신 날 저녁 하얀 매기 잡아매다
옛 글귀 즐겨 외우니 이 몸 또한 옛 사람을

창공에 둥근 달이 내 마음 알 듯하기
큰 한 소리 물었으나 대답 없이 메아리만
알괘라 게 내 벗 있다면 어이 그리 무정하리

사랑이 중타하나 식어질 젠 차가웁고
부귀가 그립건만 함부로는 못하리라
한 평생 들사람 되어 허물 없이 살으리라

묻노라 이 한 마리 책 맹그는 벌레가
그 무엇이 우습관대 푸른 눈 이방 선비
손뼉 치고 깔깔대며 절규를 짓단 말고

금항아리 반 조각에 비스듬이 담긴 이 몸
반세기 긴 세월에 풍랑에 놀란 꿈이
가을 바람 지는 잎과 소리 맞춰 퍼덕인다

청춘에 쌓인 울분 글 읽기에 불사르고
불의와 타협 못함 오만타 헐뜯다니
두 팔이 장깃이라면 저 창공에 솟으련다

유가의 시학과 이퇴계가 입론한 온유돈후의 시가 시학을 계승한 선생의 시가시학을 〈有所思〉 6곡에 핍진하게 구현하고 있기 때문이다.

이 시조 〈유소사〉 6수는 1977년 8월에 『시조문학』 44호에 실린 것이다. 이 작품은 다른 시조와 달리, 연민선생이 처음부터 전문 시조 문예지인 『시조문학』에 게재할 목적으로 지은 것이다. 〈유소사〉란 시제는 '그리워하는 바가 있어'라는 뜻인데, 이런 시 제목을 사용한 사례는 연민선생이 처음이 아니었고 근대 이전 시기에 중국과 한국에서 많이 있었다. 중국은 말할 것도 없고 한국에서도 조선초기의 월산대군(月山大君, 1454~1488)을 비롯하여 조선중기 하서(河西) 김인후(金麟厚, 1510~1560)나 허초희(許楚姬, 1563~1589)도 같은 제목의 시를 남겼다. 이들 역대 〈유소사〉는 남녀의 연정 내용을 읊은 것이 대부분이다. 그런데 연민선생은 현대에 이르러 〈유소사〉라는 시조를 지으면서 작품의 각주를 통해 그 의미를 다음과 같이 규정하고 있다.

> 《詩經》 〈簡兮〉에 『山有榛. 隰有苓. 云誰之思? 西方美人! 彼美人兮, 西方知人兮!』이 『고운님』, 곧 美人은 西周의 聖王을 가르킨 것이다. 退溪先生의 〈陶山十二曲〉 중에는 『이 듕에 彼美一人를 더욱 닛지 못ᄒᆞ얘』[22]

한국의 전통 시가에서 '임'이나 '미인'은 사랑하는 청춘남녀를 뜻하기보다 대부분 옛 성현이나 임금을 뜻한다. 연민선생은 각주를 통해 『시경(詩經)』 「패풍(邶風)」편의 〈간혜(簡兮)〉를 근거로 미인은 고대 성왕을 가리킨다고 밝히고 있다. 그리고 〈도산십이곡(陶山十二曲)〉 전6곡의 제4수에 나오는 '이 듕에 彼美一人를 더욱 닛지 못ᄒᆞ얘'라는 어구를 통해서도 그것을 확인하고 있다. 따라서 연민선생의 시조 작품 〈유

---

22 이가원, 『동해산고』, 44쪽.

소사〉는 비록 이 시대에 창작되었지만 그것이 담고 있는 시니피에(signifié)는 동양의 오랜 전통사회에서 자리를 잡고 내려온 것으로 보인다.

게다가 〈유소사〉 제1곡을 보면 연민선생은 『시경』과 〈도산십이곡〉을 의식하며 지었던 것으로 보인다. 〈유소사〉 제1곡을 보면 선생이 『시경』과 〈도산십이곡〉의 옛 성현과 퇴계선생을 늘 연모하여 그 정신을 본받으려 하였기 때문이다. 초장의 '고운님 생각하여 개암나무 읊어 있고'는 앞서 언급한 바, 『시경』 「패풍」편의 〈간혜〉와 〈도산십이곡〉 전6곡의 제4수에 나오는 '이 듕에 彼美一人를 더욱 닛지 못ᄒᆞ얘'라는 어구에 근거한다고 밝히고 있다. 아울러 중장의 '어진 벗 오신 날 저녁 하얀 매기 잡아매다'는 각주를 통해 그것이 『시경』·「소아(小雅)」의 '백구사장(白駒四章)'과 〈도산십이곡〉 전6곡의 제5수에 나오는 '엇다다 皎皎白鷗ᄂᆞᆫ 머리 ᄆᆞ숨ᄒᆞ는고'에 근거한다고 하였다.[23] 그리고 종장에서는 '옛 글귀 즐겨 외우니 이 몸 또한 옛 사람을'이라는 어구로 마치고 있다. 이것은 선생이 『시경』과 〈도산십이곡〉을 즐겨 외우며 그것에 담긴 정신을 배우고 옛 성현이나 이퇴계 선생을 본받으려고 노력한다는 말에 다름이 아니다.

또한 선생의 〈유소사〉 6수가 주목되는 까닭은 이들 시조 작품이 이퇴계의 〈도산십이곡〉을 짝하고 있거나 그 정신을 본받고 있기 때문이다. 제1연에서 시경과 이퇴계의 전고를 통해 성현과 선인을 흠모하고

---

23 이가원, 위의 책, 같은 쪽. "《詩經》〈白駒〉에 『皎皎白駒, 在彼空谷. 生芻一束. 其人如玉. 毋金玉爾音. 而有遐心.』〈陶山十二曲〉에 〈엇다다 皎皎白鷗ᄂᆞᆫ 머리 ᄆᆞ숨ᄒᆞ는고〉"

배우고자 하였다면, 제2연은 자연을 좋아하여 그것을 벗을 삼아 살아가겠다는 〈도산십이곡〉 전6곡 '언지'의 정신과 닿아 있다. 제3연의 '한평생 들사람 되어 허물 없이 살으리라'는 〈도산십이곡〉 전6곡 제2연의 '이 듕에 ᄇᆞ라는 이른 허므리나 업고쟈'와 대응된다. 제4연에서는 선생 자신을 책 만드는 벌레라는 일화를 통해 학문에 정진하며 살아가려는 태도를 담은 것으로써 〈도산십이곡〉 후6곡의 '언학'에 짝한다. 〈유소사〉 제5연에서는 선생이 내면에 품고 있던 조국의 분단 현실에 대한 소회를 드러내면서 제6연에 이르러 그것을 학문의 열정으로 극복하려는 의지를 보인다. 제6연에서는 연민선생이 조국의 분단 현실에 외면하지 않고 늘 의식하고 있었다는 것을 확인할 수 있다. 이 부분에서 작자의 감정이 격해질 수 있을 법한데도 선생은 우리 조국을 조각난 금 항아리로 비유하여 국토 분단 반세기의 현실에 처한 소회를 자연물로 환치시키고 있다.

다음은 연민선생이 지은 다른 시조 작품을 통해 선생이 작시 태도를 살펴본다. 먼저 1978년도 한가위에 지었던 〈외로움〉이라는 시조 작품이다.

〈외로움〉
사람은 누구나 다 한갓 고독 있답니다
다만당 참고 배겨 다사롭게 지내야죠
그렇게 지나고 또 지나면 한 시름 잊으리라[24]

24 『동해산고』, 「歌頌」, 〈외로움〉, 46쪽.

이 시조는 친척 부인이 보내온 글에 대한 답서 형식으로 지은 것이다.[25] 선생의 처지에서 보자면 상대가 편지를 보내온 친척이지만 쉽게 말할 수 없는 내외의 관습이 가로놓여 있었을 것이다. 그래서 선생은 서술적인 서간문보다는 시조라는 문예 양식을 빌려서 완곡하고 함축적으로 내면을 표현하고 있다. 선생은 시에서 모든 인간은 고독할 수밖에 없는 존재이고 그것을 참고 배겨내며 살아간다는 삶의 깨우침을 넌지시 내비치고 있다. 표현이 직설적이지 않고 완곡하다. 어투도 세차거나 촉박하지 않고 온화하고 유연하다. 상대를 배려하는 마음씨도 너그럽고 바르다. 이런 것이 바로 선생이 시조에서 보여주는 온유돈후의 성정이다. 이것은 이 시조 작품에 국한되는 것이 아니라 모든 시조 작품에서 하나같이 관통하는 공통점이다.

〈和李一香女士〉
곱게 그린 매홧 송이 봄 소식 느껴웁고
아릿다운 그 사연엔 덕담이 풍성토다
눈 빛에 가늘게 읊으니 임의 소리 들리는 듯[26]

〈一香의 詩帖을 받고〉
東閣의 차간 매화 새 소식 전해오고
옛 친구 봄 편지에 못내 느껴 하옵니다
묵은 시름 다 보내고 새론 詩境 열어주오[27]

---

25 같은 책, 같은 쪽. "從姑從嫂氏 李夫人은 柳河隈兄의 內子이다. 나에게 간단한 글을 써서 그 老境의 외롬을 달래려 한다. 敢히 사양할 수 없어서 이 古調 한 闋을 읊어 드린다. 1978년 한가윗날."

26 『잡동산이집』, 「歌頌」, 〈和李一香女士〉, 28쪽.

이는 선생이 시조시인 향초(香初) 이일향(李一香, 1930~)과 교유하면서 답장한 시조 작품들이다. 〈화리일향녀사(和李一香女士)〉은 1983년에 『시조문학』에 등단한 향초가 세밑에 선생께 매화 그림과 사연을 담은 글을 보내온 것으로 보인다. 그러고 보니 향초에게 연민은 이미 『시조문학』에서 활동하던 대선배인 셈이다. 그리고, 〈一香의 詩帖을 받고〉는 그로부터 해를 다시 세 번 지나서 향초의 보내온 시첩에 답장한 것이다.

이들 시조 작품에서 작자의 태도를 주목할 필요가 있다. 시에서 상대를 대하는 선생의 자세는 마음 씀씀이가 깊고 너그럽다. 어투가 세차지 않고 정중하며 온화하다. 표현도 직설적이지 않고 완곡하다. 이런 것들이 바로 선생이 시조에서 보여주는 온유돈후의 성정이다. 이것은 이 시조 작품에 국한되는 것이 아니라 모든 시조 작품에서 하나같이 관통하는 공통점이다.

그리고, 선생의 시조 작품을 읽다보면 시선을 사로잡는 것이 있다. 이들 시조 작품이 창작된 시기가 한국 현대사의 격변과 맞물려 있었기 때문이다. 선생은 한국현대사의 역사적 매듭마다 소회를 한시나 시조로 형상화하고 있었다.[28] 이것은 앞서 인용했던 바, 선생은 『동해산고』의 서문을 빌어, "이 나라 이 땅에는 外憂와 內患이 잇따라 일어나곤 하여 무한한 고통과 무한한 슬픔이 우리의 마음과 육체를 쉴 사이 없이

27 같은 책, 〈一香의 詩帖을 받고〉, 32쪽.

28 연민선생의 시대와 현실을 다룬 것은 한시에서도 함께 이뤄지고 있었다. 참고로 연민선생은 독재정권을 비판하거나 조국의 분단 현실에 대한 인식과 통일 염원, 사회의 병폐 등을 다룬 한시를 다수 남겼다. 이에 대해서는 다음 논문을 참고하기 바란다. (허경진, 「淵民先生의 社會詩에 대하여」, 『연민학지』 12, 연민학회, 2009, 177~199쪽.)

찾아 들었다"라고 적고 있다.[29] 그리고 그 누구를 원망할 길이 없이 모든 것을 운명의 신에게 맡겨 두고 밤중에 홀로 일어나 방황할 뿐이었다고 한다. 이러한 생활이 거듭되면서 순간의 희로애락에서 사단칠정의 느낌을 담은 것이 문예물이었고, 시조가 그것의 하나였을 것으로 보인다.

첫 시조 작품은 〈백월비부(白月碑趺)〉인데 광복 직전인 1945년 5월 1일에 지은 것이다.[30] 그것은 본래 안동시 도산면 태자리의 태자사(太子寺) 낭공대사(郎空大師) 백월서운탑비(白月棲雲塔碑)가 있던 곳에 있었는데 비문은 없어지고 비부(碑趺)만 전한다. 현재는 국립중앙박물관에 있다.[31] 시조에서 선생은 오랜 역사적 굴곡을 거치면서 비문도 없이 비부만 남아 있는 백월비부에 우리 강토와 겨레의 모습을 투영시키고 있다. 이를 통해 암울했던 일제강점기의 현실을 암유하고 있다. 선생은 4·19 학생 의거와 관련된 시조 작품들도 남겼다.

〈그대들은 고이 잠드시라〉
아아아, 사랑하는 겨레의 아들이어
나는 오히려 그대를 二0代의 어릿광으로
이제야 내 마음 놓고 그대의 하염을 보련다

그대들은 아무런 꾸밈 없는 민족의 분노
불의의 총탄 아래 쓰러진 그 꽃송이

---

29 이가원, 「序」, 『東海散藁』, 우일출판사, 1983, 1~2쪽.

30 이가원, 위의 책, 「歌頌」 시조 편, 〈白月碑趺〉, 27쪽. "보리 물결 기름지고 멧 비 잠깐 개이어라/ 옛 빗돌은 어디 가고 거북 홀로 남았느니/ 이 강산 이 겨레 다 변했다니 어이 너만 무양하리."

31 blog.naver.com/yeohea01/80121081796

그래도 저희들은 흩러서지 않으려나

고이고이 잠드시라 천향 짙은 저 달나라로
이누리에 가아장 큰 과업을 이룩하이
우리의 선렬 미소를 띠운 채 그대들을 맞으리라

이는 당시 학생 의거로 죽은 젊은이들을 추모하는 〈그대들은 고이 잠드시라〉라는 선생의 시조 작품이다. 주지하다시피, 1960년 3월 15일에 이승만 정권의 부정선거로 학생 시위가 일어났고 4월에는 정권의 무력 진압으로 다수의 학생들이 희생되었다. 이것은 이승만 독재정권을 붕괴시킨 4·19혁명의 도화선이 되었다. 시조에서 선생은 이들을 겨레의 아들로 부르면서 스러져 간 젊은 학생들을 민족의 분노 아래 불의의 총탄 아래 쓰러진 꽃송이라고 말하고 있다. 제3연에서는 영면하기를 기원하며 이들을 저 세상에서 우리 선열들이 맞이할 것이라고 축원하고 있다. 한편, 선생의 조국 현실을 담은 이들 시조들은 일종의 현실주의 시작품으로 고대 문예이론인 '흥관군원(興觀群怨)'의 사회적 효용성과 긴밀한 관련을 맺고 있다고 할 수 있겠다. 하지만 '흥관군원'도 선생의 수양 실천적 온유돈후관의 차원에서 다뤄지고 있다.[32] 결국 선생의 4·19의거와 같은 시대성을 담은 사회 현실을 담은 시조 작품도 연민의 온유돈후 시학의 체계로 들어간다고 말할 수 있다.

32 남상호, 앞의 논문, 21~38쪽. (여기에서 저자는 興觀群怨의 효과를 연민선생의 수양적 실천적 온유돈후관의 차원에서 다루고 있다.)

4. 맺음말

이 논문에서는 연민선생의 시조 창작에 대해 살펴보고 그에 대한 작시 태도를 온유돈후와 관련지어 논의하였다.

연민선생의 시조 작품은 『동해산고』와 『잡동산이집』에 14제 34수의 시조 작품이 창작 순서에 따라 수록되어 있었다. 첫 작품은 29세인 1945년 5월 1일에 지은 〈백월비부〉이고, 마지막 작품은 선생께서 70세인 1986년 11월 24일에 지었던 〈落葉을 밟는 蓮步 – 李娘 鍾淑에게〉이었다.

『동해산고』의 서문에는 연민이 생각했던 시학적 관점이나 태도가 잘 드러나 있다. 선생은 서문에서 자신이 태어난 시대가 암울하고 힘들어서 희로애락의 온갖 감정에서 비롯된 사단칠정의 느낌을 옮겨 적었다는 것을 밝히고 있다. 이퇴계와 마찬가지로 성정과 감흥을 중시하고 있었다.

연민선생의 시조 작품과 작시태도는 두 가지 층위로 구분하여 논의하였다. 하나는 동양 전통의 온유돈후의 시학과 그것에 대한 연민의 계보를 밝히는 것이었고, 다른 하나는 연민의 시조 작품과 온유돈후의 관계를 고찰하는 것이었다. 먼저 연민선생의 온유돈후 시학의 계보는 다음과 같이 정리할 수 있다. 온유돈후는 공자의 언급에서 비롯되었고 한나라 이후로 유가 시학의 중심으로 자리를 잡았다. 그것은 북송 시기에 주희에 의해 재해석되면서 다시 본격적인 시학으로 정립되었다. 한국에서는 조선중기 이퇴계가 온유돈후를 시학 체계로 입론하였다. 온유돈후의 시학은 그 이후로 제가의 시학 체계로 입론되면서 조선후기로 이어졌다. 그런데 온유돈후의 시학은 근대시기에 이르러 소멸되는가 싶더니 연민선생이 이퇴계의 온유돈후 시가시학을 계승하여 자신의 시가시학으로 일체화하여 계승하였다.

다음으로 연민선생이 시조를 창작하면서 내재화시켰던 온유돈후를 어떻게 구현하고 있는지 살펴보았다. 선생의 모든 시조 작품은 하나로 관통하는 공통점이 있었다. 그것은 표현이 완곡하고 어조도 온화하며 유연하였다. 작자의 마음씨가 바르고 너그러웠다. 본고에서는 이런 것들을 연민시조의 온유돈후 요소로 보았고, 또한 그것은 선생의 온유돈후 시가 시학과 맞물려 있는 것으로 파악하였다.

아울러 본고에서는 1977년 8월에 『시조문학』 44호에 실린 〈유소사〉 6수를 연민 시조의 대표작으로 파악하였다. 그것은 〈유소사〉 6수가 고대의 유가시학과 조선중기 이퇴계의 온유돈후 시가시학을 체현하여 제대로 구현하였기 때문으로 보았다.

참고문헌

1. 자료

『(국역)신증동국여지승람』 Ⅳ권, 민족문화추진회, 1988.
『고어대사전』(朴在淵 外, 선문대출판부, 2016).
『국역신증동국여지승람』 33권(민족문화문고간행회, 1988).
『김해허씨세보』(허재신 편, 도연서당, 1937).
『論語』.
『大學長句』.
『東游日艸』(洪憙, 1929).
『東海散藁』(李家源).
『杜谷集』(高應陟).
『孟子』.
『西銘圖』(張載).
『書傳』, 〈舜典〉.
『先曙齋詩稿』.
『先祖永言』(허목 편, 국립중앙박물관 소장).
『슉영낭ᄌᆞ젼』(뿌리깊은나무박물관 소장본).
『시조집』(김해정 소장본).
『藥泉集』(南九萬).
『然然亭唱酬錄』(李昌仲).
『禮記』.
『雜同散異集』(李家源).
『中庸』.

『退溪先生文集』(李滉).
『션죠츙무공힝장』(해군사관학교 박물관 소장본).
『역대가사문학전집 8권』(임기중 편), 동서문화원, 1987.
『李忠武公全書』.
『傳家秘寶』(李復吉).
『忠武公家乘』.
『忠武錄』·「諡狀」.
『튱무공힝장』(우리한글박물관 소장본).
『튱뮤공힝장』(개인소장본).
『튱뮤공힝장』(서울역사박물관).
『漢韓大字典』(민중서림, 1997).
『玄洲集』(趙纘韓).
〈西銘〉(張載).
〈心箴〉(范浚).

2. 저서

구사회, 『한국 고전시가의 작품 발굴과 새로 읽기』, 보고사, 2014.
권영철, 『규방가사Ⅰ』, 한국정신문화연구원, 1979.
______, 『규방가사－신변탄식류』, 효성여대 출판부, 1985.
______, 『규방가사연구』, 이우출판사, 1980.
김도남, 『상호텍스트성과 텍스트 이해 교육』, 박이정, 2003.
김동욱, 『개정 국문학개설』, 보성문화사, 1983.
______, 『한국가요의 연구(속)』, 이우출판사, 1980.
김문기·김명순, 『조선조 시가 한역의 양상과 기법』, 태학사, 2005.
김 영, 『충무공 이순신전』, 역락, 2014.
김흥규, 『사설시조』(한국고전문학전집2), 고려대학교 민족문화연구소, 1993.
______, 『조선후기의 시경론과 시의식』, 고려대학교 민족문화연구소, 1982.
______, 『한국문학의 이해』, 민음사, 1986.
김흥규·이형대 외, 『고시조 대전』, 고려대학교 민족문화연구원, 2012.

박미영, 『한국시가관과 시조론』, 박이정, 2006.
박연호, 『가사문학 장르론』, 다운샘, 2003.
박을수, 『한국시조대사전(보유)』, 아세아문화사, 2007.
_____, 『한국시조대사전』(상·하), 아세아문화사, 1992.
박재연 편, 『中朝大辭典(전9책)』4, 선문대 출판부·선문대 중한번역문헌연구소, 2002.
________, 『필사본 고어대사전』(전7책), 학고방·선문대 중한번역문헌연구소, 2010.
박재연·이현희 주편, 『고어대사전(1-21)』, 2016, 선문대 출판부.
뿌리깊은 나무, 『한글고소설 우리말이야기』, 순천시립 뿌리깊은나무박물관, 2013.
서영숙, 『규방가사 연구의 문제와 방향』, 태학사, 1996.
서원섭, 『시조문학연구』, 형설출판사, 1991.
蕭華榮, 『中國詩學思想史』, 화동사범대학 출판부, 1996.
신경숙·이상원 외, 『고시조 문헌 해제』, 고려대학교 민족문화연구원, 2012.
신연우, 『이황시의 깊이와 아름다움』, 지식산업사, 2006.
심재완, 『교본 역대시조전서』, 세종문화사, 1972.
_____, 『시조의 문헌적 연구』, 세종문화사, 1972.
_____, 『정본 시조대전』, 일조각, 1984.
윤사순 외, 『한국학연구입문』, 지식산업사, 1981.
윤영옥, 『시조의 이해』, 영남대학 출판부, 1986.
이가원, 『조선한문학사』(상·중·하), 태학사, 1995.
이대균 편, 『낭송가사집』, 안동문화원, 1986.
이동영, 『조선조 영남시가의 연구』, 부산대학교 출판부, 1984.
이병주, 『고전의 산책』, 민족문화문고간행회, 1985.
이용기 편, 『주해 악부』(정재호·김흥규·전경욱 주해), 고려대 민족문화연구소, 1992.
이응백 외, 『국어국문학자료사전』, 한국사전연구사, 1997.
이종진 외, 『중국시와 시인』, 역락, 2004.
이종찬, 『한국한문학의 탐구』, 이회, 1998.
이철수 편, 『전주야사』, 전주시 관광협회, 1967.

이형대, 『한국 고전시가의 인물형상의 동아시아적 변전』, 소명출판, 2002.
임기중, 『역대가사문학전집』(1-51권), 아세아문화사, 1998.
_____, 『역대가사문학주해연구』, 아세아문화사, 2005.
_____, 『한국 역대가사문학집성』(누리미디어, http://www.krpia.co.kr/pcontent)
임동권, 『한국민요집 I 』, 2011, 집문당.
전경원, 『소상팔경, 동아시아의 시와 그림』, 건국대학교 출판부, 2007.
정병욱, 『시조문학사전』, 신구문화사, 1966.
정요일, 『한문학비평론』, 인하대학교 출판부, 1990.
정재호, 『한국가사문학론』, 집문당, 1984.
조규익, 『만횡청류의 미학』, 박이정, 2009.
조동일, 『한국시가의 전통과 율격』, 한길사, 1982.
조용선 편저, 『(역주) 향리도·사성록·품목』, 〈책머리에〉, 1999, 다운샘.
진동혁, 『고시조문학론』, 형설출판사,1990.
차주환, 『중국시론』, 서울대학교 출판부, 1989.
최남선, 『시조유취』, 한성도서, 1928.
한상완·노영희, 『인문과학과 예술의 핵심 지식정보원』, 연세대학교 출판부, 2004.
허권수 외, 『후산 허유의 학문과 사상』, 도서출판 술이, 2007.
홍기삼, 『향가설화문학』, 민음사, 1997.

3. 논문

강전섭, 「고두곡의 두곡가에 대하여」, 『시조학논총』 2, 한국시조학회, 1986.
_____, 「새로 발굴한 고시조집 『고금명작가』의 재검토」, 『한국문학연구』 27, 동국대학교 한국문학연구소, 2004.
_____, 「새로 발굴한 신승구의 〈관동별곡번사〉에 대하여」, 『국어국문학』 141, 2005.
_____, 「새로운 고시조 작품의 발굴과 검토」, 『시조학논총』 36, 한국시조학회, 2012.
_____, 「새로운 자료 『시조집(詩調集)』과 시조 작품 15수에 대하여」, 『시조학논총』 45, 한국시조학회, 2016.

______, 「자료집 『계문』과 새로운 가사 작품 4편에 대하여」, 『고전문학연구』 47, 한국고전문학회, 2015.

______, 「충무공 이순신가의 문중 교육과 〈나부가〉류 가사 작품들」, 『국어국문학』 171, 국어국문학회, 2015.

구사회·김영, 「이충무공의 선양 사업과 〈튱무공행장〉 소재 새로운 가사 작품 〈난부가〉 2편에 대하여」, 『퇴계학논총』 24, 퇴계학 부산연구원, 2014.

__________, 「이도희의 새로운 가사 작품 〈직즁녹〉에 대하여」, 『한국고시가문화연구』 34, 한국고시가문화학회, 2014.

구사회·박재연, 「새로 발굴한 고시조집 『고금명작가』 연구」, 『시조학논총』 21, 한국시조학회, 2004.

권순회, 「시조 삼장의 새로운 이해」, 『시조학논총』 20, 한국시조학회, 2004.

______, 「신발굴 가집 『音律』의 특성」, 『고전과 해석』 17, 고전문학한문학연구학회, 2014.

______, 「신발굴 시조창 가집 三題」, 『고전과 해석』 21, 고전문학한문학회, 2016.

______, 「한창기본 〈가곡원류〉의 성격과 가치」, 『한창기 선생이 수집했던 고문헌 자료의 가치와 인식』(열상고전연구회 2014년 여름, 제66차 정례 학술발표회, 2014).

김 영, 「한글필사본 충무공행장에 대하여 – 새 자료 우리한글박물관 소장 『튱무공힝장』을 중심으로」, 『열상고전연구』 40, 열상고전연구회, 2014.

김명준, 「나부가 연구」, 『어문연구』 46·47합병호, 어문교육연구회, 1985.

김신중, 「瀟湘八景歌의 관습시적 성격」, 『한국시가문화학회』 5, 한국시가문화연구, 1998.

김일렬, 「비극적 결말본 〈숙영낭자전〉의 성격과 가치」, 『어문학』 66, 한국어문학회, 1999.

김종서, 「옥봉 백광훈과 호남시단의 교유」, 『한국한시연구』 10, 한국한시학회, 2002.

남상호, 「연민 이가원의 온유돈후의 시학」, 『연민학지』 21, 연민학회, 2014.

다나카 류지, 「겸산 홍희의 유학사상과 일본 유학관·역사관 – 『東游日艸』를 중심으로」, 『지역과 역사』 4, 부산경남역사연구소, 1997.

박규홍, 「두곡시조고」, 『시조문학연구』 2, 영남시조문학연구회, 1983.

서영숙, 「규방가사 연구의 문제와 방향」, 『한국가사문학연구』(정재호 편), 태학사, 1996.

성무경, 「19세기 초반, 가곡 향유의 한 단면 – 『永言』과 『青六』의 '이삭대엽 우·계면 배분 방식'을 대상으로」, 『시조학논총』 19, 시조학회, 2003.

송재연, 「고응척의 시가문학 연구」, 서울대학교 박사학위논문, 2014.

______, 「작시원리를 통해 본 고응척도학시조의 문학적 특성」, 『어문학』 116, 한국어문학회, 2016.

심경호, 「조선문학사의 한문학 부분 서술에 관하여」, 『연민 이가원 선생의 생애와 학문』(열상고전연구회 편), 보고사, 2005.

______, 「조선후기 시사와 동호인 집단의 문학 활동」, 『민족문화연구』 31, 민족문화연구원, 1998.

안대회, 「18세기 詩社의 현황과 전개양상」, 『고전문학연구』 44, 한국고전문학회, 2013.

윤덕진, 「송강가사 전승 사실의 맥락」, 『열상고전연구』 26, 열상고전연구회, 2007.

______, 『연민선생의 시가연구』, 『연민학지』 23, 연민학회, 2015.

______, 「연민 시가 시학을 고찰함」, 『열상고전연구』 20, 열상고전연구회, 2004.

이가원, 「퇴계시의 특징 – 온유돈후에 대하여」, 『퇴계학보』 43, 퇴계학연구원, 1984.

이만열, 「일제관학자들의 식민사관」, 『한국의 역사인식(하)』(이우성·강만길 편), 창작과 비평사, 1976.

이명옥, 「반각에 관한 연구 – 고악보와 고가사집을 중심으로」, 경북대학교 석사학위 논문, 2006.

이상보, 「벽위가에 대한 고찰」, 『국어국문학』 29, 국어국문학회, 1965.

______, 「심진곡, 낭유사」, 『자유문학』 58, 자유문학사, 1962.

이수진, 「조선후기 당파에 따른 도학가류 가사작품의 이본 분화 연구」, 『온지논총』 39, 온지학회, 2014.

이화여대 한국어문학연구회 편, 「내방가사 자료」, 『한국문학연구원논총』 15, 이화여대, 1970.

임형택, 「이조말 지식인의 분화와 문학의 희작화」, 『전환기의 동아시아 문학』(임형택·최원식 편), 창작과 비평사, 1985.

田中隆二, 「겸산 홍희의 생애와 활동 – 일제하 대일협력자의 한 사례」, 『한일관계사연구』 5, 한일관계사연구회, 1996.

정명기, 「순천 시립 뿌리깊은나무박물관 소장 고소설의 현황과 가치」, 『뿌리깊은 나무 한글고소설 우리말이야기』, 순천시립 뿌리깊은나무박물관, 2013.

정인숙, 「〈나부가〉에 나타난 게으른 여성 형상과 그 의미」, 『한국고전여성문학연구』 26, 한국고전여성문학회, 2013.

정한기, 「가사 〈나부가〉의 형성 배경에 대한 연구」, 『어문연구』 34(1), 한국어문교육연구회, 2006.

조규익, 「조선조 도의가맥의 일단(一) – 주세붕 ~ 고응척까지」, 『동방학』 3, 한서대 동양고전연구소, 1997.

조기영, 「연민선생의 퇴계시 연구에 대하여」, 『연민학지』 15, 연민학회, 2011.

조성천, 「왕부지 시론상의 '온유돈후'론」, 『중국문학이론』 8, 한국중국문학이론학회, 2006.

최정여, 「시조」, 『국문학개론』, 교학연구사, 1986.

최태호, 「〈경부록〉고」, 『국어교육연구』 9, 국어교육회, 1976.

하경숙, 「고전시가 작품의 발굴 동향과 전망」, 『문화와 융합』 38(5), 한국문화융합학회, 2018.

_____, 「여성 악인의 형상화와 특질 – 뺑덕어미 인물형을 중심으로」, 『온지논총』 51, 온지학회, 2017.

한영균, 「뿌리깊은나무박물관 소장 자료의 국어사적 가치 – 임란전 간본 및 주요 필사 자료를 중심으로」, 『한창기 선생이 수집했던 고문헌 자료의 가치와 인식』(열상고전연구회 2014년 여름, 제66차 정례 학술발표회, 2014.7).

허경진, 「淵民先生의 社會詩에 대하여」, 『연민학지』 12, 연민학회, 2009.

_____, 「연민선생의 한시에 대해」, 『연민 이가원 선생의 생애와 학문』(열상고전연구회 편), 보고사, 2005.

홍재휴, 「가사」, 『국문학신강』, 국문학신강편찬위원회 편, 새문사, 1985.

서지정보

제1부 _ 시조 작품의 발굴과 탐색

1. 조선후기 이창중의 『연연정창수록』과 새로운 국문시가 작품들
   – 『국어국문학』 186, 국어국문학회, 2019.
2. 『전가비보』와 송정 이복길의 새로운 연시조 〈오련가〉에 대하여
   – 구사회(주저자)·박재연(교신저자), 『한국시가연구』 40, 한국시가학회, 2016.
3. 권선서의 한시와 새로운 시조 작품 3수
   – 『시조학논총』 41, 한국시조학회, 2014.
4. 『시조책』(김해정 소장본)과 새로운 시조 작품에 대하여
   – 『한국시가문화연구』 39, 한국시가문화학회, 2017.
5. 『시조집(詩調集)』과 새로운 시조 작품 15수에 대하여
   – 『시조학논총』 45, 한국시조학회, 2016.

제2부 _ 가사 작품의 발굴과 탐색

1. 새로운 가사 작품 김해 허씨의 〈망운가〉와 현풍 곽씨의 〈부겨〉에 대하여
   – 구사회(주저자)·박재연(교신저자), 『한국언어문학』 99, 한국언어문학회, 2016.
2. 한창기본 〈숙영낭ᄌᆞ젼〉 소재(所在) 가사 작품 8편에 대하여
   – 『열상고전연구』 41, 열상고전연구회, 2014.
3. 새로운 가사 작품 홍희(洪熹)의 〈永言〉에 대하여
   – 『우리어문연구』 49, 우리어문학회, 2014.
4. 새로 나온 가사 작품 〈발몽인교가(發蒙引敎歌)〉에 대하여
   – 구사회(주저자)·김영(교신저자), 『문화와 융합』 40(7), 한국문화융합학회, 2018.

第3부 _ 가사 작품과 문중 교육

1. 충무공 이순신가의 문중 교육과 〈나부가〉류 가사 작품
   -『국어국문학』 171, 국어국문학회, 2015.
2. 이도희의 새로운 가사 작품 〈직중녹〉에 대하여
   - 구사회(주저자)·김영(교신저자), 『한국시가문화연구』 34, 한국시가문화학회, 2014.
3. 충무공의 선양 사업과 〈튱무공행장〉 소재 새로운 가사 작품 〈난부가〉 2편에 대하여
   - 구사회(주저자)·김영(교신저자), 『퇴계학논총』 24, 사단법인 퇴계학부산연구원, 2014.
4. 자료집 『계문』과 새로운 가사 작품 4편에 대하여
   -『고전문학연구』 47, 한국고전문학회, 2015.

第4부 _ 기타

1. 연민 선생의 시조 창작과 작시 태도
   -『연민학지』 28, 연민학회, 2017.

찾아보기

구사회(具仕會)

1957년생. 전북 전주에서 출생.
동국대학교 국어국문학과와 같은 대학원 수료했다.
문학박사. 선문대학교 국어국문학과 교수를 역임했고, 현재 명예교수로 있다.

저서로 『경기체가 연구』(공저, 태학사, 1997), 『한국 리얼리즘 한시의 이해』(공저, 새문사, 1998), 『한국 고전문학의 사회적 탐구』(이회, 1999), 『근대계몽기 석정 이정직의 문예이론 연구』(태학사, 2012), 『송만재의 관우희 연구』(공저, 보고사, 2013), 『한국 고전문학의 자료 발굴과 탐색』(보고사, 2013), 『한국 고전시가의 작품 발굴과 새로 읽기』(보고사, 2014), 『다산과 추사, 정벽 유최관』(공저, 추사박물관, 2015), 『한국의 술 100년의 과제와 전망』(공저, 도서출판 향음, 2017), 『대한제국기 프랑스 공사 김만수의 세계 여행기』(공역, 보고사, 2018) 등의 저·역서와 100여 편의 논문이 있다.

한국 고전시가의 작품 발굴과 문중 교육

2021년 10월 29일 초판 1쇄 펴냄

지은이 구사회
펴낸이 김흥국
펴낸곳 도서출판 보고사

책임편집 이순민
표지디자인 손정자

등록 1990년 12월 13일 제6-0429호
주소 경기도 파주시 회동길 337-15 보고사
전화 031-955-9797(대표), 02-922-5120~1(편집), 02-922-2246(영업)
팩스 02-922-6990
메일 kanapub3@naver.com / bogosabooks@naver.com
http://www.bogosabooks.co.kr

ISBN 979-11-6587-238-0 93810

정가 28,000원